FROM TANGSHAN TO WENCHUAN

从唐山到汶川
我的地震预报人生

汪成民　◎著

人民东方出版传媒
东方出版社

图书在版编目（CIP）数据

从唐山到汶川：我的地震预报人生 / 汪成民 著 . —北京：东方出版社，2021.8
ISBN 978-7-5207-2215-5

Ⅰ . ①从… Ⅱ . ①汪… Ⅲ . ①回忆录—中国—当代 Ⅳ . ① I251

中国版本图书馆 CIP 数据核字（2021）第 100058 号

从唐山到汶川：我的地震预报人生
（ CONG TANGSHAN DAO WENCHUAN:WODE DIZHEN YUBAO RENSHENG ）

作　　者：汪成民
责任编辑：辛春来
出　　版：东方出版社
发　　行：人民东方出版传媒有限公司
地　　址：北京市西城区北三环中路 6 号
邮　　编：100120
印　　刷：北京市大兴县新魏印刷厂
版　　次：2021 年 8 月第 1 版
印　　次：2021 年 8 月第 1 次印刷
开　　本：710 毫米 × 1000 毫米　1/16
印　　张：27.75
字　　数：380 千字
书　　号：ISBN 978-7-5207-2215-5
定　　价：69.80 元
发行电话：（010）85924663　85924644　85924641

　　本书的出版得到了李代忠先生的鼎力支持,多年来他初心不改、始终默默投入心力和物力热心支持地震预报事业,在此对他表示衷心的感谢!

目 录
CONTENTS

第一部分　难忘的年少岁月
（1935—1960 年，25 岁以前）

第二部分　走上地震预报之路

（1961—1975 年，26—40 岁）

第三部分　唐山大震与青龙奇迹
（1976—1980 年，41—45 岁）

第四部分　二十年潜心磨剑终成器

（1981—2000 年，46—65 岁）

第五部分　汶川地震成了终生遗憾

（2001—2020 年，66—85 岁）

第六部分　周恩来的愿望能实现吗？
（答媒体记者问的录音稿）

序 一
如何在大灾面前做一个优秀共产党员 ①

　　1976 年 7 月 28 日，河北省唐山、丰南一带发生里氏 7.8 级强烈地震，唐山市被震毁，24 万多人遇难，重伤 16 万多人。周边地区遭受严重破坏。唐山大地震伤亡人数之多，破坏程度之强，"成为迄今为止 400 多年来世界地震史上最悲惨的一幕"。然而，在这场异乎寻常的巨大灾难中，距离震中唐山 115 公里（边界距离仅几十公里）的青龙县，虽然倒塌房屋 7000 多间，损坏 18 万间，但人畜伤亡却很小。全县 47 万人中仅 7 人重伤，168 人轻伤，无 1 人震亡（有一个老太太因看到房屋倒塌，引发心脏病死亡），创造了唐山大地震中的"青龙奇迹"。

　　说起"青龙奇迹"，就不能不说到时任青龙县委书记冉广岐。冉广岐，河北蠡县人，1927 年 2 月出生，1948 年 7 月参加工作，先后担任过青龙县委书记、保定市委副书记、邢台市政协副主席等职务，1988 年 5 月离休，现居住在保定市。正是他和县委"一班人"在震前采取了一系列坚决有力的措施，科学决策、果断决策，从而使青龙县躲过了一场劫难。这件事已经过去几十年了，但他们当时的思想方法、工作方法，对于我们今天贯彻

---

① 中组部张全景老部长同意将他给中央的《如何在大灾面前做一个优秀共产党员》调研报告作为我的自传的代序。

落实科学发展观，更好地建设中国特色社会主义，仍具有重要的现实意义。

一、贯彻上级指示必须坚决认真，反对敷衍塞责。

"青龙奇迹"的创造，首先是冉广岐和县委"一班人"认真贯彻党中央、国务院防震抗震指示精神的结果。1974 年 6 月 29 日，国务院下发国发 69 号文件，指出近两年"华北及渤海地区地震形势紧张，要立足有六级以上地震突然袭击的可能，采取措施，做好防震准备"。文件发到了京、津、冀、晋、蒙、辽、鲁等 7 个省区市。青龙县正处在这一地震带上。为贯彻落实好 69 号文件，冉广岐带领县委和全县干部群众，按照"预防为主、专群结合、土洋结合、大打人民战争"的方针，做了大量工作。一是成立地震办公室，委派专职工作人员；二是广泛宣传群众，在全县范围内普及地震防震知识；三是积极开展群测群防，全县建立了 16 个地震前兆现象观测站，下属 442 个观测点，覆盖了所有乡村，同时组织群众和有关方面对地下水、动物的异常变化以及地下电流、地磁、地应力等自然现象进行观测。为更好地做好工作，冉广岐还带头学习地震知识，先后阅读了地质学、地震学、地震预报学、地质力学、板块学说等方面书籍，同时积极加强对地震前兆的调查研究。

1976 年 7 月 14 日至 19 日，国家地震局在唐山召开群测群防工作经验交流会。青龙县派科委负责地震工作的王春青同志参加了会议。这次会议主要内容有三项：一是交流群测群防工作经验；二是为全国群测群防工作会议做准备；三是研究讨论预报制度和预报系统问题。16 日晚，会上安排了一场电影，王春青没有去看，在房间休息。这时，省地震局的一个同志挨个敲门，说国家地震局分析预报室的专家汪成民同志来了，要讲讲近期震情。汪成民召集的这个会不在议程之内，当时国家地震局主持会议的同志不同意他讲，但他比较坚持，最后答应他可以利用晚上休息时间自己组织，代表们自愿参加，因此听他讲的人不多，16 日晚、18 日晚讲了两次，每次都是 30 来人（开会的有 300 余人）。王春青觉得这个会应该听听，两次都参加了。会上，汪成民介绍，京、津、唐、渤、张地区近期集中出现了很多异常现象，震情严峻，预测7月22日至8月5日之间，这些地区将有5级以上的地震，下半年至第二年，华北可能出现7—8级地震，请大家做好防震工作。听了汪成民的话，王春青急不可待，因为预报的最早时间是7月22日，已经迫在眉睫。19日，会议一结束，他就往回赶。21日回到县里（当时青龙属承德地区，交通不便，必须绕道北京），立即向有关领导汇报。24日，青龙县委召开常委会，专门听取王春青的汇报。会上四项决定：一是加强组织领导，成立指挥部，昼夜值班，冉广岐亲自任防震指挥部主任；二是全县各观测站24小时值班，每天报告情况；三是广泛宣传防震知识；四是在将于25日召开的农业学大寨会上部署防震工作。第二天，在全县农业学大寨会上，县委要求，每个公社安排1名副书记和1名工作队负责人回去，连夜部署，必须在26日前将震情通知到每一个人；组织民兵值班，搭建防震棚，动员群众搬出危房；准备干粮；医疗卫生部门进入战备状态。县委还专门召开电话会议，向群众介绍震前预兆，并下达命令：一律不准在室内做饭、吃饭，不准在室内睡觉；公社干部包村，村干部和民兵检查落实到户。按照县委要求，全县43个公社的干部、农村干部和民兵紧急行动。26日晚，震情宣传家喻户晓，防震措施落实到了每家每户。全县43万人，震前两天即有60%搬到室外，住在临时建起的防震棚里，仍住在室内的，不关门窗，时刻保持警惕；学生在操场上课；商店在户外搭帐蓬营业……全县进入了临震状态。7月28日凌晨3时42分，唐山大地震发生，青龙县由于贯彻上级指示坚决有力，准备充分，在周边区县中损失最小，创造了"青龙奇迹"。

唐山大地震中开滦煤矿井下工人成功升井也说明贯彻上级指示必须坚决有力。开滦煤矿地处极震区，地震发生时，井下有1万多人（分布在不同矿井）正在作业，这些被认为是生存希望极为渺茫的人最终却安全地撤到了井上，震亡率仅万分之七，成为唐山大地震中的又一奇迹。吕家坨矿1000多名工人在地动山摇的那一刻，没有惊慌失措，在革委会副主任贾邦友（当时井下有100多名干部参加劳动）的指挥下，大家保持冷静，排着队有序撤离，没有拥挤，没有嘈杂，一切紧张有序。到达竖井时，因通道较窄，每次只能上一个人，他们就让女同志先上，然后是新工人，新工人上完是老工人，最后才是干部。1006名干部职工，无一伤亡。由于全矿事前有应急方案，搞过演习，各矿都有防震措施，危险发生时，大家没有慌张，都像吕家坨矿一样，安全升到了地面。开滦煤矿能创造这样的奇迹绝非偶然。在震前两年，他们就按照国务院69号文件精神，制定了周密的抗震防震措施，抽调大批人力物力对相关设施进行全面检查，拨出700多万元专款加固维修。同时定责定岗，一旦地震发生，确保各逃生通道有人负责。正是因为坚决贯彻落实了党中央、国务院的指示精神，才使1万多名矿工在这场毁灭性的灾难中得以生还。

二、相信群众、依靠群众，善于把党的方针政策变为群众的自觉行动。

当大多数群众没有看到地震前兆，对地震的严重危害缺乏认识时，要他们自觉防震抗震并不是一件容易的事。而没有群众思想认识的提高，没有群众的积极参与，就不可能收到应有的效果。涉及千家万户的事，就要千家万户参与。为此，青龙县做了大量宣传工作，先后印发了4.8万幅防震知识手册和挂图，送到各家各户；县广播站也经常宣传地震知识，特别是震前两天，村里的高音喇叭，家家户户的小喇叭，全部是防震宣传和经验介绍。由于宣传到位，群众积极性、主动性被充分调动起来，地震发生时，他们努力自救，极大地减少了损失。唐山大地震中有这样两件事很能说明问题。地震前一天，青龙县有一个人受组织委派去唐山办事，晚上住在城里的亲戚家中，吃饭时他说到县里防震工作抓得很紧，近期可能有地震。亲戚不相信，还劝他不要随便说。由于有防震意识，晚上睡觉时他没有关门，衣服和鞋也放在便于拿到的地方。28日凌晨大震来临时，外面传来呜呜的响声，开始他还以为是过火车，但很快就意识到是地震，于是马上抓起衣服冲了出去，并立即叫醒亲戚一家人。相反的事例是，临震前一刻，唐山火车站广场上有不少旅客纳凉，当时地光闪闪，大震一触即发，但大家还以为是暴风雨的前兆，纷纷跑进候车室内，结果可想而知。面对同样的前兆，作出的反应完全不同，原因就在于是不是掌握了有关信息和知识，有没有事前的计划和准备。"凡事预则立，不预则废。"不论做什么工作，都要善于把党的方针政策宣传到群众中去。只有群众发动起来了，才能收到好的效果。

三、在紧急复杂的情况下要勇于负责、当机立断。

习近平同志日前在中央党校的一次讲话中指出，权力的行使与责任的担当紧密相联，有权必有责；看一个领导干部，很重要的是看有没有责任感，有没有担当精神。冉广岐和青龙县委的"一班人"，就有这种责任感和担当精神。当时，在讨论要不要动员群众防震时，有三种顾虑：一是不知道预报准不准，如果报得不准，公布出去担心造成混乱；二是当时"文革"还没有结束，"四人帮"正在搞所谓的"反击'右'倾翻案风"，这时动员防震可能被扣上扭转革命大方向的帽子；三是县级政府没有发布全县地震预报的权力，如果要发布，必须经省政府批准。面对这些顾虑，冉广岐考虑再三，决定还是把群众动员起来，"出了问题由一人承担"。他后来回忆说：地震是人命关天的，不作预报，万一发生了，一辈子愧对群众；专家预报的时间是 7 月 22 日至 8 月 5 日，听汇报时已经是 24 日，如果按规定逐级上报，逐级答复，可能就来不及了，必须特事特办，一切从实际出发，不能机械，"盲目地表面上完全无异议地执行上级的指示，这不是真正在执行上级的指示，这是反对上级指示或者对上级指示怠工的最妙方法"，既不是对上级负责，也不是对群众负责。冉广岐是真正对党和人民负责任的干部，他的这种责任意识和担当精神是共产党人坚强党性的体现，是不计个人利益、一心想着群众的高尚精神的体现。党员干部无论职务高低，都要有这种品格，特别是在关键时刻，在紧急危险的情况下，一定要有这种勇气和担当，这样才能真正成为群众的主心骨。

四、坚持民主集中制，正确处理少数服从多数与尊重少数人意见的关系。

青龙县的经验告诉我们，进行重大决策，必须认真贯彻民主集中制原则，特别是要处理好少数服从多数与尊重少数人意见的关系。冉广岐、汪成民在要不要动员群众防震问题上，代表的都是少数。事实证明，他们是正确的。我们党是执政党，担负着执政兴国的重要职责，任务艰巨，要实现正确领导，必须坚持民主集中制，走群众路线，少数服从多数，同时要充分尊重少数人的意见，科学处理两者间的辩证关系。党员干部特别是主要领导干部，要有民主作风，善于听取各方面的意见，让各种思想充分交流，不要压制少数人与自己、与多数人不同的意见，因为真理有时就掌握在少数人手里。

五、要有一方有难、八方支援的革命情怀。

唐山大地震发生后，青龙县虽然也受到很大损失，但与唐山市及邻县相比，还是比较轻的。地震发生的第二天，青龙县就组织了10辆卡车灾区急需的水、大米、面粉、饼干等救急物资（全县总共10辆卡车），送到唐山市。这是在没有上级指示的情况下，县委作出的一个决定。当时，救灾工作刚刚开始，还没有专门机构负责物资捐赠事宜，他们就在路边自行组织发放。在那种情况下，早一小会儿得到食物和水，可能就会挽回一个生命。青龙县委的这个决定远远超出了10卡车物资本身的价值，它体现的是我们党热爱群众、关心群众，视群众生命安全如泰山的执政理念，体现的是患难与共、同甘共苦的无产阶级革命情怀。

六、当干部不要计较个人名利。

地震发生后，得知青龙县没有震死一个人时，省委书记刘子厚打电话给承德地委书记牛奉林说：群测群防会议刚刚在唐山结束，唐山市震成那样子，青龙县一个人也没死，没有办法向群众交代；青龙的做法是完全正确的，应当充分肯定，但不要对外宣传了。牛奉林向冉广岐传达了省委的意见。应该说，这个决策是非常正确的。在当时情况下，如果将青龙县没有人震亡的消息公布出去，会引起群众极大的不满。有这样一则报道：地震发生后，救援人员迅速赶到唐山，当群众得知救援队伍中有地震局的同志时，情绪十分激动，质问他们发生这么大的地震，为什么一点消息都没有，有的人甚至高呼抓住他们、打倒他们的口号。当时不宣传青龙县，不宣传冉广岐，对于稳定群众情绪，引导大家团结一致抗震救灾，是有重要意义的。事后不久，河北省地震局、国家地震局内部反映过青龙县的防震办法，但冉广岐在其后20多年的时间里，没有对外作任何宣传。一直有人问他：你做出这么大的成绩，组织上没有表扬，没有宣传，你是怎么看的？冉广岐回答得很干脆：毛主席批评过一种人，"出了一点力就觉得了不起，喜欢自吹，生怕人家不知道"，共产党的宗旨是为人民服务，不为图名、不为图利，成绩是干部群众一起做的，不是我个人的。冉广岐不想为自己"扬名"，但群众却忘不了他，1996年，《中国地震报》第一次公开报道了青龙县成功防震抗震的事，很快在社会上引起强烈反响。从那时起到现在，国内50多家报刊先后作了报道，"青龙奇迹"渐渐为社会所知。冉广岐的事迹还走向了国外。1996年，青龙县应联合国发展资助与管理服务署邀请，参加了第50届联合国大会复会及技术讨论会。会议称赞青龙县1976年的防震工作是"科学研究与行政管理相结合取得成效的典型范例"，称赞冉广岐创造了经验，对世界都有好处，并且颁发给他一枚纪念章。冉广岐能够正确对待个人名利，有了成绩不自夸、不张扬，这种精神是非常可贵的。现在，有些领导干部正好相反，不仅做不到有了成绩不宣扬，而且热衷于搞政绩工程、形象工程，甚至是弄虚作假，就想让人感到他工作有"成绩"。这种干部应该多向冉广岐这样的同志学习，纠正自己的错误思想。其实，群众是最公正公平的，干部有了成绩，他们不会忘记。冉广岐的经历充分说明了这一点，历史上这样的例子也不少。如果弄虚作假，沽名钓誉，即使得迟于一时最终也会露出马脚。臧克家在《纪念鲁迅有感》中写道：有的人俯下身子给人民当牛马，有的人把名字刻入石头想"不朽"……给人民作牛马的，人民永远记住他！把名字刻入石头的，名字比尸首烂得更早！共产党人就是要"俯下身子给人民当牛马"，这才是我们应有的世界观、人生观、价值观。

干部是党的事业的骨干。建设中国特色社会主义，关键是要培养造就一大批德才兼备的领导干部。从冉广岐和汪成民身上，我们可以得到一些有益的启示。他们就是认真贯彻党的指示，有坚强组织纪律观念的干部；是坚持党的群众路线，全心全意为人民服务的干部；是关键时刻敢于负责，有担当精神的干部。在他们身上，真正体现了我们党德才兼备的用人标准。2010 年，国务院国发 18 号文件提出，要在 2020 年以前，力争取得有减灾实效的地震预报。实现这个目标，不仅需要地震科技人员的努力，更需要一大批像冉广岐这样敢于负责、不计较个人名利的领导干部。因为防震抗震既是科技工作，也是社会工作。没有各级党委、政府的科学决策，是做不好的。

我们应当大力选拔任用像冉广岐、汪成民这样的干部，这种干部越多，我们的事业就会发展得越好，我们就能够"任凭风浪起，稳坐钓鱼船"。

张全景

2019 年 10 月

（张全景，中央组织部原部长）

序 二

请听一听老地震人的汇报

地震学家汪成民先生 2019 年冬天从三亚给我写了一封信，信中附了他这部大作的目录，并希望我写一篇序。经过多次退转，加之疫情耽搁，这封信我今天才看到，还是秘书从北京转给我的"微信版"。此时我还在江苏的乡下，江南的春色已经非常饱满了。

从目录看，全书共有六大部分，最后一部分是作者回答记者五十次问的录音稿，归纳为七大问题。全书结构严谨，内容翔实，又是亲历，想必会引起科学界和社会各界的关注和兴趣。书中详细回忆了作者多次与周恩来等历届总理面对面汇报的情况，由此我想到，他用十几年时间写成的这部回忆录，不就是一次向全国人民的汇报吗？他的书名《从唐山到汶川——我的地震预报人生》，提取一下关键词，就是"地震预报"四个字，这是他汇报的内容，呕心沥血写成的文稿。地震防灾一直是地学家关注的课题，早在 1920 年宁夏海原发生大地震时，翁文灏、谢家荣两位先辈闻讯立刻前往考察，骑着毛驴走了两个多月，这是多么敬业的精神和人文传统啊！他们这次考察写出的地震专报至今是我们工作中的重要指南。

防震减灾，关键不能放松地震预报预测。1966 年邢台地震，周恩来总理亲赴灾区并请李四光研究地震预报，这一年汪成民被李老点将调入中央地震工作小组办公室。1974 年，刘西尧找他谈话，任命他为"地震局 8341

部队"——保卫京津组组长。2001—2004年我在中国地震局工作期间，同意成立中国地震预报咨询委员会，任命他为常委副主任，他作为防震减灾事业的成功探索者，在联合国总部向几百位国家代表介绍中国地震预报经验，这是中国地震工作者对人类社会的贡献。

的确，他的团队对海城、唐山、丽江、张北等地的二十多次地震进行了成功预测，创造了举世闻名的"海城现象"和"青龙奇迹"，向百姓做了一次又一次了不起的汇报，从进入地震预报领域到2008年汶川地震和2010年玉树地震，取得了丰硕的成果。他作为从事地震预报工作仅存的老地震人，把地震系统五十多年的所见、所闻客观记录下来。毫无疑问，这部书是有科技含量和文献价值的。

对于2008年的大地震，我是有看法的。由于不在岗位，当时不宜发声。说地震不能预报，既没有科学考证，也被中国、世界一些地震事件成功预报所否定。我们只能说，地震预报精准率尚低，仍需要科学联合攻关。人类社会必须面对地球客观存在的灾变，努力攻克、科学应对，善于并巧妙与灾变共存。

汪先生的书是地震工作者的心路历程，他的汇报、他的答问一定会给地震科学减灾事业带来希望。

宋瑞祥

庚子三月十九日

于金坛韩家舍 29 号山水园

（宋瑞祥，地质学家，曾任青海省省长、地矿部部长、2001—2004年中国地震局局长。）

序 三
老而弥坚的地震预测专家汪成民

汪成民先生是中国地震局系统的一位资深的地震预测预报的专家，长期从事地震预测预报工作，对地震预测预报很有经验，他将出版自己的回忆录，这是一个重要事件，可为人们了解我国地震预报事业的历程和丰富经验提供一个很好的学习机会和例证。汪老嘱我为回忆录写一个序，我感到十分荣幸。

1976 年 7 月 28 日凌晨，唐山发生了 7.8 级大地震。当时，我正在北京清河农场劳动——养猪种菜。那天凌晨，我们的农场突然响起了像千百辆坦克驶来的巨大铁甲声响，同时伴随着来自南方的巨大的地声和地光，天空瞬间被照得像白昼一般，令人很是恐慌，不知发生什么大天灾了！后来听说是唐山发生大地震，死伤人数达 40 多万，整个城市毁灭了，全国震惊，这给我们留下了极其深刻印象，也引起我对地震预测预报的关心。这是一项抢救生命的大事啊！

地震预报问题是很复杂的，困难的，迄今国内外许多专家都认为是不可能解决的，或者是短时间解决不了的科学难题。这是由于地震研究的核心问题是地壳内发生的动力与地壳作用产生的一种地质的或动力作用现象，要认识它就既要了解地下动力情况又需要了解地下岩层物理力学性质和本身的断裂结构特点。而人们对地下地质构造和断裂分布、地下岩石地层的物理力学性质，以及区域的和局部的地应力或大陆动力情况很难掌握，要想从理论上掌握地下发震的规律，并通过这一途径探求地震预报方法是很难的。而为了更多地掌握地下情况进行地震预测预报还需要多学科结合研究。唐山地震后，我热心地推动中国大陆的动力学研究，也不断深入探讨李四光先生提出的地震预报理论与方法，再加上从2002年以来我一直参与地震局的一些预测预报评审活动，这使我对中国地震预测预报工作有了更痴迷的设想。

中国的地震带给中国人民的伤害太大了，瞬间就可以使几十万人丢掉性命，我们不能无动于衷，必须采取行动，减小地震造成的灾难！毛主席在《实践论》中说："如果要直接地认识某种或某些事物，便只有亲身参加于变革现实、变革某种或某些事物的实践的斗争中，才能触到那种或那些事物的现象，也只有在亲身参加变革现实的实践的斗争中，才能暴露那种或那些事物的本质而理解它们。"[①] 这样，我们就需要深入地震发生的现场去探索和研究解决这一难题，也许能找到一条自己的路。

1966年3月8日，河北省邢台地区接连发生了几场大地震，这是新中国成立以来在我国人口稠密地区发生的第一次大地震，地震造成了重大伤亡和损失，周恩来总理亲自到地震现场慰问群众，与地震工作人员商讨救灾和减灾事务，并在总结地震监测预报经验的基础上制定了中国地震工作方针。地质部部长李四光先生也深入现场探索预报地震之路，他反复强调我们要从中国地质实际出发，走自己的道路，不能照着外国工作途径走，并提出了自己的地震预报的科技路线，经过总结邢台地区隆尧地震、宁晋地震现场调查的资料，李老发现这两次地震震前都出现了大量前兆现象或异常。地震人员利用这些经验，在接下来的南宫地震、河间地震中取得了预报成功的实效，大大地提振了我国地震科技人员搞好地震预报的信心和热情。在随后的北京地区出现异常时，李老也依据四周地区异常动态情况

[①] 《毛泽东选集》第一卷，人民出版社2009年版，第287页。

否定了北京地区发震的推测，也是成功的。

在渤海中部发生大地震（7.4级，震源深度为35公里）后，下一个应力汇聚并可能发生地震的危险区在哪里？依据异常的前兆，领导与专业人员和当地群众都把防震的重点集中到辽宁南部的海城地区，地震预报预防同样取得了巨大成功，并引起联合国与世界各国的重视。

海城地震（7.3级，震源深度为16—21公里）后，应力会转向什么地区？在哪里会发生新的大地震？争论是激烈的。一种认识是，渤海湾地区已连续发生了多次大地震，地区内聚集的巨大能量已释放完了，再说唐山地区过去没有发生大地震的记录，因而认为今后这个地区不会发生大地震了，主张将监测重点转移到大陆的西部地区；另一些人，包括国家地震局一些人和河北地震局、唐山地震办的专家根据群测群防发现的强烈异常，强调唐山地区有可能发生地震或大地震，要求继续加强对唐山地区的监测，就在这一激烈争论进行时，7.8级的大地震发生了，以事实为争论作出了结论。可贵的是，汪成民和耿庆国等人都是坚持要加强对唐山地区的地震监测工作的。前者是根据唐山地区在海城地震以后出现的四大异常推断的，提出这是地区内出现的重要地震前兆异常，说明地区地下已在活动中。汪提出了"震后效异常的追踪法"，将李四光先生提出的地应力追踪法扩大成为面上或在一个活动构造体系内的异常追踪，这已是李老过世以后的事了。李老是1971年因病逝世的。有人坚持说汪成民等并没有说将发生8级大地震！我想，这里的关键问题是对地区内有无大地震的判断，与要不要坚持继续监测下去。

汪的唐山地区将要发生大地震的预测意见没有得到唐山市的重视，唐山市地震办负责人甚至还被撤了职。但是，经由王春青同志传递，青龙县领导冉广岐同志对这一预报意见很重视，他在了解了本县的群众监测台网也发现了异常情况后，果断地下达了全县抗震救灾动员令，结果抢出了时间、抢救了全县人民，使全县几十万人民避免了地震伤害。从这里，可以看出领导的临门一脚是多么关键啊！同样，当地的群测群防的观测台站的作用也是至关重要的，在某些情况下，地方上的群测台站可以收集到更多的临震前兆异常，这是国家台站收集不到的。

汪老已是 80 多岁的老者，老而弥坚，他决心要完成周总理交托的任务，在这一代人身上完成中国地震预报理论与方法的总结任务，因而退下来后又冲到了新的战斗一线。祝贺汪老取得新的成功！

赵文津

2019 年 12 月 8 日

（赵文津，中国工程院资深院士）

引 言
命中注定

1935年12月10日中午12时，我出生在上海虹口唐山路29号。

据妈妈回忆，当时爸爸正在大同大学上学，同时兼任培德小学老师，是个积极参加社会活动的热血爱国青年。

12月9日北平学生上街游行，率先开展抗日救亡斗争的消息传来，上海学生连夜开会声援，爸爸整夜未归，与同学们研究如何发动上海学生组织游行示威。10日清晨上海首批响应北京的游行队伍就上了街，高呼"打倒日寇！停止内战，一致对外！"的口号，10日中午爸爸带着胜利的喜悦与战斗的尘埃回到家里时我刚出生，他仅匆匆看了我一眼又离家投入了战斗。

可能我来到这世界的第一眼已在血液中输入了为国、为民，坚忍不拔、不畏强势的叛逆精神。这种精神我受用了一辈子，取得了许多骄人的成就，但也带来了不少麻烦与坎坷。我出生的地点是一条叫唐山路的狭小胡同，上海人称为弄堂。70多年后父母都已离我而去，退休后的我孤身一人对照着一张破旧上海老地图费了九牛二虎之力才找到它。可能是天意，上海这类弄堂成千上万，我妈妈在产前不久偏偏搬到此处生下了我，使唐山这个地名成为主宰我命运的关键。

爱因斯坦说过，时间与空间是决定大千世界万物的基本法则，无论对宇宙来说还是对人生来说均如此。

我直到今天仍感到奇怪的是，唐山大地震发生在 7 月 28 日，而我出生在唐山路，门牌是 29 号，地点符合，时间仅差了一个数。

我出生的时、空参数决定了我一生的命运，40 年后这个时、空的烙印在我身上发挥作用，成为我人生起伏跌宕的主旋律。

第一部分

难忘的年少岁月

（1935—1960 年，25 岁以前）

一、我的父母与兄弟姐妹

1. 为民所用

我父母生有三男一女，兄妹四人我排老二。上有哥哥成为，下有妹妹成源与弟弟成用，三兄弟的名字连在一起，即"成为、成民、成用"，体现了父母的人生追求与对我们的殷切期望。

全家福（前排自左妈妈、小弟、爸爸，后排自左我、哥哥、妹妹），摄于 1955 年欢送我去苏联留学前夕

不为官、不经商，不争名、不图利，只求"成为对人民有用"之人。

因此，父母从小对我们教育很严。我的童年是在抗日战争期间的流离逃亡中度过的，小学六年上了十一个学校，几乎没有一个学期能在同一个地点学完整。这里学两天那里学两天，常常随着难民人流，听着背后的枪声、顶着飞机的轰炸，日行几十里地，被日寇追得四处逃亡流浪。就在这种食宿无着、十分艰难的日子里，妈妈的包袱里总背着一块石板、几支石笔与几支蜡烛。每天逃难、流亡到目的地安置下来后天色已晚，妈妈在临睡前总要点上蜡烛，推醒睡眼蒙眬的我拿出石板教识几个字。

一岁半的我被妈妈抱在怀里，右侧是爸爸，前面是哥哥

后来，我以近百人取一名的录取率考入北京四中，班主任以为我曾就读于某名校、从师于某名师。

班主任问："你小学是在哪里学的？谁是你的启蒙老师？"

我答："我是靠一块石板学习的，我妈就是我的启蒙老师。"

1950 年初父亲因抢修被国民党军队撤退时严重破坏的粤汉铁路有功，荣获铁路系统劳动模范称号并从粤汉铁路管理局上调到刚成立的铁道部，我也随家从湖南衡阳来到北京，在西单北缸瓦市小酱坊胡同 6 号的三间破旧南厢房住下。

过去我长期生活在南方的中小城市，每个城市只有几所中学。到达北京后，第一件使我惊奇不已的事是北京竟有两百多所中学。托人四处打听，得知最好的中学是男四中、师大一附中、师大女附中。

一贯教子极严的母亲把我们兄妹三人（当时弟弟仅一岁）召集在一起说："都上私立学校我们供不起，在这三所学校中你们每人各选一所去考，试一下自己的实力。谁考得上就有学可上，否则……"

几个月拼命地刻苦攻读，经过多次挫折，最终哥哥考上师大一附中，我考上男四中，妹妹考上师大女附中。三兄妹分别攻下了北京市三个顶尖名校，多年来一直是父母的亲戚、朋友中广泛流传的佳话。父亲的单位还为此张贴了红榜：恭喜我单位汪良圃工程师三个子女以优异成绩分别考入师大一附中、男四中、师大女附中……

这是继 1948 年在湖南衡阳我们兄妹三人同时包揽全市学生演讲比赛高、中、低年级三个组的第一名，轰动粤汉铁路管理局以后，又一个让父母引以为豪、津津乐道了一辈子的话题。他们更高兴的是这两次事件证明了家庭教育的成功，为实现把孩子们个个培养"成为对人民有用"人才的目标，打下了良好基础。

当时我们的住地缸瓦市小酱坊胡同，距离三个学校都不近，最远的是位于和平门的师大一附中，要步行一个半小时，最近的师大女附中也要步行四十分钟。可是谁都不愿为了就近上学而放弃竭尽全力才考取的尖子学校，更舍不得花几分钱搭有轨电车。每天凌晨四点多被闹钟叫醒，睡眼惺忪的我们背着书包，打着小纸灯笼（当时北京街道上的路灯很少），跌跌撞撞地上了路。

天天如此，风雨无阻。一直到现在我们都还保留着早起工作的习惯。

多年以来，我们兄妹一直牢记父母的谆谆教导，在学校都是好学生，工作后都是好干部，远离名利场，成了学者、教授，在各自的岗位上为祖国、为人民作出了应有的贡献。

在这个伟大的时代里，历史的机遇提供了施展本事的广阔空间，造就了许多人才。今天，我将自己一些"为民所用"的点滴事迹记录在案，告慰父母在天之灵。

回顾这一生，我可以堂堂正正地说："我们无愧于这时代、无愧于自己的名字。"为什么一个出生在上海底层的贫穷小职员竟有如此成功的教育经验、如此明确的培养目标与深远的战略眼光？这与我父母的家境与经历是分不开的。

2. 我的父亲

父亲叫汪良圃，生于 1910 年 7 月 31 日，卒于 1995 年 11 月 26 日，是个把一辈子心血奉献给交通建设的老工程师。

爸爸在工作

　　我的父亲对我们来说是个谜，从小到大每年见不到他几次面。儿时的印象是每隔几个月，他风尘仆仆、满脸倦意地背一个装满脏衣服的背包进门，对妈说："有几天时间在家休息，你把这些衣服给我洗出来，破损的地方修补一下。"

　　在这几天里我们兄妹必须十分小心谨慎，不喧哗、不打闹，随时准备父亲用严厉、挑剔的眼光来检查我们的功课。孩子们对这个严肃、陌生的父亲都有几分惧怕。

　　后来稍大些才知道，父亲是铁路系统的劳动模范，他经验丰富、认真负责、吃苦耐劳，凡是最艰苦、最危险的线路经常由他带领一支队伍，跋山涉水打前哨去选线。他的工作就是把纸上的计划变成最科学、最经济、最合理的具体设计、施工方案。长期的职业习惯，使得他对每个细节都斤斤计较，不容忍任何的铺张浪费，他一生为国家节约了不计其数的投资。

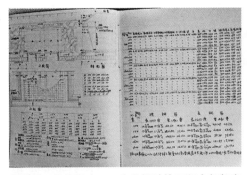

爸爸的工作笔记本，一生承担过的工程全部都有如此记录

爸爸多次荣获铁道部的"先进个人""劳动模范"称号

但父亲给我们的印象仍是严肃、严厉、认真甚至苛刻。一直到退休后我们同住在一起十几年才体会到在父亲严厉的外表后面是一颗十分温暖的心，他对己要求极其严格、对人细心体贴关怀备至，为子女以及第三代真可谓呕心沥血、鞠躬尽瘁。

父亲晚年喜欢回忆往事，写了不少回忆材料。从中我才知道父亲是住在上海的宁波（奉化）人，是蒋介石的同乡。在他出生前我爷爷、奶奶已定居上海，住在外白渡桥附近的华记路。

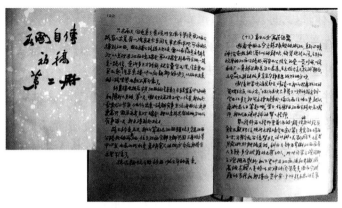

爸爸的坎坷一生的回忆录

爷爷是个贫穷的老学究，以教私塾为生，由于人长得体面，又写得一手好字，附近邻居都愿把孩子送到这里来学习，家庭收入还算过得去。当时，年幼的父亲也跟着这些大哥哥一起读四书五经，"之乎者也"。擅长书法的爷爷亲自为父亲开笔，因此，父亲的毛笔字很见功底。但好景不长，落后于时代的私塾很快被淘汰了，不几年学生逐渐减少，最后私塾只剩下一个学生，他就是我父亲。

私塾关了门靠什么生活？父亲下面还有一个弟弟和两个妹妹。在生活水准很高的上海，养活六口之家，谈何容易！

这时，我奶奶挺身而出，她在宁波乡下是远近闻名的，心灵手巧，纺纱织布、养蚕缫丝、绣花刺字无所不精，尤其擅长剪刀工。奉化是出裁缝己私利的反动、丑恶本质。

父亲在童家的资助下毕业于大同大学建筑系测量专业，先后供职于浙江省公路局、江西省公路局、粤汉铁路局、铁道部工程建设局等，从技术员一直干到主任工程师。新中国成立后多次被评为"先进个人""技术能手"。但由于上述历史问题每次运动都受到冲击，多次接受审查。当然最严重的要数"文化大革命"了。

1966 年 8 月 23 日我们家第一次被抄家，这日期我记得特别清楚，因为住在附近（丰富胡同）的著名作家老舍也是在同一天被抄家（老舍被抄家后离家出走，疑于 24 日凌晨投太平湖而死），而母亲与老舍相识。一批灯市口中学的红卫兵把正卧病在床的母亲一把揪到墙角，翻箱倒柜、破门砸窗，他们要批斗父亲，要母亲检举父亲是国民党潜伏特务。但街道无权揪斗铁道部的干部，父亲照旧天天正常上下班，甚至 9 月 5 日接受抢修三线战备铁路的紧急任务到云贵高原长期出差去了。

临别前父母谈话到深夜，这一对相濡以沫 35 年的夫妻相互鼓励，生离死别之际相约无论遇到什么折磨，决不允许自杀，一定要坚持到再团聚的那一天。父亲特意到附近的利生体育用品商店买了一对加厚的护膝，作为送给母亲的临别礼物，以防被揪斗跪地时可以保护膝盖。妈妈说："别省这个钱，你也该为自己买一对护膝，以防万一。"

爸爸说："你放心吧！三线目前还很安全。"

父亲走后，红卫兵无法揪斗他，只能疯狂地拿可怜的母亲出气，最终将母亲折磨致死。父亲到西南后的头几个月，准时一周一封平安家信。最初发自云南沾益工地，后来发自富源工地，再后来是甘洛、沪沽、西昌、会理……

但从 1967 年三四月起，突然整整两年杳无音信，母亲一边随时被造反派挂牌揪斗，每天要扫厕所、跪门洞，一边时刻挂念父亲的处境，在双重的心理压力下，苦不堪言、心力交瘁，患了多年的心脏病迅速恶化。

我受妈妈的委托，顶着狗崽子的帽子三番五次找铁道部有关部门询问父亲下落，遭到多次训斥、盘问，最终找到两份有关材料。一份是铁路分局党委发来的要选汪良圃同志为施工前线的"先进个人"的请示，一份是当地"革委会"要揪斗国民党潜伏特务汪良圃的通告。两份材料相互矛盾，不知道该相信什么，但有一条使奄奄一息的母亲稍为宽慰的是，人还健在，没出什么大事。

1970年4月8日，母亲病危住院抢救，当时父亲已在湖北沙洋农场劳动。4月9日我发出"母病危，急回京"的电报，但一直拖到4月16日父亲才被允许回京，那时母亲已经神志昏迷、不省人事好几天了。这是1966年9月以来全家第一次在母亲病床前团聚，几天来妈妈对亲人的呼唤已经没有反应，但当爸爸走到床前大声说："竞华，我平安回来，看你来了！"妈妈竟奇迹般地从被窝里艰难地伸出了手，摸索着触到爸爸的手，一把紧紧地握住摇了好几下，脸上露出幸福、熟悉的笑容，接着我看见妈妈的眼角流下了热泪。

这是父亲、母亲最后的心灵呼应。妈妈显然在告诉我们，她遵守了决不自杀，坚强地挺过来一直等到重新团聚的诺言。

幸亏母亲没能睁开眼看看父亲，否则她会非常心疼的。

因为经过三年多的折磨，父亲几乎已经认不出来了，不但又瘦又老，右手食指还断了一截，当我们问起这几年的经历时，他仅淡淡一笑说："一切都过去了，还提它干吗？反正活着比死去需要更大的勇气！"

直到他去世后我整理他的日记时才知道，他在离家三年多里受尽了各种非人的折磨，多少次因实在承受不了痛苦欲选择自杀，但都因想起临别时与母亲的承诺而作罢。

父亲写一手好字、画一笔好画靠的都是他的右手。"文革"中一些嫉妒他年年被评为先进的小人，找到了发泄的机会，想方设法地折磨他，经常有意殴打他的右手。后来听说音乐界的造反派在批斗刘诗昆、殷承忠时也重点殴打他们的双手，手法如出一辙。父亲有一次与造反派一起搬一块大石头，刚把重物抬起，对方不打招呼就撒了手，父亲迅速撒手已来不及，右手掌被整体压碎，右手食指被压断，好友邵二南工程师（北京市原副市长陆宇澄的老岳父）费力地在石块下找到断落的一寸长血淋淋的食指，急忙送交医生希望能给接上，但造反派们说对一个历史反革命还费那个劲做什么，抢过断指从窗口扔了出去！

从此，父亲再也画不出铁道部常作为样板的精美的工程建筑图了。

1995 年 10 月，85 岁高龄的父亲因患肺癌住进羊坊店铁路总医院，经多方治疗病情仍不断恶化，他自己对病情心中有数。一天，他换上盛装要求我们把他带到新北京火车站（现在叫北京西站）的建筑工地看看，他一边颤巍巍地努力站直了身体，一边自言自语地说："我可能等不到建成的那一天了，我虽然不在但你还能活很多年！"一个月后父亲驾鹤西去，把一辈子献身给铁道事业的老人留下了最后一张相片。

在新北京火车站工地，爸爸留下了最后的一张照片

3. 我的母亲

母亲叫马竞华，生于 1915 年 5 月 22 日，卒于 1970 年 5 月 27 日，享年仅 55 岁。自父亲认了童校长为过房爹后，童家对他的关怀真可谓无微不至。当父亲年满 18 岁时童家就开始在学校里的数百个女学生中为父亲物色对象。

　　由校长亲自张罗，校长夫人把关，爷爷与奶奶进行初选，紧张的淘选工作暗暗地进行了几年，最后选中的三人都是百里挑一、出类拔萃的人才。三人中究竟哪一个最合适呢？最后由父亲自己拍板。就这样，1931 年冬天17 虚岁的母亲嫁给了 22 虚岁的父亲。

　　后来我对母亲开玩笑说："父亲是千里挑一被过房阿爷选上的太子，您是千里挑一被爸爸选中的王后，我们子女肯定具有良好的遗传基因，考上男四中、师大附中本没什么可大惊小怪的。"

　　童校长的眼光确实敏锐、准确。母亲聪明、美丽、温柔、贤惠，对父亲体贴入微，对子女言传身教，把家营造得和睦温馨。我从没见过她着急上火、大声说话，遇到任何困难都方寸不乱、从容应对。在我一生的经历中遇到过许多出色女性，但还从没有遇见过一个像母亲那样完美的。她在子女的心中威望极高，她的严厉都在和蔼可亲、婉言轻语中体现出来。虽然从不大声斥责，但我们对她的每一点要求，都会拼命地去完成，唯恐不能使母亲满意。

集江南女子聪明、能干、温柔、贤惠于一身的妈妈

　　多年后发现我经常与孩子们存在代沟，相互很难沟通，时而产生摩擦，孩子们逆反心理很重时，我常想学习母亲对我们的教育方法，但无法得其

要领。

母亲的聪明机智是深藏不露、长在骨子里的。只有当家庭遭遇重大变故、面临艰难决策时，她超强的冷静细密、审时度势的本事才显露出来。

1941年父亲在浙江省公路局工作时期，由于杭州沦陷，公路局搬到浙南丽水的农村安置。父亲像往常一样整年在建设工地出差，无暇顾家。一次他携带巨款去江山、上饶一带筑路，临走前把母亲和6岁的我、4岁的妹妹寄托在兰溪的一个朋友家，答应一个月后来接。谁知父亲走后没几天风云突变，日寇长驱直入占领金华直逼衢州，将浙江省横腰切成南北两块。兰溪紧挨着金华，一夜之间全城陷入一片混乱，杀人放火、奸淫抢劫比比皆是。

父亲的朋友决定第二天逃长沙转重庆，问我们的打算。当时摆在母亲面前的出路有三条：一是就地不动等待父亲来接；二是冒险穿过战线到丽水找浙江省公路局；三是在浙北农村找地方先躲避一阵。

朋友们都建议采取第一种方案，并客气地把房屋钥匙交给我们，说要住多久都行。他们的理由是父亲出差的江山县目前尚未被日寇完全切断，父亲肯定会千方百计来兰溪会合，接了家眷一起逃难。

但母亲出于对父亲的了解，力排众议地认为现在兵荒马乱，携带巨款非常不安全，父亲肯定会不顾一切先回丽水到公路局交代工作，把公款还上，那时恐怕兰溪也就沦陷了。因此，在此守候是下策。冒险穿越战线到丽水去更不可行。唯一的办法是先找个地方躲避一阵。

决策已定，如何实施？

母亲想起父亲、叔叔曾与这一带的江上的船工混得挺熟，当时江南的水码头船工都讲究江湖义气，不乏侠义豪爽之士。有几个在父亲的工程中承包过砂石料运输的船老大还曾被父亲邀请来家里喝过酒。母亲用最快的速度找到了这些人，述说我们的困境。他们说："恩人遇难，我们定两肋插刀相助！"在他们的安排下，我们母子被迅速用船运到浙江与安徽交界的大山深处住下。

事后得知，母亲的分析完全正确，父亲果然先携款经千辛万苦回到丽水，结清账后再想来兰溪已不可能，兰溪在我们离开后的第三天被日寇占领，我们住过的房子也被一把大火烧得精光。

船老大用船溯富春江（今称这一段江为新安江，但我们仍喜欢它这个充满诗意的名字）而上，把我们带到淳安以西靠近屯溪的一个码头，弃舟登岸步行十来里山路，安置在他的远房亲戚姓郝的寡妇家，母亲让我们叫她"好姑姑"，叫她两个比我大几岁的儿子为"好哥哥"。

没几天，母亲与"好姑"已亲同姐妹，我与"好哥"们也相处得很好。他们带我上山砍柴、采野果，下河摸鱼、捉泥鳅，完全忘记逃难的危险与艰辛，天天高兴得像过年似的。所有的生活重担都压在母亲瘦弱的肩上，她帮乡亲、船工们缝洗衣服，学会了砍柴烧炭、割草养鹅，并把炭与鹅拿到集市上去卖，以养家糊口，这对于一个从小生长在上海的二十多岁的年轻妇女来说是何等不易！

更使母亲倍受煎熬的是父亲的安危，她几次化装成农妇冒着遭遇日本兵、国民党败兵及土匪的危险，到江边托船老大打听父亲与叔叔的消息。大约在 1942 年秋的某一天母亲从江边回来高兴地告诉我，已取得与父亲的联系，他现在江西省公路局工作，要我们尽快穿过封锁线与他团聚。

"好姑"听说后坚决阻拦，去江西的路要通过几道封锁线，大路上有日本兵、国民党兵，小路上土匪如毛，你一个单身妇女带两个孩子如何去得？

经母亲再三坚持，"好姑"给我们想了个法子：当时沿海全被日寇占领，内地食盐供应十分困难、盐价很高，当地有些村民冒险从事偷运私盐穿过封锁线的营生，"好姑"有个外甥近期要出一次货，唯一的办法是求他带我家同行。

为此，"好姑"杀鸡、打酒请他外甥吃了顿饭，酒桌上把母亲情况向他作了介绍。"好姑"说："这是我的干妹子，你这一次就少推些盐把她全家三口捎过去，用你的命保证他们的安全。"这个憨厚的山民爽快地答应了，但一再嘱咐要作好遭遇各种艰辛、危险的思想准备。

1942年冬，天气奇冷，是贩私盐的大好时机，我们一伙共二三十辆独轮车（当地叫鸡公车）。每个车夫带一支火枪，每辆车两边捆绑两麻袋盐，足有上千斤重，"好姑"外甥的独轮车上麻袋没装满，但上面多捆了两个竹篓，这是我与妹妹的专座。我们俩穿着臃肿的棉衣，外面还裹着棉被，手里捧着一根灌满了黄酱的竹筒与一包贴饼，这是"好姑"给母亲精心准备的路上伙食，一股脑儿生生地塞进竹篓，这支贩私盐队伍就吱扭吱扭地上路了。

队伍专走最崎岖的险道，不断地在崇山峻岭中穿梭。据我后来实地考察，当年我们肯定走的是穿黄山，沿九华山、坜崛山，再翻大茅山到上饶的山路。几十年后我专程故地重游，风景依旧，当年的贩私盐的山路今日已成为黄金旅游热线，我多次在崎岖小道上逗留遐想，希望能在心灵上唤起魂牵梦萦的母亲、热情率直的"好姑"、憨厚淳朴的山民的身影。

当年的好风景没有给我留下任何印象，只记得道路险峻难行，隆冬季节，时而风雪大作，时而浓雾缭绕。一边是刀削斧凿似的悬崖，一边是望不见底的深谷，羊肠小道被冰雪覆盖，走一步滑一步，每步都有生命危险，母亲实在不敢走这样的路，只好用绳把自己拴在独轮车后拖着身子走。

开始，盐贩子们嫌母亲走得慢，是队伍的累赘，但经过一件事后他们不仅不嫌她累赘，还把她视为救命恩人，队伍的主心骨。

一天，我们路经皖南一山村时，突然被一群来路不明的队伍包围，他们穿着各种样式的军装，盐贩们以为是国民党的败兵来抢盐，先开了火。在双方鸣枪对峙的冲突中有几个盐贩子被俘，人、枪、盐全部被扣押。正当他们不知如何应对时，母亲偶尔发现在喊话中对方有几个说很纯的上海话的女子，言谈举止文明礼貌不像坏人。于是，母亲主动出面谈判，才发现他们是新四军。经过母亲疏通，盐贩们卖给新四军一些盐，新四军把被俘人员、枪支、盐全部送还，并留我们在他们驻地休息。两天后，母亲与新四军里几个上海女学生才依依惜别。

穿过封锁线时我们天天昼伏夜行，虽然曾多次听到过枪声，见到过敌伪的碉堡与被烧毁的村庄，但没发生什么大的险情。仅母亲几次在深雪中滑落山崖，幸而被鸡公车上的绳子拴住才脱险。经过半个月的艰苦跋涉，终于在 1943 年大年初一那天到达上饶，登上父亲事先联系好的汽车。汽车直接把我们送到当时江西公路局的所在地——位于赣南于都、宁都、兴国三县交汇的山窝窝里一个叫银坑的小镇，几十年后我才知道这是中央红军长征的出发地。

母亲晚年身患严重的心脏病，发作时每夜不能平卧，只能倚靠在床头喘气。但她在生命终结前的最后几年所表现出来的英勇无畏、浩气凛然的气概至今使我热泪盈眶。

我们熟悉的妈妈的身影

1966 年 8 月 23 日我们家被抄，等我闻讯赶到家时，家里已一片狼藉，母亲显然挨了揍，脸上胳膊上都有皮带抽过的痕迹。她见到我说："红卫兵是冲着你爸爸来的，对我这个家庭妇女他们能栽多大的赃？你放心，我能顶得住，你赶快骑车去铁道部看看你爸爸那边的情况。"

当天晚上父亲不仅平安回来，而且还带来被单位任命为野外队技术负责人，近日将动身去三线修建新铁路的消息。母亲立刻从打击中恢复过来，用布满被皮带抽打的伤痕的双手，哆哆嗦嗦地收拾起父亲出差的行装。她以为父亲出差三线，红卫兵无法揪斗，事情就会逐渐平息下去。

但事出意外，从此以后这批红卫兵频频光顾我家，矛头对准母亲，口号由"深挖、狠斗国民党潜伏特务"改成"揪斗国民党特务的臭老婆"，三天一批斗，五天一殴打，母亲被折磨得死去活来。

我气愤不过，找了几个我单位的好友也带上红卫兵袖套闯到灯市口中学红卫兵总部与他们论理，话不投机双方接上了火，有个"红五类"出身的叫杨会年的朋友竟与他们推搡起来，这些中学毛孩子根本经不起揍，但挡不住他们人多势众，我们发泄一阵后，怏怏而归。

后来了解到揪斗父亲是假，打击母亲泄私愤是真。当时我们住在王府大街的铁道部宿舍，母亲不久前刚被评为东城区"先进妇女"，当选东华门地区的街道办主任。父母双双先进、子女个个出色，在铁道部家属大院中传为佳话，也引起一些人的忌妒。

同院的邻居中有一家，一直垂涎这个"先进妇女"、街道办主任头衔，但在选举中票数少于母亲而落选。于是恼羞成怒，为发泄妒恨搞臭母亲，通过他们在灯市口中学上学的子女招来一批不明真相的红卫兵来我家扫四旧。好心的街坊邻居实在看不下去，悄悄地把实情告诉我们。当母亲了解真相后冷静地对我说："原以为由于父亲的历史问题牵涉我，当父亲出差后他们无法揪斗，我就可以解脱了。现在看来，既然有人一心一意想搞臭我，事情就不会很快摆脱。"

接着，她十分清醒、果断地作了几项应对安排："我已想清楚，第一，我作好了吃苦受辱的准备，天塌下来我顶着，咬牙挺过这一劫。第二，我最担心的是你爸爸，要加强与他联系，对北京情况要报喜不报忧，以免他惦记。第三，孩子们千万别介入此事，你们在自己单位参加运动，街道无权过问，一旦介入街道就可按现行来抓，就麻烦了。第四，大哥穿军装，妹妹身体差，小弟尚年幼，在这最困难的时候你本应多出力，但不料你竟如此幼稚、鲁莽地跑到学校去论理，这只会给我帮倒忙，以后再别干这种傻事！"

果然，在我到灯市口中学去论理的几天以后，他们对母亲的批斗变本加厉。9月上旬的一天，红卫兵通知，在街对面北京人民艺术剧院排演场内召开批斗黑帮大会，要抓母亲去陪斗。接着来了一批人一把揪着母亲美丽的长发剪了个阴阳头，脖子上挂着反革命分子的大牌子，拖到会场跪在地下被众人推搡、唾骂。

听到这消息，我悲痛欲绝，由于我的愚蠢，母亲遭受如此奇耻大辱，我永远无法饶恕自己。那天回到家面对被剃了阴阳头、满身伤痕的母亲，我撕心裂肺、长跪不起、痛哭流涕。

母亲冷静地说："去学校论理，是你的一片孝心，但你有勇无谋，以后要接受教训。我到人艺陪斗，不一定与此事有关，即便你没得罪他们，他们照样会整你。开始我的确害怕，敲锣打鼓、人山人海，谁见过这种场面，跪定后发现旁边还跪着于是之、舒绣文等艺术大师，舒大师也与我一样患有严重的心脏病，他们挨打比我多，他们能挺过来我也能挺过来。经历过这种场面后我更坚强了，有这碗酒垫底，什么酒都能对付。"

1966 年妈妈 51 岁、我 31 岁，摄于"文革"前夕的北京

母亲是个忠诚的戏迷，痴迷京戏与话剧，经常把省吃俭用的钱花在到对面的人艺或护国寺人民剧场看演出上，到了这光景还诙谐地用戏文说事。

母亲拖着重病的身体，遭到各种非人的摧残，一直咬牙坚强地挺了四年，等待着乌云过去、全家团圆的日子，最后在病床前弥留时刻才实现了自己的愿望。

我一辈子中无数次陷入绝境时，总会在耳边响起母亲的话"天总归是要亮的"，使我学会面对困难坚强不屈。

4. 我的哥哥

我哥哥叫汪成为，1933 年 7 月 25 日生于上海。

前面叙述的内容中很少提及我哥哥，原因是几乎整个抗日战争时期他都远离我们，单独与外公、外婆居住在已经沦陷的上海。

我们家逃离战火中的上海是采取化整为零、分批撤离的方式。

1938 年父亲先撤，在浙江省公路局找到工作后通知我们。1939 年母亲带着四岁的我和两岁的妹妹第二批撤，经过千辛万苦挤上了逃难的轮船，差点没把我挤丢（后面将详述）。当时六岁的哥哥按照外公、外婆的要求暂留上海与他们做伴，打算等局势稳定后第三批再撤。

谁知全面抗日战争一打就是八年，1943 年以后上海生活十分困难，外婆身体日益衰弱，实在无力照顾我年幼的哥哥。恰好此时我们在江西银坑这个世外桃源安居乐业，是抗战中生活最安定的时期。父母十分挂念身陷上海的哥哥，希望早日把他接来全家团聚。

难题是如何带孩子穿越封锁线。根据几年前母亲带我们穿越封锁线的经验，我们写信给居住在浙江富阳的叔叔，询问把巍巍（哥哥小名）带过封锁线的办法。

叔叔回信说，只要有人把哥哥从上海带到富阳，他将亲自护送他来银坑。

1944 年初，外公结识了一个往返于上海、富阳跑单帮的商人，他同意带哥哥去富阳。

临行前外婆用灰布缝了一个包袱，里面除几件替换衣服外，还有一张写着叔叔姓名、地址的纸条。考虑到孩子太小，身上带钱不便，旅途费用全交此商人保管。不知是否有意，当他们坐火车到杭州车站下车时，这位商人与哥哥走散，他带着钱消失在人群中。

十一岁的哥哥在临行前被告诫：一旦走失唯一的办法就是在走失地点死等。

于是，他在火车站整整等了三天。身无分文的他夜里蜷缩在墙角过夜，白天在车站口张望，饥饿难忍时就找旅客们吃剩丢弃的食品充饥。三天过去没见人影，哥哥意识到再找到此人已无任何希望，便寻找开往富阳的长途货车，哀求司机将他捎到富阳。遭到多次拒绝、多少白眼后，终于一天遇到一个好心的拉棉花的卡车司机，同意免费把他捎到富阳。他按照地址，一路打听一路问，最后找到了叔叔的住地，但当时没见到叔叔的人影。

据后来叔叔的解释：他当时在盐业公司工作，穿梭于敌占区、国统区、红军区，倒运油盐酱醋、日用百货，居无定所。在约定的时间里他确实等候了好几天，但不见人影，以为计划有变，就离开临时住地去办事了。直到一个月后收到上海与银坑的来信，才知孩子丢失，开始着急地到处寻找。

哥哥打听到叔叔常在船码头一带出没，于是就沿江挨个码头去寻找。对一个在上海外婆宠爱下长大，从未出过门的十一岁孩子，面对陌生的城市、偌大的江面，如何寻找亲人？唯一办法就是掏出纸条，逢人便问："你们有谁认识汪葛圃？我是他的侄子，求好心人帮我找找！"

叔叔没盼到，却招来了日本兵。

当时日军主要占领交通枢纽和大城市，对中、小城市仅隔三岔五地扫荡一次。那一天江码头忽然涌来大批难民，纷纷传说日军要扫荡富阳城，争先恐后地上船逃命。哥哥也被裹挟上了船，溯富春江而上向安徽方向逃亡。

据我推测，很可能与几年前母亲带我们逃亡时走的是同一条路线。船到目的地后难民们都下了船，唯独哥哥死活不肯离船，苦苦哀求留在船上打工，混口饭吃。船老大看他可怜留下了他，从此船上多了个十一岁男孩的身影，帮船工们买菜烧火、洗碗擦舱，吃些残羹剩饭。这是他离开上海在外流浪多日后第一次有了个能固定睡觉的窝。

叔叔知道丢失了侄子后，焦急万分，暂把生意放在一边，全力以赴寻找孩子。到处托人打听，满街贴寻人启示。后来从船工们口中得知有一个流浪男孩被某船老大收留，于是沿江逐船寻找。三个月后，在桐庐县一个码头的船上发现有个破衣烂衫、骨瘦如柴的打工小孩，走上前询问才知确是巍巍。

父母经历了几个月丢失孩子的痛苦煎熬后，终于在 1944 年秋天收到了叔叔已找到哥哥的喜讯，叔叔告之不日可带他来江西银坑团聚。

见面的那天全家盛装在汽车站欢迎。汽车到站后，旅客们鱼贯而出，大家挨个儿盯着都无法辨认出亲人。这不仅是由于分别了五六年变化很大，更由于哥哥在临行前又出了事故。当时富春江是敌、国、共几方武装力量拉锯式占领的地区，枪支弹药扔得满处都是，哥哥在船上打工时与船工们下河洗澡，江底常发现有黄澄澄的各种子弹，哥哥收藏起来作为玩具，其中几个没打响的瞎弹，叔叔说这里面还有火药是易燃物，坐汽车不允许带，哥哥听说里面有火药喜不自禁地设法把子弹头拔下，把火药倒出来堆在一起玩起放烟火游戏，可能子弹泡在江水里受了潮，火柴点燃后往火药堆中一扔，等了一会儿没有动静，哥哥就凑到跟前去吹一吹！

轰！一声巨响……

哥哥痛苦地抱着头在地上打滚。送到医院检查，半个脸严重灼伤，熏得漆黑，头发、眉毛、睫毛全无，幸亏躲避得及时没伤着眼睛，真是万幸！

妹妹从小离家对大哥毫无印象，仅从相片上认识他，一时间看见面前这个"叫花子"与相片里漂亮、英俊的哥哥完全不像，吓得躲在妈妈背后大哭大喊："这个丑八怪不是我哥哥！"

这就是全面抗日战争八年里的第一次全家团聚。

这一段颠沛流离的经历，衣不蔽体、食不果腹的煎熬培养了哥哥坚毅不拔、吃苦耐劳的精神，使他受益一辈子。

1950 年随父从南方来北京，他克服基础差、底子薄的状态，经过顽强拼搏考上了师大一附中。毕业时作为师大一附中成绩最突出的优等生被北京师范大学挑走，免试入物理系学习。

在师大一附中上学时的哥哥

1957 年，由于品学兼优，哥哥被国防部选中为保送苏联学导弹设计的研究生。

我当时在苏联收到他将来莫斯科国防工程学院攻读副博士的信后，极其兴奋并提前到莫斯科等候迎接。但由于当时中苏关系破裂，从那一年起苏联单方面撕毁了军事保密专业接受中国留学生的协议。

派遣哥哥留学苏联的计划搁浅后，组织上提出三个方案，任他挑选：一是改一个普通的专业继续去苏联留学；二是挑选国内任何一所大学去读研或任教；三是入伍到国防系统搞攻坚课题研究。

哥哥从小受父母"为民所用"思想影响，当即表态坚决去国防部。因为不久前刚听过中央有关文件的传达："要搞中国自己的原子弹、导弹。"他欣喜地认为这是一个把自己所学的知识报效祖国、人民的极好机遇。

哥哥把一辈子都奉献给新中国的国防建设事业，他长期在钱学森等老一辈科学家带领下承担过许多重要国防科研任务，硕果累累，但默默无闻。

我的哥哥，中国工程院院士

民间略有所知的是他曾担任国家"863"项目信息领域的专家组组长，被科委领导称为我国的"战略科学家"。

据《中国863》一书介绍，他逻辑严密、思维清晰、条理分明、能言善辩、口才极好，具有一流的思维、组织、表达能力。

哥哥是资深院士，目前行政职务已退二线，但继续承担一些科研任务。

给领导们讲课

5. 我的妹妹

妹妹叫汪成源，1938年3月22日生于故乡奉化。在1949年有了小弟以前，她长期享受小宝贝疙瘩的待遇。

1949 年以后虽添了个小弟弟，她仍是四兄妹中唯一的女孩。因此，她一贯是父母的掌上明珠，娇生惯养。她从小有个外号叫"蚌壳精"。江南每逢佳节游行队伍中除舞龙灯、划旱船外，总有几对扇着巨大的贝壳扭来扭去的漂亮仙子，用现代的语言可称为珍珠宝贝。

但"蚌壳精"三字用上海话来发音接近"碰哭精"，就是一碰就哭的能手，惹不起的瓷娃娃。"哭与吃"是妹妹幼时的两大技能。

当父母去上班时（母亲曾担任过小学教员、公路局职员等），把妹妹交给我照看。她只要抱着一个饼干箱，里面放几块苏打饼干，就可以在床上坐一天，每隔一刻钟必打开饼干箱数数里面饼干少没少。

有时我馋，细声细语地与她商量："乖元元（妹妹的小名）！让我也吃一块饼干好吗？我给你抓几个蚂蚱去！"

她经常不说同意或不同意，只放声大哭。我只好放弃这"非分之想"，耐心地等她睡熟后偷吃几块，但一旦她睡醒后发现数目不对时，更要号啕大哭一场。

妹妹惹不起，更躲不起！

有时我厌烦了想到屋外转转，或方便一下，没等一泡尿撒完，一准从屋里传来哭声："妈妈叫你看着我，你自个跑哪里玩去了，我一个人害怕！"

妹妹上学后，妈妈要我除上学、放学同行保护外，课间休息时也尽量抽空去看看。有好几次课间时，我见她独自一人在墙角抽泣。同学中有些淘气的男孩专爱逗漂亮娇气的女孩为乐，所以妹妹今天受张三欺负，明天被李四捉弄。于是，我又有了一项新任务，每天在放学回家的路上堵截那些淘气包，卷起袖子、瞪圆眼睛，装着要拼命的样子："你再欺负我妹，我与你单独练练！"

一般情况下，对方慑于我凶煞般的架式都会服软、求饶。

但有一次我堵截一个叫郭胜华的"刺儿头"，他不但没害怕反而说："谁怕你，我早憋着劲儿想和你较量较量！"

我们俩从路上扭滚到沟里，再从沟里扭滚到竹林里，打得天昏地暗。

回到家我对妹妹说："我今天好好收拾了郭胜华那小子，但恐怕妈妈一会儿就要收拾我了！"原来，我发现在打架时，刚穿上的新裤子被拉了尺把长的口子。

妹妹安慰我说："你撅起屁股我帮你缝上，我的针线活特好，保证妈妈发现不了。"妈妈下班后，在昏暗灯光下果然没有发现任何破绽。但晚上睡觉时我却无法脱下我的长裤，一脱就露出光屁股，原来妹妹把外裤与衬裤缝在一起了。我只好向妈妈坦白，把妈妈笑得在床上翻滚："元元，以后全家的破衣服都由你来补！"

遗传基因确实是极深奥的怪事。

随着年龄的增长，原来懦弱、害羞、娇气的"蚌壳精"妹妹不知不觉地变成了聪慧美丽、决策果断、办事干练的小精灵，活脱脱是妈妈的翻版。

如果说1944年六岁的她与我双双登台出演京戏《二堂舍子》时还有些胆怯的话，接着出演话剧《朱门怨》我们兄妹两有大段的对手戏时，她已能驾轻就熟，时时获得掌声。后来一发不可收，唱歌、跳舞、京戏、话剧样样上手，俨然成了当地的一个小明星。

1948年湖南衡阳组织全市中小学生演讲比赛，我们粤汉铁路局从铁路中、小学（当时叫扶轮中、小学）选拔三名选手，代表铁路系统参加高、中、低三个组的比赛。凑巧选上哥哥、妹妹和我去参赛。

那天，兄妹三人在校长带领下乘船过了江，来到船山中学礼堂，面对坐满了礼堂的几百名观众，妹妹毫无畏惧地第一个上了台，她的演说博得了热烈的掌声，她的成功鼓舞着我和哥哥，结果我们三人包揽了高、中、低三个组的第一名。学校给我们隆重颁发了奖品，铁路局门口贴了大红喜报，爸妈脸上乐开了花。

由于我们三兄妹在粤汉铁路局的知名度以及1949年父亲在抢修被国民党破坏的铁路工程中立了一等功并荣获"劳动模范"称号，在粤汉铁路恢复通车的隆重剪彩仪式上，妹妹被特邀作为礼仪童宾去牵彩带，由叶剑英来剪彩。这是我们第一次与中央高级首长的接触，二十年后，我向周恩来总理汇报地震工作时，见到了叶帅，还一起回忆了那次的剪彩活动。

1950 年我们全家北上赴京，妹妹看到哥哥考上师大一附中、我考上男四中后，她向妈妈表态决不落后于哥哥们，也要考上北京市的尖子学校。几个月后她果然考上师大女附中。好强逞能的性格给她一生带来许多成功，也遭受一些磨难。

在师大女附中上学时的妹妹

1960 年我留学苏联回国后，见到五年未见面的妹妹，她已成为体弱多病的林黛玉了。据说在"大跃进"时期她是闻名的铁姑娘，带领同学与工人们日以继夜大炼钢铁落下一身疾病，接着三年困难时期又带头少吃粮、熬野菜，身体更加虚弱。有几次她由于风湿发作全身瘫痪，不能行动，由我背着上医院抢救。

最使我感动的是，就是这个体弱多病的妹妹为我家做了一件使我终身难忘、至今感到汗颜的大事。

自 1966 年 8 月 23 日我家被抄家、母亲被揪斗后，红卫兵隔三岔五地来骚扰，勒令母亲每天要打扫厕所，并把她剪了个阴阳头跪在门洞示众，被人随意推搡唾骂，把多年患严重心脏病的母亲折腾得死去活来。

　　看到奄奄一息的母亲，我感到撕心裂肺的痛苦，作为一个血性男儿，却不知用什么办法才可保护母亲，使她少受折磨，我深感极端无能。我曾天真地去学校与红卫兵论理，结果不但没有效果，反而给母亲带来更大的不幸。

　　我明白，唯一的办法是采取周总理保护老干部的措施，将人转移隐藏起来。但到哪里去找安全的避风港？

　　父亲那儿自身难保、哥哥那儿是保密部队，只剩下我与妹妹处可供选择。按说我理应挑起保护母亲的重担。一天，我闯进研究所革委会，向头头们提出借房要求，别看平日关系不错，那些人一旦大权在握满嘴唱高调、打官腔！

　　"你自己是白专典型、修正主义分子。你妈在街道挨批斗，我们若接纳了她，这可是严重的政治立场问题！是对毛主席革命路线的态度问题，对'文化大革命'的态度问题！"

　　正在我一筹莫展时，妹妹勇敢地站了出来，她不知用什么办法说服了革委会与两派的头头，不仅借到一间教室，而且床铺、桌椅板凳一应俱全，走廊里支起爸爸临行前特地为妈妈手工打造的煤油炉，布置了一个理想的避风港。

　　现在剩下的唯一难题是母亲如何取得街道批斗小组的批准，名正言顺地离开这个苦难深渊。我与妹妹一致同意先去医院看病，托人开出需要住院的证明，将母亲从医院直接送钢院。

　　由我拿着医院住院证明到街道革委会去请假。

　　就是这个从小懦弱、胆小、体

大学时代的妹妹

弱、多病的妹妹，在关键时刻挺身而出勇敢地保护了母亲，做了我想做而没能做到的事，使母亲在极端恶劣的"文革"环境下多活了几年。

在我们家庭的历史中，在最困难的关键时刻总会涌现出勇挑重担的女性，巾帼不让须眉。

当年爷爷私塾倒闭，全家六口生活无着时，正是奶奶用一根银针帮助全家渡过了难关。

抗日战争时期父亲与我们被日寇阻隔，母亲孤身带着两个幼儿，冒着生命危险，隆冬季节长途跋涉，成功地穿越了日伪封锁线，全家得以团圆。

"文化大革命"中母亲遭受非人折磨、奄奄一息，大家束手无策时，妹妹勇敢地建造了避风港保护了病重的母亲，延长了她的生命。

妈妈最爱看梅兰芳的《穆桂英挂帅》、杜近芳的《谢瑶环》等巾帼英雄的戏。常用戏词"我不挂帅谁挂帅""我不下地狱谁下地狱"来鼓励自己，教育子女，妹妹也继承了这一传统。

当教授后与爸爸合影

6. 我的弟弟

弟弟叫汪成用，1949 年 9 月 29 日生于广州。

1949 年春，解放战争形势发展很快，粤汉铁路管理局决定由衡阳搬到广州。我刚上扶轮中学初一不久，只好退学随家南迁。

当时的广州人满为患，住房紧缺，物价飞涨。尤其爸爸领的工资是"金圆券"，它一天之内可贬值好几次。我记得每到发薪水那天，全家出动紧张得如同救火一样；首先爸爸摸着黑早起到珠江边排队，争取搭上第一班船到二沙头（粤汉铁路临时办事处）尽早领到工资，哥哥接过钱跑步抢先过江把钱递到我手里，我跑步把钱分送到已在粮店排上队购粮的妈妈或在钱币兑换处排队的妹妹手中。

这种一环扣一环的接力赛一个月至少上演一次，万一哪一棒稍微迟缓，赶上"金圆券"缩水，可能使全家整个月处于无米下锅的状态。

为了节约开支，渡过难关，我与哥哥只好放弃到广州最著名的广雅中学学习的机会（已考取），辍学在家。哥哥为了帮父亲分担生活重担，利用铁路部门职工家属可免费乘火车的便利条件，与邻居们合伙干起了去九龙、深圳跑单帮贩卖香烟的营生。

更为严重的是住房问题。当时广州集中了全中国的富人：一等大款候机飞台湾，二等大款候船渡港澳，三等大款坐镇广州当寓公。大家都拥挤滞留在广州，市内住房顿时处于僧多粥少、十分紧缺的状态。粤汉铁路局虽腾出一个大仓库供从衡阳迁来的职工家属居住，但考虑到妈妈产期临近，与大家一起挤大仓库有诸多不便，我家只好另想他法。

最后通过一位熟人的亲戚租到东川路东城街七号的一间十平方米的没有窗户的小房。房况很差、房租很高（月租 32 块袁大头），但已别无选择。好在它是个四厢合拢、中间带天井的那种中式老屋，房屋虽小，但屋门距天井边的走廊较宽、房檐很长，在走廊搭个床睡觉是足够了。父母带妹妹住在房间里，我与哥哥睡在房外走廊上。

住房问题解决后，亟须找个有接生经验的女佣。当时我们家没有住妇产医院的经济条件，兄妹三人都是由祖母或外婆亲自上手，帮忙接生的。现在老人不在身边，在兵荒马乱、人地两生的广州如何去找接生婆？

吉人自有天相。

邻居中有位列车长的夫人，是苏州人。在语言不通的广东，见到江浙老乡，亲热得不行。同为天涯落难人，她见到妈妈的处境，爽快地说："汪太太，理想的接生婆现在不可能找到，我们是老乡，接生的事我包了。放心吧，我有经验，可以随叫随到！"

1949年9月29日，这位热心的苏州老乡在床前守了一天，我们兄妹三人在屋外打下手，爸爸在屋里、屋外焦急地转悠，晚八点多钟小弟终于出生了。

由于他出生的年、月、日都带有"九"字，又与新中国同岁——三十几个小时后毛主席宣告中华人民共和国成立。所以一些热心于卦卜之术的朋友认为，"此孩儿必是大富大贵之人"。

父亲不希望孩子追逐名利，成为大富大贵之人，故而为他取名"成用"。三兄弟名字连读就是"为民用"，与毛主席说的"为人民服务"意义相同。弟弟的小名为"容容"，取其"容易健康成长、容纳吸收人间的宽厚善良、容忍排斥世界的丑陋邪恶"之意。

弟弟从小聪明伶俐，浓眉大眼，十分讨人喜欢，是我们大家的宠儿。父、母、哥、姐都争着抱他、哄他。据妈妈回忆，我出国留学前一阵子，整天把持着小弟弟不让别人沾手，尽兴地逗玩了个够。

在苏联的第一个春节，我曾收到五岁弟弟寄来的贺年片，稚嫩的小手歪歪扭扭地写了几行字："我快要上学了，我一定努力！将来像哥哥一样去留学，做个科学家！"

留学五年期间为了抓紧学习我一次都没回家。待我学成回国再次见到小弟时，他已是一名优秀的少先队中队长了，家里墙上贴满了他的奖状、小红花。看来父母已把教育我们兄妹的成功经验，全部用到了他的身上。

加之小弟的天分比我们高，大有后来居上之势。

在王府大街小学上学时的小弟

那时北京市实行就近入学制，他考入本区最好的男二中，除了学习成绩优秀外，他加盟的"小红星"乒乓球校队在北京市中学生比赛中屡战屡胜，以他担任领唱的文艺宣传队在北京市多次获奖，他的照片挂在学校门口"三好学生光荣榜"上。我们家注定又要出一个德、智、体全面发展的好学生了！一切都那么自然、顺畅，那么水到渠成。

但是天有不测风云，自从 1966 年 8 月 23 日红卫兵来我家抄家的那一天起，一切都颠倒了，彻底改变了小弟的命运。

一夜之间，敬爱的父母变成了国民党特务，挚爱的哥姐变成白专典型、修正主义分子，尊敬的老师变成反动学术权威。连平日无话不说的亲密小伙伴，见面时都生分地躲开了。从小一直是三好学生、优秀队员、优秀团员的小弟突然变成"狗崽子"，谁都不愿吸收他参加红卫兵。

他陷入极端痛苦、迷茫之中。在家里眼看着慈爱的母亲遭殴打、受污辱，他不敢去保护、去安慰。在学校面对火热的红卫兵活动，他又不便去参加、去支持。一方面是十几年刻骨铭心的血缘亲情，另一方面是"保卫毛主席，反对帝修反、砸烂封资修"的号召在心中剧烈地碰撞。原来热情似火的孩子逐渐变得沉默寡言，经常独自静坐在黑暗中长吁短叹，不知所措。

一天，他严肃地问我："小哥，咱爸咱妈真有问题吗？"

"我出国留学，哥哥入伍、入党都经过最严格的政审。你放心！绝不会有任何问题。"我答。

"不管怎样我再也不能走你们的人生道路了，我要远离家庭，上山下乡向工农兵学习。"他告诉我，学校里来了一位东北农垦兵团的首长，动员高三、高二的学生报名去东北农垦扎根落户。他虽是高一学生，不属动员对象范围，但他也报了名想跟着高年级同学一块走。"我们也有一双手，不在城里吃闲饭！"他坚定地说了一句那时极流行的口号。

当时，小弟是唯一与病重的妈妈同住，照顾她吃饭、服药的生活帮手与精神支柱。原以为根据北京市有关文件，他留在城市务工或在近郊插队的可能性较大，我们正为此感到欣慰。然而小弟的决定如同晴空霹雳，出乎大家意料。受打击最大的当然是妈妈，最钟爱的幼子即将离她而去，正在水深火热中受煎熬、奄奄一息的她，今生今世可能再也没有与幼子见面的机会了。

但妈妈始终坚强地没说一句劝阻的话，只是那天弟弟告诉妈妈登车离京的具体日期的那一刹那，她突然失控大哭起来，然后默默地把弟弟拉到床前用颤抖的手轻轻抚摸他的头。

像是祝福、像是诀别！

她了解自己的孩子，一旦他作出决定谁都无法改变了。几天以后，妈妈把我叫到床边，哆哆嗦嗦地从内衣里掏出她的私房钱。

"敏敏（我的小名），你骑车到大栅栏去一趟，按小容身材买一套做长大衣的滩羊皮筒。"妈妈说。我知道，这是妈妈准备最后应急时的救命医药钱，我拒绝接受。"小容的行装由我们负责，这些是您的救命钱，绝对不能动！"

妈妈显然生气了，苍白的脸上映衬出一丝红晕。"让我最后留给他一个念想吧，他一走，我的半条命就跟着去啦！"

接着，很少求人的妈妈恳求我："敏敏，你要负责说服他。我担心的是他要与家庭划清界限，不愿接收我的礼物！"妈妈痛苦地说，似乎孩子的远离是由于父母的过错连累的。

皮筒子买回来后，妈妈挣扎着起床忙活起来，按军大衣的款式在滩羊皮筒外吊一个结实耐磨的布面子。

被抄家后东西乱了套，妈妈称心的缝纫工具都找不到了。一天我发现雪白的滩羊皮筒上有斑斑血迹，再看妈妈的双手，已是横竖布满裂口，正渗着血。她劳作了一辈子的手经常干裂，现在又找不到纳鞋针与顶针，缝制坚韧的滩羊皮筒时，针线常陷入手指的裂口里，勒出一道道血印。

1968 年 7 月，弟弟要走了。

大家强颜欢笑送他上路，妈妈拿出叠齐熨平的皮大衣送给弟弟，果然不出所料，弟弟拒绝了："妈！您这是干吗？那边是部队，什么都发，用不着这些东西。"

我连忙把弟弟拉到一旁说："看妈的意思，她已作了与你永别的准备，这是用她的保命钱，带病缝制的血衣，你记得'慈母手中线，游子身上衣'的诗吗？你一定要带上它留个纪念。"

弟弟被分配到位于黑龙江北端绥滨县的 290 农场扎根落户。从此母亲床头多了一张黑龙江省地图，每天呆呆地望着它，眼里充满着期盼。

在黑龙江军垦农场的小弟

两年后弟弟因母病危赶回京时，她已处于弥留状况，昏迷不醒了。这件血衣成为纪念慈母这段痛苦历史的一件刻骨铭心的礼物。

到 290 农场后，弟弟自觉地按照"脱胎换骨"的要求，吃大苦、耐大劳，一心一意向工农兵学习，做一个优秀的军垦战士。

在那冰天雪地的原野上，他是如何熬过那些远离亲人、战天斗地、艰苦卓绝的日日夜夜的？迄今为止我所知甚少，仅通过几封家信可大体感知他的思想脉搏。

1969 年在一封信中谈到，冒着零下 30 度严寒在黑龙江边巡逻，防人偷渡。结尾写道："我站在江畔，终于看到苏联了，我曾经多少次梦想能像哥哥一样去那里留学呀！但今天我必须从思想深处彻底清除这种念头，踏踏实实地决心在边疆扎根一辈子，做毛主席的忠诚卫士……"

1971 年在一封信中寄来一张相片，在一个会议室里，小容手捧毛主席语录正在发言，头顶上方一幅横联写着"向模范团员汪成用同志学习"。

1972 年接小容来信，他已被批准为中共预备党员了，是同去北京知青中的较早一批。

1973 年来信第一次提到中央有新精神，劳动之余，允许看些书。询问他的高中课本还在不在，是否可以给他邮寄。

当年秋天来信说，他被推荐报考了清华大学汽车制造专业，拼命补习一阵后，信心十足地去赴考，临行前夕接到通知，团部领导以"年青党员骨干不放行"为由，把名额转送给了一个哈尔滨知青。

1974 年是 24 岁的弟弟的最后一次推荐入大学的机会。根据兵团的规定，超过 25 岁一律不再推荐。不巧，那年唯一来东北招生的是上海音乐学院，赴考者不计其数，因名额有限，要通过考试严格筛选。

对音乐知识接触甚少的弟弟不愿错过最后的机会，鼓起勇气报了名。然而拿起招生简章左看右看却不知该报考什么专业。

钢琴系？不能报，仅兵团报考的就有几个从小练钢琴的音乐世家。民乐系？也不能报，仅黑龙江报考的就有几个全国比赛获奖者。

最后，挑了作曲指挥系。原以为能避开自己弹奏水平低的弱点，谁知无意（无知）中选择了要求最高、难度最大、竞争最激烈的考试。

领到考试安排通知，顿时傻了眼：录取人数最少，东北考区仅录取一名。考试内容最多，不仅没能避开钢琴等乐器演奏，还要考从未听说过的视听练习、和声配器等。

我不知道他是如何考试的，只收到他考后寄来的一封短信。"考试难度很大，报考者人数众多，且多数是在专业乐团工作、培训过的学生。东北考区仅录取一名。我毫无希望！……"

考试后，他一心投入繁重的夏收夏种劳动，报考上海音乐学院之事，早抛到九霄云外去了。

1974 年 8 月底的一天，弟弟到团部汇报工作，一个熟悉的团直协理员悄悄告诉他："好像有你的一封上海音乐学院录取通知书，来了好些天了，团里领导似乎仍不想放行，所以没及时通知你！"

弟弟心急如焚，找领导们苦苦哀求，最后在一个通情达理的领导帮助下，终于同意放行，这才把压下多日的信交给他。当他打开一封被揉搓得像霉干菜的录取通知书时，距注册的截止时间只剩下四天！

假如说军垦的日子是体力极限的煎熬的话，上海音乐学院的日子是脑力极限的煎熬！一种不知如何去拼搏，无从下手、无能为力的煎熬。

全班十六人，一半是从全国文艺团体中选拔来的，几个从民间选上的，也都从小爱好，有一定音乐基础，弟弟入学时在班里属较吃力的一类。

学习之艰难，我可以想象。但令我不能想象的是两年以后，他如何奇迹般地由班上的落后生变成了优秀生，四年以后又成为班上的业务尖子，上海市学习雷锋的标兵。

1978 年上海音乐学院停顿了多年后第一次恢复招考研究生，全国的考生蜂拥而来，安静的校园顿时挤得水泄不通。弟弟躲在琴房里写毕业作品，作曲系主任、我国音乐界和声学权威桑桐教授进来问："大家都在报考研究生，你为什么不试一试？"

在老师的鼓励、支持下，弟弟又幸运地考上作曲系桑桐教授的研究生。

在这以后，中央电视台、中央人民广播电台多次播出弟弟创作的交响乐。弟弟在"上海之声"音乐会上获大奖，被专家们评为中国音乐界的"未来之星"，寄予厚望。

有一次，我到上海探望弟弟，恰巧遇到当年去东北招生的老师。

我好奇地问："东北仅一个名额，你们当时怎么就选中了汪成用？"

他说："专业分他确实很低，但我们看中他三点：一是素质，二是灵气，三是耳朵。"他又说："是否录取汪成用，我们也犹豫了很久。最后还是贺院长、丁院长（贺绿汀、丁善德）拍的板，贺老说专业技巧可以学习，人的素质、灵气与耳朵的听觉能力是很难学的。"1984年小容被来中国讲课的美国著名作曲家L.史密斯教授看中，史密斯邀请他赴美国留学。

他先后获得美国斯坦福大学、芝加哥大学作曲专业的硕士、博士学位。

在斯坦福大学获得博士学位的小弟

除获得学校对优秀学生提供的全额奖学金外，他还不断参加各种规模的作曲大赛，并屡屡获奖，被国内外媒体捧为当时最有前途的中国青年作曲家之一。

正当他的音乐事业如日中天时，一次车祸使他的颈椎严重受伤。经过两次大手术抢救虽脱离了生命危险，但音乐创作受了很大影响。1990年以后很少再从事艺术创作，逐渐淡出了人们的视野。但弟弟的人生拼博并未到此停止，他再次发挥了永不服输的顽强斗志，带病转行攻读计算机专业的研究生，成为一名优秀的计算机专家。

他曾对我说："天生我材必有用，我将用音乐与计算机两方面的知识为民所用。"

二、九死一生

我妈说我不应该属猪而应该属猫，因为猫有九条命。

我从小多灾多难，经历过无数次浩劫，多少次在必死无疑的情况下死里逃生。原因不是我从小体弱多病，相反，我体壮如牛，很少生病。

导致屡遭劫难的原因，主要是我出格的淘气与无法自控的好奇、冒险的欲望：进屋不走门，经常翻墙爬窗户。出门不走路，专找沟沟坎坎练平衡。每见路上有堆屎，总想方设法去踩它一脚，或找块砖砸它个天女散花，溅得自己满身满脸屎沫子。

我就在这样隔三岔五地出事再出事、惹祸再惹祸中一天天长大。

迄今为止主要的劫难已达八次，也就是说妈妈赋予我的九条命几乎已经耗费光了，现在静等着第九次劫难的来临，不知是否还能平安过坎。已经安然渡过的八次必死无疑大劫是：第一劫，1939年吴淞口遇险；第二劫，1940年碧湖江落水；第三劫，1941年衢州遭鼠疫；第四劫，1943年银坑堕深渊；第五劫，1944年朱溪堡患怪病；第六劫，1948年衡阳车轮下逃生；第七劫，1976年唐山强余震被埋（见本书第三部分第二章）；第八劫，2006年受围攻突发脑出血（见本书第五部分第一章）。

1. 人生第一劫——吴淞口遇险

1937年"八一三"以后上海成为一个被日军团团包围的孤岛。但租界地区日寇暂没进驻，难民逃离上海的唯一通道是从外滩或十六铺乘船，乘黑夜冒险穿过被日军封锁的吴淞口，就可到达公海。这是当时逃离孤岛上海到大后方的最后机会。

1938 年父亲就是通过这条水路撤离上海的，之后他在浙江省公路局找到了工作，来信希望母亲带着四岁的我、两岁的妹妹尽快逃离上海，来浙江省公路局抗日时期临时驻地丽水与他会合。

外公、外婆全家费了九牛二虎之力，终于抢购到了船票。这是一种上海人称为"小火轮"的客、货混装船，中舱与底舱装人，船顶篷是敞开的，周围一圈栏绳供捆绑货物之用。

1939 年秋，一个月黑风高的夜晚，妈妈一手紧紧拉着我，一手抱着妹妹，肩上还背着行李，无论如何努力都没法在拥挤人群中踏上跳板，进入船舱。眼看船就要起航，她急中生智恳求旁边一位背着行李也在挤船的高大青年。

"对不起，请您帮忙把这个小男孩带着挤上船！"随即把我的小手交给那个青年。

经过一番疯狂搏斗，妈妈终于抱着妹妹挤上了船。上船后第一件事就是寻找我，但在剧烈摇晃的船舱中、昏暗的灯光下，从中舱到底舱转了几个来回挨个查看，足足有两个多钟头，就是找不到我和那青年的人影。

妈妈事后告诉我，她一再反问自己："那人是骗子？不像啊！""那人没能挤上船？不能啊！"

她十分自责："为什么连名字都没有问一声，就把孩子交给他？"

她越想越害怕，只能大声呼叫："敏敏，你在哪里，快答应一声！"这一惊天动地的呼声，遭到全船人的批评："不要命了！我们正在偷渡吴淞口，两边都是日本兵。"

也幸亏这一惊天动地的呼声，招来一个好心水手的帮忙，他告诉妈妈，在收缆绳起航时，他在黑暗中看见船顶篷堆行李的地方似乎有活物，以为是宠物就没在意，不妨再上去看一下。

妈妈大喜，放下妹妹就急着要爬上船顶篷，那个水手急忙阻拦说，当船开动后船顶篷摇晃最剧，风大浪高十分危险，连水手都不敢上去。为了帮忙寻找孩子，他冒险爬上去看看。

正在此时，两岸的日军似乎发现了我们的船，探照灯向船体扫来，接着传来枪炮声。我们的船为了躲避探照灯与枪炮，急速拐弯、迂回前进。

冒着生命危险爬上船顶篷的水手从探照灯光中很快发现了我，在船体剧烈颠簸中，我用冻僵的手抓着船边的缆绳正津津有味地欣赏两岸的炮火。更有趣的是我没见到妈妈之前，死活不愿与水手一起下舱。

据后来了解，那个高大青年是来送人的，主要任务是帮亲友把行李递上船顶篷就完事。他可能把我也当作一件行李往顶篷一放就回去了。

我被妈妈招呼下到船舱后，引起全船旅客像看怪物似的围观我。大家奇怪，一个四岁小孩如何能在水手都害怕的颠簸摇晃中，顶着恶风险浪，勇敢、镇静地站在滑溜溜的顶篷上，仅靠抓住一根软绳索坚持了三四个小时？

此时，船已驶入公海，危险海域过去，全船立即洋溢着一片欢乐轻松的笑声，我向旅客们吹嘘刚才看到的热闹场面，妈妈悄悄换下因焦急、恐惧而被汗水浸透的衣服，我完全没意识到这是我人生中遭遇的第一次大劫。

2. 人生第二劫——碧湖江落水

逃出被日寇重重包围的孤岛上海后，我们很快来到抗日时期浙江省临

抗日时我们曾在浙南山城丽水避难

时省会丽水县与爸爸会面。

丽水是浙南一个偏僻的山城，地处温州湾瓯江上游。每逢赶集的日子，穿着奇装异服的山民（长大后才知道他们主要是畲族人）唱着山歌来聚会。从小生长在上海的我感到很新奇，带着妹妹找个岗地的树下坐着看热闹，觉得比在上海时外公带我去"大世界"看麒麟童还过瘾，经常一坐一天忘了吃饭。好在妹妹随身不离手抱着一个饼干箱，饿时填肚子、累时当板凳，日子过得倒也逍遥快活。

但好景不长，当日军侦察到浙江省的许多机关疏散到丽水后，开始了对丽水的轰炸。我们居住的城郊白云山地区，由于正在修建军用机场，自然成为轰炸的主要目标。

一天，我与妹妹正在观看集市。天空上浓雾中钻出几架飞机，飞得很低，但又没有听到空袭警报，一开始大家以为是自己的飞机，纷纷抬头观看。突然飞机用机枪向人群扫射，接着扔了几个炸弹，恰好掉在我们刚才站立过的地方，炸出了一个深坑，刚与我们搭讪的几个老人都头破血流、人肉横飞。幸而我们及时转移到附近的岗地的大树下，才躲过一劫，惊魂未定的父母急忙赶来，见我们兄妹无恙，紧紧抱起我们，流下了激动的眼泪。

从此，日本飞机几乎天天光临，白云山上的警报频频响起，爸妈三令五申严禁我们外出。（成年后才知道丽水是除重庆外抗日时期遭日寇轰炸最多的城市。）

但躲在家里也不安全。一天，房东发现我们借住的茅草房墙上有机枪子弹扫射后留下的弹痕，爸爸决定把我们转移到更安全的地方。

凑巧爸爸的同事彭工程师的夫人是丽水附近的碧湖镇人，曾在上海上过学，现在碧湖邮政局工作。她曾多次向妈妈推荐，说那里的环境宁静优美，是躲避空袭的理想场所。她们家有空房，丽水遭轰炸后，彭夫人已经把他们的两个孩子从丽水转移到碧湖，并邀请我妈妈带着我与妹妹也随同前往搭伴。

碧湖果然如同它的名字一样绚丽，四周翠绿的竹山层层环抱，中间晶莹的碧溪蜿蜒穿插（现在叫龙泉溪，当时叫碧湖江），一早一晚水雾扬起时，给人一种梦幻仙境般的感觉。当然，这是我七十年后故地重游，寻觅妈妈脚印时的感受。当时给五岁大的我留下最深印象的是四个小伙伴（彭家也是一男一女）天天可以在河边戏水玩，在岸边打栗子吃。

碧湖是妈妈魂牵梦萦的地方。多年后一提起碧湖，她常陷入甜蜜的回忆："那地方真是人间仙境！"

在战火纷飞的年代，找到一片世外桃源当然舍不得离去，但长住朋友家也有诸多不便。主要是彭阿姨太客气，拒收房租与伙食费。妈妈直截了当向她提出，房租、伙食由两家对半摊，另外由她负责给两家做饭、洗衣及照看四个孩子（彭夫人要上班），若不同意，她只好搬走。就这样妈妈成了彭家的管家，每天端一大盆衣服到河边去洗，四个孩子扛着大竹竿跟在她后面，先打皂角豆，给妈妈当肥皂使，再打栗子给自己喂肚皮。

一天，刚下完大雨，河边石板很滑，我们正兴冲冲打着栗子，忽然背后传来妈妈的呼声——"敏敏！"我回头一看，妈妈已滑落河中，被大水冲离河岸十几米远。

我奋不顾身飞奔到河边跃入水中，忘了自己根本不会游泳。我以为只要模仿大人挥臂蹬脚的姿式，就能轻而易举地漂在水面上，但入水后越动越向下沉，唯一的感觉就是大口喝水时从嘴边冒出的气泡擦着脸部向上移动，接着我便失去了知觉。醒来时我已躺在栗子树下，身下垫着一条长板凳，我像被晾晒的雪里蕻似的横在长条凳上，头与脚在条凳两侧垂向地面，便于把一肚子水从嘴中倾出。当我苏醒过来时，脑袋冲下的我只能看见一大堆脚。

耳边传来："谢天谢地，活过来了，没事了！"

后来得知，我跃入水中的同时，妹妹尖锐、洪亮的哭声随即而起，显然她的办法比我更有效。

哭声惊动了附近邮政局的人，彭阿姨与她的同事们先用我们打栗子的竹竿钩住妈妈，把她从水中拖起。接着沿河下游仔细寻找，结果在落水处下游约百米的地方把我捞出。

疑似妈妈当年在碧湖的落水处

七十年后我故地重游，试图找到妈妈和我落水的地方，从记忆中搜寻当年妈妈的言谈笑容。但时过境迁，除了还是那座山、还是那条河外，其他一切都已毫无痕迹，无从寻觅。我只能沿江岸选了疑似的台阶，岸上有一株大栗子树的地方，献了一束鲜花，默默地寄托我的哀思。

3. 人生第三劫——衢州遭鼠疫

1941 年父亲奉命调往浙西公路段修战备公路。考虑到我已到了上学年龄，而碧湖小镇教育质量比较差，我们一家只好依依不舍地告别彭阿姨，举家迁到衢州。

衢州中心小学离家虽不算远，但战争时期处处危险：可能遭遇日机轰炸，也可能遭国民党败军抢劫。安全起见，公路局的职工凑钱包了一辆人力车（上海叫黄包车）接送孩子们上学。我们一车挤了七八个小孩。人挤人、人摞人，打打闹闹十分快乐。

我们班主任姓苏，是个剪短发的中年女老师，我听妈妈叫她苏大姐。她对学生特别好，每天准时在校门口接送学生，每逢下雨天，她还抱一个、背一个地从黄包车上亲自把我们送进教室。

有一天，我们班上一个淘气蛋上学时书包里带了一件奇特玩具，是一只黄毛的大老鼠。这只老鼠特别乖巧，上课时在课桌里面不吱声，睡大觉，下课后脖子上拴根绳像条狗似的被小朋友牵着走。

我问他从哪儿买的，他说是自己抓的。这更勾起了我的兴趣，我天天死缠滥打地央求他带我去抓老鼠，最后不得不牺牲我视为珍宝、从上海带来的几本小人书《杨家将》作为交换条件，他才勉强同意。

星期天，我们偷偷溜出家门，他把我带到郊区一个废弃的仓库里，告诉我只要翻开仓库的破烂什物、碎砖残瓦，常能发现这种黄毛大老鼠，它们不咬人，跑得也不快。凭我们俩的灵巧身手，半天时间果然抓到两只，一只他带回去送好友，一只归我所有。

回到家本想把老鼠宝贝藏起来谁也不让看，但压抑不住用它恐吓一下妹妹的冲动，结果不仅吓着了妹妹，更吓着了妈妈。

"你没听说前些天日本飞机扔了几个细菌弹，传说这地区将流行鼠疫，这些发呆的老鼠，肯定是已经染上日本人鼠疫菌的病鼠！"

按照妈妈的命令，我很不情愿地把可爱的老鼠用煤油烧死，深埋在后院。

没几天，正式通知下来，要求"家家搞卫生、户户要消毒，彻底消灭老鼠，预防鼠疫流行"。但为时已晚，几天工夫，染上鼠疫的病人爆炸式增多，医院人满为患。接着街上陆续发现尸体，全城笼罩着一片恐怖气氛，工厂、商店、学校一律停止活动，整条街上空无一人，只有救护车呼啸而过。

出差在外的爸爸闻讯急忙赶回来告诉我们："衢州将被封锁，你们不能在这里等死，要赶快逃离。但考虑到周边地区都拒绝接受衢州灾民，我找到一个熟悉的船老太租了一条船，你们暂在江上躲避鼠疫吧！"

之后两个多月我们一直生活在船上，沿着兰江与衢江，从兰溪、龙游到衢州、常山一带，反复地兜圈子。

我们船不靠岸，吃住在江上，食物由爸爸采购后定时在江边供应。多年后，我曾读过一本小说，描述第二次世界大战时，有一批谁也不肯接受的犹太难民如何在海上漂流的故事，与我们当时的处境十分相似。

在船上生活几天后，我开始发高烧，这使妈妈处于两难的境地：在衢州城里凡发现高烧者，一律强制送隔离营，听说进了隔离营，如同进了鬼门关，基本有去无回。但若把我发烧的情况隐瞒下来，万一真是传染性极强的鼠疫，不仅我们全家要遭殃，替我们划船的船老大一家三口也难幸免。

思来想去，妈妈采取十分大胆、聪明的做法，她干脆与船老大坦诚地讨论对我的处理意见。通过几天接触，妈妈相信船老大是个十分善良、明白事理的老人。果然，船老大坚决反对送我去隔离营。

他说："现在孩子患什么病还不清楚，决不能交隔离营去送死。为了以防万一，明天让老伴、孙子回家去住，留下我孤老汉帮你们划船，我已经到了这把年纪了，没什么可怕的。"

第二天一早，船老大把他家人送走，并从岸上又划了一条小船回来，把它拴在大船后面，连成一组母子船。从此小船成了我的专用隔离船。爸爸购买了许多中、西药和各种消毒药水，把船和人都仔细消毒一遍。不知是药起了作用，还是我患的根本不是鼠疫，一周以后我烧退病愈，开始下河摸鱼了。

我们在船上漂流两个月后，衢州鼠疫警报解除，允许登岸进入遭受过灾祸的县城了。两个月不见，全城一片荒芜凄凉景象。劫后余生的人们见面的第一句话总是："菩萨保佑，你还活着！"然后相互倾诉，哪些熟人已经不在了。

我们小学同班同学中有一半死于这场灾祸，其中包括曾带我去捉老鼠的小淘气与抱我进教室留着一头短发的苏老师。

1995 年出版的《抗日战争胜利五十周年纪念文集》中，有一篇《日军细菌战调查报告》引用了日本友人森正孝的一段资料，摘录如下：

731 部队所研制的细菌弹曾在 1940 年 10 月 7 日至 1942 年 4 月 18 日先

后对浙赣前线衢州、金华等地使用过，共攻击 6 次，投弹 48 枚。从效果看，霍乱菌不够理想，没取得预期效果。

而鼠疫菌效果突出，投弹后引起衢州县城及周围 13 个村庄鼠疫流行，感染率达 28%，死亡率达 97%。

4. 人生第四劫——银坑堕深渊

1943 年春，妈妈带着我与妹妹穿越敌、伪封锁线来到江西银坑与爸爸团聚。

银坑位于赣南山区，四周群山环抱，在没通公路前，离得最近的兴国、于都、宁都县都需要爬一天的山路才能达到。从纪念长征七十周年的资料中得知，这里曾是老革命根据地，是中央红军长征的出发地。1931 年第三次反围剿时曾把指挥部设在银坑，著名的兴国、黄陂等"三战三捷"战役就是在此指挥的，当时毛主席居住的地点恰是我们当时的小学校址——洪家祠堂。

在这个与世隔绝、幽深秀美的山区，我们度过了全面抗日战争以来八年中最安居乐业的一段日子。妈妈找到了工作，我和妹妹上了学，后来哥哥也从上海赶来团聚，江西省公路局还给我们在家属区分配了两大间房子，这是由十几排工棚组成的临时建筑，因地处竹林深处，故取名为"竹林村"。

房屋虽是由工棚改造的，茅草顶、竹篾墙，但在当时艰苦的战争条件下，可算是豪宅了。妈妈用白纸把屋子整体裱糊一番，屋前种果树，屋后搭鸡窝。我和妹妹每人还养了一只鹅，鹅通人性，喂养熟后能认主人，能听懂命令。每天放学回家，鹅都在门口迎接，各自把主人的拖鞋叼来，并拍马屁似的扇扇翅膀。本来准备养大杀了吃肉的，现在只好作为家庭新成员，好好侍弄它们。

公路局职工们苦中取乐，组织了京剧团、话剧团、歌舞团、体育队等。每年春、秋两季举行职工运动会，每周一次文娱演出，不管山外战局如何，山内照样丝竹之声不绝于耳，一片歌舞升平的景象。我现在还保留有 35 岁的父亲在运动会上夺冠的相片。叔叔是京剧的粉丝、票友，他自己参加职工京剧团后又拉哥哥"下水"，接着把我和妹妹也拖了进去。开始时跑跑龙套，后来一板一眼地学唱几句，最后哥哥竟能挂牌独挑唱全本的《豆汁记》（又名《捧打薄情郎》），饰男主角。我和妹妹也学会了三五出戏。

我喜欢的角儿是黑旋风李逵，腰插双斧，疾恶如仇，唱念做打，铿锵有力。有一次，我在演唱会上唱"……我把忠义堂来闯"，由于发音不准，观众误听为"……我把冬米糖来尝"。从此，落了个"冬米糖"的外号。

眼看抗日战争局势逐步好转，敌人由进攻转为防御。一天，从没有遭受过敌机轰炸的银坑，突然响起空袭警报，天边出现一群黑点，并迅速变大，看样子足有几十架之多，飞机气势汹汹地向我们俯冲过来，大家急忙四处找掩蔽处躲藏，妈妈双手牵着我和妹妹向后山狂奔。

这一带地形我很熟悉。我对妈妈说："前面小桥下面有条深沟，躲空袭特别好，平时我们玩捉迷藏，躲几个人两三步以外都发现不了，更何况从飞机上看。"

我把妈妈带到小桥上，指着桥面下一个可站几个人的小陡坎。这是山区用几根圆木搭在溪涧两岸的简易桥，桥两侧没有桥栏。江南潮湿多雨，溪涧两岸与桥两侧都长满了一人高的杂草，妈妈很难看清我指的掩体。

"在哪儿呀？"妈妈问。

"你仔细看，就在这儿！"

为了把这秘密掩体向妈妈介绍得清楚些，我一边拨开杂草，一边向前迈了一步。就在那一瞬，我脚一滑，跌下了深渊。可能事情发生得太突然，妹妹来不及反应，没喊也没哭。妈妈则平静地问："敏敏，别捉迷藏了，你快给我出来！"

我头朝下倒栽葱式飞下深渊的过程中，不知怎么又被两壁的树藤拨正了，沟底到处布满尖石和深潭，而我却不偏不倚地一屁股坐在浅水下的一块平滑大石板上。过了好一会儿，远处传来了妈妈焦急的呼喊声与妹妹的痛哭声。

"妈妈，我掉落到沟底啦！"

"你好好摸摸摔伤什么地方没有？"妈妈着急地问。

我站起来弯弯腰、踢踢腿，左看右看，除了下落时被树藤划破一点皮外，哪儿都没问题，只是踢腿时发现少了一只鞋。

妈妈听我汇报后大喜，躲空袭也顾不上了，先回家去扛晒衣服用的长竹竿。邻居听说我掉下了深渊，也帮忙扛来许多竹竿、绳索，据妈妈回忆，接了六根长竹竿才刚够到底。但仅用竹竿、绳索很难将我从如此深的沟底救出。最后，按照当地砍柴的老表的建议，逆着溪涧向上游走了好几里路，找到溪壁较低处才脱离险境。七十年后，我重返故地，"竹林村"与公路局办公室都已荡然无存，在原址上建立了一个乡村医院与一所中学。但我幸运地找到了那条狭窄而陡峻的溪涧，它是赣江的一条支流，季节性向赣江补充水源。由于溪涧主要流经垂直节理发育的红色砂岩地区，因此溪涧两壁几乎直立，深度可达 30 米，沟底怪石嶙峋，由沟底向上看只见一线天。看到如此地形、地貌，我着实为当年的险情吓出一身冷汗。堕入此沟还能平安逃生，确是奇迹。

抗战时期在银坑的江西省公路局职工宿舍"竹林村"
今天成了银坑中学的校址

5. 人生第五劫——朱溪堡患怪病

可能是日寇垂死挣扎，平静了多时的战火又重新燃起。半年前害得我身堕深渊的轰炸，后来证实，日寇当时的攻击目标主要是蒋经国坐镇的赣州，银坑仅仅是路过。

轰炸赣州可能是一个信号。从此，日军疯狂反扑，企图从南昌南下沿赣江打通吉安、赣州一线，战火逐步逼近世外桃源——银坑。为了以防万一，1944年春公路局组织一批车辆把职工与家属陆续疏散到一个更偏僻隐蔽的地方躲避。

这地方叫朱溪堡，是广昌县境内的一个小村庄。据说领导考虑到那里有个多年废弃的军用机场，可以利用机场的一些旧房屋供职工们暂时居住。但到现场后发现这些废弃房屋多数房梁、门窗已被老表们扒光，几乎只剩下地基了。

我们到达朱溪堡后，稍为像样的房屋已被先行者瓜分一空，连附近老表们的茅屋也都挤得满满的，凡能插足的地方，譬如堆柴、养猪的草棚都难以租到，我们只好准备在大树下露宿过夜了。

傍晚时分，爸爸兴冲冲地通知我们，凑巧找到了一间特别理想的房间。我们进屋一看，是当地十分罕见的砖墙瓦顶房，大家暗暗庆幸，奇怪先行者们的疏忽。

自从住进这间房屋后，怪事频频发生：先是妈妈感到不适；接着头天还好好的房东太太，第二天突然精神失常，疯疯癫癫；再后来，一向身体很好的我突发高烧，昏迷不醒。关于这段历史，爸爸日记中有详细描述：

敏儿终日昏睡，口中还念念有词，一到晚上更令人毛骨悚然。刚开始他说："爸爸妈妈！我们别住这间房，我害怕！"

我们不断地安慰他，说爸妈都在他身边，没什么可怕的。过了一会儿，他突然大叫："不好了，又来了！"

我们说："半夜了，什么人也没有。"

敏儿仰起了头，用手指着门后堆行李处。说："你们看，躲在行李后面，绣花鞋还露在外面呢！"

再过一会儿，敏儿满脸惊恐地呼喊："爸爸妈妈救救我！她一定要拉我走。"

我们问："谁要拉你走？"

敏儿答："就是这个穿绣花鞋的讨厌女人。"就这样，折腾了整整一夜。

第二天我找到同事们要了些退烧、感冒之类药给敏儿服下，但毫无起色。当天夜里病情更加严重，发烧到41℃，呼吸急促，人已虚脱。在此荒山野岭，到最近的医院也要走一天的路程。

大家都说："这孩子很难熬过今夜了。"

更令人恐怖的是他的胡言乱语："爸爸，妈妈，她更凶了，把土往我身上埋，我的脚已不能动了，快救救我！土快埋到我胸上了……"

这时，当地一位年长善良的老表悄悄告诉我们，我们租的那间房子几天前吊死过一个年轻女子。她上吊时的确穿了一双绣花鞋，上吊地点就在门后堆行李的地方，你们孩子肯定是被鬼缠上了。

我们夫妻俩平生从不迷信，一辈子从不敬神拜鬼，但此时却被吓得魂不附体、汗毛耸立，出了一身冷汗，连忙向他请教救孩子的办法。

老表说："今晚能否安全度过，要看他本人的造化。假若孩子能熬过今夜，明天白天等太阳起来，把孩子从头到脚用被头包严实，迅速撤离，跑得越远越好，此屋再也别回来，太阳光下鬼不敢跟随，跑远了她找不到，就可以摆脱她的纠缠。"

孩子已经奄奄一息，医院又远，没有任何其他办法，老表的建议不妨一试，只能死马当活马医吧！

第二天太阳十分明朗，按照老表的吩咐我扛着严密包裹着的敏儿，竞华牵着元元（妹妹小名）飞奔逃出凶宅。

果然，几天后敏儿逐渐退烧康复，不医自愈。此事是我一辈子最大的不解之谜团。

发烧说胡话是可以理解的，但他说得如此详细具体，与后来老乡介绍的隐情完全一致，对这一切我们事先谁也不可能知道。

几天后，接到局机关传来的通知："危险形势已缓解，可以返回。"我们很快又返回银坑，朱溪堡给我们留下一个可怕的永远无法解开的谜。

6. 人生第六劫——衡阳车轮下逃生

抗战胜利后，百废待兴，铁路系统急需一批工程技术人员，拟从公路系统调入。江西省公路局总工程师亲自挑选了一批技术骨干，其中包括我爸爸，将他们集体调往粤汉铁路局工作。

调动工作涉及两个部门，手续烦琐，相互扯皮了一两年。利用这空隙时间，妈妈带着我们兄妹三人回家探望三家老人：祖父祖母、外公外婆与过房阿爷、阿娘。

全面抗日战争前，三家共六位老人，现在只剩下三位，祖父、外婆与过房阿娘都已作古。我们从江西黄金埠渡口租了一条小船，溯信江而上，到达江西玉山县；随后登岸翻了一天山路，到达浙江常山港；再租一条小船沿衢江、兰江、富春江顺流而下直奔杭州。爸爸妈妈选择这条路线是经过精心设计的，不仅非常舒服、便宜，而且故地重游，可以回忆许多往事，顺便去看望了不少朋友。

1946 年秋，我们回到故乡奉化，哥哥考上溪口武陵中学，我与妹妹考上奉化城内的文聚堂小学。不久，收到爸爸来信，他已正式调入粤汉铁路，希望我们到湖南衡阳与他会合。

1948 年春，全家又在湖南衡阳团聚，兄妹们分别考入扶轮中、小学（现称铁路中、小学）。粤汉铁路管理局当时设在衡阳郊区一个叫苗圃的地方。地处湘江右岸，与衡阳城有一江之隔，交通十分不便。

为了方便职工进城、上班、上学，铁路局专修了一条小铁路从苗圃直通火车站与渡口。铁路职工家属可免费乘坐。这对于从小认为坐火车是豪华级享受的我来说具有极大的吸引力，除上学、放学乘坐两趟外，平日一有空就泡在车厢里兜风。

久而久之，结识了一批"车油子"，他们大部分是辍学青年，聚集在车上吃喝，或利用火车倒腾些货物，做个小买卖。他们个个艺高胆大、身怀绝技，从飞驰的火车上跳上跳下如履平地。这门技术对于我来说十分实用，因为铁路原本擦学校围墙通过，而车站偏偏设在离校门较远处，假若当火车经过学校围墙时直接从飞驰的列车跳下翻墙入校，比火车到站停稳后走大门入校可以节省 20 分钟时间。经过刻苦练习我成了跳车能手。

有一天，这帮"车油子"发起一场扒车技术比赛，并邀请我参加。刚开始是比从行进的列车上用各种姿势跳上、跳下，这种小儿科技术难比出高低。于是进一步提出比赛"顺跳"与"反跳"技术。所谓"顺跳"就是背对火车行驶方向，由一个车厢顶上跳到另一车厢顶上。车厢顶上呈弧形，有时被露水打湿，滑溜溜地很难站稳，技术难度很高。所谓"反跳"就是面对火车行驶方向，由一个车厢顶跳到另一车厢顶，由于惯性作用，难度更大。我就是在"反跳"时出的事，差点儿丢了性命。

"反跳"比赛开始，先由老手们带头跳，人腾空后火车还顺着跳跃方向行进，因此必须跳得更远些，才能弥补火车行驶所造成的距离损失。我看见老手们"反跳"个个成功，也摩拳擦掌跃跃欲试，我一边助跑一边喊："瞧我的！"

边上一个大哥哥拉了我一把说："这很危险，你就别跳吧！"

话音未落，我的身体已飞了出去，身体腾空前被他抓了一把失去平衡，没能跳到对面车厢顶部，从两节车厢的接合部摔了下去，当时的小火车不像现代火车都用詹天佑挂钩连接，上面封得很严实，那时仅采用接钩加铁链，上面裸露足有一米宽的空隙。我摔到车厢接合部后直接出溜到车轮底下，身体碰到了枕木。

我记得当时头脑非常清醒，迅速闪过一个念头：小火车底盘很低，我唯一的求生机会是尽量紧贴着枕木，平卧不动。火车轰隆轰隆从头上碾过，灰尘、炉灰撒了我一脸一身，我坚持紧贴枕木一动不动。火车从我身上驶过后，哥儿们纷纷跳车把我扶起，见我并无大碍，仅腰部受点挫伤不能直立，个个都又惊又喜。但一周后即将举行衡阳全市中、小学演讲比赛，我担心腰伤会影响我参赛。正好一个哥们的父亲是当地著名的中医，擅长正骨、按摩、针灸，他给我免费治疗了几次后，腰伤基本恢复。一周后我走上讲台，荣获中年级第一名。

这是我一生中的第六次劫难。

躲过这次劫难以后，整整28年平安无事地度过中学时代、大学时代及16年的创业阶段。一直到1976年我才遭遇第七次劫难，在唐山余震中被活埋。又隔30年，到2006年由于参与了唐山大地震真相的辩论，被媒体轮番围攻后，突发脑出血，遭遇第八次劫难。后两次劫难都与唐山大地震有关，证明了唐山这次地震确实主宰着我的命运。这些将在后面详述。

三、感恩北京四中

1. 妈妈启动三兄妹竞争模式

1950年初，父亲因抢修被国民党撤退时严重破坏的粤汉、湘桂铁路，支援解放军进军西南立了功，被评为年度全国铁路系统劳动模范。新成立的铁道部急需熟悉铁道建设、管理的技术人才，父亲被粤汉铁路军管会推荐调到铁道部工作。我们全家也随父离开广州来到北京。

过去多年免费居住在单位分配的家属宿舍里，生平第一次要自己出去租房；过去免费上铁路子弟学校（扶轮中学），现在要自己交学费。这是一笔不小的额外开支，经过反复核算，最后选中缸瓦市小酱坊胡同6号一个破旧不堪的小四合院南厢房租下。

这处房租虽便宜但房况很差，房顶、山墙年久失修，透风又漏雨，冬天北风畅行无阻，直吹进屋。那些年北京的冬天特别冷，一个小煤球炉为三间小平房供暖，还要烧水做饭，杯水车薪根本不顶事，屋内写作业手冻得握不住笔。妈妈每天在冰水中洗菜做饭，还要洗全家六人的衣服，不久就患上了严重的风湿性心脏病。

住房问题解决后，接着是孩子们的上学问题。恰好，同院住着一位三十九中的张姓老教师。一天，妈妈带我们拜访张老师，他告诉我们，北京共有两百多所中学，分公立与私立两种，公立的教学质量较高且学费便宜，私立的质量参差不齐，学费要高好几倍。譬如附近的公立学校男四中学杂费一年才 7.5 元，而质量一般的私立学校三十九中却要 20 元。

"妈，我要考男四中！"心急的我没等张老师说完，立即向妈请命。

"你们刚从外省来京，不如先考个私立，以后争取考上个公立学校，最为稳妥。"张老师不好意思驳我。

妈妈似乎没有察觉到这些，仍不知趣地追问："教学质量最好又最便宜的有哪几所中学？"

张老师微微一笑说："汪太太，好学校是非常难考的！譬如男四中、师大一附中、师大女附中等。我们学校有几个尖子生想转学上男四中，我帮他们辅导了几年，结果一个也没考上。现实一些，我看你们先努力考个附近的私立学校吧……"

可能他那不屑的眼光、轻蔑的笑声激怒了我，刚迈出他的房门我就对妈妈说："反正我决心报考男四中！"

妈妈考虑了片刻，把我们兄妹三人叫进屋，开了个床头会："张老师的话你们都听见了，考个私立学校，妈妈不会责怪你们。但我们家的实情必须告诉你们，经济上无法供三人都上私立学校，你们能否用几个月时间努力补补课，来一个比赛。只要有一两人考上个公立学校，三人学费勉强够了，就为家庭立了大功，帮家里解决了大困难，妈妈感谢你们！"

家庭会议决定：我报考四中、哥哥报考师大一附中、妹妹报考师大女附中。为了使三兄妹都能有学上，不至于有人辍学在家，妈妈启动家庭竞争模式，大家摩拳擦掌，一起去闯关，既为自己也为家庭渡过难关去奋力拼搏。

由于我小学毕业时正逢解放战争，虽先后在衡阳扶轮中学、广州广雅中学各上过几个月的初一、初二，但没完整地上满过一个学期，按部就班地学完一门功课，按年龄与水平本计划考初二的插班生，当我得知那一年四中初二不招插班生，初三只招两名插班生时，我确实吓得不轻，但已经向妈妈夸下海口立了军令状，事已至此没有退路可走，我只好硬着头皮破釜沉舟报考四中初三插班生。

目标确定后，我不知从哪里来了那么大的劲儿，一连好几个月，天天背着书包、带着干粮上缸瓦市新华书店坐在地上看升学指导、对着标准答案做辅导习题，早出晚归、废寝忘食。

报考的前一天，下了整夜的瓢泼大雨，大清早我顶着雨刚走到西什库教堂门口，就发现整条街已变成一条河，流淌着混浊的黑泥汤，我只好卷起裤腿蹚着齐膝盖深的水来到四中门口，只见沿学校东墙边排了一大溜长条凳，提供给报名者排队。我自以为来得很早，但十来张长条凳早已被先来的考生及家长站满，后来者只好泡在水里排队，足有几百来米长，后来听说为了争取初三两名插班生名额报考人数竟然近两百人。

结果，幸运的苹果砸在了我头上，我与赵栩在这场残酷的竞争中胜出，被编入 51 届乙班学习。更可喜的是，经过几番周折，哥哥也终于考上师大一附中，妹妹考上师大女附中。三兄妹同时攻克北京三大顶尖名校的事迹立即引起了媒体的注意，《人民铁道报》记者以《令人羡慕的家庭》为题报道此事，甚至翻出 1948 年我们兄妹三人在湖南衡阳代表铁路子弟学校（当时叫扶轮学校）包揽全市学生演讲比赛高、中、低年级三个组的冠军的老账来证明三兄妹在北京名校夺冠并非偶然。

这次成功在很长一段时间里成为亲朋好友传颂的佳话，也是父母引以为傲、津津乐道了一辈子的话题。他们高兴是因为这两件事证明了我们家庭教育的成功，为实现把孩子们个个培养成"为人民有用"人才的目标打下了扎实基础。比父母更兴奋的要数住在同院的三十九中张老师，四邻相告、逢人便说："了不起，真是奇迹！真是百里挑一的学霸之家。"他像自己的学生考上男四中一样地高兴。

他对妈妈崇拜至极，称她为"当今孟母"。邻居们也纷纷来祝贺，那一段时间我们走在小酱坊胡同一带常被人们投以羡慕和赞许的目光。不少家有考生的家长千方百计到我家小院转转，有事没事找我们父母搭讪两句，采采喜庆气、沾个好运气。

妈妈被邻居称为"当代孟母",我与妹妹胸前别上男四
中、师大女附中校徽与妈妈摄于中山公园

2. 北京四中果然名不虚传

能进男四中学习是一种机遇、一种幸福,更是一种挑战。学生都是过
五关、斩六将的精英,老师中有很多是闻名全国的特级教师。一走进四中
校门就有一股书香气迎面扑来,校园的每个角落都有此起彼伏的琅琅读书
声,弥漫着浓厚的为振兴中华而努力学习的气氛。在这种氛围的熏陶下,
一向闲散贪玩的我不由自主地被裹挟进入你追我赶的学知识、长本事的洪
流中,想停一下脚步、喘一口气根本不可能,生活节奏明显加快。

著名的北京四中校门

当时的四中不像六七十年代那样成为高干子弟的天下，也不像后来变成各界精英学生会集的贵族式学校，我们班的同学大部分来自城郊贫穷农民或城市平民家庭，作风朴实、勤奋进取、为人忠厚，同学们之间从不比吃比穿，比的是成绩好坏、学问高低。许多穿着寒酸但学习优秀的学生在同学中享有很高的威望。例如一个外号叫"济公"的同学，是一个一年四季穿着露脚指头破鞋的孩子，由于人品好、学习好，大家都选他当班长。

我记得当时大部分学生都步行上学，少数同学能骑上辆破旧自行车，就神气活现，让人羡慕不已。当时，四中老大门对着西什库路，进校必须穿过西什库这条泥泞不堪的土路，两边都是煤炭、劈柴店，摇好的煤球堆在道路两侧，每逢暴雨天学生们都蹚着齐膝的污水进校，卷起裤腿光着脚听课，一旦被老师叫上黑板做习题，真是有碍斯文，与南方插秧的农民无异。但老师与同学无一讥笑者，只要答题出色，大家照样都对"泥腿子"给予热烈的称赞。

学校老师队伍更是出类拔萃，有几个闻名全国的优秀教师，教化学的刘景昆、教物理的张子锷、教语文的向锦江与教数学的周长生号称"四中四大名师"，听他们的课从来不存在"逃课"现象，只担心"蹭课"爆满。当时没有电视、收音机，同学们的唯一爱好，就是享受学习的快乐，听一堂内容丰富、引人入胜的讲座。

张子锷、周长生老师循循善诱，注重启发，触类旁通、举一反三地将当代科学的一些基础理论、枯燥的定律讲得通俗易懂，让人听起来津津有味。

向锦江老师对博大精深的国粹充满热爱与激情，讲课时旁征博引，指点东西，一段短文他竟能绘声绘色地描绘出对祖国文化深深的眷恋之情，让学生充分领略中国文字的优美与精深，我对文学的兴趣主要归功于向老师精彩纷呈的教课。现在我还保存着几篇中学时代的习作，上面有恩师热情、精辟的批语。这几篇作文都是由他推荐作为模范文章在全校展览后，我专门索回保存的。

刘景昆老师讲"元素周期表"是一绝，同学们掰着手指数着日期，翘首以盼那一天的到来，如同手上捏着一张人民剧场的梅兰芳戏票，兴奋至极。开课那天教室经常爆满，不但座无虚席，后排、走道甚至窗户外都挤满了"蹭课"的校内外老师与同学。

四中的操场有正规的 400 米跑道，这是我们引以为荣的，但其他硬件并不好，上课打游击（教室不够用，经常占用上体育课的空闲教室补缺）、吃饭摆地摊（没有食堂，在礼堂外席地而坐）、睡觉大通铺（住宿同学自带床板拼凑而成），但这种艰苦环境反而锤炼了这批青年的乐观主义精神。

如此优秀的学生群体，如此出色的老师团队，以及几十年优良的教育传统，这些元素的优势组合成了四中的校风——"勤奋、进取、严谨、朴实，为振兴中华奉献自己的聪明才智"。

从此，我才真正理解父母给我们取名"为民用"的含义，将父母对我们的期望作为我自己的人生目标，四中是我人生目标的起点，是人生观、价值观的定型之处。

3. 德、智、体全面发展

四中不仅教育学生要热爱知识，努力学习，更重视学生的全面发展，重视培养德、智、体、美的全才。

过去四中盛产啃书虫、书呆子，被人们称为"肺病养成所"，我来到四中时正逢国家号召青年随时为保卫祖国、建设祖国作好准备，教育部发出"要全面发展"的号召，在学校里建立党团组织、提倡"又红又专"。1951 年，在同桌好友刘德贵的介绍下我光荣地加入了青年团。

学校几乎每周都组织学生走出校门，全身投入热火朝天的新中国的建设中，参加北京市统一组织的社会公益活动，小到协助居委会作社会调查宣传婚姻法，到天安门广场除杂草、搬运垃圾、清理护城河淤泥，到西郊种植防风林；大到作为北京市乃至全国中学生代表出席一些国家、国际活动，展示新中国青年形象，为我们提供全面熟悉社会、了解世界，锻炼与人相处与解决问题的能力的机会。

在增强体质方面，当时北京各大专院校正试点实行"劳卫制"。劳动卫国制是苏联在第二次世界大战时为提高国民体质而实行的一种制度，四中被选为在中学推广劳卫制的试点单位。学生们用追求知识的热情投入体育锻炼。学校利用当时北京市中学中十分罕见的标准 400 米跑道体育场的优越条件，掀起了一股跑圈的热潮。只见一个个戴着眼镜的文弱书生，汗流浃背地跑圈，把每天的跑圈数填写在教室门口的黑板上。几年以后，不但学生体质普遍提高，还出现如蓬铁权、韩庆余等一批在北京市中学生运动会乃至全国中学生运动会多次夺冠的运动健将。随着田径水平的提高，学校其他体育项目的水平也乘势而上，1953 年，当我们的篮球队击败汇文中学，足球队击败十三中双双荣获北京市中学冠军时，四中永远摘掉了"肺病养成所"的绰号。

我当时个子不高，但速度快、灵活，体育老师让我练足球踢边锋，一次在与宿敌十三中的死磕中，主力边锋受伤下场，我替补上场并踢进了一球，从此便迷上了踢足球。后来，尽管在冰天雪地的苏联，当功课压得喘不过来气的艰苦日子里，我还要隔三岔五地踢上一场足球，踢球成了一剂抗压减负的良药。

除体育活动外，我还被推选为四中舞蹈团团长，成为北京市大中院校文工团成员，每周日在劳动人民文化宫接受张均等国内著名艺术家们的亲自培训。由我领舞的"牧人舞"代表全国中学生向出席 1953 年世界青年理事会的国际友人表演，受到热烈欢迎。迄今许多同学还能回忆起当时称我"四中小舞星"的昵称。

记忆中留下最甜蜜印象、受益匪浅的还是担任了三年少先队辅导员的经历，我被团中央授于"全国优秀少先队辅导员"的称号，得到胡耀邦、王照华等领导的接见，并与之合影。四中有个制度，从高一班级挑选品学兼优的学生担任初一新生的少先队辅导员，言传身教四中精神，我负责辅导一个比我低三年的初中班。现在手头还保留一张我为 1954 年初三丁班所设计的少先队活动的计划：

我与我的少先队员们在一起

本学期组织主题队日共四次

第一次，主题："祖国在我心中"。地点，北海五龙亭。主讲，汪成民。

第二次，主题："祖国因我而骄傲"。地点，中国作协。主讲，魏巍。

第三次，主题："为振兴中华而学习"。地点，高士其家。主讲，高士其。

第四次，主题："在祖国强盛之日再团聚"。地点，北海"少年之家"。由我与关存和（另一班的辅导员）自己动手编写话剧，请来中国青年艺术剧院少年歌舞剧团联合演出。

不久前读到曾任外交学院党委书记安永玉同志的回忆录，在回忆录中，他特别提到在一次北海五龙亭的少先队会上，听了辅导员汪成民的一番慷慨激昂的演讲后，从此树立了为祖国的外交事业奉献终身的人生目标。我完全没想到，一次小小的队会，一次普通的报告竟会决定一个人的命运。这就是"四中精神"的威力，自我教育与相互教育相结合，形成一股群众性后浪推前浪、人才培养良性循环的洪流。从迈进四中校门的那一刻起，在榜样的带动下，我不自觉地卷入了"为中华兴起而奋发图强"的洪流，开始是被动地跟着走，后来是主动地与大伙一起走，最后自觉地成为推动这股洪流的一份力量，带领新生们向前走，给他们作示范。这就是四中校风的"传帮带"。

4. 不断激励超越自我

虽然在妈妈的激励下经过几个月的血拼终于考上四中，但一上课发现我与同学们的差距实在太大，我的基础理论差、掌握知识不系统的弱点暴露无遗，第一学期我在全班三十多人中考了第二十多名，发成绩单那天我闷坐在床上一整天没吃饭，在一旁的妈妈不但没有批评我，当她仔细阅读了我的考卷后还热情地鼓励我。

"不要紧，你已经在四中站稳脚跟，取得了初步成功，继续努力下去提高的空间很大，下学期肯定会追上去的。当前的奋斗目标是一年后初升高时仍能继续留在本校上高中。"

为了达到这个目标，我与同样是插班生的赵栩制定了一套计划，每天早晨我与他约好提前一小时到操场西北角的小树林里，把昨天的课程复习一遍，再把当天的课程预习一遍，然后学着老师的口吻相互提问答题，把这片树林变成我们提高学习能力的练功场。后来到这里来练功的同学越来越多，我与赵栩干脆从操场翻越到一墙之隔的法国坟地（今金台饭店），把幽静的古墓当考场，以大理石墓碑为课桌，为能在初升高的血拼中为自己取得一个继续留在四中学习的名额而拼搏。

当时，我住在缸瓦市小酱坊胡同，步行约50分钟才能到学校，而从缸瓦市坐有轨电车经平安里到校仅需20分钟，可是我舍不得花2分钱，宁可每天凌晨被闹钟叫醒睡眼惺忪地背着书包，打着纸灯笼跌跌撞撞地走到学校。

经过日复一日艰苦拼搏，功夫不负有心人，果然逐步显示出效果，我的学习成绩就像芝麻开花一样节节高了，首先从语文课上找到了突破口。

一天，长得像弥勒佛似的向锦江老师笑眯眯地在课堂上说："今天我先给大家介绍一篇你们班汪成民同学的作文，供大家赏析。"他把我的一篇作文《我们的刘姐姐》大大夸赞了一番。经他推荐，此文作为范文贴在校门口公告栏一周，以示表扬。从此以后，我的作文成为学校范文公告栏的常客。

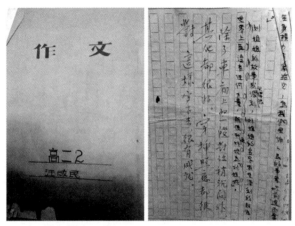

我的作文多次被向锦江老师推荐为范文并贴在学校光荣榜上

早已作古的向老师在"反右""文革"中受尽磨难，今天我还珍藏着从学校范文公告栏揭下的纸质发黄的稚作，上面被向老师通篇画满红圈并写有大段赞美之词，每当看见它时心里充满感激之情，是向老师燃起了一个少年奋进的勇气与信心。对恩师坎坷的一生，我唏嘘不已。

继语文之后，我的数学、物理、化学等功课也逐步追上班上的尖子生，经常受老师称赞。初中毕业考试时，我的成绩已由上学期的全班倒数十几名进入全班前几名，免考升入本校高中。

这次成功使我再次尝到了甜头，突然开窍明白了"世上无难事，只怕有心人"，只要把各方面积极性调动起来，发挥到极致就没有克服不了的困难。从此以后，我学会了规划人生，不断树立每个阶段的奋斗目标，不断超越自我。

当升入四中高中的目标达到后，我又树立下另一个目标，要成为优秀团员、北京市三好学生，这个目标在高二时也顺利实现了。接着考入清华、北大又成了我中学时代最后一个新的奋斗目标，但是 1953 年的一次偶然事件使我改变了努力方向。那一天，我像平日一样路过校长办公室前的布告栏，发现上面贴着一张鲜红色字迹未干的喜报：

"我校高三应届毕业生郭增瑞等六名优秀生被国家选拔派遣赴苏联留学……"

"妈，我不考清华、北大了！"我兴奋地跑回家，进门就喊，正在洗衣服的妈妈不知道发生了什么事，迷茫地问："出了什么事了？"

"今年学校从毕业班的尖子生中推荐了几人参加赴苏联留学的选拔考试，我想努力争取参加明年的留苏生的选拔！"

妈妈虽然从未听说过赴苏留学之事，也为儿子远行赴异国他乡的计划而担忧，但她仍支持我的选择。

树立了新的更高奋斗目标后，我的学习劲头更大了。当时，我们家已搬到东城区王府大街铁道部家属院居住，离学校很远，为了节省上、下学的走路时间，改善学习环境，我决定搬到学校里来住。

当时四中学生宿舍与兵营一样是大通铺，每间房里睡十几个学生，除了床以外已无插足之地，连冬天安炉子都挪不开窝。最有趣的是，学校无力提供住宿生的床铺，一切需要自备，由于来自各家的床板高矮、长短不一，只能靠垫砖挖坑来凑齐。因此，半夜一不小心发生床塌人翻的"地震"，全宿舍光着身子奋力抢修搭床的事时有发生。

尽管这样，但学习的时间充裕了，学习条件改善了，我有更多的时间往图书馆里钻。四中只有一个二十几平方米的图书馆，不说没有阅览室，连图书都摊在地上，无法上架。我说的图书馆是指文津街的老北京图书馆，离四中仅十几分钟路程，我们一向把它称为"我们的图书馆、阅览室"。我高三全年课余时间都是在这里度过的。一帮中学生长期占据阅览室最好的位置，久而久之，图书馆规定：禁止只带教科书复习功课的学生入座，要求必须先借阅几本馆藏书才能占座学习。感谢图书馆这一举措，逼我在复习功课的同时还博览群书，无意中养成了我兴趣广泛、爱好全面的习惯。

5. 第一次走上国际舞台

高中毕业前夕，张子锷老师建议我学理工，向锦江老师动员我报考文史，正在为报考北大学文史还是报考清华学理工犹豫不决时，一天，温寒江校长通知我：

"高考志愿表你先不用填了，学校已经决定推荐你出国留学苏联，一周后准备参加留苏预备部的考试。"

"高考不是还有一个月吗，为什么提前考？这不是突然袭击吗？一周时间来不及准备！"

"北京市中校都是昨天得到教育部的通知，要求今天通知到本人，大家都一样只有一周时间，主要想摸一摸考生们平日的学习成绩，我相信四中的水平！"温校长笑着为我减压。

"万一留苏去不了，填报其他学校的期限也过了，怎么办？"我仍然顾虑重重。

"根据教育部规定，只要通过留苏预备部的录取分数线，而没有被选上出国留学者，国内各大学都欢迎你们免试入学。"温校长答。

一周后，我匆匆参加留苏预备部的选拔考试，闲赋在家等待录取，刚从白热化拼高考的战斗中退下来，百无聊赖，闲得发慌，看着奋力拼搏的同学们，不知为何有一种莫名的当逃兵的失落感、羞耻感。

这时，校团委书记刘铁岭找我："快进来，学校早有安排，一项重要政治任务要你去完成！"

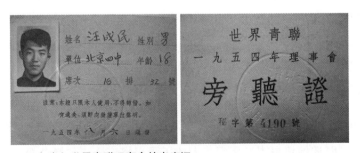

1954 年参加世界青联理事会的出席证

他拿出一份文件说，世界学联、世界青联理事会今年夏天在北京召开，为了展示中国青年的风范，团中央、全国学联要求北京市选派十名优秀中学生、十名优秀大学生作为中国学生代表列席会议，学校推荐你去已经获得上级批准，尽快抓抓外文，下周五到团中央报到。

在团中央会议厅，我熟悉的高大英俊的原少年部的江部长接见了我们，布置了任务：要求我们主动、热情与外宾多交朋友、介绍情况、活跃气氛、做好服务。会场上，我遇到好几个熟人，很多是当时北京市中学生的佼佼者，我们在北京市三好学生表彰大会上见过面。原来师大附中、男八中、师大女附中、女一中、女三中与四中一样，也都推荐了应届毕业生中选拔去留学苏联的学生来参加。其中师大女附中有个叫闻克婉的恰好是我一起在劳动人民文化宫训练时的舞伴，一个北京大中院校文工团著名的舞蹈高手。

"你也来了？"

"学校选拔我去留苏，高考提前考完了！"

"我与你一样！"

江部长立即分配任务："汪成民、闻克婉除完成指定任务外，还有负责活跃会议的气氛，会议休息时组织大家唱歌、跳舞。"

会议主场设在中南海怀仁堂，团中央给我们每个人办了一张出入中南海的大会旁听证。这是我一次走进中南海、第一次近距离接触外国人、第一次用外语对话、第一次踏上世界舞台。开始几天有些胆怯、略显生疏，几天后陪同外宾参观四中、攀登长城时已经胆大多了，能够利用我少量词汇、不规范的发音与外宾对话了。

万事开头难，有了十八岁第一次进中南海的机缘，就有后来十几次进中南海，五次向周恩来总理，多次向华国锋、邓小平等领导汇报的历史，就有后来几十次参加国际会议，面对数百个国家代表，在强烈灯光聚焦下仍能从容不迫地在联合国总部向世界介绍中国地震科学成就的难以忘怀的经历。

四、难忘苏联情怀

1. 鲍家街的挚友们

1954 年 9 月，我被留苏预备部录取，到位于西单鲍家街 43 号俄语进修学院的留苏预备部（今中央音乐学院院址）报到，编入 54 届 61 班学习。

报到的那天，妈妈亲自做了我最爱吃的梅干菜红烧肉给我送行，吃完饭后，母子俩背着行李一起从东城王府大街徒步走到西城鲍家街，像送子参军一样把我交给国家。一路上，她反复叮嘱我不要辜负国家的培养，要对得起自己的名字，她细细梳理我的优点与缺点，当时不懂事的我强忍着她的絮叨，甚至心中燃起过一丝的不快。以后几十年再没有人这样与我谈过话。可是妈妈天不假年，55 岁就早逝了，那次穿城相送的情景多少次在梦里依稀浮现，让我在甜蜜中苏醒。我多么希望再一次享受这种关怀备至的絮叨！

从此，我成为四兄妹中第一个食衣住行由国家全包的人，家庭无须提供任何经费，由国家提供里里外外的穿着，由国家每月支付伙食费 18 元（比四中伙食费高三倍），另外，还可领三元零花钱。我成为一个自食其力者，一边读书还一边挣钱，零花钱我舍不得花，攒了一年，临出国时给妈妈买了块"上海牌"手表作为告别礼物。到今天我仍然能清晰地记得妈妈接到手表时快乐激动的表情。

我们的宿舍安置在与教室隔一条街的石驸马胡同女师大旧址的礼堂里，旁边就是从鲁迅文章中已经耳熟能详的刘和珍的纪念碑。硕大的礼堂整齐地排着由几十张上下铺的双人床拼成篮球场面积大小的通铺，像个兵营或像东安小商品市场，我生平第一次经历这种几百人住在一个大厅里的大集体生活，每天晚上热闹非凡，兴奋异常。可惜，半年以后大家恋恋不舍地搬到位于魏公村的崭新校址（现在的北京外国语大学），一座座米黄色大楼配以古色古香的碧绿色大屋顶，显得气派豪华，四个人一间宿舍的安静与原来大礼堂集体宿舍的热闹形成强烈反差。

如果说四中集中了一批北京市精英学生的话，留苏预备部则选拔了不少全国的精英学生，他们个个才华横溢、踌躇满志。我深深感到前面是更广阔、更艰巨的人生旅程，我再一次迈上了新的长征路，给自己提出更高的奋斗目标。今天留苏预备部的不少同学已成为国家的栋梁之材。

1954届61班三十几个同学都是来自全国各地重点学校的高才生，北京、上海、天津、成都……其中有十几个同学由于性格、脾气对路，我们特别要好，六十年来一直保持着联系，共同牵着手一起变老，每个人命运的坎坷都引起大家的牵肠挂肚。

这个集体的核心是61班的五朵金花：

外语学院留苏预备班1954届61班部分同学在60年后再相聚（前排自右向左：陈兴国、邹竞、王超、周慈敖、汪成民。后排：陈耀庭、陆懋荣、于渌、葛葆安）

来自天津的王超是大家公认的精神领袖，我们的偶像。中学时入了党，是班上少数党员之一，她虽然与我们同龄，但待人处事比我们成熟得多，但凡我们发生争论，她的意见往往是大家取得一致的定音鼓。

来自上海的周慈敖是充满阳光的才女，学习成绩拔尖，英文、俄文均优，沉重的学习压力在她身上丝毫没有痕迹，整天伴随她的不是银铃般的笑声就是动听的歌声。

来自苏州的邹竞是个才貌双全的精灵，娇小玲珑的身材，冷漠高傲的表情，在公共场合，她习惯沉默寡言但经常一鸣惊人，只要班上出现戏弄男生的恶作剧，不用猜肯定是她或陆继赟主谋。

陆继赟像只美丽的小鹿（她姓陆），她的舞姿与学习成绩一样优秀，她身材苗条、腰身灵活，是一流的舞蹈高手，在北京大专院校文艺会演获奖节目"十大姐"中，她和王超都是主要演员。1955 年夏天出国前在告别演出上，我与她在自编节目《十年后再相会》中的一段双人舞，至今许多老友还不断提起。

刘梅英身体健壮、性格直爽，是运动场的风云人物，在留苏预备部时她就担任女排队长，后来到了北大仍是北大女排主力。她来往于宿舍、教室、食堂从来不一步步好好走，又蹦又跳就像只快乐的小羚羊。

围绕在她们周围的是一批意气风发、英姿飒爽的少年，如陈兴国、陈耀庭、葛葆安、于渌、陆懋荣、李健南等，这批"发小"们成天"混"在一起学习、嬉闹，在不识世界、不明人生、不懂爱情的氛围中建筑起了世界上最纯真的友情，这在我一辈子的经历中是绝无仅有的。这种人与人之间的深情厚谊在我后来几十年的颠沛流离、起伏坎坷的经历中，再也没有遇到过。现在，他们中间有的成了院士、有的是某些专业领域中的顶尖人才，为国家作出了重要贡献。当然，也有的没能躲过政治运动的旋涡，一生坎坷跌宕，满腹经纶却报国无门，才华横溢反成罪过。但老同学们无论是飞黄腾达、光彩夺目还是屡经磨难、穷途潦倒，对我来说永远是鲍家街的一群纯真、暖心、聪颖、快乐的挚友。

我经常反复思考，为什么在留苏预备部仅相处短暂一年及苏联同窗五年的同学中，许多成为一辈子无话不说、相濡以沫的挚友，其数量甚至超过以后几十年所交挚友的总和？

工作后的同事，几乎每年都经历各种政治运动与形形色色的竞争，人为地制造了大量你死我活的利害冲突，把友谊撕裂得支离破碎，身边出现大量以攫取利益作为交往唯一目的的"利友"，一有风吹草动，朋友间诬陷栽赃、落井下石者比比皆是。

而这批怀着共同抱负、共同理想去完成神圣的使命而聚集在一起的高素质、高智商的十七八岁的孩子，毕业后又各奔东西，开拓自己的事业，相互间没有丝毫的冲突、竞争，只有鼓励、提携，这种友谊不存在任何营私目的，相互都是可以坦诚相对、无话不说的"发小"、挚友。

2. 美丽的第聂泊尔河畔

在留苏预备部一年的俄文强化学习过关后，1955 年 8 月的一天，由铁道部调拨的留苏生专列从前门火车站起程，直奔莫斯科雅拉斯洛夫火车站。学校通知，为了保密与安全，家长就不要送站了，由学校集中包车直接拉进月台。临行前量身、制装，最后每人发了两大箱子够穿五年的服装，两套冬装、两套夏装、帽子、鞋子、毛衣、毛裤、衬衫、背心一应俱全，由于发的箱子、衣服一模一样，拎进宿舍开箱检查就混成一团、你我难辨了，我们只好给箱子贴上标签、衣服口袋塞上字条，折腾了一晚。

上午十时，终于来了几十辆大轿车，学校直接把我们送进月台，月台上挤满了送行的家长。

"不是说保密，不让家长送吗？我都没敢通知我妈！""傻瓜，你太老实，满月台的高干，对他们能保得了密吗？"

车到满洲里，教育部代表跟车送到边境，把我们交给前来迎接的驻苏大使馆的代表——李滔参赞，在满洲里车站举行了告别宴会，每个桌子端上两个大脸盆，里面是盛得满满的牛羊肉，领导们举杯祝大家身体健康、学业有成，酒足饭饱后，专列缓缓通过国境线到达奥得堡（今外贝加尔茨克）。从此，窗外满是一望无际、绵延不尽的森林和原野，一天见不到几个居民点。

车到贝加尔湖，列车绕湖畔整整走了一天，我正倚窗观湖景，扩音器传来留学生专列广播站的通知："曾经向中国高教部申报填写了志愿书的同学请注意，经过苏联高教部批准，现公布第一批学员名单，凡听到名字的请到餐车领取入学通知书。"从车厢的广播中，我知道了我被分配在乌克兰第聂泊尔彼得洛夫斯克矿业学院地质系学习。

记得留苏预备班快结束时，班长让大家填了个志愿表，可以选择苏联任何学校、任何专业。我兴趣广泛，正不知如何下笔时，在一旁的李健南怂恿说：

"你身体好，又爱游山玩水就填地质吧！"

"行，我听你的，就填报地质勘探系。是那高山的风，吹动了我们的旗帜……"我哼了一句当时流行的勘探队员之歌。

谁知这个我误以为仅仅是志愿摸底，不经意填写的表格竟作为正式外交照会通知苏联并获得批准。

经过八天九夜的长途跋涉，我们终于到达莫斯科雅拉斯洛夫火车站，使馆已给我买好第二天去南方乌克兰第聂泊尔彼得洛夫斯克的火车票。又乘了一天一夜的火车，1955 年 8 月 21 日，我到达学校办好入校注册手续，9 月 1 日就与苏联同学混编班组正式上课了。

留学苏联时期的证件照

第聂泊尔河流域由于土地肥沃、物产丰富、气候宜人，是斯拉夫民族的发源地之一，也是欧洲多种民族反复纷争攻占的领土。第聂泊尔彼得洛夫斯克是苏联南方的一个大工业城市，人口约三百万，冶金、煤炭、机械业很发达，是苏联航天、航空及军事科研的重要中心，被苏联政府列为最保密城市之一，在中国留学生到来以前从来没有接受过其他外国留学生，五年以后中苏关系破裂，第聂泊尔彼得洛夫斯克再度成为禁止外国人入内的封闭城市。

城市建立在美丽的第聂泊尔河畔，我们学校耸立在河右岸一个山岗的顶部，几公里外就能看到雄伟的学校主楼。主楼外是二十多米高、精美的花岗岩材质的叶卡捷琳娜二世的雕像，老同学告诉我，十月革命前这里叫光荣的叶卡捷琳娜城，为了纪念流淌着日耳曼血液的铁腕叶卡捷琳娜大帝从鞑靼人、土耳其人手中夺回了克里米亚半岛这一功绩。当年俄罗斯的司令部就驻扎在我们学校附近。

苏联著名的具百年历史的第聂泊尔彼得洛夫斯克矿业学院主楼

学校主楼正对着城市最宽阔美丽的主干道——卡尔·马克思大街。有轨电车从火车站一路爬坡到山顶，车站就设在我们的宿舍门口，从我宿舍窗口可以俯瞰笔直大街的全景。这条街给我记忆中留下了最美好的印象：每逢仲夏，我们班的好友们晚饭后总在我的宿舍窗外聚集，一群肤色、发色甚至眼珠颜色各异的青年男女手挽手沿着美丽的林荫大道或引吭高歌，或款款漫步；每逢寒冬，大家排成一串，脚踏滑雪板从山顶风驰电掣、呼啸而下，再乘有轨电车从山底爬到山顶，如此反复上下，与正规滑雪场无异。

更有趣的是，在山顶有轨电车掉头处有一名为"十月"的小电影院，环境温馨、门票便宜。每逢课程枯燥时，许多学生都到此处躲避，久而久之，同学们把电影院改名为"逃课圣地"，全校老师、同学对此都心知肚明。有一次上古生物课，大家厌烦拗口的拉丁文名称，纷纷到"逃课圣地"电影院躲避，老师见三十多人的小班只来了三五个听话的中国学生，这位年轻教师说："听说对面电影院正放映一部好电影，估计大家都在那里，恰好我也没看过这部新电影，不如我们一起也去电影院，乘放电影的间隙我与大家切磋一下古生物。"

在电影院的逃课同学见老师带着剩余同学一起也来看电影，都站立起来热烈鼓掌。

3. 路边执着的劫持者

当年，苏联学校在学习上对外国留学生的要求和本国生一样，没有任何特殊照顾。老师用同样的语速讲课、用同样难度提问，记笔记、留作业、查文献，对所有学生一视同仁、一丝不苟。

自以为在国内俄文学习成绩还不错的我一上课就晕头转向，几乎每句话都听不懂，急得眼泪直往肚子里咽。只好下课后，借苏联同学的笔记誊抄下来，逐个词查字典弄懂意思，再用中文完成作业草稿，再逐字翻译成俄文，清抄在作业本上。经常奋战一个通宵才勉强完成前一天的作业，这时天已蒙蒙亮，匆匆洗把脸赶去上第二天的课了。就这样日复一日，留学头一年几乎没有睡过一个囫囵觉。

即便这样努力，学习仍无起色，记得第一学期第一门考试是考普通地质学，苏联的考试一般采取口试方式，学生分批进考场先抓个考题签，坐下来准备十来分钟再向老师口述答案。我抓到的考题是"宇宙起源的假说"，对各种假说的叙述要涉及许多连苏联同学都感到困难的拉丁文，我一着急就下意识地大声用中文回答老师的问题，直到考场一片惊讶声我才恍然大悟。老师看我平日十分用功、作业完成很好的份上，恩赐我一个3分，我感到奇耻大辱，回到宿舍痛哭一场。

在这种高压下，有些同学身体垮了，有些同学神经崩溃了，我幸亏有四中勤奋进取、永不服输的精神激励自己，四中劳卫制锻炼打下的健壮体质支撑自己，我不仅坚持下来了，而且在两三年后由班上的困难生变成了班上的优等生，毕业时以全优成绩荣获紫红色的优秀毕业文凭。在苏联的五年生活不仅使我受到严格的治学训练，掌握了较丰富的专业知识，为今后从事的科学研究打下扎实基础，而且是人生又一次超越自我的严酷锤炼，为今后一辈子面对各种挫折坎坷积蓄了信心与勇气。

在学生宿舍、图书馆刻苦攻读

到苏联第一年的冬天最难熬，语言不通、学习困难、举目无亲、天气寒冷，情绪达到最低谷。一次偶然机会，我发现每逢周末在我们宿舍到教室的马路上经常有毫不相识的老人专门"劫持"中国学生。

这些老人执着地数小时站在雪地上，每逢中国学生路过，追着我们说："孩子们！你们远离祖国，多么孤独寂寞呀，不如上我家做客，我给你们做了好吃的。"开始我们不理解，有时甚至粗暴地拒绝他们，但这些老人锲而不舍，照样来此等候，一来二去大家都混熟了，胆大地开始接受邀请到他们家吃饭做客。

后来才了解，他们大都是住在学校附近中上层家庭的居民，不少是本校退休的教职员工，很多家庭的子女都在卫国战争中牺牲了，这些空巢老人把他们对故去子女的感情全都转移到我们身上，从此我们有了苏联妈妈、爸爸。他们给予我们无微不至的关怀，从吃饭穿衣到解愁排难，处处把我们当亲儿女看待。

我的"苏联妈妈"是我们学校退休的图书管理员，她的丈夫与两个儿子都在第二次世界大战中为国捐躯了。她姓琴根娜，翻译成中文是"金钱"的意思。她的口头语是："我姓钱，但不爱财。"后来，我隔三岔五都要到她家蹭饭吃。

自从我在苏联有了新家后，再也没有孤独寂寞的感觉，逐渐融入了苏联普通百姓的生活，随着情绪越来越好，语言能力与学习成绩都突飞猛进。

与苏联同学一起参加劳动

4. 不相识的同班同学

大学二年级的一个星期天，我到琴根娜家做客，她家来了个剪着栗色短发的高挑姑娘，长得不算特别漂亮，但有着运动员的身材、被阳光晒得黢黑的皮肤，一笑两个酒窝，极快的语速带有浓厚的乌克兰的乡音，习惯地把 X 音发成 H 音。

"琴根娜，姓钱但不爱财！"她大大方方地伸出手自我介绍。

"您也姓琴根娜？"我生怕听错了。

"琴根娜·依万诺夫娜是我姑姑。"她笑着回答，露出两个酒窝。

"您在哪儿上学？"

"矿院。"

"哪个系?"

"地质系。"

"哪个班?"

"РГ-55呀!"我们俩同时惊呼,原来是同一大班的同学!

这位小琴根娜告诉我,她只参加考试不去听课。怪不得同学两年,竟然互不相识。她每周只用两天时间借看一周的课堂笔记,已足以应付考试。剩下时间挖空心思地玩。由于她考试一直保持优良成绩,系主任又是她姑姑的好友,学校里只好睁一只眼,闭一只眼。

"把青春浪费在书桌前,太可惜了!整天啃书本,会把人变傻的!"

在她的鼓励、怂恿下,我在大二那年就与她一起考上乌克兰著名的"海燕"大学生舞蹈团、"山鹰"大学生登山队。虽然每周六、日各训练一次,我耽误了一些看书的时间,但学习成绩却越来越好,一直到毕业始终保持着全优生荣誉。

1957年夏,小琴根娜给我搞到一张去高加索冰川登山训练营的学员证,我们学校只有四人入选,其他三人都是一级运动员,我的入选肯定是她"活动"的结果。

与苏联同学们一起在第聂泊尔河上欢度1956年国庆节

我们四人南下，先到克里米亚的雅尔达城。这是苏联南方著名的疗养胜地，素有"黑海珍珠"之美称，风光绮丽、气候宜人，很像我们的三亚。只是海水的颜色比中国南海要深得多，是种奇特的深蓝至黛绿的混合色，故称黑海。

我们在海滩支上帐篷，架上篝火，足足玩了三天。然后，继续背着登山包沿海岸向东走，阿鲁什塔城、费尔达西亚城……有时搭便车、有时徒步，最后到克里米亚半岛的最东端——刻赤城，用自己的双脚沿海岸转遍了半个克里米亚。为了寻找船舶免费将我们捎到海湾对岸，我们在海边安营扎寨。

一天，我在海边扎猛子时，偶然发现海底有一座大理石的建筑物。据当地老乡介绍，三百年前此地发生过一次大地震，整座鞑靼风格的宫殿沉入海底。这是我第一次接触地震现场，大家决定购买潜水面罩，进行海底地震现场考察。我们在海底顺着每个建筑物墙根，根据它们的错动距离与方位，竟然测量出发震断层的规模与走向。四个二年级地质系学生在海里扑腾五天，竟然根据断壁残垣勾画出宫殿的平面图与地震烈度评估意见。后来，这些成果都作为我们的暑假作业发表在校刊上。

几天后，一条打鱼船送我们渡过刻赤海峡到达索契城，再由索契逆格鲁吉亚军事公路翻过高加索山，到达位于山脊处的著名的顿拜冰川登山营。

登山营训练课程非常难，相当于我们国家队的"三从一大"训练法。每天负重20公斤在山路上跋涉6小时。此外，攀岩课程、冰雪课程难度都很大。最惊险的要数"冰崖攀登"课，一堵高约25米的垂直冰墙，溜光剔透，放平了都没法走，更何况像一面竖起90度角的镜子。这面镜子足足折磨我十天，尽管上有固定栓、中有保险索、脚下有冰爪鞋，我仍无法独立攀登到顶。很奇怪，平缓的冰川上如何能形成这种巨大的冰面陡坎？我请教了冰川登山训练营的技术教练B.诺维珂夫，他就是20年后闻名世界的冰川学权威诺维珂夫院士。他告诉我，这是史前一次8级巨震所形成的地震断层。然后他说了一句影响我一辈子的话：

在高加索"顿拜登山营"参加攀崖训练

"地震是研究地球的一把钥匙。"

从此，地震这个词，在我脑海中成为天地宇宙间充满神秘色彩、深奥内涵的代名词，一把能解开地球之秘的钥匙。

2000年我最后一次回母校参加毕业40周年的聚会时，我特意穿着苏联妈妈亲手给我缝制的一套乌克兰民族服装，捧着鲜花到她的坟墓前祭拜，相伴的是几位尚还健在，两鬓花白的同班苏联同学，但唯独没有最应该出现的伙伴——小琴根娜。据询问才得知，她于八十年代攀登帕米尔某山峰时遇到雪崩，永远留在了冰川裂缝中，再没有回来。我很难想象冰川如何能封冻住她那热情似火的青春与深深的酒窝。所幸她留下了一个女儿也叫琴根娜（当地偶尔也有随母亲姓的），我千方百计在基辅找到了她。这是一个十分美丽、阳光的少女，芭蕾舞学院3年级的大学生，我与她在基辅标志性建筑——金门前合了影。

2005年我再去基辅时，同学告诉我，小小琴根娜也已死于非命。她在芭蕾舞学院毕业后，因长期失业，父母双亡，无以为生，被迫做了酒吧女。不久染上可怕的疾病，不治身亡，年仅22岁。

三代琴根娜的故事，是苏联解体后我所经历的无数悲惨事件中最使我心疼不已的一个！

我们三人舞荣获 1957 年乌克兰大学生联欢节一等奖

5. 忠贞的苏联姑娘

苏联人民特别看重一个人是否真挚、是否讲信义，对事业、家庭、爱情、友谊是否忠贞不渝。

我们刚去时，学习跟不上进度，班上共青团支部抽调几个功课、品德均好的学生与中国学生组成"一帮一，一对红"的学习小组。我们中的一位外号叫"海豹"的男孩子与漂亮的女班长拉雅组成一个帮带小组，这一帮带就持续了五年。开始我们由于语言障碍学习较吃力，主要是拉雅帮"海豹"，后来由于我国学生数理基础较好，"海豹"反过来帮拉雅，天天在一起学习，建立了深厚的情谊，难以分开了。

当时使馆要求留学生严禁与苏联人谈恋爱，一经发现，立即遣送回国。同学们对他们俩的关系心知肚明，但谁也没捅破这层窗户纸。

终于，毕业回国的日期临近了，拉雅一病不起，几天不吃不喝泪流满面。为了防止临别时出意外，支部决定让"海豹"以给大家托运行李为名提前几天单独赴莫斯科，采取迅雷不及掩耳的办法解决这个难题。

我与他们俩都保持着很深的友谊，毕业实习时，我们在莫斯科近郊的都拉煤矿填地质图、下井画剖面、撰写论文一起生活过两个多月，每天都由我与"海豹"去采购，拉雅与另一个女同学给我们做饭吃，我至今常对人炫耀煮软心鸡蛋的绝招，就是拉雅教会我的。支部要求我承担起"海豹"走后，对拉雅的安抚说服工作。当我告诉她"海豹"因临时有急事已经离去的消息时，她完全惊呆了，眼光木然半天未说话，最后，她坚定地对我说："无论前面有多大困难，我发誓非他不嫁。"

拉雅是连续五年的优等生。按学校的规定，她作为优秀毕业生有权选择最好条件的工作单位，但她却挑选了条件非常艰苦的中苏蒙边境的一个野外地质队去工作。

她告诉我："从这里能看到中国的土地，闻到来自中国的气息。"

谁知，回国后很快发生了"文革"，我们都被打成苏修特务，十年无法与拉雅通信联系。出于家庭的压力与同事们的怂恿，"海豹"终于成了家。

听说，当拉雅知道"海豹"结婚后，她匆匆在野外勘探队找了一个有蒙古血缘的工人也结了婚。

2000年我到意大利出差，回国时有意乘火车，路过苏波边界一个叫"地质工作者"的小镇，顺便找到了多年不见的拉雅。事隔40多年，当我再次见到她时，她已是满头白发了。她把与"海豹"的交往过程大大方方地向我和盘托出，想不到她把这段影响她一辈子历尽艰辛、充满泪水与无奈的历史，用非常平静的语言说给我听，似乎在讲述一个遥远的、与自己毫不相关的故事。

"我等了很多年，当他结婚的消息传来后，我明白今生今世嫁给他已无可能。我曾经发过誓'非中国人不嫁'，但当地哪里去找中国人呢？恰好地质队有个蒙古族钻井工人有些像中国人，尽管他有酗酒的恶习，我还是毫不犹豫地嫁给了他，这至少证明我没有完全违背自己的誓言吧！"

当我问她与我们交往一场是否有些后悔时，她说与中国学生同窗五年是她一辈子中最幸福、最美好、最阳光的回忆，好像那些年天天都是春天！人生苦短，一辈子有几个亮点已足够让她享受回忆的快乐了，哪能顾得上后悔！

6. 中国学生是好样的

第城矿院是苏联地质专业最著名的高校之一，教育质量优秀、学校硬件一流。无论教授的名气、院士的数量还是获得国家级科技大奖的次数都名列前茅，学校领导对抓学生的教育质量十分重视。

中国学生初到苏联后，由于语言困难、环境变化等，开始基本上每个人都是班上的困难户，课堂听不懂、笔记记不全、作业完不成、考试通不过，无法跟上教学进度。

这批从全国选拔出来的尖子生面临着从未有过的尴尬局面，同学中有不少是学校、城市乃至全国的文、理科考试状元，从小都是老师们的宠儿、同学学习的榜样，今天落得经常被老师照顾，请求同学帮助，成为拖班上后腿的困难户，心理上的打击与失落可想而知。

大家几次开会研究，听取老同学的经验介绍，一致认为，我们的学习基础绝不比苏联同学差，瓶颈还是语言障碍，只要突破了语言关，一切困难都可迎刃而解。于是我们制定了一个语言突击计划：要求坚决忘记中文，切断几十年语言习惯的通道，中国同学之间禁止用母语沟通，听、说、读、写强迫自己全部用俄文，甚至用俄文来思考问题。相互监督，谁若说一句中文罚款 100 老卢布（当时可以在学生食堂吃一顿像样的晚餐）。我有写日记的习惯，过去每天几分钟的工作量现在需要费几十分钟用俄语来记录一件简单的小事。有些同学为了练口语经常到公园瞎转，逮上一个闲着没事晒太阳的老人，就凑上去搭话胡侃海聊，既熟悉了不同口音又能增加词汇量，虽然效果不错，但是付出的时间实在太多了。

学习上不去我们很着急，学校领导更着急，校党委开会决定专门派一个党委委员抓中国学生工作。在班上，共青团支部专门召开会议研究如何帮助中国学生提高学习成绩，决定采取三条措施：

第一，动员班上最优秀的学生组成对中国同学的帮助小组，一对一甚至几对一地全方位跟踪式帮助。上课时，帮助小组替你占好座位，紧挨着你坐，故意把课堂笔记写得又大又清晰，方便你去照抄。下课后，一起复习功课、完成作业，不厌其烦地将讲课内容反复讲解给我们听，帮助小组几乎天天与我们捆绑在一起，从早熬到黑，为我们的学习保驾护航。

第二，调整了学生宿舍，把一批品学兼优的苏联同学分配到留学生公寓，拆散原先集中住在一起的中国学生，每间宿舍分配三个苏联学生与一个中国学生同住，全面帮助中国学生管理日常生活与提高语言水平。

第三，增加营养，改善中国学生的伙食。学校发现，长期的精神高度紧张、睡眠不足等导致学生体质普遍下降，许多中国同学患上神经衰弱、食欲不振、失眠等毛病，从 1955 年寒假开始，学校安排我们由普通的学生食堂转到条件较好的大学生宫吃包餐，专门为我们几十个中国学生开小灶，补充营养，减少因学习负担重而生病的概率。

通过学校采取的各种措施与中国学生的自身努力，一年后，我们大都摘掉了困难户的帽子，可以与苏联同学平起平坐了。从三年级起，少数中国学生开始在班上拔尖儿，到了四、五年级，凡有中国学生的班级，各门功课的前几名大都由中国学生包揽。从老师到同学都对我们赞不绝口，认识、不认识的朋友见面时，"好样的"几乎代替了"你好"，是我们最常听到的问候语。

40 年后与同班好友再相会

毕业时，凡有中国学生的班级，学习成绩的前几名几乎被中国人垄断。我们有两个苏联同学，是一对叫舍尔斯丘克的双胞姐妹，俩人都是以全优成绩考入我校，但分配在不同的系学习，姐姐在地球物理系，妹妹在我们系，父母都是中学老师，对孩子的学习成绩特别看重。有一次，我到他们家做客，父母批评妹妹学习退步，根据是过去一直名列前茅的她现在成绩跌落到前五名以外，妹妹叫苦不迭说：

"这不公平！姐姐的班上没有中国人她才能保持前几名的位置，要不然我与姐姐换班试试。"

父母说："中国人也是人，你为什么不能与他们竞争？"

"天呀！他们都是超人，他们有五千年的文化底蕴，不信你与成民聊聊！"

从此，她父母与我相识，了解到许多中国学生刻苦学习的故事。后来，通过他父母的推荐，我与沈显杰几次到他们任教的中学向毕业生作报告，介绍中国学生的学习经验与学习态度，此后父母再问妹妹的学习成绩时改口为：

"除中国人外你在班上排第几名？"

毕业以后，我多次应邀出席毕业30周年、40周年的返校日，尤其参加了隆重纪念建校100周年的国际学术研讨会，在大会上作了《中国地震预报发展对世界的影响》学术报告后，被学校聘为客座教授，要求每年暑假来学校讲地震预报课程，由校方提供往来机票与食宿。从此与母校的新领导接触较多，我深深感到：学校领导虽然已经更换许多届了，但他们始终把曾经为新中国培养了一批优秀毕业生，为中国建设作出重要贡献作为百年建校史中光辉的一页，作为新生入校后进行传统教育的重要内容。

代表中国留学生向母校百年校庆献礼

校领导推荐我主持百年校庆国际学术讨论会

在隆重庆祝建校 100 周年时，学校把楼上的原地质矿产博物馆开辟出一个厅，建百年校史展览馆。我参加了揭幕典礼后出席预展会，发现校史馆内专门有一个展室名叫"中国学生是好样的"，里面陈列了许多当年中国学生的相片、学生证、毕业证，甚至课堂笔记、作业等。除了曾担任过地矿部部长的朱训、副部长张宏仁，冶金部副部长徐大铨，苏联科学院院士谢先德等著名人物外，许多熟悉的同学都榜上有名，一个个熟悉的朝气稚幼、青春俊秀的大头像闪现在眼前。与我同去参观的丹娘·库兹尼卓娃、刘达·克里沃博克、达玛拉·波列珂娃几位老同学兴奋地到处寻找自己的好友。"快看！这是卫克勤、高良、沈显傑、史维俊、潘乃礼、贺大印……"

我被几个兴奋的老同学拉来拉去，似乎又回到了那遥远、已经消失的青春岁月，显然她们也是第一次来此参观。

我仔细打量着被放大几乎失真的相片，从中辨认出丁钦超、刘承柞、赵松龄、蒋宗羽、杨淑贞、王愈吉等同学，最后，我停留在介绍自己事迹的展板前，一张不知道从哪里找出来的稚嫩的相片歪着头向我傻笑，我正在思索这张相片的出处时，传来刘达的惊呼：

"成民快来看，这是孙崇绍、王超！"

刘达与孙崇绍、王超等组成一帮一的互助小组，感情特别深厚。在孙崇绍的相片、学生证下面还有几页课堂笔记本，我记得在课堂上老师曾经高举着孙崇绍的工整秀丽的俄文笔记，向全班同学展示说：

"你们来看看！一个中国孩子能如此漂亮、完整地记录讲课内容，变位、变格没有任何错误，难道这不是对我们苏联同学的最大鞭策吗?！"

我很奇怪，这些展品都是从哪里收集来的？毕业后一直留校任教的丹娘·库兹尼卓娃告诉我，除了少数展品是从学校档案馆中复制的，大部分来自民间征集。原来，我们毕业离校后，为了留下与中国学生相处的点点滴滴，许多我们用过的东西都被人收藏，包括老师、同学们甚至打扫学生宿舍的管理员，都把我们丢弃的废物清点分类，仔细收藏。孙崇绍的课堂笔记就是一个清洁工捐赠的展品。我模模糊糊地想起那位习惯把我们称为

"我的孩子们"的头发花白、胖胖的慈祥老太太。

"都过去40年了，难道她还活着？"

"不，她早就过世了，她把这个笔记本作为教育孩子要努力学习的样板留在家里，这是她孙子辈捐赠的。"

展览馆的每一件展品都勾起我无穷的回忆，心中泛起层层涟漪，沉淀已久的一幕幕青春年华的趣事又浮现在眼前，不知什么时候我的眼睛湿润了，我借口躲入洗手间，洗净脸上的泪痕！

百年校庆纪念馆中发现有介绍自己事迹的展板

第二部分

走上地震预报之路

（1961—1975 年，26—40 岁）

一、中国地震预报的摇篮

1. 邢台地震现场的第一夜

1960 年毕业回国后，我被分配到中科院地质研究所十一室从事流体地球化学研究，承担四川卤水钾盐研究课题。

1966 年 3 月 9 日早晨，我在所大楼门口等车去北京火车站赴四川自贡考察，突然支部书记张殿全对我大喊：

"昨晚所领导开会决定，让你别去四川啦，马上爬上车到邢台去，那儿发生了大地震了，正缺少人手。"

他不容我回答，让身边的同事脱下军大衣披在我身上，把我推上敞篷卡车。汽车顶着华北平原的三月寒风向前急驶，刺骨的寒气迫使大家挤成一团。"别挤啦！没法喘气啦！"传来一声沉闷的女低音。这时我才发现，没头没脑裹着军大衣、蜷缩在车厢角落的竟是留苏同学，莫斯科地质勘探学院的吴锦秀。

经过一天一夜的颠簸，于 3 月 10 日凌晨 5 时，我们终于来到靠近地震震中的隆尧县牛家桥。天气奇冷，拉帐篷的后勤车还没到，我们只能挤到老乡的篝火旁烤冻僵的手脚。开始老乡们很客气地腾出地方让我们几个北京来的娃娃取暖，吴锦秀甚至把在泥泞的雪地上行走时弄湿的鞋袜脱下来放在篝火旁烘烤，聊着聊着不知谁说漏了嘴，当老乡们知道我们是搞地震研究时，态度立刻大变，一些在地震中死了亲人的难民情绪更是激动，挥舞着拳头向我们大喊：

"你们还有脸来烤火！这么大的地震都没有研究出来！""白吃人民的粮食，都是些酒囊饭桶，还是到国外去留过学的！"

在一片骂声中，我们狼狈地逃回卡车旁，吴锦秀来不及穿上的鞋被几个年轻灾民哄笑着扔到旁边的地沟里。

当我打着手电从地沟里找回湿漉漉的鞋交还给吴锦秀时，她正把头倚在卡车的轱辘上抽泣，泪水与车轮上的污垢把脸涂抹成了泥猴，眼里充满了委屈与无奈。

如今，虽然吴锦秀已经离开我们很多年了，但一想起她，脑海里立刻浮现出那双永远印刻在我心灵深处的眼神，这一幕似乎就发生在昨天。

这就是我从事地震工作的第一天，我自己也没想到从此会走上地震研究之路，而且一干就是一辈子，吴锦秀那双委屈与无奈的眼神也陪伴了我一辈子。

2. 地震现场见到周总理

来到邢台地震现场第一天的遭遇就给我当头一棒，如何才能将学习到的知识奉献给人民？在群众眼里，地震预报才是地震科研的核心，是群众急迫要求解决的问题，什么机理研究、成因探讨都被认为是回避地震预测、预报这个核心问题，害怕困难的托辞。

第二天传来周恩来总理代表中央来灾区慰问的消息。我早早赶到马兰，在解放军维持秩序下，老乡们围成了一个圈席地而坐，等了许久，空中果然飞来了两架小型运输机，正当大家翘首以待时，忽然人群骚动，人们纷纷向村南跑，边跑边喊：

"总理已经到了白家寨了，正在那儿讲话！"

我气喘吁吁地跟着老乡们跑到白家寨，艰难地挤到人群的前排，第一次近距离地看到了总理，他正站在两辆卡车尾对尾接起来的车厢里向群众招手。由于围观群众太多，大家都想清楚地看见总理，解放军又在车厢里垫了几个木箱子搭成一个临时讲台，总理站在临时讲台上对周围群众发表热情洋溢的讲话。可惜我们来晚了，只听见他最后的几句话：

1966 年 4 月 1 日，周恩来总理再次来到邢台地震震中区

"我们不能只留下记录，要总结出经验来，地震预报在国外也是一直未能解决的难题，难道我们不可以提前解决吗……"[①]

这一幅满面憔悴的总理站在两辆卡车对在一起上面搁几个木头箱子的主席台上有力地挥动着手臂发出号召的画面，在我心里留下深深的烙印，久久挥之不去，我觉得他就是针对我说的，是对我的激励与期望。

群众的强烈渴望、总理的殷切期望深深地触动了我的心灵，作为国家培养多年的科技人员，在老百姓最需要我们的时候，如何才能竭尽全力帮助群众排忧解难？对此问题必须正面回答，来不得半点犹豫、回避与推诿。我暗下决心，无论有多大困难，我愿意将一生奉献给地震预测事业。

自从白家寨见到总理后，尤其听了他对科大地震专业毕业生的叮嘱后，我锁定了自己的人生目标，决心走上地震预测这条充满荆棘之路。一年后，我被李四光指名由中科院调到中央地震工作小组办公室工作，有缘多次见到总理，其中五次面对面地向他汇报，亲耳聆听他对地震工作的一系列指示，更坚定了我一辈子奉献给中国地震事业的决心与信心。

3. 李四光指导我识别地震前兆

1966 年 3 月，我从邢台红山地震台骑车到地质部尧山地应力站，参观如何往钻井中下探头，恰好遇到李四光去检查工作，李老亲切地与大家握手问好："你是哪个单位的，叫什么名字？"

"我叫汪成民，中科院地质所的，我留苏回国分在中科院时，您曾经在文津街接见过我们。"

当时，李老是地质部部长又是中科院的副院长，记得我们几批留苏生分配到科学院后，他与郭沫若院长、张劲夫副院长等领导接见过我们，一起照相留念。

当李老了解我在苏联学的是水文地质、工程地质专业后高兴地说：

[①] 《当代中国的地震事业》，当代中国出版 1993 年版，第 49 页。

"地下水对地震预测很有用，我正在向周总理建议要组织专门队伍开展这方面研究，你的专业可以发挥作用，大有可为！"

"李老，具体怎样才能利用地下水来预测地震呢？"对地震预测一无所知的我抓紧机会请教。

"地震是地壳活动的组成部分，是深部岩层破裂的表现形式之一，引起地下岩层破裂必然有一股力，只要想办法测到这种力量的变化过程，就能预报地震。

"监测这种力量变化的方法很多，地下流体就很有希望。因为岩层的任何应力、应变不可避免地会在充满于岩体孔隙、裂隙中的地下流体中敏感地反映出来。希望你能在邢台多待些日子，仔细研究地震前后地下水的水位、水温、物理性质、化学成分的变化，利用每一次强余震机会积累经验、检验认识，逐步摸索预测的方法、指标。若发现什么问题可以随时找我。"

李四光指导我们认识地震与地质构造的关系（右三李四光，右二刘西尧）

向中科院郭沫若院长汇报地震震情（自左至右：李宣湖、汪成民、郭沫若、于立群、耿庆国）

向全国人大常委会副委员长乌兰夫汇报地震情况

从尧山地应力站听了李老指示后，我与同是留苏同学的蔡祖煌、石慧馨、吴锦秀等一起做了大量调查研究，收集了许多老乡对地震前后地下水的异常反应的叙述，并且自己也建立了一小片地震地下水监测网，摸索利用农田井水变化预测地震的研究。我们每天两次测水位、量水温、取水样，认真观察它们的变化，研究根据地下水位变化幅度来预测地震的科学实验。开始果然正确对应了几次强余震，但成功率很低，虚报、漏报的比例大大高于成功的数量，最使我脸上无光的是，我们预测成功率明显低于当地农民——袁桂锁的水平，当时地震队中有人调侃说"一群洋学生抵不过一个老农民"。根据周总理指示，当时邢台广泛开展群众性地震预测实验研究，所有预测意见向红山台汇总，综合对比结果表明，我们的预测成功率总是低于当地群众测报员袁桂锁。

我们自信测量的精度、分析的细度都高于袁桂锁，但为什么预测成功率却不如他？带着这个疑问，我几次去向袁桂锁请教，有一次，我们发现地下水突然上升3—5厘米，根据袁桂锁传授给我们的经验应该是发生强余震的前兆，我们毅然做出了预报但袁桂锁却按兵不动，结果什么都没有发生，我们再次败于袁桂锁。我询问他："明明地下水变化异常值达标了，为什么不预报？"他反问我："你没有发现这这几天刮西北风吗？"我百思不得其解。

我把这个故事讲李老听时，李老郑重指出：

"利用地下水捕捉到的地震信息，它的变化量级可能很小，往往掩盖在巨大的干扰背景之下，谁能正确排除干扰发现微小的地震信息谁就能成功，群众对自己的水井了如指掌，比你们认识更深入。"

"李老，我们对监测井做了抽水实验、灌水实验，对降雨、灌溉、浇地的影响都可以做定量准确计算，排除干扰因素应该说比他做得更细致！"我不服气地解释。

"那么，他说刮西北风是什么意思？"李老反问我。

"刮风应该是指气压变化，但教科书上说，气压变化影响地下水位只是对承压含水层起作用，而我们的监测井都是浅层潜水井呀，应该不受气压变化影响。"

李老哈哈一笑："你别过早下结论，先在井口上安个气压计试试，有观测结果后再来找我。"

实验结果证明，邢台的几口浅层潜水井水位变化都不同程度受气压影响，其升降程度取决于土层的透气性强弱，认识到现实的地质条件是十分复杂的，当有透水性较差的黏土、细颗粒的黏质沙土层组成的含水层时，潜水层也会有不同程度的气压效应，这与我们在课堂里学习的理论计算有很大的差异。

40 年后在邢台又遇见曾经受周总理表扬的群众测报员袁桂锁（右二）

从此，我们逐步认识到，要探索利用地下流体预测地震，重点是研究地下水动态的细微结构，必须冲破教科书中的许多传统观念。影响地下水动态除了受降雨、灌溉、疏干等影响因素外，还要分析气压、固体潮、断层蠕动、地震波传播等十几种影响因素。在李老的大力推动下，我们于1967 年建立了以监测地下流体微动态为主的京津唐渤张地区地震地下水动态监测网。

1970 年，李老又亲自审查、批准了建立全国地震地下水监测网的计划，我被任命为建网技术领导小组组长。在全体同行的五年艰苦努力下，终于建成了世界规模最大、精度最高、效果最好的地震地下水监测台网。在我国地震工作飞速发展的二十年黄金时段里，通过研究地震与地下流体关系的大量实践，不但取得海城地震等几十次地震预测成功的实例，在创造唐山地震青龙奇迹中发挥了重要作用，而且在水文地质学科中也开拓了一个崭新的领域——地下流体微动态研究。

4. 周总理力挺李老升帐挂帅

邢台地震后，周总理多次召开会议研究地震问题，除了部署抗震救灾，组织灾区人民"奋发图强、自力更生、发展生产、重建家园"尽快治愈创伤外，更多的精力放在研究我国如何应对这一严重的自然灾害上。当然，首先要解决的是如何开展地震预报，没有正确的地震预报，何来有效防震减灾？

为此，总理亲自向来自中科院、地质部、石油部、海洋局、气象局、测绘总局的各部门的专家广泛征求意见，听取开展地震预报研究的各种方案。我不知道总理一共找了多少专家咨询。后来，我偶然问及气象学家竺可桢、物理学家吴有训、地球化学家侯德封三位中国科学界的泰斗级专家，他们都告诉我，总理曾经向他们征求过如何开展地震预测的意见，侯德封还给总理呈递了一份利用地下水中放射性元素的变化预报地震的建议书，可见，后来总理对如何解决地震预报这个棘手问题采取了大刀阔斧的改革是经过深思熟虑的结果。

据说，在回答总理的咨询中，多数专家指出这是世界上没有解决的科学难题，对此项研究心中无底，唯有李四光勇敢地表示可以试一试。周总理当场表示：李老独排众议，敢于担当，急国家之所急，很欣赏这种精神！

后来，周总理在多个场合都鼓励李老作为中国地震科学的主帅担当起这副重担，他说，必须找对地震预报有充分信心的人来负责这项目，若指挥员本人就没有信心，如何带领战士们去攻城拔寨？

他曾经在中南海专门接见了李四光与翁文波，鼓励他们勇挑重担，为国临危受命来统率全国地震预报科学攻关队伍。这次周总理的重要接见可以看作这场大刀阔斧的改革拉开了序幕。

据翁文波回忆，大约在邢台地震后不久的一天，突然接到总理秘书的电话，邀请翁老去中南海面谈，听听他对我国如何开展地震预报的意见。他匆匆赶到西华厅，发现李四光已经坐在沙发上与周总理相谈甚欢，旁边还有李先念、刘西尧、武衡与地质部、石油部军代表等，总理示意翁老坐下。

总理说，今天，请李老、翁老二位来是想详细听听你们对开展地震预报的看法，我知道这是世界上没有解决的一项科学难题，但我作为总理总不能告诉老百姓坐以待毙，等别人研究出结果来再办，总得想方设法尽量减少损失吧！望二老帮我出出主意，畅所欲言不要有所顾虑。

李老从地质构造动力学的理念提出了一些意见，翁老从地球物理探测的角度给出了一些建议。总理听了很高兴，他说，从邢台回来后，一直在想解决难题的办法，我们党解决困难问题一向都会依靠两件法宝：一件叫加强领导，另一件叫依靠群众。我也打算用它来解决地震预报问题。今天请二老来是想谈谈加强地震科技队伍的管理问题，初步打算在国务院成立一个专门机构叫"中央地震工作小组"，把分散在中科院、地质部、石油部、海洋局、测绘总局等全国有关的科技人员组织起来统一管理。我国研究地震的本来就少，山头主义、本位主义使队伍握不成拳头。要打胜仗第一步是组织一支有战斗力的队伍，这支队伍希望二老出马来领导，由李老挂帅翁老协助。

最后，他严肃地说，经广泛征求意见、慎重研究，我打算把防震减灾这项涉及国家、人民安全的重要任务托付给你们，请你们临危受命组织全国的技术力量去攻克这个世界还没有解决的科学难关！

总理力挺李老对全国地震工作升帐挂帅的意图在邢台地震以后就显露无遗，在邢台地震科学讨论会上，总理指名让李老作主题发言，1967年，总理让李老过问一下科委地震办公室工作，今天才正式提出这个方案。

可能任务过于艰巨，据翁老回忆，总理布置任务后，大家都没有立即表态，沉默了好几分钟，刘西尧首先发言：

"担子虽然很重，但不用害怕。实际上，总理将亲自来抓这项任务，他要求我把手头事情放一放，以联络员的身份到中央地震办公室协助李老工作。"

李先念接着说："我们知道二老工作很忙，今天特意把武衡与地质部、石油部军代表请来，目的就是打个招呼，李老在科学院、地质部的工作，翁老在石油部的工作适当调整一下，请二老拿出点精力抓抓地震工作。"

看到总理已经把一切都安排妥当了，李老、翁老不再犹豫，纷纷表态不辜负国家与人民的信任，将全力以赴努力工作。在这次会议后，中央地震工作小组事实上已经悄悄开始起步。在它统一策划、推动下，1967年，把原中科院地震办与地质部地震办合并成立国家科委地震办公室。1968年，组织各路专家制定了全国地震工作计划。1969年，中央地震工作小组办公室正式对外挂牌。1970年，召开第一届全国地震科研大会。1971年，水到渠成地成立国家地震局，接着相继在一些省、市、地区建立地震机构，为上世纪七八十年代的中国地震事业腾飞打下扎实基础。国家地震局正式成立后，中央地震工作小组才完成历史使命，退出历史舞台。

李、翁两位老人用人生最后的岁月出色地完成了总理交办的光荣而艰巨的任务。临危受命的李老生前多次对身边人讲：

"挑上了地震预测这副担子比以往承担过的任何工作压力都大，天天夜不能寐、如履薄冰，生怕辜负了周总理的委托、人民的期望，只有使出浑身解数来应对。"

5. 李老打响了胜利的第一枪

总理一方面委以重任，一方面提出严格要求，邢台地震发生后不久，总理就向李老提出一项具体的地震预报任务。

"李老，你如何看邢台地震后大地震可能发展动向，要注意哪些地点？""如何评估当前首都圈的地震危险性？要采取什么预防措施？"

总理步步紧逼地不断提出世界上还在探索、难度极大的地震预报任务。

为了回答总理的问题，李老不敢有丝毫怠慢，基本放下地质部部长、中科院副院长工作，全力以赴地抓地震预报研究，对中国许多断层的活动性强度、大地震的破裂轨迹作了深入研究，细致分析了十几个地应力台站的资料后终于向周总理"交卷"：

"邢台地震后，从构造体系上看，沿太行山断裂问题不大，但对沧东断裂要注意，深县、沧县、河间这些地方发生地震的可能性不能忽视。"

不久以后，果然于 1967 年 3 月 27 日在河间发生了 6.3 级地震，这是邢台地震以后的第二次引起全国关注的地震，是新中国第一次成功预测的地震，李老没有辜负总理信任、不辱使命地开创了新中国成功预测的先例，受到周总理高度评价。

河间地震虽然强度不大，但发展趋势引起中央不安。周总理接着问李老，从邢台到河间地震逐步逼近京津地区，是否意味着今后几年京津地区的地震形势严峻？李老认为从构造动力学、地震活动性分析的结果看，加强首都圈及其外围地区的地震监测是十分必要的。后来的事实证明李老分析的正确性，几年后的唐山 7.8 级、宁河 6.9 级地震都是发生在李老指出的沧东断裂向北东方向伸展的范围之内。现在回想起来李老接受总理委托，担任中国地震科研的主帅后"新官上任三板斧"砍得实在精彩。

但是，李老十分清楚对大地震发展动向研究仅仅依靠构造动力学、地震活动性分析是远远不够的，他几次要求我们利用台网的监测资料在分析大地震活动趋势方面发挥作用。有一次，我们向李老汇报邢台工作成果时，他突然问我：

"能否根据地下流体变化开展更长时间域、更大空间域的预测，即邢台以外地区，包括没有建立监测网的地区的地震预测？"

当时，邢台地震现场摸索的经验基本是通过群井的微动态异常分析本区域内几天或十几天可能发生地震的预测，这种方法对强余震预测可能发挥一定作用。而李老不满足于这些，他要求我们利用地下流体动态分析开展大区域地震之间相互关系研究。这个课题世界上从来没有人尝试过，如何完成李老的要求呢？我忽然想起在两次邢台地震的地下水震后效应分析时所观察到的奇怪现象，我把心中的不解之谜向他汇报，想不到引起他浓厚的兴趣。

邢台 1966 年 3 月 8 日 6.8 地震以及 3 月 22 日 7.2 级地震以后，我们迅速通过调查分别清绘了这两次地震对地下水位影响场平面图，通过上升一米的范围对比，发现这两张图有很大差别：3 月 22 日地震后地下水剧升区范围比较规整，呈椭圆形状展布，震中大体处在后效椭圆形区的中心部位，东西南北呈对称状；而 3 月 8 日地震的地下水后效图虽也呈椭圆形展布，但震中马兰却明显偏离中心部位，位于椭圆形的南部焦点附近，有明显的不对称现象，更奇怪的是椭圆形的北焦点恰好是半个月后将发生地震的震中东汪村。

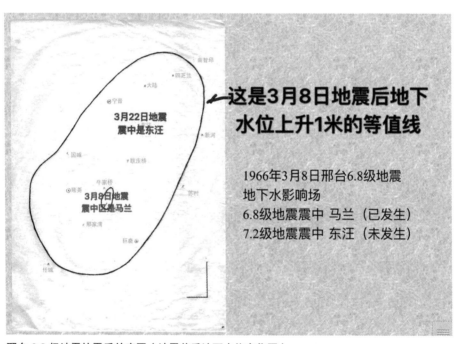

邢台 6.8 级地震的震后效应图（地震前后地下水位变化图）

这些资料都分别收集于地震发生后的 1—2 天，测量方法、异常评标完全一样。发生在几乎相同的地质环境中的两次地震的地下水后效图为什么差别如此之大？这一怪现象是巧合呢，还是有其科学道理？我们专门向李老作了汇报，他要求我们就此问题进行深入研究，回北京后专门听取汇报。

1966 年 6 月，李四光召见我和吴锦秀到他家里汇报，宽大的办公桌上放着几个月前我给他的两幅邢台地震后效影响场图，他显然为此已经作好了准备。

汇报一开始他要我先对自己提的问题谈谈看法，我大胆提出地震前后地下水位的变化是否包含某些地壳应力状态的信息，3 月 8 日 6.8 级地震前后地下水升降的平面图既反映了已经发生的 6.8 级地震的后效，又反映了即将发生 7.2 级地震的前兆，是两种信息的叠加。而 7.2 级地震前后地下水升降的平面图是单纯地震的后效反映，意味着后面已没有大的余震了。

假如，这一观点成立，就可以大胆设想利用地下水地震前后的变化图开展地震趋势预测研究，即"后效烈度异常区可能提供下次地震的震中区的某些信息"，我分析对比了不少震例，大凡震中处于后效场中心部位，后效场展布比较对称的，往往能量释放比较充分，后面不会有大的动静，反之常常发生强余震甚至双主震。

我鼓起勇气谈了很不成熟的见解，想不到得到李四光的大加赞赏，他说这是一种完全新的预测地震的思路，理论上说得通，但需要更多实践检验。他把它称为"后效异常跟踪预报法"，要我继续努力深入研究通过地下水反演地壳应力变化图像，再扩大范围查一查邢台地震更远距离是否也有后效异常的地区，并要求掌握大范围地下水动态观测井的正定水文所与河北省地下水动态观察总站配合我们工作。

在正定水文所与河北省地下水动态观察总站的帮助下，通过对 1966 年 3—4 月的全省地下水动态的大范围普查，发现石家庄以西的获鹿、井陉地区以及沧州地区受邢台地震后效影响较大。

邢台两次地震震中区烈度分别达 9 度与 10 度，但极震区范围比较狭小，向外围衰减很快，到石家庄至沧州一线几乎已经没有发现任何房屋破坏以及地下水等明显宏观异常变化。奇怪的是在石家庄以西 50—120 公里的获鹿、井陉地区的地下水却出现了明显的非常态变化，同时出现了不少房屋因邢台地震而倒塌、损坏的现象。沧州地区几口石油深井在邢台地震后也出现强烈井鸣、井喷的异常现象。

按照"后效烈度异常区可能提供下次地震的震中区的某些信息"的思路，邢台地震后下一次地震可能发生地点要注意获鹿、井陉地区或沧州地区。

6. 追踪井陉、沧州烈度异常区

不知道李老是否受到了我们向他汇报的"地震后效异常区可能与下一次地震有关"资料与观点的影响，李老对这两个外围烈度异常地区格外重视。在他的积极推动下，1966 年秋天，他专门组织邢台地震宏观异常考察队赴获鹿、井陉开展工作，研究烈度异常的原因。我与中科院地质所同事高维明，地球物理所史振梁、鄂家全以及哈尔滨工力所的专家等参加了这次调研。通过调查，了解到井陉、获鹿一带确实存在高烈度异常区，尤以东方岭等村庄更甚，烈度可达六度强到七度。地下水翻花冒泡现象十分突出。

获鹿、井陉都是具有四千年历史的古地名，获鹿原名"获禄"，据说是为了纪念曾在此抓获了安禄山而得名，当地老乡对这段历史津津乐道。"陉"是指山脉中断之处。井陉是太行八陉之一，是古代燕赵的交通要隘、联系晋冀的咽喉。由一望无垠的华北平原到此陡然迎面立起一道道连绵数百公里的屏障，山势虽然不算太高，但地形反差强烈，峭壁深沟丛生，被称为中国大陆由东往西的第一级台阶，邢台地震烈度异常区就发生在台阶的侧面上。考察队在井陉、元氏、赞皇布设了几条东西走向的地质剖面，反复穿越这级台阶。在穿越太行山的小径上，在艰苦跋涉中结识了与我同一个所的高维明。

高维明是南京大学的高才生。个头不高但为人正直、办事干练，在中科院地质所时，我在 11 室，他在 10 室，我们曾经一起承担过黄、淮、海地下水与土壤改良课题，但无缘深交。这次同赴获鹿、井陉出差，同吃、同住，在野外一起摸爬滚打一个多月，结下了深厚友谊，为今后五十多年共事，相濡以沫成为终生好友打下基础。

高维明酷爱钓鱼。一天，我们沿着南漳河步行到一个叫测鱼的小村庄去调查时，看见河边有十几只甲鱼齐刷刷地在河边晒太阳，我问当地老乡："为什么不抓来吃呢？"他们瞪大了惊奇的眼睛："这玩意儿能吃？"于是，我们在工作之余随便去河边就轻而易举地抓了几只甲鱼，与当地雪花梨炖了一锅，享受了美味佳肴。

通过调查，我们了解到井陉、获鹿一带确实存在高烈度异常区，尤其在井陉西南 30 公里的东方岭一带出现部分房裂墙塌，地下水升降剧烈并伴有大量喷砂冒水现象，地震烈度可达七度。但地球所与工力所的同志们通过理论分析与野外实验，初步认为这一烈度异常区产生的原因是邢台地震的地震波被太行山基底层面反射、放大而形成的，并非邢台地震区域应力场调整的结果。这个观点与李老从构造力学的角度分析，认为"沿太行山断裂看来问题不大"的结论不谋而合。

虽然初步否定了邢台地震会牵动沿太行山断裂威胁首都圈的可能性，但根据李四光地质力学的观点，邢台地震可能牵动沧东断裂活动的推断仍然使人忧心忡忡。为此，中科院地质所接着组织了沧东断裂宏观异常调查组，我从井陉、获鹿调查组回来后，又与吴锦秀、杨会年等人一起于 1966 年 11 月由山东德州出发，自南向北沿沧东断裂逐县进行调查邢台地震的影响场。由于邢台地震引起此地烈度异常的消息是通过地方政府反映上来的，所以我们每到一地就找当地科委了解情况，有时，当地科委派熟悉情况的同志一起参加调查组的工作。我们考察了不少水井、泉水与油气井，在沧州北一个叫兴济镇附近发现，当地几口石油井在 1966 年 3—4 月邢台地震发生时曾出现过强烈井喷，油、水柱喷出地面达十几米高，至今尚未平息。当天，我们就赶到现场，发现井水还在轰轰作响，像蒸汽火车机头一样一股一股地向外喷热气，并带出黄色刺鼻的浑浊的带油花的热水，高度在 2 米左右。我们测量了喷发高度、取了水样、测量了水温。由于喷出的水有强烈腐蚀性，取水样的杨会年还灼伤了手背，多少年后他经常向同事们展示手背上的疤痕，戏谑为"邢台地震的光荣烙印"。

邢台地震引起沧州兴济井喷，次年就在此井附近发生河间 6.3 级
地震

7. 河间 6.3 级地震如约而至

回到北京已经年底，写调研报告、化验水样……春节前，我把调研报
告亲自送到地质力学所李老的家里。没过多久，北京感受到一次地震的强
烈振动，消息传来 1967 年 3 月 27 日河间县大城发生了 6.3 级地震，此地震
恰好发生在邢台地震引发的石油井猛烈喷发的地点以西三十公里处。

得讯后李老大喜，这是他第一次对地震的成功预测，而且是在国务院
面对周恩来总理预测的。当然，从科学精确预测的角度尚嫌不足，他仅仅
指出了地点"深县、沧县、河间一带发生地震的可能性不容忽视"，没有指
出明确的发震时间，地震强度谈得也比较模糊，但这丝毫不影响它的重要
科学价值与社会影响力，周恩来总理把这种预测称为"给中央打一个招呼"
的范例。

河间地震第二天，李老索取了我们在兴济石油井井喷时所摄的全部相
片，与喷出水样的化验资料，带上它去国务院向总理汇报。他认为邢台地
震引发沧州石油井井喷与随后发生的河间地震都是区域应力场调整的结果。
他兴奋地对我与吴锦秀说：

"国外研究地震基本上是一个一个孤立地去剖析，其实地震是地质构造整体活动的一个组成部分，是构造运动的特殊表现形式。因此，应该运用地质力学的观点将地震与地震联系起来，进行整体活动性的研究。通过一次大震的影响场，寻找应力调整、转移的分析来预测下次地震可能发生的地点，这种科学思路是正确的，地下流体的变化可能提供这方面的信息，你们要坚持这个方向研究下去。"

1967 年 5 月，中科院地质所军代表李明通知我，李四光要我尽快去他家，有事商量，到了李老家，他向我介绍中央有意要他来总牵头负责全国地震工作，打算从中科院、地质部、石油部、测绘总局抽调技术骨干集中起来攻地震预测难关，他征求我的意见愿不愿意来参与。他看我犹豫片刻没有立即表态，说了一句我终生难忘的话：

"当然，搞地震预测不像你在中科院工作那样稳当，这是一项明知山有虎、偏向虎山行的工作。你敢不敢来？"

就这样，我离开了工作七年的中科院地质所，借调到国家科委京津地区地震办公室（中央地震工作小组办公室前身）工作。每天从祁家豁子骑车到双榆树西颐宾馆上班，从那之后，地震预测正式成了我一辈子的追求。

中央地震办公室部分技术骨干，前右 1 马宗晋、后左 1 汪成民、后左 3 刘蒲雄、后左 5 张郢珍

二、密切注视京津地区地震动向

1. 另辟蹊径打好京津保卫战

在 1966 年邢台地震科学研讨会上，不少地震学家认为，中国将进入新一轮地震活动的活跃时期，这一活跃期地震主体活动地域在华北地区的可能性较大，根据历史资料，活跃期的持续时间平均约为十年。邢台、河间两次地震北京都有震感，从地域上看，河间比邢台离北京更近，李老对河间地震的正确预测，使中央对中国科学家的地震趋势判断能力增强了信心。

考虑到北京本是个多震地区，历史上曾经遭受过多次大地震的袭击，最严重的一次是 1679 年（清康熙十八年）发生在三河 – 平谷的八级大地震，北京内城倒房一万余，连坚如磐石的故宫都有损坏，康熙帝被迫搬到中南海船上生活。因此，1967 年 3 月 29 日，李先念在国务院某会议上正式传达周恩来总理"要密切注视京津地区地震动向"的重要指示。中央决定立即在国家科委内设立京津地区地震办公室，来贯彻落实周总理的指示、负责组织协调各部委的地震科技工作。

1967 年 6 月，我刚刚到中央地震办上班一个月，领导通知我到国家科委参加会议，参加会议的有国家科委、国家建委、中国科学院、地质部、石油部等有关地震工作部门的同志，主题是讨论如何贯彻落实周总理"要密切注视京津地区地震动向"的重要指示。主持会议的是国家科委吕有佩局长与科委造反派头头张本，我以为是一次普通的座谈会，空着两手带着耳朵进了会议室。会议开到半截武衡推门而入，后面跟着刘西尧与一个我不熟悉的高个子拄着拐杖的领导。

武衡说，贯彻落实"要密切注视京津地区地震动向"指示是有关保卫党中央、毛主席的大事，中央委托科委把搞地震工作的各路"神仙"召集起来先吹吹风，具体部署请西尧同志与庆彤同志向大家传达最新中央精神。

这时，我才知道那位我不熟悉的高个子领导是国务院秘书长吴庆彤同志。这是我第一次与他相识，没想到在后来的十几年中，我们多次打交道，逐渐成了熟人。他高大英武，笔挺的腰板像个军人，但腿有残疾，只能拄着拐杖走路。有人告诉我，"余秋里的胳膊吴庆彤的腿"就是指周总理身边的哼哈二将，两位工作上雷厉风行、特别能冲锋陷阵的猛将，今天他陪西尧同志来出席会议，肯定有重大的新闻。

刘西尧先讲话："根据李老等专家分析，目前我国正进入地震活动高潮期，近年来，北京附近连续发生了几次较强地震，群众普遍有感，京津地区的地震形势不容忽视。为此，国务院开了几次会议研究这个问题。中央决定把完成'密切注视京津地区地震动向'的任务作为一场战役来打。大家知道地震预报是个科学难题，全世界都没有解决。因此，这一场战争不好打，怎么办？总理指示我们，虽然西方专家认为地震不能预报，但我们决不能坐以待毙，不能跟在国外屁股后面跑，我们要另辟蹊径，用中国的方式来打赢这一战。这次对京津地区的地震监测工作也如此，必须放手创新，想些新办法、采取些新措施。"

吴庆彤同志接着说："国务院最近将陆续出台一系列方针、政策与具体措施来全面加强京津及其外围地区的地震工作。从上到下要成立一批新的机构，地域上大体包括华北地区、部分华东地区、部分东北地区。另外，必须尽快建立一支能打硬仗、能攻城拔寨的队伍去攀登世界科学高峰。中国地震队伍人数本来不多，还非常分散握不成拳头，这种情况亟须改变。"

我当时对两位首长的指示不太理解：什么叫另辟蹊径？如何去另辟蹊径？完全没有概念。由于我们中央地震办公室是这场暴风骤雨式的变革的中心，自己不自觉地参与其中才逐步看清中央的意图。从 1967 年 4 月京津地区地震工作会议起到 1970 年 2 月第一次全国地震工作会议为止的短短三年里，中国地震事业以迅雷不及掩耳之势不断创新，几乎每天都会出现新机构、新制度、新要求，在周总理亲自指挥下，一场大刀阔斧改革西方的地震预报的理念与方法，建立具有中国特色的防震减灾的道路方案的地震科学革命迅速展开了，开辟出一条与西方传统的做法完全不同的新型的防震减灾之路。

"要密切注视京津地区地震动向"的重要指示成了 1968 以后一段时间中国地震工作的首要任务。在国家科委统一部署、协调下，中科院、地质部、石油部分别制定了强化京津地区地震监测台网计划，其中建立京津地区地震地下水监测网就是其中一项重要内容。在李老的建议下，我从中科院地质所被借调到科委地震办负责地下水网的技术设计，此时我才明白李老调我来的真实意图。

京津地区地震办公室工作异常繁忙，首先要通过邢台的经验在京津地区建立地震前兆监测网，包括测震、地形变、地下水、地应力与电磁台网等，建网范围先以京津为中心逐步扩大到华北地区，甚至部分华东、东北地区，我们习惯称之为"大华北"。为了减少地方行政管理带来的诸多矛盾，中央直接派总理联络员刘西尧坐镇指挥、李四光技术把关，一切计划方案都以中央地震工作小组的指示行事，工作进展异常顺利，各地军代表与革委会雷厉风行，要求贯彻落实上级指示不过夜。

周总理指示下达 20 天后，国家科委就召开落实总理指示大会，1967年 11 月、12 月，1968 年 2 月，中科院、地质部、石油部都分别召开了地震监测台网建设与技术交流会议，保证京津的地震台网快速、高质量地建成。

以我负责的建立地下流体台网为例，第一次建网会议由刘西尧亲自主持，有关部委、省、区、市军代表、革委会领导参加，我在建网报告中提出，需要地质部配合提供各省地下水长期动态观察数据以分析背景值时，地质部领导站起来表态，全部长期观察数据可以无偿提供。当我提出需要石油部配合利用废旧的石油钻孔改造成地震观测井时，会议后三天，石油部便主动派人送来几百口深井资料供我们选择，甚至在把我们选中的钻孔的所有权移交前，主动把钻孔清理干净、盖好井房，使我们在短短的几年时间建成了横跨京、津、冀及部分山东、辽宁的广大地区，由 189 口井、泉组成的（包括 43 口深井）能连续观测水位、水温或流量、逸出气的世界先进的地震地下水监测网，在后来的海城、唐山的防震减灾中发挥了重要作用。

2. 令人难忘的张山营事件

1969 年 5 月的一天，北京西北延庆县张山营一带发现井水位猛烈上升、溢出地面的异常现象。我立刻通知延庆县科委派人到现场调查，晚十时左右，调查人员汇报井水位剧升的情况属实，共发现水位异常上升的井有八口之多，最大上升幅度约达 1.5 米，上升原因不清。消息传来时尽管已经是深夜了，但我丝毫不敢怠慢，马上向张魁三主任汇报，张要求我们按照"重要情况不过夜"的规定立即向李四光部长、刘西尧汇报。凌晨五点左右，刘西尧秘书焦急地来电话说，李老正在调车打算亲自去延庆现场调研，西尧同志也陪同前往，要求我们务必赶在李老车队之前赶到延庆县张山营作好野外调研的准备。当时天还没有大亮，单位几辆汽车都出差在外，留下个待修复的破车如何去追赶首长们的好车？当我把情况及时向张魁三主任汇报时，我们值班室的红机子电话清脆地响了，接电话的小刘脸都白了，结结巴巴地喊我：

"老汪！快过来，总理电话，总理……"

电话里传来熟悉的江浙官话声：

"听说北京郊区发现明显井水位异常？要尽快派人去调查研究，有情况及时报告。"

刚放下周总理的电话，刘西尧电话又来了："汪成民怎么还不出发，别磨磨蹭蹭的！"

"我们手边没有车！"

"我与李老马上出发，你必须在我们之前到现场，否则我开除你的党籍！"

"西尧同志，我还没有入党呀！"

话筒中传来湖北口音的愤怒骂声："那么我……我就开除你国籍！"

"这个你没有权力！"我嘟囔了一句……

他知道这是由于焦急而引起的口误："反正我要严肃处分你！"

面对刘西尧一次次来电话催促，我和张魁三如热锅上的蚂蚁心焦如焚，张魁三毕竟是个转业的高级军官，部队中关系极广，最后，他不知道通过什么办法从北京军区调来两辆崭新的越野车。

"命令你以最快速度追超前面的首长车队，否则让你知道严重后果！"

一上车，张魁三就严肃地向年轻士兵下达命令，司机猛踩油门把小车开得飞起来，直到居庸关才超越李四光、刘西尧的车队。这时，张主任才擦干满脸的汗水，粗粗地喘了一口气。

车到张山营，延庆县的领导已经在山下迎接，经验老到的地方领导在公路旁一个小饭馆准备了热腾腾的面条早点。

"首长们来得这么早，肯定没有吃早餐，来，吃碗面再上山！"

大家与刘西尧、李四光同挤在一张破旧的桌子前吃面条，狼吞虎咽，西尧同志专门走过来拍拍我的肩膀，刚才紧张的情绪完全松弛下来。

吃完饭后，八十岁高龄的李老坚持与大家一起向山上爬，大家劝他坐在公路边，保证把了解到的情况向他详细汇报，但他执意不肯，他说不亲自调研无法向总理交代。幸亏爬了半小时就在一个小村庄中发现了几口异常井，据老乡介绍，水位三天前逐渐上涨，昨天有些井水还溢出了地面，满地流淌，过去从未见过这样的现象。我们详细了解了井的结构、挖掘年代、平时动态，然后测量水位、流量、水温，取了水样，经调查，水位上涨的几口异常井大体呈东西向排列，展布在一条直线上，与当地一条小断层走向一致。这时，李老兴致勃勃地带着几个年轻人找到一个断层陡坎详细研究地层剖面，测量断层走向、倾向、岩性……最后李老指示，要求我们明天召集怀来、康庄、居庸关、昌平一带从事地壳形变测量及地应力台观测技术人员参加张山营异常的学术讨论会，看来他已经胸有成竹了。

1969 年 5 月 9 日根据周恩来总理指示，李四光、刘西尧亲自到延庆张山营调查地下水异常（右一为刘西尧，右二为李四光）

第二天，北京地区有关台网及流动测量的技术负责人都集中到西颐宾馆会议室，李老、刘西尧亲自出席听会，大家根据资料各抒己见，讨论得十分热闹。最后李老总结发言，指出从张山营的地下水突升时间与附近断层位移测量结果综合分析看，这可能是一次断层蠕动引起的异常现象，虽然断层蠕动现象有时与发生较大地震有关，但这并不意味断层蠕动后必然发生地震。一般来说大范围、群体性断层蠕动现象与地震关系较为密切，这条张山营断层的规模不大，附近几条较大断层从资料看目前比较稳定，不像是北京地区即将发生较大地震的明显迹象。因此，可以让中央、国务院放心。

与会者无不被李老的精辟分析与敢于担当的态度所感动，李老的这种精神也给与会者留下了深刻的印象。但万万没有想到，这是我最后一次与李老一起跑野外，两年后他就离我们而去，总理委托的攻克地震预报关的任务竟成了他未竟的事业。

3. 第一次面对面向总理汇报

张山营事件两个月后，1969 年 7 月 18 日发生渤海 7.4 级地震，北京有强烈震感。虽然这次地震没有发生在预料的沧东断裂上，它发生在更东的一条郯庐断裂上，但比邢台、河间更向北迁移了一段距离，震中位置离京津也不远。幸亏它发生在海中间，除了渤中油田有些损失外，仅对沿渤海周围的一些地区造成些破坏。

地震后数小时，周总理放下手中工作立即召集中央地震办公室听汇报，张魁三通知我汇总有关地震的业务材料作好向总理汇报的准备。我虽然多次见过总理但都是在群众集会上，从来没有单独被总理接见，面对面说过话、握过手。听到张主任的通知，我兴奋、紧张得几乎忘记了要准备必要的汇报材料。下午五点，张魁三主任带着我与王勇等从中南海北门进入，名单、车号早已经通知警卫，车放行后沿中南海西岸直奔怀仁堂。怀仁堂我过去来过，高中毕业后作为北京市中学生代表参加世界青年理事会曾在此开过三天会，但这一次不在怀仁堂的大会议厅，而在旁边的小会客间召开。我们进入会场的时间还早，只见几个服务员与穿军装的秘书在忙碌着，我正好需要抽时间疏理一下汇报内容。半个钟头后，各位首长陆续入座，大都是我不熟悉的穿军装的军代表，张魁三不断起身敬礼、握手，我认识的似乎只有李先念、纪登奎、吴庆彤等，后来郭沫若、李四光、刘西尧也陆续来到。汇报会六时开始，总理提前几分钟落座，环顾左右问："人都到齐了吗？"秘书回答，还缺余秋里同志。

总理说："打电话催一下，我们再等他几分钟。"

六点一刻，余秋里还没有到，总理清清嗓子说："会议开始吧！"

先由科委地震办公室介绍地震基本情况，当总参介绍渤海湾驻军的信息时，余秋里才匆匆进入会场，满头大汗，用仅存的一只手抓着军帽不断擦汗，总理示意他坐下，但他仍惶恐地笔直站立在总理面前，试图向总理解释些什么。我深感周总理在各级老干部前崇高的威望，以打仗凶猛著名的将军在他面前都像小学生见到老师那样毕恭毕敬。

汇报打断了几分钟后继续进行，总理要求先听取了京津地区台网对这次地震的反应时，张魁三示意我上去说，看来京津地区的震情始终是总理心中最牵挂的主题。我抱着一摞图件走到周总理面前，一张张地介绍北京、天津、唐山一些深井的水位、水温、水氡在渤海地震前的异常情况。

"为什么认为通过地下水变化可能预测地震？"

我介绍地震是由于地壳应力积累超过岩石强度而破裂的一种地质现象，通过监测地壳应力变化可能获得地震前兆，而地下水是反映地层内应力变化最敏感的元素之一。

总理又问："你们有具体的预测成功实例吗？"

我介绍了邢台的实例与袁桂锁的经验。

总理又问："国外有这方面的研究吗？"

我介绍了苏联利用地下水中氡含量预测塔什干地震的实例。当我将准备好的汇报内容刚刚讲到一半时，总理突然问：

"听你口音是江浙一带人？"

我回答原籍宁波，生在上海。

总理说："看来，我们还是小老乡，我原籍绍兴，长在淮安，宁波离绍兴很近。"

从这时开始，我完全摆脱向总理汇报的拘谨，开始与他聊起家常来了。

最后，总理语重心长地对大家说："这次地震离北京不远，幸亏发生在海中，损失不大，要好好研究这次地震资料，它是对京津地震台网能力的一次实战检验，一旦京津附近出现震情，可以从中汲取经验教训。对地震预测一定要树雄心立壮志。我知道地震预报很难，我不苛求你们，但力争做到在大震前打个招呼……努力赶超世界先进水平。"

由于地震发生在海中，有关这次地震的烈度、损失情况的资料不多，总理指示立即从空军调来两架直升机沿渤海飞一圈，通过空中摄影分折地震的破坏情况，在会上当场确定上直升机的人员名单，张魁三指派王勇代表中央地震办上直升机了解情况。总理要求航空摄影资料当天处理连夜分析，明天下午再召集大家来国务院汇报。

4. 渤海地震的两个烈度异常区

1969 年 7 月 19 日下午，我们又一次来到国务院汇报。根据航空摄影资料分析，离震中最近的是山东惠民地区，震中距约为 95 公里，沿海有轻微破坏，发现有明显的喷砂冒水、地裂等现象，少量民房倒塌、部分海堤损坏，地震烈度定为七度。但令人不解的是，调查结果表明离震中 170 公里的河北丰南县境内、离震中 320 公里的辽宁熊岳县境内也有同样程度的破坏，出现倒房、地裂、喷砂冒水、井水位异常升降等现象。其中熊岳温泉温度剧升，民房倒塌（今属营口市），华铜铜矿（今属瓦房店市）的烟囱倒塌、墙体开裂，地震烈度也定为七度。总理问李老：为什么这么远的地方还有七度破坏？李老回答：引起这种现象的原因很多，如郯庐断裂的牵动、地下地质结构不均一、沙土液化、地震波传播不均一等，尤其要引起重视的是一次地震的能量释放会引起周围地区的地壳应力调整，有些地区会瞬间应力加载，如果是这样的话就意味着这些地区的地震危险性在增加。

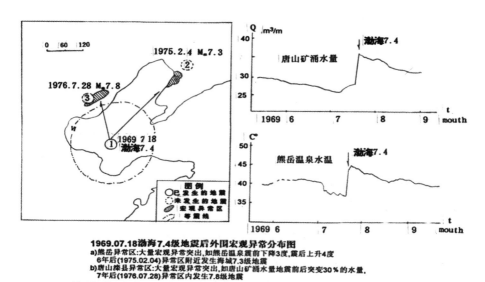

1969.07.18渤海7.4级地震后外围宏观异常分布图
a)熊岳异常区：大量宏观异常突出，如熊岳温泉震前下降3度，震后上升4度
　6年后(1975.02.04)异常区附近发生海城7.3级地震
b)唐山滦县异常区：大量宏观异常突出，如唐山矿涌水量地震前后突变30％的水量,
　7年后(1976.07.28)异常区内发生7.8级地震

Distribution of macroscopic anomalies outside the epicenter after the Bohai earthquake of M7.4 on July 18,1969
a) Anomaly area of Xiongyue:the amount of macroscopic anomalies was very prominent, for example,the hot spring of Xiongyue decreased 3 degrees before the earthquake occurred,and increased 4 degrees after the earthquake .After 6 years(1975,02,04), the Haichen earthquake of M7.3 took place nearby the anomaly areas.
b) Anomaly area of Luanxian,Tangshan:the amount of macroscopic anomalies was very prominent,for example,the flow of water in Tangshan deposit suddenly varied 30 pecent. After 7 years(1976,07,28), the earthquake of M7.8 occurred inside the anomaly area.

渤海 7.4 级地震外围有两个烈度异常区，一个就在海城附近，一个在唐山震中区

　　周总理立刻敏感地抓住李老发言的要害，单刀直入尖锐地提问，你的意思是渤海地震后辽宁熊岳地区、河北丰南地区地震的危险性在增加？

　　李老回答，目前掌握的资料很有限，下结论还太早，需要对当地作调查研究，假如多方面的实测资料都证明渤海地震后应力向这两个地区转移的话，那么总理的担心是有根据的。

　　会上，周总理当场建议要组织队伍到地震烈度异常区去调查研究，追踪其发展动向，一切从最坏处着想，立足于有震，防患于未然。因此，在会上决定，除了组织渤海地震指挥部，由王树华带队到山东进行考察外，由地质部负责再组织两个小组分别赴丰南、熊岳进行宏观异常调查，监测震情。

　　后来，地质部从华北地震地质大队抽人组织"渤海地震丰南烈度异常调查组"，由地质部正定水文地质研究所抽人组织"渤海地震熊岳烈度异常调查组"赴现场开展工作，这两支队伍扎根在河北丰南、辽宁熊岳工作了几年，后来分别成为河北省地震局与辽宁省地震局的前身。我被中央地震办公室派遣曾经于1971年、1972年分别到丰南、熊岳检查工作，在与当地群测群防专家座谈中，发现唐山矿涌水量、辽阳温泉、华铜铜矿的海水顶托、复州湾黏矿的涌水量多年动态曲线与地震关系明显，我希望考察队加强对这几个观测点的监测，这为几年后的海城地震、唐山地震的预测发挥了重要作用。

　　事实证明，渤海地震后的外围地震烈度异常区确实如李四光所料，是渤海地震后应力重新调整，向下一次地震区集中的反映。果然，1975年，在离熊岳烈度异常区不远的海城发生了大震，再下一次地震也恰好发生在唐山、丰南境内。这些事实客观证明了一次大震的区域烈度异常区往往可以提供下一次地震的走向，当大地震串发时，外围的烈度异常区往往是下一次地震的震中区。因此，渤海地震后两个烈度异常区的发现并派队伍实地考察的英明决定，为后来的海城地震预测成功、唐山地震青龙奇迹打下了基础。

1969 年渤海地震后，李四光建议组织
唐山烈度异常调研队，密切监视渤海湾
发生大震的可能性，为 1974 年国务院
69 号文埋下伏笔

5. 周总理要求具有蜜蜂精神

1970 年 1 月 5 日，云南通海发生 7.8 级地震，造成 15621 人死亡，
30000 人受伤。周总理再次向云南灾区指示："地震是有前兆的，是可以预
测、可以预防的，要解决这个问题。" 1970 年 1 月 17 日至 2 月 9 日，第一
次全国地震工作会议召开，部署了地震工作任务和计划，刘西尧传达周总
理的指示："首先是确定区域，在重点地区布置，不要病急了才去抓医生，
像地方病那样，要先防治。"

1970 年 2 月 6 日，周恩来总理听取部分会议代表的汇报，汇报会从半
夜 11 点开始一直持续到凌晨 4 点，通过几年与地震工作打交道，总理对地
震工作已经十分熟悉。对汇报要求简单明了、直奔主题。

"这次地震前地震活动性是否异常？地壳形变、地应力、地磁、地电、
地下水……都有些什么异常？"

首先由前线回来的刘英勇、耿庆国等汇报了通海地震的灾情，介绍各

类前兆现象与对应地震的效果，会议开得很久，谈论了许多具体技术问题。可能由于困倦，下半夜后，总理一边吃着药片一边站起来来回走动，当汇报到云南通海地震收集到的宏观异常，如泉水发浑、变味、变温时，恰好周总理走到了我的面前：

"小老乡，你是什么看法？"他还记得我的专业是学地下流体的。

"影响地下水变化的因素很多，地震前兆是其中之一，要认识地震前兆必须深入下去作调查研究，排除其他的可能性后才能确定。"

他微笑着，看着我说：

"你们搞科研的不能老坐在家里苦思冥想，要像蜜蜂一样，经常到震区去，把群众的智慧的花粉采集回来，酿成科学之蜜！"①

他多次强调过要深入现场、深入群众，向群众学习，听到石油工人张铁铮利用地磁变化预测了通海地震、邢台农民袁桂锁利用地下水预测了多次强余震后，尽管专家们有不同看法，周总理仍把他们请到中南海，认真听取他们的预测依据，询问预测效果，总理不断告诫我们，要虚心向群众学习，努力提高预测水平，他再三鼓励我们：

"科学的精确预测一时达不到，我不苛求你们，争取先从打个招呼做起。报不准我不怪你们，但有严重情况不报告是要追查责任的。"

1970年2月7日接见全体会议代表，周总理、郭沫若、李四光都发表重要讲话，并与代表们合影留念。合影后，周总理留下二十几个代表，包括中央地办的领导、专家，再开座谈会，他给我们打气、鼓劲，告诉大家现在一切准备就绪，下面就指望大家的努力了："邢台地震到现在四年不到，已有不少经验资料，再搞四年就会放异彩。相信七十年代在这个战线上也要放一棵'原子弹'，赶超世界先进水平"②

在第一届全国地震工作会议上还有一个重要插曲，1970年2月2日，

---

① 方樟顺主编：《周恩来与防震减灾》，中央文献出版社1995年版，第84页。
② 方樟顺主编：《周恩来与防震减灾》，中央文献出版社1995年版，第401页。

李四光发言提到，通海地震发生在应力容易集中地区，两年前地质部就在此地布设了地应力观测站，地震前观测到极典型的地震短临异常，由于台站同志没有经验，没有把情况及时上报，以致漏报这次地震，给国家造成了重大损失……说到此处，李四光竟然在大会上抽搐起来，发言稿从发抖的双手中掉到地上，他连连说："我对不起老百姓，对不起国家，辜负了周总理的信任，明明发现了异常，却没有作出预报，造成严重损失。我要向中央作检讨，改进地震预测工作……"

在这次会议上，宣布董铁城作为中央地震工作小组办公室的军代表，协助刘西尧、李四光工作，指挥地震战线向胜利进军。这是我第一次见到这位对海城地震预测成功起了重要作用的领导，他的高大、威武、平易近人的形象永远留在我的心中。

6. 李老在病床上听最后一次汇报

1971年春节前一周左右，张魁三副局长通知我带上资料到北京医院向李老汇报京津地区地震形势。我们已经很久没有见到李老了，隐隐约约听说他患病住院了，同志们听说我要上医院见李老，都纷纷要我代表他们致以问候并特意凑钱买了一束鲜花带去。

在北京医院高干病房外走廊上，我们见到了李夫人与他们的女儿李林，过去在地质力学所他们的住宅中，我们见过多次，尤其李林从外地调入北京等待去中科院研究所工作的一年里，曾临时安置在国家地震局分析室工作，帮助我们翻译些资料、举办英语培训班等，因此我们成了十分熟悉的同事。进入病房之前，李夫人与李林反复转达大夫意见，嘱咐我汇报务必控制在十五分钟内结束。

我们带着忐忑不安的心情推门进入病房，只见床上卧着一个又瘦又小的老人，相隔半年，李老憔悴、消瘦了许多，与我平时熟悉的形象差别很大，以至于第一眼都没有认出来。

"你们来了！我最不放心的就是京津地区的地震形势。"声音还是那么熟悉。

我们利用医院挂输液的架子挂上我的汇报资料，当时没有幻灯机，更没有多媒体投影仪，每次上国务院，我习惯随身携带一个大图筒卷着一摞材料进行拉洋片式的汇报。这时，医生与李林扶起老人的上半身把病床摇到半卧半躺的状态，带上助听器，病房临时改造成会议室。

"小汪，开始吧！还是老规矩，先谈近几个月的地震活动性，再展示前兆台站反应，最后谈群测群防的宏观资料！"

"爸爸！医生只允许谈十五分钟！"李林知道如此谈法需要较长时间。

李老不耐烦地摇了摇手："总理亲自把这件有关国家稳定、人民安全的大事交给我办，岂能马虎？"

我只能尽量按照李老的要求，但把内容精减，语速加快，概略地介绍了京津唐渤张主要台站监测资料，还特别汇报了去唐山检查渤海地震后派出去的地震队的工作现状。就这样还是谈了40分钟，汇报中间三番五次被医生、李林打断，要求立即结束汇报的意见都被李老严肃地阻止，听完汇报，李老气喘吁吁地说了一段让我几乎泪奔的话：

"国家把这样重要的担子让我来挑，我一直有如履薄冰的感觉，我最不放心的还是首都圈附近的地震形势，你们一定要坚决执行中央《密切注视京津地区地震动向》的指示，我坚信在地震预报方面中国一定能够赶上、超过世界水平，但现在我恐怕无法坚持到那一天了，希望你们年轻人不要退缩，一定要坚持下去攻克这个世界难题！"

两个月后，1971年4月29日，李四光因患心血管病不幸逝世，1971年5月2日，在八宝山举行追悼会，我作为中央地震办公室的代表参加遗体告别仪式。告别仪式结束后，周恩来总理特意来到人群中间，沉重地问："搞地震的同志来了没有？李老走了，从今以后任务就交给你们大家了！"

总理委托的攻克地震预报难关的任务竟成了李四光鞠躬尽瘁、死而后已，出师未捷身先死的未竟的事业。但他作为周总理主要科研参谋，制定的中国特色地震工作方针、政策为新中国地震事业奠定了赶超世界先进水平的扎实基础。李老去世几年以后，我们连续取得海城地震、松潘地震预报、预防的成功，以及青龙奇迹的出现这些世界性的伟大成果，中国的地震人用这些震撼世界的成绩默默地告慰李老的在天之灵！

三、五年内果然就大放异彩

1. 周总理要地震队伍向"两弹一星"学习

1964 年 10 月 16 日，我国克服重重艰难险阻，冲破美国的技术封锁，克服苏联撤走专家所带来的巨大困难，终于在罗布泊核试验场成功地爆炸了第一颗原子弹。当晚，周恩来总理在人民大会堂隆重宣布这一重大喜讯。恰恰两年后的 1966 年 10 月 27 日，中国又首次发射导弹核武器试验成功，精确地命中目标。在全国欢庆胜利攀登上两大科技高峰前后，1966 年发生了邢台地震，周总理看到地震给邢台人民带来的巨大灾难后，他把下一个科技攻关目标瞄准在地震预报上。很快，曾经担任两弹一星发射现场副总指挥长的刘西尧奉命急调北京，据刘事后告诉我们："收到周总理急电，要他把手中事情放一放，速来北京承担另一项艰巨的攻关任务，干什么？总理一点都没有透露。"

刘西尧临危受命风尘仆仆地从罗布泊、酒泉基地赶回来，才知道中央任命他为周总理驻中科院与中央地震办的联络员，辅助李四光抓地震预报工作。从中可见，周总理想把两弹一星的成功经验注入地震预报，攻克这项世界科技难关的意图十分明显。

1971 年 4 月，中国地震事业的主帅李四光突然离去，对正在鼓足干劲攀登科技高峰的队伍打击很大。没几天，后勤处来了几个人，把我们值班室楼上的两间空房打扫出来，总理联络员刘西尧与军代表董铁城干脆搬到地震局来住。两位领导亲自蹲点督战，与我们同吃、同住、同工作，刘西尧、董铁城甚至亲自参加我们的各级震情分析会，静静地听大家的发言，一坐就是一整天。当时，大家并不知道刘是两弹一星的功臣，只是现在回忆起他不断用两弹一星科学家如何自力更生、奋发图强的先进事迹来激励大家，不要迷信西方，要走中国自己的路，树雄心、立壮志，攻克地震预报难关，攀登世界科技高峰。

1972 年 1 月，在一次地震局大会上，刘西尧传达周总理的指示：中国地震工作要向两弹一星学习，树雄心、立壮志，力争取得突破，在三五年内放异彩、放原子弹！

这不是一句空洞口号，如何在短短的三五年时间内超越西方几十年未能解决的科学难题？刘西尧在中央地震办多次告诫我们："要在短期内突破地震预报难关，两弹一星的经验证明我们绝不能按西方的老路走，若照西方传统的办法按部就班地走，只能跟在西方后面爬行，总理正在深思熟虑、制定缜密计划、行动纲领。不久大家都能看见，我们不仅要提出任务，更要提出完成任务的一系列具体办法、运作规则。"从 1969 年到 1974 年，一场大刀阔斧对旧地震工作的改革，建立中国特色防震减灾之路新体制的创新方案轰轰烈烈地拉开了帷幕。我有幸参与其中，近距离洞察了这个富有成效的历史性改革的全过程。

2. 周总理对地震事业的五大创新

凡在全国地震指挥系统（先中央地震办、后国家地震局）工作过的老人都能回忆起来，那一段时期我们几乎天天能感觉到中国地震工作雷厉风行、大刀阔斧的创新改革的脚步。这是周总理在摸索如何在世界上地震预测技术没有过关的前提下，最大限度发挥方方面面作用以达到防震减灾目的的伟大对策。

归纳起来有以下五方面的改革创新：

第一，改变地震预报工作的性质。

世界各国地震预报工作都属于科学探讨的性质，由科学研究部门或大专院校来承担。周总理把地震工作的性质由较宽松的、自由度大的探索课题研究范畴改变为较强制的国家指令性任务性质。他派刘西尧到中科院地球物理所召开老专家座谈会时说："中央决定把中科院地球物理所一分为二，愿搞基础研究的留在中科院，愿搞应用研究的分到新成立的国家地震局地球所，对你们老专家来说，去或留完全自愿，尊重你们自己的选择。"

当顾工叙、付承义等专家表示愿意响应祖国需要，从中科院调到新成立的地震局地球所时，刘西尧说了一段非常重要的话："大家要想清楚，在地震局搞地震预报与在中科院搞地震预报，是性质完全不同的任务。中科院把地震预报作为科学探索的一项课题来搞，搞到什么程度就算什么程度，而国家地震局要作为国家重大任务来抓，有指令性指标，工作性质、任务及完成任务的方式都与你们熟悉的中科院不同。这是周总理对抓这项工作的创新，一种试验，全世界没有第二个国家是这么干的！"

第二，建立世界上最庞大的地震管理机构。

1967年成立中央地震工作小组，总理亲自过问地震工作，并派联络员刘西尧坐镇，请出李四光来主持，把分散于各部委的地震队伍统一组织起来。1970年成立国家地震局，选对党的事业最坚定、对地震预报最有信心的干部当各级地震部门的一把手。1971—1975年，在地震活动地区陆续组织省、市、地乃至县一级的地震机构，形成中央、省、地、县一条龙的系统。还在各级地震机构中专门设立管理群测群防组织。无论是规模、人数还是组织管理的严密、政府介入的深度绝对是世界首创。

第三，建立世界上最庞大的地震信息监测系统。

组织庞大的地震监测台网，观测领域按照广泛实践、多路探索的原则，除了传统的测震、地形变、地磁、地电、重力、地应力外，还增加了许多监测新领域，如地下水、地温、地声、地气、气象、海洋、动物行为、异常云图等。无论数量、种类，还是观测范围、观测细度，都达到世界最高水平。

参加监测的人员除地震专业人员外，还广泛吸收各科研单位、大专院校甚至从社会上招募的人才。充分调动地方积极性，广泛建立地方台、企业台等与专业台网组成专群结合、土洋结合的捕捉地震信息的天罗地网。

除固定监测台网外，还设立地震点、地震哨，广泛开展地震科普知识宣传，使群众广泛了解与地震有关的各种异常自然现象，最大限度地调动社会资源参与防震减灾事业。

第四，建立中国式新的地震预报理念。

根据西方开展地震预报的理念，首先研究地震发生的机理，建立物理、数学模型，在地震监测中力图找到与地震一一对应的确定性前兆，对一切与地震可能有关，但不能确定性对应的自然现象一概不予重视，不作为地震预测的依据。这就好像西医治病，不弄清患病过程、病变机理就无法下药一样。这种表面严谨的理论只适用于对简单现象的研究，对于地震等复杂问题来说，这种研究方法很难取得效果。地震与人体等许多复杂现象一样，都是开放性的、巨大、复杂性系统，对于复杂性系统而言，纯理论、纯经验都是片面的，解决复杂性系统的唯一方法就是采用从定性到定量的综合集成法，即利用一切可能与地震有联系的各种自然现象，从中提取有用信息进行分析，不放过任何蛛丝马迹，顺藤摸瓜逐步逼近真实。与西方理念不同，按照东方的思维，对地震这种复杂性系统，应该着重整体性把握，而不是致力于单体的剖析；应该重视现象之间关系、联系、环境条件的影响及事物发展的过程，而不是建立局部的、孤立的、固定式样本的机理与模型。西方思维要求"少而精"，而东方思维着重"多而广"。钱学森告诉我："对于地震这种复杂性系统，客观上是否存在能一一对应的确定性前兆？不要把全部精力压宝在寻找确定性前兆上，应该不放过任何可能与地震有关的自然现象进行综合集成。"

周总理提出要"广泛实践、多路探索，多兵种联合作战，专群结合、土洋结合，两条腿走路"的方针。实际上就是采用中、西相结合的中国特色的地震预报之路。

第五，制定一套相应的新政策与规定。

首先，将预测与预报严格分离，明确职责、分工。预测是科学家的事情，如同地震信息侦察员，任务是发现收集各种自然界与地震有关的异常变化，有情况及时报告，严重情况不报告要问责。预报是政府的事情，如同地震对策的参谋部，根据信息的严重程度、可信程度，预测地区的政治、经济、文化与居民、地理条件采取合适对策，对策不当也要问责，这样就把政府在防震减灾中的地位与作用明确化、固定化。

其次，放宽了对基层上报地震预测意见的要求。过去提交地震预测意见从基层开始就要求慎之又慎，必须把预测时间、地点、强度三个要素的依据分析得十分充分、严密，结果经常造成重大信息无法及时传到决策者手里而漏报了地震。例如，1970年的云南通海地震前地质部的通海地应力台事先记录到典型大地震临震信号，由于过于慎重而错过战机。当李四光在地震后看到台站记录时痛哭流涕，后悔莫及。

从此，要求对基层放宽上报地震预测意见，认为一个侦察员不可能发现敌情的全部，只要侦察员发现重大异常的蛛丝马迹就要报告，不要求等到掌握充分、严密的三要素的依据后再报告。

最重要的是周总理提倡"打招呼"式的预测。地震预测有自己的严格规定，必须有明确、具体的时间、地点、强度的意见。刘西尧说："我们非常明白，地震预测是世界难题，提出明确的三要素预测有难度，我们不苛求你们，但总理要求在大地震发生之前力争打一个招呼，以免措手不及陷入被动。"所谓"打招呼"式的预测是指粗略的、模糊的、拿不准的意见。按传统惯例这种预测意见是不受理的。但刘西尧把地震预测比喻成侦查破案，抓罪犯不可能一步到位，允许不断修正的追踪预测。现阶段要求地震预测如此精确，就如同要求侦查员一次性锁定罪犯一样，这种要求是不现实的，只会放过许多重要的蛛丝马迹。所以必须降低对地震预测的门槛，才能获得更多有价值的信息，最终对突破地震预测难关有利。1974年国务院69号文就是"打招呼"式的预测取得防震减灾实效的典型实例。

3. 宁可错报遭埋怨，决不死人受谴责

周总理对中国地震工作进行雷厉风行、大刀阔斧的创新改革，建立中

国特色的地震工作之路，其目的就是摸索如何在地震预测技术没有过关的前提下，最大限度发挥各方面的积极因素，以达到防震减灾的目的。决不允许大地震频频发生而毫无察觉。宁可付出错报、虚报的沉重代价，也要力争在大地震发生前打个招呼以减少损失，尤其是减少人员伤亡，当时的口号是"立足有震，防患于未然"。

根据中国广泛实践、多路探索，两条腿走路的办法，我们确实已经掌握了非常丰富的与地震发生相关的自然变化信息，我把它叫"可疑前兆"，若把这些"可疑前兆"进行综合分析，对每种蛛丝马迹进行大数据的处理，发生在观测台站较密集地区的大地震不可能毫无察觉地悄悄发生，在大震前作出某种程度的正确预测是完全可能的。

麻烦的问题在于政府的决策这一环节，周总理清楚，要求科学家提供一个无风险的地震预测目前是不现实的，专家能提供的都是可能性预测，可能成功也可能失败，在目前技术水平条件下，要求在大地震前打个招呼，政府一定要有容忍虚惊一场的思想准备，若不敢承担任何风险，地震预报就无法进行下去。

下面就我亲身经历谈谈周总理如何经历地震预测下面几个阶段才逐步提高地震预报风险操作水平，实施预测预报的全过程，如何取得海城、松潘地震预测、预报、预防成功与创造青龙奇迹，事实证明这表面上看是偶然的事件，实际其中有必然的成功因素。

第一阶段：地震预报传统做法是，从建设台网、监测信息、数据分析到预报决策为止基本全部由专家们来操作，取得比较有把握的预报意见时向政府报告，由政府向社会发布。政府仅仅起转告通知的作用，风险几乎全部由专家承担。专家不敢担当，错报、漏报很多。

第二阶段：把预测与预报严格区分开来，专家只负责预测，政府负责预报，周总理把预测比喻为侦察兵，把预报比喻为参谋部，侦察兵只管收集信息，根据侦察到的信息如何指挥打仗是参谋部的事情。信息不准确由专家负责，指挥打仗失误由政府负责。我记得有一次在会商会上有专家说：

"这种信息若出现在沙漠地区我毫无顾虑地发布预报，现在发生在首都圈我就顾虑重重了。"这位专家当场受到刘西尧的严厉批评："你是专家还是官员，专家只关心数据是否可靠，是否是地震的反映，在专家眼里，沙漠还是首都都一视同仁，对不同地区采取不同措施是官员的事情。"实际风险由专家与政府共同来承担，使预报水平有了一些提高。

第三阶段：针对专家们对错报造成社会虚惊的思想顾虑与心理压力，总理、刘西尧提出"我们宁可虚惊受埋怨，决不死伤遭责难"，预测很难一步到位取得成功，需要逐步逼近的跟踪式进行，允许不断修改预测意见。一旦发现异常情况，哪怕暂时看不准也要先"打个招呼"，模糊的、不确切的、有争议的……都需要给政府先打个招呼。发现重大异常不打招呼要问责，对大地震宁可错报不要漏报。

以上三个阶段的逐步发展降低了预报的门槛，解除了专家的思想顾虑，减少了专家预测承担风险，增加了政府的预报（决策）风险，才在短短的五年内，取得海城地震、松潘地震预报成功，创造唐山地震时的青龙奇迹，达到"地震工作要在三五年内放异彩、放原子弹"的奋斗目标。

4. 国家地震局 8341 部队的建立

自从 1967 年中央提出"要密切注视京津地区地震动向"的重要指示以来，如何力争在首都圈及其周围地区发生较大地震前给中央打招呼，成了多年来中国地震工作的首要任务。中央地震办李四光、刘西尧在周总理亲自指挥下采取了一系列的创新、改革措施，建立各级地震管理机构、巨大的地震信息监测台网、广泛的群众观测点，布下了捕捉地震的天罗地网。似乎一切都万无一失了，但通过 1969 年渤海、1970 年通海等地震的震例总结发现，此方案仍然存在一个重大疏漏。一次大地震的前兆异常的分布范围往往超过一个省的面积，由每个省单独汇总资料往往把一次大地震完整的前兆异常场化整为零，支离破碎，看不见它的全貌，影响了判断、决策。例如，我们建设的京津唐渤张地下流体观测网，分别由北京、天津、河北、辽宁省市地震部门来管理，对分析大地震非常不利。当时，国家地震局分析组直接管理全国各省、市、自治区的地震分析事宜，由于下面省、区、市的地震分析部门数量太多，分析预测基本由各省、区、市的地震分析部门独立完成。

1974 年 1 月，胡克实通知我在地震局内成立一个保卫京津小组，由我担任组长，统一管辖整个华北及山东、河南，部分江苏、安徽、辽宁的震情分析工作（即我们通称的大华北地区）。我当时对突如其来的任命毫无思想准备，我说："这任务太重，我能力有限，担当不了！"

胡克实说："这是局党组讨论决定的，并征求了西尧同志的意见。成立保卫京津小组的方案得到了中央大力支持，北京市专门批了 30 名进京户口，我们可以从全国挑选最有实力的技术骨干来充实这个小组，你可以提出建议名单。"

1974 年 2 月 12 日，保卫京津小组成立大会召开，由胡克实主持并宣布：

"为了贯彻中央'要密切注视京津地区地震动向'的重要指示，国家地震局党组研究决定，成立保卫京津小组，统管大华北地区的资料汇总，国家地震局与有关省、区、市地震局一起承担该地域内的预测、预报工作，集中分析、统一决策。保卫京津小组分两部分开展工作，业务计划管理部分叫京津协调组，由李国栋负责，震情分析预测部分叫京津分析组，由汪成民负责。"

我手头恰有我们组的第一批成员的名单：刘蒲雄、黄德瑜（负责测震），许厚泽、陈益惠（负责重力），王懋、李先智（负责地磁），钱复业、赵玉林（负责地电），储文宜、李梦聪（负责形变），张士英、申玉（负责地应力），杨玉荣、罗光伟（负责地下水），刘德富（负责气象），崔德海（负责水文及与北京市联系）。另外聘请王仁、方俊两院士作为小组顾问。从名单上可见，这支人才济济的队伍确实是最大限度地集中了当时活跃在地震预测领域的精英，不愧为外界冠以"地震局的 8341 部队"的称谓。

从此，国家地震局分析组（后分析预报中心）一分为二，保卫京津组负责中国东部地震活动区，又称"东部组"，由我、钱复业、崔德海负责。剩下地区的震情由另一组叫"全国组"承担，又称"西部组"，负责人是高旭、汪志洁。

当晚，刘西尧与胡克实把我叫到他们的办公室，胡克实语重心长地对我说："人生哪有几次搏！保卫党中央，保卫毛主席是伟大而光荣的使命，不是每个人都能摊上的，现在重担压在你的身上，这是组织上对你的信任，一辈子有机会承担这种任务是一件无比光荣与幸福的事情，希望你全力以赴干好！"

刘西尧反复强调要用"两弹一星"精神来指导地震预报工作，自力更生、奋发图强，不迷信国外，不迷信权威，紧紧依靠党与群众，总结自己的经验，坚定走自己的道路，去攻克地震预报难关。决心与毅力是我们唯一财富，要永不懈怠，永不退缩，勇攀高峰！

他还说："你们要人，要建立台站，要购买仪器、设备，我们都可以满足你们，但有一条，若发生大地震而你们事先毫无觉察，就像敌人摸到司令部了，侦察兵毫无觉察，我就拿你这个侦察班长开刀！"

5. 国务院发布 69 号文件

在"京津保卫战"一切准备就绪之际，大自然又像 1967 年那样开了个玩笑。当年河间地震后，李四光认为地震有沿着沧东断裂向北延伸威胁京津的迹象，严阵以待等了两年，结果于 1969 年在平行于沧东断裂更东的郯庐断裂上发生 7.4 级大震。1974 年，我们作好了应对在首都圈附近发生一次较大地震的准备，结果 1974 年 4 月 22 日在江苏溧阳发生 5.5 级地震，震级虽然不高，但破坏较严重，影响很大。这次地震发生在我们保卫京津组管辖地域的南边界上，领导派我带队前往，这是我第一次以保卫京津组组长的身份去地震现场考察。

考察期间收到不少对大华北地震趋势判断的意见，其中地球物理所吴佳翼的一封信引起了我的注意。吴佳翼研究员研究了日本海沟地震活动对中国东部地震活动的影响，发现历史上有 15 次日本海发生大于 7 级强震后，2—5 年内有 13 次中国东部也发生大于 7 级强震，根据当前日本海地震活动情况，他提出从 1974 至 1977 年期间，中国东部将进入地震活动高潮，强度可能达到 8 级。我在溧阳地震现场给地震局党组写了一份名为"对当前中国东部地震趋势之我见"的意见书，提出在今后一两年内警惕在京津唐渤张地区发生大地震的可能性，并附上吴佳翼的论文。据局办公室告诉我，来信得到胡克实的重视，他作了重要批示，并存入了地震局档案。

1974 年 6 月，我从溧阳回来直接参加"华北地震形势研讨会"，我与吴佳翼都在会议上作了报告。像每次研讨会一样，专家们畅所欲言、各抒己见，听会领导除了我们熟悉的刘西尧、胡克实外，还来了个新面孔——周荣鑫。自从中央地震办撤销成立国家地震局后，地震局挂靠在中科院，地震局党组组长胡克实，也兼为中科院党组的成员，这种重要会议作为中科院党组组长的周荣鑫理所当然地要参加，其实，周荣鑫对地震并不陌生，当年他任国务院秘书长的时候就过问过地震工作。

会议经过热烈讨论，多数人根据小地震活动、金县水准、大连地磁等异常及渤海北部潮汐变化，认为：京津一带，渤海北部等地，在今明年内可能发生五级至六级地震。还有一些专家根据强震活动规律，西太平洋地震带和深震对华北的影响，以及旱关系提出华北有七级左右强震危险。但也有专家根据地球转速变快及强震发生时间间隔规律，认为华北近期不会发生强震。面对上述三种不同观点，局领导让马宗晋、我和高旭三人起草一个会议纪要，介绍了大多数专家的倾向性意见，也反映了少数专家的不同看法。

会议纪要交给局党组后的一个多月，忽然接到通知开会集中学习中央文件，当主持者宣读文件时我才发现，原来，我们起草的会议纪要经地震局党组及中科院党组的修改，不知道谁极聪明、高瞻远瞩地加上一段话后，竟成为国务院文件，批发至全国各省、自治区、市，各军种、兵种。这段话至今我还记忆犹新："由于目前地震预测预报的科学技术水平还不高，因此，在报告中提出的一些地方分明两年内可能发生强震，只是一种估计，可能发生，也可能不发生，但要立足于有震，做到有备无患。同时，也要注意防止因此而引起群众恐慌和思想波动……"

1974 年国务院发布划时代的 69 号文，为海城、青龙地震预报成功奠定基础

后来，我曾经问胡克实："一份普通的会议纪要，竟得到周总理重视，变成中央文件？"

胡克实笑着告诉我："这就是周总理的超人智慧，他要求我们在大震前打个招呼，现在亲自作出个榜样！这次会议讨论的地域涉及我国最敏感、不允许出任何差错的地区，提供的资料又比较丰富、完整，尽管有不同看法，但已经得出倾向性意见。周总理决定防患于未然，以文件形式下发引起方方面面的注意，若没有情况就是打预防针，若有情况就是战备动员令。这是中央向下面打招呼！"

事实证明，国务院 1974 年 69 号文为海城地震的预报成功起了决定性的作用，为唐山地震青龙奇迹的出现提供了坚实基础。这份闪烁东方智慧的文件是世界首次以政府层面对破坏性地震提出的成功预报，它将在世界灾害史中占有重要地位而永载史册。

6. 追踪海城地震预报成功的脚印

辽宁海城地震是人类历史上第一次对破坏性地震取得成功预测、预报与预防的实例。它发生在当时科技相对薄弱的中国决不是偶然的。联合国成立五十周年科技大会的总结中一针见血地指出："虽然地震预报没有过关，但中国人民为我们作出了榜样，它用强有力的组织管理能力与充分发动群众参与的办法弥补了科技的不足，所以取得了伟大成绩。"海城地震的成功是由多次成功决策的累积、叠加而形成的，是水到渠成的必然结果。

第一次正确决策：地震前六年发现趋势异常，决定抓住不放追踪监测。

1969 年渤海发生 7.4 级地震后，偶然发现远离震中的辽宁熊岳与河北丰南地区烈度异常，李四光认为可能是应力瞬时调整向外围转移的反映，周总理要求顺藤摸瓜，派队伍到异常的现场——熊岳进行追踪调查，于是辽宁省才出现了第一支地震预测队伍，此队伍后来成为东北地震队伍的骨干。

第二次正确决策：地震前三至五年决定在历史上地震发生较少的辽宁建立地震机构。

1970 年决定在地震活跃地区建立地震队伍，对历史上大地震不多的东北地区是否要成立固定的地震队伍，专家们意见分歧很大。最后，李四光提出 1969 年渤海地震有沿着郯庐断裂带向北发展的可能，辽宁也属于中国东部地震危险区之一，大家才同意在东北建立固定的地震队伍与相应的地震前兆监测台网。

第三次正确决策：地震前一至三年国务院发布一系列动员令，尤其是69 号文。

1972 年 1 月提出："中国地震工作要向两弹一星学习，树雄心、立壮志，力争取得突破，在三五年内放异彩、放原子弹！"

1974 年 2 月建立保卫京津小组，把京、津、唐、渤、张列为重点防卫区，进一步强化此区的地震监测台网建设，统一组织起来，信息汇总、工作部署、预测、预防指挥，拉开了捕捉大震的架势。

尤其是 1974 年 6 月国务院 69 号文，吹响了在京、津、唐、渤、张捕捉地震的进军号，该区域内的各省、自治区、市政府都强化了对地震工作的管理，群测群防像雨后春笋般兴起，仅京、津、唐、渤、张地区建立的群测群防点就由五六千增加到四五万之多。

第四次正确决策：地震前半年提出较正确的短期预测意见。

在 1974 年 6 月华北及渤海地区地震趋势会商会上，以及 1975 年 1 月 13 日召开的全国地震趋势会商会上，保卫京津组对 1976 年中国东部地震趋势的分析意见是："中国东部 1976 年内存在有 6 级地震的危险，重点地区是京、津、唐、渤、张地区。"沈阳地震大队根据辽宁南部小地震活动加剧、地壳形变、大连地磁、渤海海平面等异常变化，提出一两年内渤海北部可能发生 5 到 6 级地震的判断。

随着金县短水准的大幅度异常，及宏观异常增加，沈阳地震大队的预测意见不断加码，到 1975 年 1 月已经把预测意见提升到："辽南地区在 1975 年上半年甚至 1—2 月份，可能发生 6 级左右地震。"

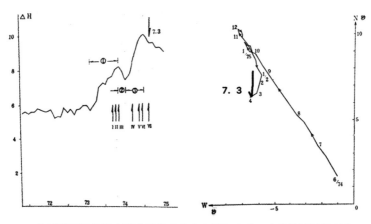

海城地震前的地壳形变异常（左为金县短水准，右为沈阳地倾斜）

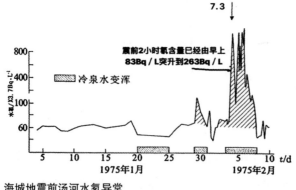

海城地震前汤河水氡异常

第五次正确决策：地震前几天及时发布正确临震预报，临门一脚获得成功。

1975 年 1 月底，辽南地区的地下水异常进一步加剧，以 102 队为代表的三土仪器（土地电、土地磁、土应力）大量突变，动物行为反常实例增多，尤其营口石硼峪地震台从平日十几天记录到一次本地小地震到 2 月 1 日开始小地震突然猛增，2 月 3 日一天就记录到小地震五百次左右，大有"山雨欲来风满楼"之势。这时，我收到营口地震办主任曹显清的电话："汪主任，不得了！我们这里全乱套了，石硼峪 24 小时不睡觉光数地震都数不过来。冬眠的蛇都爬出窝冻死在地面上，昨天一天群众就送来七条冻死的蛇！"

从 2 月 1 日到 2 月 3 日，沈阳地震大队和辽宁省地震局经过反复会商，多次与我们交换意见并取得共识，一致认为必须尽快向辽宁省革命委员会汇报，朱凤鸣连夜匆匆起草了汇报提纲，2 月 4 日零点 30 分左右向省革委会值班人员汇报，提出"后面可能将有较大地震，必须提高警惕"。这就是后来著名的第 14 期《地震情报》的基调。

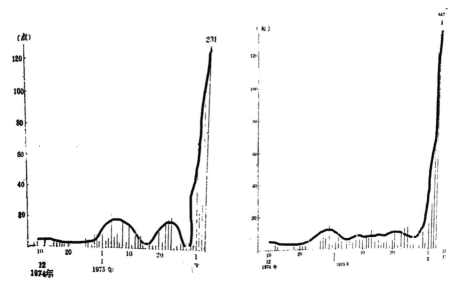

海城地震前的宏观前兆异常（左为地下水异常，右为动物习性异常）

2 月 4 日晨，省革委会值班人员将沈阳地震大队和辽宁省地震局地震预测意见向省委办公室尹灿贞汇报，由于情况紧急，尹立即向主管科技的常委李伯秋请示，最后惊动了毛远新，在毛、李统一指挥下召开了紧急会议，决定采取防震措施。2月4日9点30分开始通知有关市、地、县，要求发动群众做好地震预报、预防工作，防患于未然。同时，紧急通知停止一切春节娱乐活动，有的电影院贴出"因地震电影改在露天放映"的布告。

大量冬眠的蛇出洞被冻死是海城地震前的宏观异常之一。地震前两天，作者就收到营口市地震局曹显清的紧急电报："捡到被冻死的蛇十余条"

地震前四小时海城岔沟镇电影院张贴出可能发生地震的布告

半天以后，19时36分，海城发生了7.3级地震，辽宁、吉林全省，河北、黑龙江、内蒙古部分地区强烈有感，震中地区破坏严重。仅倒塌、严重损坏的房屋就达500万平方米，由于几个钟头前政府正式发出了临震预报，大大减少了损失，但毕竟通知时间太晚，有人来不及撤离，仍造成1328人死亡，占总人口数的0.02%，这是人类历史上第一次对破坏性地震取得防震减灾的成功实例。

据可靠资料披露，事后毛远新向毛主席汇报，讲起当时辽宁省革委会作出辽南地区采取地震预防决定时的心惊胆战、忐忑不安，最后遵照未雨绸缪的古训，下决心向社会发出预报时，毛主席说："作为省委书记，这是你应该做的，不要骄傲，要干事总是会有风险的，偶然中有必然嘛！大不了历史上有一个杞人忧天，今天又出现一个辽人忧地罢了！"

7. 海城地震预报成功的核心经验

被称为世界地震科学的伟大破冰之举的海城地震预报成功已经过去四十多年了，但为什么这次地震预报能获得成功，主要经验是什么？如何复制这一经验？众说纷纭，争论不断。迄今为止，很少见到一篇尊重客观事实、有说服力的核心经验的总结。一谓偶然说：海城地震的成功完全是瞎猫碰到死耗子。一谓小地震说：若没有石硼峪地震台记录的几百次小地震，海城地震不可能预报成功。一谓群测群防说：海城地震的成功主要是群众三土仪器（土地电、土应力、土地磁）起了决定性的作用。

不错，我不否认在地震预测没有过关之前，每次地震预测的成功都有一定的偶然性，我也承认石硼峪地震台记录的几百次小地震在下决心发布临震预报时起到了推波助澜的作用。我高度评价冶金 102 队、营口地办等地的三土仪器对临震发布作出了贡献。尽管海城地震涌现出一批风云人物，如朱凤鸣、顾浩鼎、李志永、曹显清、姜成田等都对海城地震预测成功起了重要作用，为地震事业立了功，但若把海城地震预测成功的功劳全部归在他们头上就有点离谱了。这是一场周总理亲自指挥、部署，精心策划、细心操作、持续数年的宏大战役的成功，正如不能把辽沈、平津、淮海三大战役的成功归于几个战斗英雄、支前模范（支援前线的模范的简称）一样，若只从几个局部业务细节进行总结，如同只看到树木没有看到森林，只了解细枝末节而不统观全局，根本无法破解海城地震预报成功的真谛。

我认为海城地震的基本经验可参照当年胡克实向邓小平报告的基调，主要归纳为以下四条：

第一，正确的方针政策。

周恩来总理另辟蹊径制定了一套具有中国特色的地震工作两条腿走路的方针政策："专群结合、土洋结合，大打人民战争"，"广泛实践、多路探索，多兵种联合作战……"基本摒弃西方传统的地震预报的理念与道路。周总理要求我们，虽然地震预测没有过关，但也要把地震预测作为国家任务去实施操作。

在这种理念指导下，才有 1972 年 1 月 "中国地震工作力争取得突破，在三五年内放异彩、放原子弹" 的号召，才有 1973 年建立辽宁地震机构的决定，才有 1974 年国务院 69 号文的颁发，这是海城地震预报成功的坚实基础。

第二，坚强的领导核心。

当时，国家地震局选拔干部的标准是对地震预报有信心，敢于攀登世界科学高峰。周总理说："若指挥员本人没有信心，如何带领大家去攻城拔寨？" 李四光、刘西尧、董铁城、胡克实以及辽宁省委领导个个是勇于冲锋陷阵，敢于担当负责的好领导，他们把地震预报作为一次大战役来指挥，集思广益、敢于担当，才能取得成功，这是海城地震预报成功的关键。

第三，雄厚的群众基础。

地震工作在周总理提出的两条腿走路，大打人民战争的方针指导下，群众地震监测网蓬勃发展，从中央到地方甚至公社都建立群测群防站、点、哨，据保卫京津组统计，仅京津唐与渤海北部这种群测群防点竟达四五万之多，数量上是地震专业台的几十倍。他们组织严密，工作认真，专群联手共同布下了捕捉地震的天罗地网，在此基础上才能涌现出冶金 102 队、营口虎庄邮局等立功群测点，才能出现 935 处地下水宏观异常、831 处动物宏观异常为海城地震短临预测提供可靠依据，这是海城地震预报成功的保障条件。

第四，有利的地震类型。

海城地震序列较特别，地震信息较丰富，长、中、短、临异常比较配套。前面有背景异常，一个多月前附近发生 4.8 级信号地震，尤其临震前震中区又发生几百次小地震，符合邢台地震总结的 "小震闹、大震到" 的经验，为作出地震预测决策的天平加了码，这是海城地震预报成功的机遇。

但把海城地震的预测、预报、预防成功完全归功于这群小地震是不符合历史事实的，有些地震（如汶川地震）同样在地震前震中地区出现小震群，尽管群众自发采取防震措施，由于地震局错误判断照样遭受重大损失。

历史事实表明，海城地震预报进程的各关键环节的决策，从头到尾都是周总理亲自指挥、拍板、批准运作的。设想，假如没有 1969 年周总理支持派队伍对熊岳地区烈度异常进行考察，假如没有 1970 年建立各级地震机构时周总理拍板，在历史上少地震的东北地区也要考虑建立地震机构，就不可能有沈阳地震大队（辽宁省地震局）。没有 1970 年"地震工作在三五年放异彩、放原子弹"的战略目标，没有 69 号文"多数人认为京津一带，渤海北部，今明年内有可能发生 5 ~ 6 级地震"的紧急动员令的发布，就不可能有雨后春笋般的台网建设与群测群防兴起，就不可能捕获如此大量的地震信息，就不可能有辽宁省领导作出的正确临震决策。

大量事实证明，正是敬爱的周总理亲自指挥和对中国地震工作大刀阔斧的改革，才使中国在短短三五年内取得震惊世界的伟大胜利。有人把地震事业中海城、松潘、青龙的三大成功，比作解放战争中的辽沈、平津、淮海三大战役。这就是周总理领导我们在攻克地震预报的科学难关，攀登世界高峰取得伟大进展的最核心、最基本的经验，它将永远载入史册。

海城地震后世界掀起学习海城地震经验的高潮，图为作者
向印度地震研究所所长古博塔教授等介绍经验

国务院文件

国发〔1975〕41号

国务院关于表扬辽宁省南部地区
地震预测预报有功单位的通报

各省、市、自治区革命委员会、国务院各部委：

一九七五年二月四日十九点三十六分，我国辽宁省南部海城、营口一带，发生了七点三级的强烈地震。我国地震工作队伍对这次强烈地震做出了预报；在中共辽宁省委的统一领导下，震区党政军民及时采取了有力的预防措施，使这次地震在这个人口稠密地区所造成的损失大大减轻。这是我国社会主义制度优越性的生动体现。这是毛主席无产阶级革命路线的伟大胜利！

经周总理批准，邓小平宣布对国家地震局进行通报表扬，对海城地震预报成功的立功单位进行表彰

后来，周总理虽然不在了，但他代表党中央制定的地震工作方针、路线仍在继续发挥作用，不断取得防震减灾的胜利。这是我们敬爱的周总理在其一生为国为民鞠躬尽瘁，立下丰功伟绩之后，在人生的最后几年内再一次为祖国的科技事业立下的不朽功勋。

第三部分

唐山大震与青龙奇迹

（1976—1980 年，41—45 岁）

一、唐山大震的漏报

1. 唐山大震前的"东西之争"

海城地震预测、预报、预防成功以后，我作为有功人员于 1975 年 3 月在中南海紫光阁受到邓小平等中央领导接见。邓小平当场传达了中央、国务院的决定，以国务院的名义下发红头文件表扬整个地震局系统，并给营口石棚峪地震台等六个立功单位授奖，对一批有功人员进行表彰。

国家对一个部委给予如此高的荣誉，自新中国成立以来十分罕见，这说明国家对海城地震成功的社会影响、科学价值是充分肯定的。世界科技界也将其称为划时代的重大成果。地震局上下都沉浸在一片欢乐之中。随着中央的表扬、奖励，全国各部门都纷纷请地震局去介绍经验，不少国际会议也邀请中国代表作有关海城地震的报告。

对此，在第一线的专家无暇顾及，而一些对情况了解不多的官员，乃至行政管理人员频频向我们索取资料出面应付，自由发挥、大言不惭地到处去"介绍经验"，在他们口中什么地震预报的艰巨性、复杂性、分析判断时的多次犹豫不决、反复权衡利弊时的决策风险都不见了，剩下的就是诸如此类的介绍（我恰好听到过一位领导同志的精彩报告）：

"我们现在对地震预报可以说已有一定把握了，这次海城地震前有人预测地震将在 2 月 4 日晚上发生，越晚发生地震就越大，晚 6 点是 6 级、晚 7 点是 7 级、晚 8 点是 8 级，结果发生在晚上 7 点多所以是 7.3 级。"

在如此"经验"的宣传下，在社会上、地震局内部一种对地震预报水平估计过高的盲目乐观情绪迅速滋长。由于实际研究水平与领导要求、群众期望存在巨大差距，这给搞具体工作的我们带来了极大压力。"保卫京津小组"经常被逼着就京津地区乃至整个中国东部地区的地震形势发表精确的预测意见，并直接向国务院通报。国务院主要领导人在地震局领导盲目乐观情绪影响下，提出了"对京津地区 4 级以上地震，争取在 24 小时前作出预报"的要求，这些指示都由我们硬着头皮去贯彻执行。

　　而此时地震局的专家们对海城地震后地震总体趋势的看法却出现了重大分歧，每次会议上两种观点都激烈交锋、争论不休。大部分专家认为海城地震以后，华北地区近几年已经不具备再发生大地震的条件，69 号文见好就收，一网很难打两条大鱼。他们主要根据中国东部三千年的历史资料分析，历史上很少有两个大震地域上相邻、时间相随连续发生的先例，从理论上分析一次大震的发生已经将该地区多年积累的能量基本释放，若附近再发生较大地震需要较长时间重新积累新的能量。何况当时川滇一带确实观测到了较多异常信息，地方地震局有震的呼声较高。以分析预报中心副主任老梅为首的一批专家在会议上多次强调上述观点，强烈要求从 1976 年起将地震局的工作重心由华北向西南转移。

　　作为"保卫京津小组"组长的我坚决反对这一观点，我们认为历史资料与理论分析仅能供判断时参考，实际的观测资料才是震情判断的主要依据。事实是华北地区许多台站记录的地震前兆在海城地震后不但没有收敛，反而出现了更加危险的态势。如宝坻地电台、昌黎地磁台、滦县水氡台、香河水准台，我们把它们叫作"四大支柱异常"，认为可能是另一次大震的前兆，更可怕的是它们都位于京津及其临近地区，我们必须作最坏打算，若稍有疏忽后果不堪设想。

1975 年 4—6 月我多次向国务院领导汇报的原稿。稿中明确指出海城地震后，华北地震形势更加严峻，地震活动区沿燕山向西南迁移的可能性最大，唐山、滦县及冀辽交界地区危险性要引起充分注意

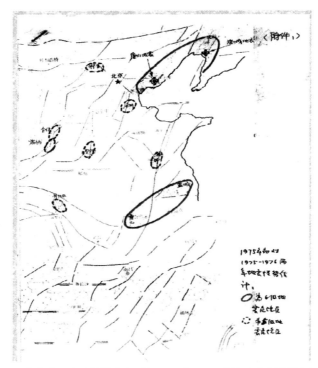

两个危险区（用线圈出），是 1975 年 4—6 月多次向国务院汇
报的原稿

　　但许多颇有影响力的老专家都站在老梅一边，支持我的仅仅是几位年
轻同行。态度最明确的主要有研究大旱与大震对应关系的耿庆国、研究日
本海深震与华北地震对应关系的吴佳翼与研究大地构造判别潜在地震危险
性的贾云年等，从几次会议发言看，倾向于华北有大震者占绝对少数，乐
观估计也不会超过百分之二十。

　　我与北京市地震队耿庆国、地球所吴佳翼比较熟，三天两头能在会议
上见面，而与贾云年的相识纯属偶然。一天，我收到一封署名河北省地震
局贾云年的信，信上把我名字误写为"汪承明"。他显然在某次会议上听到
了两种观点的争论，见证了主震派处于势单力薄的弱势地位，他特意写信
来支持、鼓励我们，表示愿与我们一起战斗，加盟主震派。

　　不久，在一次会议休息时，我见到正在与人谈话的河北省地震局的王泽皋，我们曾一起在邢台地震时共事过，很熟。于是我鲁莽地插进去问：
"你们河北局有个叫贾云年的吗？他给我写了封信，姓名中三个字竟然错了
两个字，岂有此理！"

王泽皋指着旁边与他谈话的一个戴眼镜的秀气阳光青年说："来，认识
一下！贾云年，科大高才生，刚从云南省地震局调来的，能歌善舞。"

"很抱歉，久闻大名，我觉得问题很严重，冒昧给您写了信，匆忙中出
现笔误，实在对不起！"贾云年态度非常诚恳。

这一回轮到我不好意思了，为了缓和尴尬气氛，我提出会议后请他一
起到科委食堂喝啤酒。由于投缘，我们一见如故。在饭桌上他慷慨激昂地
详细阐述自己的研究成果，并用筷子摆出华北主要断层格架与地震形势判
断图。

"我完全同意海城地震后华北地区地震危险性加剧的结论，地震局领导
若被东部震情将缓和的观点误导，把工作重点向西部转移，肯定要犯重大
的战略性错误，早晚会出事的！这就是我冒昧给您写信的原因！"他激动地
挥着胳膊，从眼镜片后射出炯炯逼人的光。

"我的研究结果表明，华北北部近期还将有一次 8 级地震。会议后我很
快就要带队下去跟踪监测，首先要盯着唐山、滦县一带，但愿我们一起能
抓住它，再打个海城地震一样的漂亮仗，为国立功、为民造福！"临别时他
紧紧握着我的手说，就像是生死离别。

贾云年的愿望没能实现。唐山地震时以他为首的河北地震局赴唐山考
察六人小组全部英勇殉职。我们再次见面是在唐山胜利桥地震队的废墟前，
塑料尸体袋中裹着血肉模糊的尸体，完全无法辨识，但从折断的眼镜架我
认出了他，肯定是他，那秀气阳光的青年！那深入虎穴勇敢伏虎反被虎噬
的无畏猎手！他的名字永远铭刻在我国防震减灾的英雄史册中。为了纪念
这位忠诚的地震战士，我至今还保留着他写给我的那封有历史价值的请
战书。

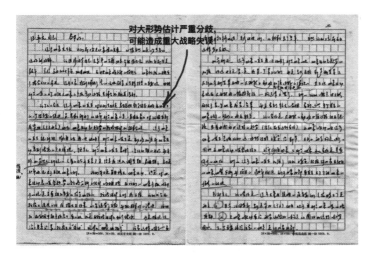

海城地震后专家们对华北地震趋势评估出现严重分歧。贾云年认为华北近期还有发生大地震的可能，地震局领导若采纳"地震形势将缓和"的判断，将犯重大战略性错误。（贾云年同志为了监测唐山地震在地震现场光荣殉职）

40年后作者在贾云年墓前展示了中组部有关"青龙奇迹"的报告以告慰亡者

其实，我本人竭力坚持唐山、滦县一带震情严峻的主要依据是邢台地震后持续十年"大震后效异常场追踪预测地震"研究的结果（见本书第二部分第二章）。从1966年3月8日6.8级地震后效异常场可以追踪预测3月22日7.2级地震。从3月22日7.2级地震的后效异常场又可以追踪预测1967年3月27日河间6.3级地震。1969年7月18月发生渤海7.4级地震，根据后效异常场分析，人们惊奇地发现离震中较远的辽宁熊岳地区与河北丰南地区反而出现较严重的房倒、地裂、地下水位波动、泉水流量与

温度剧变等异常现象。结果，渤海地震后下一次大震就发生在离熊岳不远
的海城。

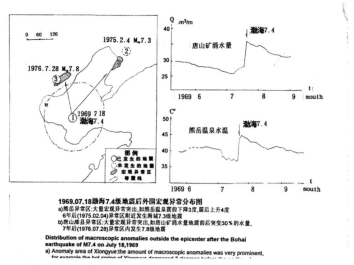

渤海地震后效异常的地区为辽宁熊岳地区与河北丰南地区，几年后发
生海城地震、唐山地震（见熊岳温泉温度变化、唐山矿涌水量变化）

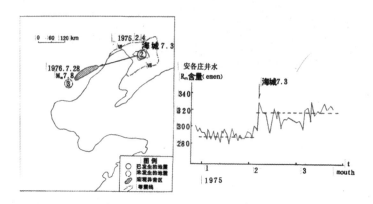

海城地震后烈度异常集中在唐山、滦县一带（见滦县安各庄氢气异常），
可能是应力向唐山地区转移的标志

　　渤海地震的两个后效异常场中的一个地点（辽宁熊岳地区）已经得到了验证，附近发生了海城地震。另一个地点（河北丰南地区）始终是我心中巨大的纠结。海城地震后我第一时间取得后效异常场资料，摊开图一看顿时被滦县安各庄、田疃等地的异常变化吓出了一身冷汗。在海城地震发生的一瞬间，距震中达400公里的安各庄井水中氢含量竟然升高三十多埃曼，超过某些震中区水点的变化。说明渤海、海城两次地震后的大范围地应力调整的资料表明，两次地震的应力场调整都把唐山、滦县地区推向深渊，这是大自然两次对人类的报警。何况，海城地震引起从秦皇岛到北京六处温泉出现异常，温度、流量突变并伴随大面积喷砂冒水等宏观异常。因此，我在许多场合，甚至在国务院汇报时都展示这些资料，反复强调海城地震后下一次强震可能在唐山、滦县一带发生的预测意见。与贾云年的观点不谋而合。

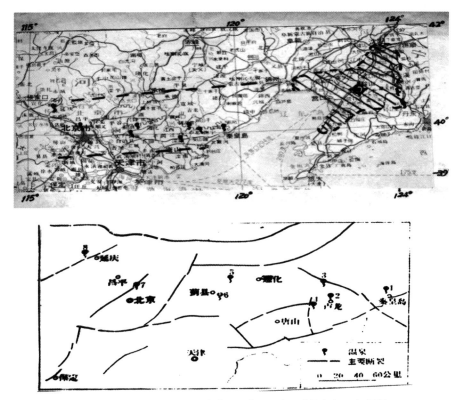

海城地震后从秦皇岛到北京六处温泉出现异常，温度、流量突变，喷砂冒泡

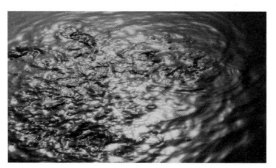

青龙县冷口温泉的异常现象。1976 年 6—7 月（唐山
地震前 1—2 个月）该泉水温度上升并出现大量翻花
冒泡异常现象。此照片作者摄于 1976 年 7 月 12 日

但是，无论四大支柱前兆异常的数据还是后效异常场追踪预测的生动实例，在视测震学为唯一正统预测方法的专家们眼里都不值一提，他们死抱着三千年历史地震目录与能量积累理论说事，地震局系统中的权威老专家十之八九都是研究地震活动性的。因此，每次交锋都以东部有震派的失败而告终。

2. 抱着烫手山芋的京津组

海城地震后的一年内，我成了中南海的常客，三天两头去中南海向中央领导汇报震情，多数时候是胡克实或刘英勇带着老梅与我去，偶尔换成带丁国瑜、马宗晋去。我记忆最深刻的是 1975 年夏天的一次汇报会，听取汇报的有邓小平、李先念、吴德、黄作珍等领导，汇报主题是海城地震后京津地区的地震形势。

老梅先从三千年历史地震记录结果汇报起，数据、图表、分析、推理，头头是道，最后的结论是："请领导放心，认为华北近期再发生大地震的依据不足！"

其实，她的这种观点已经反复汇报过几次了，几位领导对此也耳熟能详。每逢这时候，我都坐在一旁保持沉默，不想把我们内部的争论搬到国家领导人面前来谈，这也是地震局领导反复叮嘱过的。

这一天，不知出于何原因，或许极其聪明的胡克实发现老梅的语气过分肯定，没有留余地，或者他隐约担忧这一结论有什么破绽，会使地震局陷入被动，他在老梅发言后出乎意料地说："对这个问题我们内部有争论，还没有取得一致意见，这是我们保卫京津组组长汪成民，他代表另一种观点！"

他回头看了我一眼，示意我上去发言。

"好哇，地震局的8341首长来说说你的意见！"李先念开着玩笑催促我上台。

我虽然感到突然，但对发言内容已烂熟于心。我谈了前兆台站四大支柱异常、一批地下水等宏观异常以及渤海、海城两次地震的大范围应力场调整都瞄向唐山、滦县一带的观测资料，我强调这是大自然两次对人类的报警，提醒我们此地区存在发生大震的潜在危险。

这时吴德摘了眼镜凑到跟前看我带去的一张京津地区地震形势分析图，图上唐山、滦县一带用红笔标出。（我至今还保留着这张原图）

"不得了，地震就要震到我家门口了！"吴德标准京腔的尾音后拖着浓厚的唐山味。

最后，邓小平指示："京津地区工作是涉及保卫党中央、毛主席的大事，一定要抓紧办好。拜托了！拜托了！"

临走时几位首长都对我们反复说"拜托了"。"拜托了！"三个字形成压在我肩膀上的巨大压力，如同三座大山。

不久，上面刮起"反击右倾翻案风"，邓小平再次受批判，胡克实也被解除工作靠边站，对这次重要会议再也没有人提起，更谈不到如何贯彻执行国务院领导的指示了。

地震局又恢复到老样子，继续唱东部平安、西部危险的调子。

胡克实逝世前，我到深圳探望他时曾专门问过他："你当时为什么把我推上去发言，是否对唐山大地震有所预感？"

"关于我对唐山地震预报失败的教训认识，我曾给全国人大写过信与报告，此信也转给你们了。我明确提出唐山地震未能预测的原因，一是没能聚精会神地正常工作，一是对某些前兆与意见没予以充分重视。假如当时我还主持地震局工作的话，相信事情不至于到如此不可收拾的地步。这不是说明我有先见之明，古语云'兼听则明偏信则暗'，刘英勇太相信老梅了！"

2003 年 1 月在深圳探望重病中的国家地震局原党委书记胡克实同志

中国科学院原副院长、国家地震局原党委书记胡克实给全国人大写信，认为唐山地震前没有聚精会神地工作，没有重视某些意见而导致预测失败

1976 年 4 月 6 日，北京以西约 350 公里的和林格尔发生 6.2 级地震。起初，我以为这次地震的发生证明我们对华北地震形势严峻的判断是正确的，是对华北主震派的有力支持。想不到几次会议下来，老梅等一批专家的发言得出的却是相反的结论，他们认为和林格尔地震的发生，证明京津地区的震情更趋于缓解。因为，京津地区"四大支柱异常"可能已交代给和林格尔地震，从此可以一笔勾销了。更有甚者，有人从理论上计算，海城地震加和林格尔地震已经把整个华北地区多年积累的能量消耗殆尽，今后一段时期内华北地区地震活动将进入平静期、免疫期（休眠期）的依据更充分了。语言如此"精彩"，论据如此"科学"，导致持华北还有大震观点的专家们进一步分化瓦解，纷纷倒戈，本来人数不多的团队，只剩下少数骨干坚守阵地。

1976 年 5 月 29 日云南龙陵发生 7.4 级地震，更使地震局领导认为专家们提出把重点向西转移的判断是正确的。于是拆东墙补西墙把原来部署强化京津地区地震监测的流动重力测量队、流动地形变测量队等纷纷向川滇调动，河北省、天津市的几位技术骨干也先后抽调到西南支援。谁知一个多月后，真正的惨剧却在多数专家疏忽的首都圈内发生了。

我作为保卫京津组组长，眼看地震局不断将守卫京津地区的防卫力量抽调出去支援川滇而心急如焚，一方面收到报上来的异常信息越来越多，另一方面监测首都圈的技术力量日益削弱，局党组组长胡克实靠边站了，局长刘英勇从来不拍板拿主意，分析预报室主任老丁已亲自带队去龙陵了，副主任老梅是坚定的西南派，她天天吵着也要去四川捕捉大地震。

我们每收到一封通报地震信息有异常的信件、一个报警的电话，就如抱着一个烫手山芋，不知如何处理。但我清醒地意识到万一出事，我无论如何都逃脱不了替罪羊的厄运，这种例子在"文革"期间难道还少吗？

3. 苦思冥想谋对策

坐在火山口上天天烟熏火燎地挨日子的我情绪当然极坏。

一天，父亲的好友邵二南工程师（北京市原副市长陆宇澄的岳父）来访，他和我父亲曾在云南一起修铁路、住牛棚、被造反派揪斗，当父亲被造反派弄断食指时，就是这位邵工程师冒着被造反派批斗的危险把父亲的断指找回来的。

"二公子！最近北京地震形势如何？"

他常常这样称呼我，询问震情是我们谈话的主要内容。我一反以往热情回答、详细解释的态度："邵伯伯，没什么可说的。"

"震情缓和了？"他问。

"不，恰恰相反，震情可能更严重了。"

"过来，给我们说说。"

我长吁短叹地不愿意开口。在一旁的父亲把我的处境详细向邵工进行介绍："现在的情况是一方面震情越来越严重，另一方面领导越来越不想担责任，大小风险由几个年轻人扛着。年轻人面临有震不报受处分坐牢，无震虚报也坐牢受处分，反正躲不开这一劫了。"父亲与邵工都是旧社会过来的知识分子，1949年以来经过无数次运动的磨砺，都有在各种危险的环境里进行自我保护的丰富经验，他们很理解我的处境，想给我支支招。首先，邵伯伯严肃地问了我几个问题：

"你必须坦诚地告诉我，第一，地震形势紧张是杞人忧天，还是确实有较充分的科学依据？"

"确实有较多的依据，我能保证信息是真实可靠的，至于对应地震的效果大家都没经验，我说不清楚。"我回答。

"第二，你认为发生较大地震的可能性如何，有几分把握？"

"可能性较大！但地震预测没过关。地震有多大、什么时候发生，谁都没有十分把握。唯一对发生地点在唐山一带的依据较多。"

听了我的回答后，邵伯伯与父亲足足讨论了半个多小时，然后提出几条锦囊妙计作为我应对困难局面的行动指南。我把他们的意见与一些我特别信任的好友反复讨论，最后形成十六字箴言：积极亮相、回避争吵、注重实干、切忌冲动。

根据十六字箴言，我给自己制定了以下四项行动原则：

（1）对震情的严峻性的认识要尽量多表态，多亮相。但不要说肯定或否定的硬话，以免惹麻烦，因为地震预测谁也没把握。

（2）正视自己势单力薄的现实，避免与对立面正面交锋。充分利用69号文的政治威慑力作为有震观点的保护伞。

（3）千方百计组织好保卫京津小组的技术力量，埋头苦干，提高团队识别地震信息、预测地震的能力，这是我的底牌。

（4）对震情严峻的认识不能仅在地震系统内宣传，要扩大影响，争取在各部委尤其在领导层中造舆论，得到他们的支持与认可。

4. 我的六项措施

根据十六字箴言与四项行动原则，我采取了以下六条措施。

措施一：尽量将自己的观点挑明，并争取把观点记录在案。

1975年底，在丁国瑜组织召开的"一九七六年全国地震趋势讨论会的准备会"上，就如何评估地震趋势基调问题我与老梅展开争论，尤其对华北地震形势的估计分歧更大。丁国瑜作出一个聪明的决定，一反以往地震局分析预报中心（当时还叫分析组）在全国地震趋势讨论会上只派一人作主题发言的惯例，决定1976年初召开的全国地震趋势讨论会我们分析组派两人作主题发言，由老梅谈西部地震趋势，由我谈东部地震趋势，各抒己见，互不干扰。

这样，我就争取到了在地震局最权威的会议上向领导与代表们亮明自己观点的机会。那一年的会议纪要与对国务院的报告由胡克实亲自把关，我记得他曾把我和老梅叫到他东皇城根家里，逐字逐句一直修改到半夜。在我坚持下，虽然把对"华北震情严峻性要予以充分重视"的内容最终写入了文本，但由于老梅的反对，又不得不在危险地区与危险程度上作出让步；危险地区由唐山–滦县一带，扩大为冀辽交界一带，危险程度由六级左右降为五至六级。这是取得成功的第一步，对首都圈震情的严峻性明确表了态，并在最权威的文件上记录在案（见1976年我在全国会商会报告及地震局给中央的1976年地震形势报告）。

关于一九七六年地震趋势的意见

国家地震局于一九七五年十二月十五日在北京召开了海城地震科技经验交流和一九七六年全国地震趋势会商会议。全国各省、市、自治区地震部门、局属各单位和有关协作单位的负责同志和科技人员二百五十余人参加了会议。会议以阶级斗争为纲，学习了无产阶级专政理论和毛主席文化大革命以来一系列重要指示，学习了周总理和国务院领导同志对地震工作的指示，畅谈了地震战线的大好形势，进一步认识了无产阶级文化大革命的伟大意义，提高了执行我国地震工作方针的自觉性。代表们以高度的政治责任感，在深入总结交流海城地震科技经验的基础上，以大量的前兆资料、数据为依据，对一九七六年的地震活动趋势进行了认真分析研究，得出如下意见：

一、当前我国尚处在地震活动的高潮阶段。

一九七五年，我国共发生 7 级以上的地震三次，6—6.9级的地震七次，5—5.9级的地震二十七次，活动水平

— 1 —

兰——乌兰一带。

3.京、津、唐、张、渤地区仍应加强监视。

地震活动及大地测量等资料表明，京、津、唐、张、渤一带及其邻近地区，继海城地震之后，仍然存在着发生5—6级地震的背景。其主要依据是：小震活动仍有集中成带并围成空区的分布，许多台站的地应力、宝砥、唐山、西集、中兴庄等台的地电、香河一带的地形变，锦州、朝阳、沈阳等台的地倾斜，以及一些台站的水氡观测，多发现有半年左右的异常，在辽宁西部的老虎山——大庙、河北的蓟县——兴隆等地的重力复测发现几度较明显的异常变化。总的看来，河北的东部和辽宁的西南部，观测到较多的中期趋势异常。因此，在冀东北至冀辽交界地区（包括渤海沿岸）及京津之间，需继续加强观测分析工作。

4.皖北、苏北、鲁南、豫东一带需要进一步观测研究。

自一九七一年以来，长江……地震活动……显增多，接连发生五次 4—4.9级地震和江苏溧阳5.5级、黄海5.3级地震，表明本区已进入……年仍有发生 5 级左右地震的可能。在凤台……

— 4 —

余年的小震活动分布围成空区；在安徽宿县及河南商城两地段的重力复测和在嘉山——宿迁一带的水准复测都发现有异常的存在；有的台站也观测到短水准、地应力有较突出的异常现象，水氡和波速以及沿海海平面升降等也都测到有一些异常；此外，在这一带有些地方近年来还出现了地裂、暴雨地下水变化等较多的宏观异常现象，在这一地区内尤应注意泗城——阜阳——凤台一带、杨州以东以及鲁南等几个地区。

三、有些地区已发展一些异常现象，但还需进一步核实、观测。……

如新疆的乌鲁木齐——伊宁、摩尔勒——乌什一带，内蒙的包头——磴口一带，山西的忻定盆地，晋、陕的汾渭河谷，宁夏的西吉、海原、固原及其邻近地区，吉林的四平——伊通、通辽，黑龙江的哈特哈滨、绥化以及东南……部……附近等地。

……近来……大震活动频繁，已先后发生……在这一地区再发生强烈地震是可能……

……这一地区附近……南部区还出现了特大干旱，也是值得注……

— 5 —

冀东北、冀辽交界地区及京津之间应加强监测。

1975 年底我们内部对 1976 年华北地震形势的认识分歧很大，领导决定分别由两人代表分析组在全国会商会上报告，由我作中国东部震情报告，报告中再次明确指出"唐山 – 滦县及冀辽交界"为危险区。图为我们给中央的报告

措施二：组织京津组全体骨干，反复赴唐山现场调查研究。

自 1976 年 3 月至 7 月京津组动员全体 18 位骨干先后三次赴唐山至滦

县一带收集资料、落实异常，从专业地震台站到群众测报点挖地三尺寻找、排查可能与地震有关的前兆现象。

这是中国地震局有史以来第一次锁定未来震中区大规模、兴师动众地开展现场调查研究。调查组由我们负责并邀请北京市、天津市、河北省的地震队加盟，对四大支柱异常进行深入解剖，尤其通过对滦县安各庄、田疃的水氡异常的研究，唐山矿近百年涌水量的分析，明确指出海城地震后应力向唐山一带聚集的重要结论，这不仅为唐山地震总结留下许多宝贵第一手资料，也为唐山地震后洗刷强加在我们身上，因不作为而漏报地震的罪名提出充分有力的证据（见 1976 年 5 月京津组对重大异常的调研报告）。

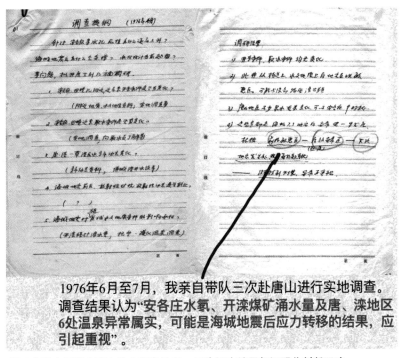

1976年6月至7月，我亲自带队三次赴唐山进行实地调查。调查结果认为"安各庄水氡、开滦煤矿涌水量及唐、滦地区6处温泉异常属实，可能是海城地震后应力转移的结果，应引起重视"。

保卫京津小组锁定唐山为主要危险区，三次调查结果都证明此判断正确

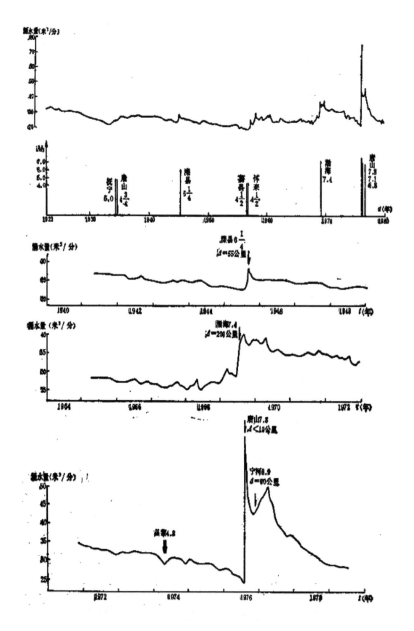

措施三：对中央各部委广泛进行震情严峻的宣传攻势、大造舆论。

虽然在地震趋势东西之争中东部主震派节节败退，但有一个底线他们谁也不敢触及，这个底线对所有领导、专家都有强大的震慑力，那就是69号文。

国务院〔1974〕69 号文明确提出"在今明两年内，在华北及渤海地区可能发生强震，各有关单位要立足于有震，做到有备无患"，按文件要求警戒时段至少应该持续到 1976 年底。尽管海城地震后地震局大部分专家与领导都倾向于认为东部再次发生大震的可能性不大，可是当我要求局领导明确表态是否打报告撤销 69 号文时大家都犹豫了。我记得支持老梅"见好就收，一网很难打两条大鱼"的观点的仅副局长卫一清一人，当过兵的刘英勇局长、张魁三副局长都认为对中央文件要百分之百地贯彻执行，不能打折扣。最后，由刘英勇拍板决定：一直到 1976 年底之前，必须坚持贯彻、执行 69 号文的各项要求，不能有丝毫懈怠。

有了这口尚方宝剑后我马上给刘英勇报告："鉴于首都圈附近震情严峻，不少单位在海城地震后对防震减灾工作有所放松，建议加强对贯彻执行 69 号文的宣传，对京津地区各部门的防灾措施进行检查。"他对此表示同意，我立即以保卫京津组名义与各部委地震办公室联系，要求联合起来对地震形势宣传与防震措施进行检查。

从 1976 年 3 月至 7 月我先后在国家科委、经委、计委、建委、地质部、水利部、铁道部、总参、总后、北京军区等十几个部委作了当前京津地区地震形势报告，大造舆论。每次报告都反复告诫大家："虽然 69 号文已经对应了海城地震，但并不意味着文件中所要求的防震减灾任务可以有丝毫放松，相反，当前形势严峻，应予以高度关注，我们注意的重点是唐山 - 滦县一带。"我当时的发言内容可以从许多部委的文件中查到。

譬如，1976 年 3 月 3 日国家建委召开了两市（北京、天津）一省（河北）地震工作会议，国家计委主任余秋里简单致了几句开场白后匆匆离去，把会议交彭敏副主任主持，由我作了主题发言。国家建委地震办为了便于传达会议精神，印发了会议文件并附有我的发言录音整理稿，其中我明确提出 1976 年本地区震情严峻，尤其要注意唐山 - 滦县一带危险。这就是在唐山地震后，地震局内外对京津保卫组及我本人一片骂声，而青龙县与几个中央部委地震办能站出来为我们洗刷罪名甚至为我们请功的原因。

国家建委召开两市、一省和国务院各部
地震工作会议摘要
（记录整理）

三月三日上午国家建委召开两市（北京、天津）、一省（河北）和国务院各部地震工作会议。由彭敏同志主持。

现将彭敏同志讲话要点整理如下：

一、干部思想脑上不能麻痹不能放松。当前没有短期、临震现象。我们要抓紧时间你好防震抗震工作。

二、几点意见。

1. 还要继续加强党的领导。有专人管的要继续加强，没有专人管的要加强领导和管理。

2. 抓好重点项目的防震抗震工作。去年定的169项重点，一定要抓紧时机进行工作。做好这项工作。一要党的领导。二要发动群众，三要自力更生。你作好统一的重点火。本单位的重点也要抓紧抓狠。

检查鉴定要按标准进行。一定要有书面的检查鉴定和加固处理意见。经各级领导执行批准后再做。有一个厂40来吨细细包了一层混凝土，又包一层钢板。又还一层取用用了13吨钢材。加固处理工作，力求安全。同时要结合经济。对可能发生严重火生灾害的项目，要特别重视。

重点项目力争按计划，在今年上半年加固完。检查鉴定情况及时
- 2 -

3. 京津两市，居民集中，危险又多。建议组织力量调查研究，拟定一个切实可行的措施方案。

4. 向群众宣传防震抗震知识，加强群防，群抗工作。

5. 希望地震局、地震研究所和有关单位。对抗震科研项目和抗震标准，要继续努力。力争按计划完成。

对农村房屋电要发动群众来检查一下。

最后要求各单位制定个规划。一个月内把规划搞出来。并报建委一份。

- 3 -

1976年3月3日在国家建委召开的两省一市地震工作会议，由余秋里主持，邀请我在会上作震情报告，此为传达文件

国家地震局分析预报室京津组组长
王成林同志介绍全国地震形势的有关情况
（根据记录整理未经本人审阅）
1976年3月3日

国家地震局去年年底到今年年初，召开了全国地震趋势讨论会。共讨论了三个问题：当前地震的总趋势。国内几个比较危险的地区，京津地区的地震形势。

一、当前地震的总趋势。

二年内我国仍处于地震活动的高潮期。根据有三。

1. 从我国近年地震活动的趋势看。

根据历史记载和世界统计，地震活动是不均匀的。是高一阵低一阵的。一个高潮一个低潮平静期，过一个时期都有连续活动。按照这个规律。把地震活动分为正常年份和活跃年份。

我国正常年的地震活动情况是，每年发生六级以上地震3~5次。五级以上地震40几次。近20次。每3~4年发生一次七级地震。

活跃年份的地震活动情况是，每年发生七级以上地震1~2次。六级以上地震5~6次。五级以上地震超过20次。有时到40~50次。每3~4年发生一次八级地震。

用这个标准衡量。我国从73年开始。可列为地震活动的活跃
- 4 -

年份。1974年比1973年上升。1975年比1974年上升。1975年我国共发生七级以上地震3次。六级以上地震10次。五级以上地震44次。根据1900年以来世界7次高潮和中国4次两潮。都是缓缓下降的这一特点来看。这种逐步上升的趋势。1976年肯定不会突然结束。可能上升。可能保持75年水平。也可能开始下降。仍处于高潮之中是肯定的。

2. 从世界地震活动和我国地区地震活动的关系上看。

世界地震的活跃期是以每年出现七级以上地震的次数为标准的。如果每年出现18次以上七级地震，或八级以上地震的话。就到了活跃期。以这个标准来衡量，最近的世界地震活跃期是从1972年开始。1973年出现七级以上地震18次。八级以上地震超过3次。1974年七级以上地震22次。八级以上地震一年人五级。1976年头两个月发生七级以上地震6次。其中有两次接近八级。可见76年全年的水平肯定会比75年提高。

从历史记载上看。大约每次世界地震高潮的一、二年后。我国就出现一次高潮。因此。没有理由认为我国地震是处于下降趋势。

3. 从我国大地震的影响看：

根据历史记载，大地震往往有印亡现象。如邢台地震一年后发生河间地震，两年后发生渤海地震。70年通海地震一个月后发生普洱地震，两个月后发生大邑地震，一年后发生……地震，两年后
- 5 -

这是根据我报告的录音记录所形成的传达文件

会议纪要指出（根据汪成民报告的录音整理）："目前处于地震活动高潮，下一次大地震可能转移到京津唐一带，尤其唐山、滦县要注意。"

措施四：发动群众，捕捉地震临震信息。

对地震局内部、中央各部委乃至国务院领导广泛宣传、大造舆论之后，我意识到要取得地震预测实效，关键是必须抓到可靠的临震信息。海城地震经验表明，震中地区的台站、群测点是提供短临信息的重要来源，只有收集到较多的地震短临异常信息才能说服领导同意向政府建议采取防震措施。1976 年 7 月 3 日、14 日先后收到北京市地震队的两份紧急报告，报告提出"观测到建队以来最突出的异常，形势非常严峻"，"我们必须进入临震姿态来应对当前局势"。北京市地震队的震情动态简报除递呈国家地震局外也上报北京市有关领导，北京市领导指示：尽快向国家局汇报并建议召开一次联合地震形势紧急会商会，统一对当前地震形势的看法。

北京市地震队 1976 年 7 月 3 日（唐山地震前 25 天）发布第 31 期《地震动态》，明确指出："无论异常时间还是异常幅度，都是观测以来最突出的。"

1976 年 7 月 14 日（唐山地震前 14 天）北京市地震队发布第 29 期《工作简报》，明确提出："要紧急动员起来，以临震姿态密切注意地震动向。"

　　北京队简报中"形势非常严峻""进入临震姿态"的提法给我帮了大忙。7月初我曾经以京津保卫组名义草拟了一份打算向有关各省、市、县各台站、群测点广泛散发的"地震短临异常调查表"，目的是全面收集当前观测到的宏观异常情况，但被刘英勇、周锐（支部书记）等领导以"首都圈以稳定为主，不要引起人心惶惶"的理由压了下来，接到北京队的简报后我第一时间向领导重申问题的严重性，最后才勉强获得他们的批准。我与京津组同志们连夜向京津唐渤张地区各台站、群测点广泛散发了"地震短临信息调查表"。

　　这是我们当地震形势比较紧张时才采取的一条非常应急措施，按照正常程序国家地震局各部门向下发布任何材料须通过北京市、天津市、河北省等地方地震部门，再由它们转发。考虑到时间紧迫，根据进入临震状态的要求，已经不允许按部就班了，经刘英勇局长同意我们绕开中间环节直接将调查表捅到群测点中去（1976年7月中旬我们向京津唐地区散发"地震突变异常调查表"）。

1976年7月20—22日（唐山地震前一周）由于震情十分严重，京津保卫小组决定以国家地震局名义越级直接给京津冀全部群测点散发"地震突变异常调查表"，这是京津保卫组成立以来第一次采取的非常举措尽管如此，我们的应急措施仍然没能赶上大自然的节拍，发出的五百份调查表在唐山地震前仅收回六份，大多数调查表都在测报员手里来不及填写，不过据地震测报员反映，有史以来第一次收到来自国家地震局的"地震短临信息调查表"，这一出乎寻常的做法本身明确传递了地震警报信息，起到了"打招呼"的效果，对地震发生时避免、减少损失起了预警作用。

措施五：主动请缨出席大会，通报当前震情。

在我们一面积极研究震情，准备与北京市地震队会商，一面迅速散发调查表收集短临信息争取说服领导之际，传来地震局群测群防处打算于7月中旬召开华北地区群测群防经验交流会的消息，会议地点恰好选择在唐山。虽然这个会没有邀请我们保卫京津组参加，但我想如果能利用这个会向群众测报员通报一下当前震情，顺便把地震短临信息调查表当面交给他们，岂不是一举两得。当时分析室主任、副主任都到川滇抓地震去了，我找到支部书记周锐提出去唐山出席会议通报震情的想法。周锐虽然调来不久，但他似乎也知道我与老梅对当前震情认识上有分歧，考虑良久后严肃地对我说：

"我可以批准你去，但必须答应我一个条件，在会上说话要十分谨慎，若谈震情必须全面、客观，不能只谈你的个人观点，你的身份很敏感，否则把京津地区搞乱了，是有严重的政治后果的。"

7月15日傍晚我找到经验交流会会址——唐山地区招待所，住下后立即向会务组提出安排"当前华北地震形势报告"的要求，他们请示后答复我："会议日程已安排满，不好再增加新内容。"

我找到会议组织者查志远、王树华提出发言要求，他们表示大会发言不好安排，勉强同意会议休息时间安排座谈会，由会务组出通知，代表们自愿参加。

7月16日晚上7点半，座谈会开始，由于天气又闷又热，会议三百多位代表大都在屋内洗澡或在外面乘凉，只有三十余人闷在会议室听我的报告。

根据参加震情座谈会的王春青、曹显清等五位代表的会议记录摘要，我在会上讲了如下几点：当前华北地区地震形势比较严重，不要迷信三千年历史中没有两次大震连续发生的先例，历史纪录是可能被打破的，何况有不少历史地震可能被遗漏。我们要特别注意唐山 – 滦县一带，7月22日至8月5日可能发生5至6级地震，下半年有更大地震，希望大家提高警惕。

1976年7月16、18日（唐山地震前10天）我在唐山市召开的群测群防会议上明确指出："目前这一带存在突出异常，7月22至8月5日可能发生5到6级地震，下半年有发生更大地震的可能。"（这是青龙县地办王春青的会议记录）

由于到会人数太少，在我强烈要求之下，7月18日晚上又安排了一次座谈会。两次座谈会共有50—60人参加。想不到这两次座谈会，拉开了震惊世界的"青龙奇迹"的序幕，为人类防灾减灾史添加了精彩的一笔。

措施六：孤注一掷，决心冒险贴大字报，呼吁领导重视震情。

台站的四大异常继续发展，北京市地震队、河北省地震队、三河地震地质大队等单位的预报意见连续传来，尤其是7月3日与7月14日北京市地震队的两份有关当前地震形势的紧急报告，提出记录到建队以来最突出的异常，要求采取临震姿态来应对。另外，越来越多的群测群防点的宏观异常也反映到京津组来。

每天清早，我捧着电话记录如同烫手山芋挨个敲领导的门，他们唯恐躲避不及沾上手，都推托给胡克实、刘英勇来处理。我找到胡克实，他一脸无奈地告诉我，他已被免职，正在闭门思过写检查。刘英勇那些天几乎不上班，天天上医院。后来，我才知道 1976 年夏天正是毛主席病重、邓小平受批判、"四人帮"抢班夺权的时候，下面喽啰们蠢蠢欲动，谁会真正关心地震形势？

对于这些重要的地震信息，领导无人理睬、互相推诿，甚至像躲瘟疫似的生怕沾惹上，口头汇报不听、文字报告不批。7 月 3 日、7 月 14 日北京市地震队的两份震情紧急报告，十天后我找局长秘书查询，才了解到除了分析预报室新来的支部书记周锐批了几个字外，局领导都没有表态，我被逼无奈下决心使用最后的对策——贴"呼吁领导重视当前京津地区震情"的大字报，至少让公众知道我已经把烫手山芋抛给了领导，以免一旦出事，被倒打一耙，承担全部责任。

5. 我的第一张大字报

虽然北京市地震队的两份震情紧急报告没有引起国家地震局领导的关注，却引起了北京市领导的重视。北京市主管科技工作的白介夫主任在 7 月 13 日听取了北京市地震队的紧急汇报后明确指示，要求密切关注震情发展，以临震姿态做好震情工作，并责令北京市地震队尽速向国家地震局紧急汇报，共同会商研究震情。

张国民在 7 月 14 日上午给我打了电话，全面传达了白介夫主任的指示，我告诉张国民不仅北京地区告急，唐山、天津一带异常也很多，我将马上带队出发去唐山地区落实异常，联合召开震情会商会只能等从唐山回来后再定。7 月 21 日张国民再次打电话找我，值班员告诉他，汪还在唐山落实异常未归，但老梅恰好从四川回来了，张国民立即找到了她，传达了白介夫主任关于尽快召开会议的要求，老梅以不了解情况为由不同意立即召开会商会。

她说："我刚从四川回来，不了解情况，汪成民正在唐山调查震情，一切等他回来后再定。"

经张国民与老梅再三商量，双方同意在我从唐山回京后的 7 月 26 日召开联合会商会，老梅通过唐山市地震局转告我希望立即回京，商量一下如何参加有史以来第一次联合会商会事宜。

7 月 26 日早 8 点，京津组全体准时在科委大楼前集合前往北京地震队，唯独老梅没到，我把一车人拉到她家门口停下，专门下车去请：

"老梅，你不是答应去开会吗？大伙都在车上等着呢！"

"我实在太忙走不开，况且我也不了解情况！"

"这次会议为了等你已经拖了好些天了，那天你亲口答应国民和我要出席的！"

"我今天病了，一晚没睡，实在没法去！"

左说右说我明白再劝无用，她是铁了心不愿意去参加了。"好吧，你有哪些意见要我代你在会上转达的？"

她清了清嗓子："我作为分析预报室主任严肃地告诫你，也希望你原原本本地转达给与会同志。四川局的预报已经造成西南大乱，三线上千工厂停工，几十万职工跑回上海躲地震，省里对我们意见很大，如何收拾这局面？假如京津地区再闹起来，问题将比四川严重百倍，是要负政治责任的，你考虑过了吗？没十分把握，千万别捅这个娄子！"

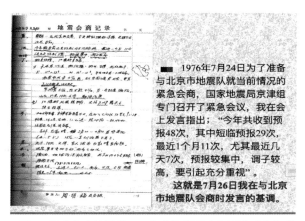

■ 1976年7月24日为了准备与北京市地震队就当前情况的紧急会商，国家地震局京津组专门召开了紧急会议，我在会上发言指出："今年共收到预报48次，其中短临预报29次，最近1个月11次，尤其最近几天7次，预报较集中，调子较高，要引起充分重视"。这就是7月26日我在与北京市地震队会商时发言的基调。

7 月 24 日（唐山地震前 4 天）京津保卫小组开会准备与北京地震队联合会商，这是当时会议的记录。我指出近来震情严峻，收到预测意见很多联合会商会从上午 8 点半开到下午 6 点，北京队汇报了北京地区地震活动、地形变、水氡、地电、地磁，以及旱震关系的异常，我们全面汇报了京津唐渤大范围台站及群测点的宏观异常，尤其是去唐山地区落实异常的情况。我在发言中还重点提到滦县安各庄、田瞳两个水氡台站对海城地震的后效异常说明了应力向唐滦地区集中的可能。由于参加这次会议的都是一批技术人员，没有领导参加，会议只停留在交流信息、分析资料的层面上。最后会议结论是：双方一致认为目前我区存在广泛、突出的异常现象，要引起充分重视，要以临震姿态来对待……具体的预测意见的结论与对策，在此会议上无人敢拍板决定。尤其当我转达了老梅的意见以后，在老梅"别捅娄子"的警告下，这次会议的结局可想而知，只能以"加强观察研究，再向领导请示汇报"收摊了结。

从北京队回来，一路上我脑子里反复闪现"有震不报受处分坐牢，无震空报也坐牢受处分，万一出事我如何才能躲过这一劫"这个问题。

无奈之中我想出一个大胆的方案——在科委大楼里引人注目的地方贴一张特别大的大字报。这能起到轰动效应，既亮明了观点又分清了职责，说不定会引起地震局领导的重视，至少把烫手山芋抛出去，别人不接也得接。

其实贴大字报的办法我几天前已经付诸实践了，7 月 22 日我从唐山回京后几次联系领导汇报无果，我就在领导经常去的会议室门口贴了一张"呼吁领导重视当前京津地区震情"的大字报，但或因篇幅不够大（仅用钢笔书写在两张 A4 纸大小的纸上），或因那两天领导一直没在会议室开过会，没有引起领导重视，更别说取得轰动效应。从北京队回来后我找到几张特别大的纸张，请写得一手好毛笔字的申裕把贴在会议室门口的大字报用特大号的毛笔字誊抄一遍。当天晚上我就把大字报贴在刘英勇局长门口，由于纸张太大几乎把大门都糊满了。第二天上班后，地震局同志与同楼办公的科委同志纷纷来观看。（十年后我发现此原稿被地震局档案馆收藏。）

在多次呼吁无果的情况下，1976 年 7 月 26 日（唐山地震前两天）我在国家地震局刘英勇局长的门口贴了生平第一张大字报，呼吁领导重视当前震情

　　这张大字报果然引起了刘英勇与一些领导的重视，他们终于同意在 7 月 27 日当天召开会议研究京津地区的震情。但刘英勇还是没出面，他委托副局长张魁三与造反派头头查志远来听取汇报。

　　我深知这次会议的重要性，事先写出了发言稿。会议一开始我就拿出发言稿照本宣科（此文稿我保留至今），内容大体与大字报相同。我先罗列了各种异常、各种预报意见，说明情况很严重，希望领导重视，要求立即采取应对措施。

这是唐山地震前一天，我向局领导汇报的内容：自七月以来收到对京津唐渤张地区的预报较多，调子较高。今年以来收到的总共48份，仅七月10份，七月中旬以来的，情况较多，我已请申玉写了大字报。

1976 年 7 月 27 日（唐山地震前一天）局党组终于听取汇报，我提出："情况严峻，要紧急动员起来采取必要的应对措施。"这是汇报原始底稿

廊坊水氡突跳值得重视，希领导马上研究采取什么对策！

我汇报了全年收到预测意见 48 次，其中短临预测 29 次，仅 7 月以来 10 次、7 月 16 日以来 7 次，北京队已经进入短临状态，安各庄水氡异常要注意，我们已经广泛散发了"短临突变异常调查表"，我在唐山会议上通报了震情

　　领导征求老梅的意见，老梅胸有成竹地把她7月26日叮嘱我传达给联合会商会同志们的话再重复一遍，两位领导对"搞乱了北京会有严重政治后果，千万别捅这个娄子"的话似乎很在意，频频点头，还说了些"要抓革命促生产，不能以生产压革命"等诸如此类的口号，在沉重政治压力的威慑下，与会者谁都不愿带头说句肯定或否定的硬话，会议陷入僵局。造反派头头查志远问："还有什么新资料、新情况需要汇报？"

　　我拿出开会前刚刚收到的鄂秀满交给我的廊坊水氡自动记录的突跳异常图，郑重说明根据对水氡自动记录的突跳异常的分析，"若有地震发生应该已经迫在眉睫，不会超过3—5天了，北京市地震局已经提出要进入临震状态，希望国家局领导赶紧决策"。

　　在离成功只有一步之遥的千钧一发时刻，我多么希望领导能像当年周恩来、刘西尧、李四光、胡克实、董铁城那样站出来表态："你们尽管提出分析意见，由我们来决策、拍板，出问题由我们来承担！"

　　但今天的领导谁都没吭声，大家面面相觑沉默了好几分钟。

　　无奈，张魁三最后总结："通知后勤，明天出一辆小车随时待命，灌满油准备好粮票，小汪再辛苦一趟，先到廊坊落实水氡异常再到唐山对最突出的异常再一次进行调查落实。"

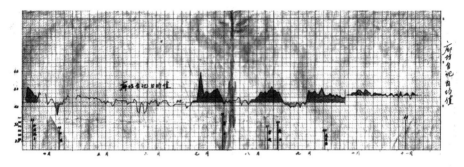

此为我在7·27会议上所展示的廊坊水氡自动记录图，并说："根据这个记录，若有地震不会超过三五天了！"

盼望许久、寄予厚望的汇报就这样草草收场。

后来有些同志对我提出批评："在这种千钧一发的关键时刻，你为什么不能再勇敢一些，更强硬一些，坚决要求领导采取措施，说不定就会改变死亡 24 万余人的历史，延续海城地震的辉煌！"我记得当时直通中央的红机子就在张魁三的手旁，假如他拿起了电话筒一切都将彻底改观，但他没有……

我自己也为错过挽救唐山人民生命的机会而愧疚、后悔了一辈子。我承认除了业务水平不够，对自己的预测结论信心不足外，确实在"搞乱了北京会有严重政治后果，千万别捅这个娄子"的警告面前胆怯了、退缩了，没有像冉广岐那样奋不顾身、舍得一身剐的崇高觉悟与无畏精神。十几个小时后发生了唐山大震。这辆随时待命起程的吉普车恰好派上用场，带着张魁三最先冲入已经夷为平地的唐山市。（在此，我再次强调在目前地震预测不过关的情况下，地震预报是否成功往往取决于领导的一念之差！）

二、抗震救灾指挥部的日日夜夜

1. 中南海的汇报会

7 月 28 日凌晨 3 点 42 分，我被强烈的震动惊醒，不顾家人惊慌失措的呼唤，我静躺在床上看着头上电灯剧烈晃动，我心中一块石头落地，甚至有一丝欣慰，等了许久的地震终于来了！

过了几分钟见头上电灯晃动没有停息，幅度却越来越大，我开始害怕了，知道这次地震强度不小，赶紧骑车向地震局跑，沿路见三里河不少居民穿着裤衩背心慌慌张张跑向空地躲避。计委大楼的屋顶已有好几处明显的破损、开裂。还没进地震局大门已经听见里面几十部电话没命的呼叫声。

"哪里发生地震？有多大？是否有伤亡？"电话里问着同样的问题。

高旭等几个值班员一人同时对付几部电话，忙得满头大汗。不久北京军区传来消息，北京向东方向的联络全部中断，估计震中在北京以东某地。

但到底是天津？唐山？锦州？为了不受干扰，测震组把自己关在房里紧张地交切震中，计算确切发震地点与强度，不断从里面传来消息，又不断修改消息。焦急万分的刘英勇局长像热锅上的蚂蚁在门外等待，国务院已经催促几次要听汇报，按目前情况能去汇报什么？带谁去汇报？

"老梅，准备一下马上跟我去国务院汇报！"

"刘局长，我什么都不知道，我不能去。让小汪跟你去吧！"

在我准备汇报材料的时候，刘局长站在我跟前嘟嘟囔囔又像自责又像诉苦："这一阵我身体实在不好，血压不稳，头晕得厉害，过问震情确实少了些。"

"这次去汇报，肯定凶多吉少，说话一定要慎重，不该说的一定不要说……"车进中南海，刘激动不已，说话越发情绪化，"小汪，我是做了去坐牢准备的，说实话我包里已备好了换洗的内衣。我这一辈子什么挫折没经历过，三次直接从会上被押走，想不到今天……（抽泣起来）老了、老了……以为搞点技术工作会安全些，谁知道又出事了！"他长吁短叹声泪俱下，车到怀仁堂竟然连台阶都上不去了，由我和司机架着他走，犹如赴刑场的罪犯。

刘局长的担心是多余的，中南海汇报会平安度过，他不但没有被留下坐牢，甚至连严厉批评都没有。说准确些，我们进去时首长们示意坐下后似乎忘记了我们的存在，他们都低头紧张地忙于处理各种应急事务，我们悄悄地坐在边上旁听了一场精彩战地指挥、战地动员会，连插话的机会都没有。

华国锋坐镇中央，几个秘书走马灯似的带来新信息，领走新指示，旁边坐着李先念、纪登奎、吴德等几位帮着出主意，时不时地闯进许多认识、不认识的首长，来去匆匆、神态凝重。

我们最担心的是中央首长问起地震的具体地点与伤亡情况，但奇怪的是华国锋一句话也没问。吴庆彤秘书长告诉我，首长们掌握的情况比你们多得多，在你们进门前刚刚接待了两位来自唐山向中央报信的工人，情况已经落实，震中就在唐山附近，伤亡十分严重。怪不得我们进门时，吴德看见我们时目光异样与华国锋咬了一会儿耳朵，然后态度和蔼地主动与我们握手并示意入座。他显然已经回忆起不久前胡克实带我向他汇报时再三阐述的"下一次大震可能发生在唐山、滦县一带"的观点，以及他本人"地震就要震到我家门口了"的惊讶。我问坐旁边的吴庆彤："我们前几次来国务院汇报，尤其关于下一次大震可能发生在唐山、滦县一带的预测意见是否有记录？"

他显然记起了我上次汇报的内容，热烈地握着我的手告诉："向国务院的汇报，无论文字与口头都有详细的记录，都有据可查的，请放心！"听了吴庆彤的回答，刘局长赞赏地拍拍我的肩膀，他显然已经知道我曾经在中央领导面前提出过下一个地震可能发生在唐山、滦县的判断，尽管地震局没有把这个判断作为官方的声音正式向中央报告，但地震局内部有人认为唐山地区震情严峻的声音事先已经捅到了中央首长面前，这至少说明地震局工作没有彻底被中央否定吧！

最后，临走时华国锋对刘英勇说："关于唐山地震没能预报出来的原因，应该查清楚。震前科学家们的不同预测意见，需要认真总结经验教训。但当务之急是作好下一步震情的分析，开展唐山强余震监测工作，赶快去布置落实吧！"

此时，久经官场的刘局长已经从情绪低谷中逐渐恢复，在这场虚惊中完全解脱出来，开始谈吐自如，上下怀仁堂的台阶也不需要搀扶了。

回到局里，刘局长迅速与先遣部队张魁三副局长取得联系，传达了华国锋的指示，要求他立即向唐山挺进，并通知将派我带着技术骨干随后就到，负责前线指挥部的震情分析工作，完成华国锋交办的唐山强余震的监测任务。

在电话里我与张魁三约定唐山的接头地点是十天前开会的唐山地区招待所。

2. "老子毙了你！"

上午9点从国务院回来，局里从自告奋勇的技术人员中选择了7个人，组成现场指挥部分析组，决定11点出发去前线。

准备行装、交代工作、收集资料、参加会商忙得不可开交，忙乱中我没忘作出一个重要决定——封存我的全部资料，没有我的同意谁都不能从我办公桌、资料柜中拿走任何材料。这一措施后来证明十分必要，不仅为解读中国地震局争论焦点之一——唐山地震预测与青龙奇迹之谜提供了大量第一手真实史料，也为我今后多次遭到诬陷时，为洗刷"罪过"起了重要作用。

总参传来消息，自天津、锦州两个方向派出的救援部队都因桥梁坍塌受阻，目前进入唐山的唯一通道是通过玉田、遵化由北向南穿插进入唐山。我们的小面包就是从部队借的，司机熟练地克服地震造成的公路上的陡坎、裂缝，颠簸地前进，越接近震中道路越难走，我们几次下沟垫土推车，穿越村庄小道绕行，黄昏时车进入丰润境内，地震的后果越发明显，路边经常有伤员截车求救。

一次，汽车面临一段"挫板路"实在无法行进，司机要求男同志下车垫土、修路，谁知我们刚拉开车门，从道边树林里闪出几个手里拿着铁锹、木棍的青年，宣布汽车已经被他们强行征用，要求所有乘客立即下车，为他们腾出位置。我们司机是个血气方刚的小伙子，他厉声喝道："有没有王法？你们竟敢抢车！""不是抢，老子征用你的车，用好后还你！""我们拉的是国家地震局的领导，受中央委托到唐山执行重要任务！"

"地震局领导？"几个字刚一出口就像炸了的油锅一般，遭来一片骂声："太好啦！我爸临死前留下最后的话就是要我找地震局算账。现在我妈也快断气了，你们能见死不救吗？！"说话时，他们从树林里抬出一扇门板，上面躺着一个血肉模糊的老太太，后面跟着三五个有严重外伤的人，强行把老太太往车上抬。"地震局的车，我更非要征用不可！"

司机将车门紧闭，说："你别胡来！车是北京军区的，我是当兵的，我的任务是把首长送到唐山。"

我们几位同事也帮着司机阻拦群众截车，说明我们负有特殊使命，不能耽误。说着说着，截车青年脸色大变，眼里露出恐怖的杀气，突然从腰里拔出手枪歇斯底里地冲着我们叫道："老子毙了你们！"

千钧一发之际，张郢珍拉着我袖子紧张地说："老汪，要出事！赶快说服司机打开车门，让伤员上车！"

我们一起拉住司机与姓张的拔枪青年商量，出示了北京军区的通行证，说明我们确实在执行中央任务，希望想一个两全之策既完成任务又救死扶伤。最后双方一致同意大家都挤上车，先去唐山再把伤员送交医疗队。

大家纷纷站起来把座位让伤员们坐，双方剑拔弩张的气氛逐渐终于缓和下来，最后小张痛哭流涕向我们赔礼道歉，他说他是当地驻军，老家就在军营附近，地震后回家发现新婚妻子、老父亲都被砸死，只剩下受重伤的老母亲还有一口气，百般无奈只好截车，伤心与绝望使他失去了理智。

汽车拉着十来人挣扎着前进，本来路况极差再加上超载只能走走停停，凌晨两点进入唐山市区，不见一栋房屋、不见一条街道、不见一丝灯光，汽车单凭感觉碾着破砖碎瓦向前挪动，好在小张对本地很熟，他在司机旁边不断介绍这是原来的某某区、某某街，在小张指挥下我们终于到达我与张魁三副局长约定的接头地点——唐山地区招待所。

十几天前我们曾照相留影的繁华的十字路口、雄伟的大门、六层的红砖楼已经荡然无存，我们转来转去无法找到张魁三可能立足的任何迹象。正发愁时，司机发现东边远处有一丝微弱的灯光，犹如茫茫大海中看到灯塔，汽车毫不犹豫直向它开去，到跟前发现是一辆被砸变形的公共汽车，里面点着蜡烛坐着三五个衣冠不整、身带血迹的汉子：

"我们就是唐山市抗震救灾办公室。"

他们告诉我，中央、河北省、唐山市抗震救灾指挥部都设在开阔空旷的唐山机场停机坪上，估计在那里能找到张魁三副局长，救灾医疗队总部也在那儿，伤员们可以交给医务人员护理。

凌晨四时到达唐山机场，果然在中央指挥部的帐篷里见到了张魁三，他与一批军区首长披着军大衣在开会，恢复了以往当兵时的架势，他命令我："明天震情分析组就开始工作，后天起每天晚上向指挥部报告分析意见，有什么困难？"

我问他："大家的吃、住如何解决？"

他苦笑着耸耸肩膀："暂时自行解决吧！我也一天多没吃、没喝、没睡了！"

从中央指挥部的帐篷出来，天下大雨，我们跑向自己的窝——面包车，在那里开了个碰头会，我传达了张魁三的意见，大家开始讨论贯彻执行的具体办法，最后决定：

（1）尽快把流动台架起来，在没建立起来之前，首先利用群测点的资料进行分析。

（2）在面包车没回北京之前，我们就在车里凑合坐着睡觉。

（3）集中所有水壶、饭盒尽量多积累一些雨水，以备急用。

（4）要求大家把现存的干粮统一上缴，由临时支部负责人李贵保管，严格执行每人、每天定量供应。凡出队外区工作时，尽量为我们团队购买些干粮。

3. 树上都捆绑着人

最早到机场与我们取得联系的是曹聿明，他曾是石油部派到中央地震办公室工作的人员之一，在我负责的地震动态组里承担电磁信息分析工作。（曹聿明后来从中央地震办调到河北省地震局，分配到唐山地震局主管电磁项目。）他带来一辆驾驶室被砸瘪、玻璃全无、车门变形无法打开的吉普车，司机只能从窗口钻进去躺着操作。我与他几年没见，这次在唐山地震劫难后见面恍若隔世。

"小曹，怎么样？全家没事吧！"

"什么没事，我现在一无所有，家全毁完了！我还被刮去四两肉呢！"他转过身来，让我们看被预制板深深刮伤的背部。

他住的胜利桥地震局宿舍恰好地处震中附近，几排砖房全都塌平了，死伤人员无数，幸免者寥寥，贾云年等六人就是在此地全部英勇殉职的。他们家的脱险纯属偶然，房屋虽然遭到毁灭性破坏，但房顶并不是垂直下落，而是偏向东斜落的。因此，每排房最西端的那间屋破坏最轻，而曹聿明夫妇恰好住在那间破坏最轻的屋里，预制板斜落时仅仅刮伤了曹聿明的背部，"我们的整个屋顶斜拍在邻居头上，我躺在床上睁开眼就看到了星星"。

曹给了我们唐山地区的台网及群测群防的全部信息，我们可以根据曹的资料进行排查哪些观察员还活着，仪器还能否恢复工作，哪些点彻底报废了。更重要的是我们必须了解、核实大震发生前到底出现了哪些异常信息，以便作为判断下一次地震的依据。

由曹的破吉普带路，我们的面包车随后跟着，艰难地蹍压着废墟开始了现场分析组的第一天工作。

从机场南下进城首先到唐山八中，这是地震局模范群测点之一，由一对夫妻领导的科研小组做出了出色成绩。男的叫吴葆刚，北大名教授的公子，女的叫周萼，厦门豪商的名媛，二人都是南开大学核物理系的高才生，因家庭出身问题不适合在保密单位工作，毕业后分配到唐山八中教物理。由于他们专业功底深厚，在轻松完成教学任务后，还有精力辅导多种科研小组的活动。十几天前我们在唐山地区招待所开会时就组织代表们参观八中群测点，请吴、周两位老师介绍经验。后来，他们也请我到学校作了一次学术报告。报告后他们留我在他们家用餐。

这是一顿终身难忘的晚餐，夫妻俩陪客人端坐桌前喝茶聊天，由上初中的儿子掌勺炒菜、熬汤，上小学的女儿跑堂上菜、盛饭。我被感动得几次邀请孩子们上桌一起吃，但两个小孩恭恭敬敬地说："妈妈嘱咐过，今天贵宾上门我们负责接待，哪里有大厨与客人同席的。"

踏着泥泞的学校操场挨个窝棚寻找这可爱的家庭时，脑海中不合时宜地出现不久前的欢乐画面。

最后在一个矮小的窝棚里找到破衣烂衫、满脸污垢的周萼，我完全无法将眼前的模样与她一贯高贵、典雅的形象联系起来：

"小周，终于找到你了，吴老师和孩子们还好吗？""吴老师受重伤被收容了，现在哪儿我也不清楚。孩子们在床上躺着呢！"我张望了一眼，这矮小的窝棚比狗窝大不了多少，哪能搁下床？"在我们自己家的床上躺着，已经走了，没气了！"

我的心猛然抽搐了一下，怯怯地问："小兄妹俩都走了？"

几天前为我掌勺炒菜、跑堂端饭，如此聪明懂事的一对小精灵突然离去，我心理上实在难以接受。

"开始都有气，还会说话呢！哥哥最后说'别管我，先救妹妹'，可是预制板太重，一点办法也没有，在我面前眼看着慢慢咽气的！"周萼平静地似乎讲着别人的故事。

小曹建议我们一起去把兄妹俩刨出来。

周萼说："干吗打扰他们，孩子们向来喜欢在床上打打闹闹，外面日晒雨淋的。"

临别时，她也没忘记履行地震监测的职责：

"大震发生前5—6小时我们的仪器记录到一些电磁脉冲，幅度大、频率高，可能是大地破裂前的临震信号，半夜后的情况就不知道了，过几天我争取到观察室的废墟下找找原始记录，可能对地震预测有用。"

整个谈话过程周萼像没事人似的，慢声细语、平静安详，但在我们告别窝棚时，背后传来一串压抑许久的撕心裂肺的抽泣声，大家谁也没敢回头。

唐山二中的王老师与周萼的表现完全相反，她也死了两个孩子，与我们一见面她就抱头大哭，反复描述孩子被砸的具体情况："孩子腿快，地震后第一时间就蹿出去了，本来已经脱离危险，可是孩子傻呀，他非要回来拽我！用十几岁生龙活虎的生命换我老太太干吗？傻呀！"

她央求邻居帮忙把孩子尸体挖出来，放在身边守着，在饮用水十分紧缺的时刻，她宁可自己忍着渴，也要一遍又一遍地用净水给孩子们仔细擦洗，决不肯半点马虎。

离开唐山二中，小曹想带我们看看位于胜利桥的唐山地震局宿舍遗址，贾云年等许多熟人都还压在这堆废墟下，来不及处理。车到跟前发现胜利桥已坍塌，桥面斜插在河床上，要过河必须从斜插的桥面上爬过去。

"不行，我们恐怕没这种体力，说实话我们已经好久没正经吃东西了。""怎么不早说，这好办！你们等一会儿！"小曹向旁边的一堆废墟跑去。一小时后，他拿来一个脏兮兮的布口袋，从中取出一块沾满土坷坷的大饼和几包被压碎挤烂的饼干说："唐山市抗震指挥部今早通知，在没有建立完善的抗震供应线之前，允许居民到废墟中寻找成品干粮，以备自用。过去这里是一个大食品店，许多老百姓都在这里刨干粮吃。"

黄昏时分我们告别小曹的破车，在回机场的路上突然发现街道变得拥挤不堪，一些军车载着抗震救灾的战士前来支援，邻县许多志愿者开着手扶拖拉机、拉大板车、骑自行车蜂拥而来刨房救人，也有个别以抗震救灾为名趁火打劫的，先从合法的刨干粮开始，逐步发展到刨粮库、刨百货公司，最后竟然明目张胆地砸金店、抢银行。

晚上，我迷迷糊糊地从休息的面包车里出来方便，在漆黑的夜里摸到一棵树旁解手，想不到小便一半忽听有人大叫，我吓了一跳，请司机打开前灯看看究竟，结果发现我们附近的每一棵树上都捆绑着一个人。第二天我们司机从战友处得知，昨晚机场驻军出动，抓了一批趁火打劫者，由于公检法都已瘫痪，根据抗震指挥部领导指示暂时先捆绑在机场周边的树上，随后再交有关单位处理。

连续严打两三天后，地震引起的无政府状态的混乱局面逐渐得到改善。

4. "这是谁家的胳膊"

大批部队带着大型机械到达唐山以后，救援速度大大加快，几天工夫挖出许多死难者。但把尸体运到郊外掩埋的速度却远远跟不上要求，于是在运尸车通过的主要干道上尸体被陈列成行，排起了大队。家属们为了自己的亲人能早日入土为安，像大医院排队挂号一样经常为加塞、插队发生争吵。加上天气炎热，尸体开始腐烂，强烈刺鼻的臭味弥漫着整个城市。

我们每天清早从机场发车进城工作又遇到新麻烦，刚被清理出来的道路一晚上就布满许多待运的尸体，司机必须小心翼翼地在尸体中穿行，否则就可能碾上它们，有时实在绕不过去，我们几个男同志只好主动下车抬尸体。毕业于武汉测绘学院的李贵来自农村，是有名的傻大胆，我与他达成协议，抬尸体时他负责抬头我负责抬脚。抬脚可以背对尸体两只手像拉黄包车那样走，抬头难度要大得多，必须面对血肉模糊的头，脸对脸地小心翼翼托起挪动，由于尸体已经腐烂，头颅很容易与躯体断开而脱落。

有一次我与李贵同抬一具尸体，刚轻手轻脚地托起他的头颅，"尸体"忽然坐起来问："你们要干吗？"吓得我们魂飞胆丧扔下"尸体"就跑。后来了解到那是一位孝子半夜搬来父母尸体在此排队待运，因为劳累过度就在父母尸体旁边睡着了。从此，李贵遇诈尸的笑话流传开来。2011年我在美国休斯敦见到李贵时还回忆起这段难忘的历史，为我们当年的"抬尸的交情"唏嘘不已。

由于来不及掩埋的尸体越积越多，唐山全城成了成千上万具腐烂尸体的堆积场。刺鼻的空气使人窒息，我们睁不开眼，张不开嘴，日不能食，夜不能眠，随之而来的是剧烈的头疼和恶心。为了防止次生灾害瘟疫的发生，我们每天在机场草坪上目睹撒药飞机带着十几吨消毒剂洒在城市上空。腐烂尸体的恶臭混合刺鼻的消毒水味，呛得人难以忍受，我们经常看见十几人集体呕吐不止而虚脱的场面。

我记得在地震后第四天的清晨，我们的车穿过成堆的待运尸体来到破坏最严重的十一度区考察（震中烈度为 11 度），车沿着发震断层由车辆机械厂、第十中学、吉祥路口一直向南到达一个叫女织寨的地方，刚停下车，只见一个年轻妇女追赶着几条狗大叫："这是谁家的胳膊？被狗叼跑了！"

我不敢相信自己的耳朵，以为狗叼走了谁家的什么食品，顺着妇女追的方向看去，我才目睹了终身难忘的悲惨一幕，几条恶狗从一具尸体上生生撕咬下整条胳膊，上面还套着沾满血迹的半截袖子，一条狗叼着，一群狗追逐着，从我们前面呼啸而过。从它们直勾勾的鲜红眼睛可以看出，这些狗已经从家畜返祖成为豺狼。

女织寨地处郊区，救援部队一时照顾不到，地震惨状比其他地方更甚，活着的人少、自救能力差，尸体横七竖八到处都是，许多尸体显然已经被恶狗撕咬过。我们十分小心地在村里调研，每走一步都要看看脚下踩的是什么，在这种极端恶劣环境中我们了解到了许多可以载入世界地震史的重要科学资料：

第一次收集到地震发生前后地光存在的人证、物证。

发震断层从女织寨的一块种柿子椒的菜地通过，一个种菜老农民半夜正在出恭，忽然发现不远处的地面发出刺眼白光，几分钟后，伴着巨响，大地开裂、房屋倒塌。我们在他指出发现地光的地区看到了确切的物证，发震断层通过之处绿色的柿子椒全部被烧焦，从烧焦的痕迹看致伤源明显来自断层的下面，距断层两米以内无一幸免，离断层越近烧伤越重，离断层两米以外的绿色柿子椒无一受损。从每个被烧焦的柿子椒来看，面对断层的那一面烧伤较重，而背对断层的那一面烧伤明显较轻。在菜地附近有一水渠，两面栽着两排柳树，断层通过地段的正上方的柳树叶齐刷刷地被烧焦。作为科学样本我采集了满满一书包被烧焦的柿子椒并附有照片说明，带回驻地。今天在唐山地震纪念馆中仍然陈列着我送给他们的"被地光烧焦的柿子椒"照片展品。

第一次了解到被地光伤害的人、畜及其影响。

产生于断层面的地光瞬时形成了一个火球，贴着地面滚进菜地附近一个姓李的农家，农妇患风湿病行动不便正穿裤下炕，火球滚到她脚下，"嘭"的一声烧伤了她的双脚、裤腿与鞋袜，调查时她一一展示烧伤的物件与她的双脚。当火球滚到炕头时，也烧伤了蜷卧在炕边的一只大黄狗，燎焦了它半身毛。

我到大地震现场多次，关于地震前后出现的地光现象，听到描述的多，从来没有取得过确切可靠的证据，这是第一次亲眼看到被地光伤害的人、畜。作为宝贵的科学资料我们一一照了相，采了样。我记得大黄狗凶猛无比，给它剪燎焦的狗毛时，着实费了一番功夫。值得注意的是，经过地光烧伤后，人、畜的生活习性、生理状态变化很大，患风湿病的农妇本来行动不便现在大有好转。原来对主人十分听话的大黄狗现在变得很难驯服，就是它首先开始撕咬尸体，招得全村的狗都开始吃死人的！

第一次确认地震发生前后地下水的"临震回跳"现象。

从邢台地震以来所收集的上百个实例表明，大地震前地下水的前兆典型变化如下：地震孕育阶段由于岩体微裂隙的发育，震中地区地下水水位呈下降趋势，地震发生时因为能量释放微裂隙急速闭合，震中地区地下水水位剧烈上升。对地震预测有重要意义的是由下降变为上升的转折点略早于地震波到达之前，我们称之为"临震回跳"，若能抓住它就能判断地震即将来临，是重要的临震预测依据。但具体在地震前多久水位开始由下降变为剧烈上升？一直只靠目击者的回忆，没有可靠的证据。女织寨菜地有一口 39 米深的机井，盖有井房，地震发生当晚有一崔姓老汉睡在井房看守庄稼，半夜突然井喷，井水把衣服、被褥淋湿。崔老汉回家换了衣服刚回到井房时地震发生了。根据井房到他家的距离我们实地走了一遍，估计需要 12—15 分钟时间。井房有一闹钟，井喷时被大水冲走，那天我们从泥浆中找到已经停摆的闹钟，指针指在 3 点 12 分上，说明井喷发生在地震前 30 分钟左右，与我们根据崔老汉的行动估算的时间相符。

5. 强余震预测的定音鼓

我们在地震现场调查研究的主要目的是寻找确切可靠地震前兆，尤其是短临前兆（地震前几天至几十天的异常变化），为提高地震预测水平寻找可靠依据。为此我们召开了一系列寻找确切可靠地震前兆的座谈会，分别邀请地震专业人员、群测群防测报员、震中地区的幸存者等一起回忆地震前各种不寻常的宏观现象。大浪淘沙、反复筛选，从科学上评估哪些现象对预测地震有较好的对应关系，哪些现象对预测地震有一定的参考价值。

最终从大家提供的数百条资料中筛选出地下水发响冒气、地下水变味变温、地下水水位突变、地下电磁风暴、地面大规模的开裂、人感地动现象成丛出现、矿井下不明原因的矿爆频繁、次声波异常、地声地光、动物行为异常等与地震发生有联系、有预测能力的十大宏观现象。

占第一位的是地下水发响冒气现象，它是根据唐山十中、丰润杨官林、昌黎火车站、北京海淀菜场等四十多个实例总结、提炼出来的，以丰润杨官林的现象最为典型。

位于唐山以北距离震中 35 公里的丰润杨官林村，在 1958 年村里打了一口百米深井（我们实测仅深 56 米），是全村水质最好的饮用水井，多少年来井旁常挤满打水的村民。从 1976 年 4—5 月开始村民发现井下嘶嘶作响，打手电筒一照发现水面上一阵阵冒出成串气泡。进入 6 月后响声越来越大，打扰得四周居民不得安宁，在村民中流传着"井鸣是大灾的不祥之兆"的流言，村革委会决定抬来一块水泥预制板压在井口，通知暂时停止使用该井，以免不测。大震前二十余天，由于井下逸出气压力剧升，憋在井里面的地下气顶开水泥板强烈外泄，每隔十几分钟顶起水泥板，然后强烈冲击地面如同打夯一样，有多事者在水泥预制板上打了两个孔眼，以为把憋在里面的气放出来就会杜绝打夯声音，不料从此发出时高时低震耳欲聋的气笛声，招来四周邻村都来看热闹。井台的预制板成了孩子们欢乐的游戏场，聪明的孩子发现抓一把沙土对着预制板上的孔眼撒下去，轻的被气冲飞了，重的落在井台上，只有不轻不重、磨圆度较好的小石块能够被气柱托起悬浮在空中，然而欢乐的游戏没玩几天就发生大地震了。地震一发生井下逸出气立刻像被戳破的气球一样马上泄光了。

我带了一批专家到现场调查研究后一致认为这很可能是重要地震前兆，于是通知村革委会立即派民兵日夜看守这口井，将喷气情况每日一次向我们报告。为了对喷气力度有比较定量化的描述，我要求守井民兵每天清晨抓一把沙土对着出气孔撒下去，挑选能被气柱托起在空中悬浮的小石子用纸包好，写上日期送到机场来，再从机场找到一个天平称出它们的质量，换算成井口压力。

事实证明杨官林井逸出气确是非常好的临震前兆，每到喷气压力超过一定界限时 1—3 天内一定有一次较强余震，喷气压力低时肯定平安无事。一时间杨官林井喷气压力成了余震预测的定音鼓，几乎——对应地成功预测了全部强余震。

通过它预测强余震的明显效果，反过来可以证明从 1976 年 4—5 月开始的井响、喷气异常现象，以及震前二十余天逸出气压力剧升现象，确实是可靠的唐山大震前兆。此现象一直持续到 1977 年春天（逸出气渐渐枯竭之前），一直是我们预测唐山强余震的"独门秘器"，最精彩的是利用杨官林井下逸出气成功预测 1976 年 11 月 15 日发生在天津宁河的 6.9 级地震，杨官林井下逸出气在 11 月 13 日突然强烈喷发，可以将重达 47.2 克重的石块顶起在空中悬浮，这是唐山主震后最强的喷气现象，两天后果然发生了唐山主震后最强烈的强余震。

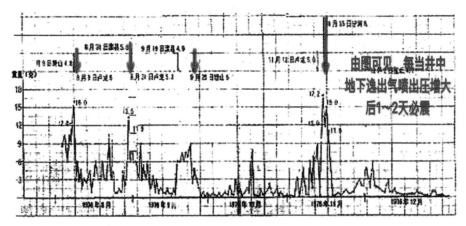

丰润杨官林井喷气动态成为预测唐山强余震的定音鼓，几乎百发百中

1976 年 11 月 15 日宁河发生 6.9 级最强余震，震前两天杨官林井强烈喷气，顶托起 47.2 克重的石头

6. 我的人生第七劫

在唐山地震短、临前兆的群众性普查中，唐山地震局杨友宸发挥了重要作用，他是个复员军人，喜欢穿一身洗得发白的旧军装，不但外表保留军人形象，内心更保持军人作风，对工作勤勤恳恳、雷厉风行，对同志心

直口快、有啥说啥，有人称他为"杨大炮"。

尽管他熟悉业务，在群测群防队伍中有极高威望，但由于不善于迎合上级、常说些"不识时务"的话，领导不待见他。

地震前我们几次来唐山开展调查研究多半是与他直接打交道的，我们一起调查、一起讨论取得共识，认为唐山、滦县一带地震形势严峻，务必引起充分重视，尽量说服领导、动员群众作好应对准备。

也可能他把我们的共同研究的结果传达给领导，要求重视地震预测预防的意见提得太多、太尖锐而引起领导不快，在唐山地震前的关键时刻，最熟悉情况的他竟然被突然调离了地震工作岗位，下放农村劳动锻炼，地震后才紧急调回岗位。我们俩可以说经历过同样处境，遭受过相似的尴尬、纠结与无奈。

大约在8月底杨友宸告诉我，大震前唐山地区井下喷气现象绝不止杨官林一处，据他了解唐山钢厂化验室大震前也多次反映过井鸣、喷气的现象，并且取了气样进行化验，现在测报员被砸死了，要了解详细情况唯一的办法是到废墟中找到井孔观测记录和喷出气的化验单。他实地勘察过化验室，发现还没有完全倒塌，里面存放资料的柜子似乎还在破房子里立着，我们决定冒险进去把资料抢出来。

8月31日他带来一辆车，我们一起向钢厂化验室出发，司机熟练地在废墟中东绕西转地来到一片危房的警戒线面前，半截墙上用石灰写着"危险，严禁入内"字样，杨友宸指着不远处一堆废墟说：

"这原来是四层的楼房，现在叠落在一起了，化验室在一层，里面的资料柜还支撑着呢，只要冒险钻进去，就可能抢出资料。"

老杨熟悉情况，我身体比他好，我们俩争执半天最后决定都上。因为我们发现有些障碍需要一人踩在另一人肩膀上才能翻越。我们高一脚低一脚地踩着晃晃悠悠的预制板，小心翼翼地爬过钢筋外露的断墙残壁，终于来到原来的化验室，发现几个装资料的铁皮柜都完整无损，只是铁皮柜打造得太结实了，以至于我们用水泥块砸、用钢筋撬都无法打开柜门。老杨想起汽车工具箱中有把撬杆，他自告奋勇地爬回去取撬杆，我一人在资料柜边等着。就在老杨离开几分钟后忽然轰隆一声天晃地动，断墙残壁纷纷倒下，扬起的灰尘呛得睁不开眼、喘不上气，我立刻明白发生了强余震，下意识地躲在铁皮柜边，用上衣包着头、捂着嘴。这时第二次更强烈的震动接踵而至，四周几块大预制板噼里啪啦地砸在我躲避的资料柜上咚咚作响，我倚靠的资料柜发出嘎嘎的破裂声，破砖、墙土倾盆而下，空气中顿时充满土屑粉末，眼睛、鼻子、嘴巴全是泥土无法呼吸，我拼命用上衣捂着嘴巴不让泥土呛入肺中，但仅仅坚持几分钟胸部就憋得似乎要爆炸，喉咙如同塞满鸡毛呛得恶心。我隐隐约约想起许多死于地震的人全身并无外伤，但青筋暴起，医生告诉我多数亡者死于尘土呛入肺中缺氧窒息，难道我今天也难逃此劫就将在唐山光荣牺牲了，想着想着由于窒息与惊吓我逐渐迷糊过去……

不知过了多久，我仿佛从梦中听见有人在喊："汪教授，汪教授！没事吧？"我勉强地睁开眼透过重重尘雾看见老杨与司机冒着强余震后此起彼伏的倒塌声艰难地爬进废墟。据老杨说当时我的下半身已经完全被埋在土中了，万幸的是脑袋还在外面，他们艰难地把我从一堆沙土中刨了出来，发现一块几百斤重的预制板在离我脑袋仅仅几厘米的地方砸了下来，是坚固的铁皮柜替我扛住了预制板的猛烈打击，我安全无恙而预制板却砸开了铁皮柜的门，现在我们伸手就可以拿到资料，不需要费劲撬锁了。

他们把我扶到汽车旁，司机找来一盆水，把我淋了个落汤鸡，我顿时头脑清醒了许多，但仍然感到全身乏力，非常犯困，他们把我送回机场由李贵、张郓珍等同志找来地震救护队的大夫给我打了两针，整整昏睡了一整天才缓过来。几天后鼻子、耳朵、嗓子里仍然不断清理出许多血痂与污土，我亲身体会了一次被地震废墟埋葬的经历与感受，到阎王殿前转了一圈重新回到人间。

就这样，我又平安渡过了我的人生第七劫。

7. 我们成了"漏报犯"

自从"老子毙了你"事件以后，我们对外一律都打着中国科学院调研组的牌子出去工作，凡是不小心透露出国家地震局旗号者轻则遭到白眼，拒绝供应食品、饮水（唐山地震后一段时期，唐山附近几个县抗震救灾指挥部对救灾人员免费供应饮食），重则遭到人身侮辱、恶言辱骂甚至拳打脚踢。群众的这种过激举止是由于他们对地震预测工作缺乏了解，是由于失去亲人极度悲伤而引起的失控，我都能理解。

但最令我痛心、气愤的是我们内部有些人，尤其局机关的一些行政管理人员在群众、地方政府对地震工作极端不满的压力下，不但不耐心解释、相互支持、同舟共济，反而落井下石、撇清自己、嫁祸于人。但在我们处境最困难的时候，也有不少正直的科学家纷纷对京津组的工作点赞，对我本人给予热情的鼓励与支持。

一天，机场指挥部震情分析组召开例行震情会商会时，帐篷里钻进来一个高大的胖子，自称是马家沟矿群测群防点的马某某，要求发言，他说他在唐山地震前发现地电仪记录很不正常，于是向唐山市地震局、河北省地震局乃至国家地震局上报了"唐山市近期有大地震的预测意见"。据他说，为此国家地震局京津组还专门派来了两位专家到马家沟矿群众测报点进行了调查研究。两位专家从下车开始极力否定这个异常，临走时还说："这么大的变化不可能是地震异常，若是地震前兆不就要把唐山市震翻了吗？"

"由于他们是权威，他们推翻了我的正确意见，使我放松了警惕，导致地震时我母亲、女儿被砸死。"

他说着说着从书包里掏出一件血衣号啕大哭起来，说这是他妈临死前穿的衣服。会商会变成了控诉会，气氛顿时紧张起来，旁边围观群众中有在地震时死了家人的气愤地喊："谁是地震局的，揪出来，血债要用血来还！"

一个地震局后勤干部生怕火烧到自己身上，立刻把我供出来："我只是地震局干后勤的，什么也不知道，主持会议的是我们保卫京津组组长！"此话一出，会议秩序大乱，许多围观的群众涌进帐篷把我团团围住。

"为什么有人预报了，你们不通知我们？"

"你们保卫京津组是干什么吃的？"

"死了这么多人，你们必须向唐山人民作出交代！"

我感到背后被人重重踢了一脚，接着身上又挨了几拳，我一个趔趄被打趴在地上，混乱中我双手死死地护着头，缩着身体任凭身上承受来自四面的打击。幸亏附近解放军闻声赶来，驱散群众平息了混乱。

后来，我问马某："你什么时候向国家地震局发布的预测？若打电话你得告诉我是谁接的，我可以查记录，若写信你得告诉我回执的编号是多少，这种重要的预测意见我们都正式登记入册，寄返回执的。但事实上是我从未听说过你的预测，更没有专门派过专家到马家沟矿作过任何调查。"

马在我反复追问下只好承认："我没有直接报给你们，我是向河北省地震局、唐山市地震局反映，请他们替我向上级传达的。"

我又问河北省地震局分析组长罗兰格、唐山市地震局主任杨友宸，他们也都否定地震前收到过马的预测，据杨友宸说："他曾反映过发现异常但没有明确的预测意见。"

此事总算弄清楚了，但多年后有些人又把此事反复炒作，以讹传讹致使京津组副组长钱复业等同志遭受极大精神压力，几十年背着"漏报犯"的黑锅。

老百姓对地震局的不满在地震局内部都转化成对京津组的指责与歧视，硬把我们推上唐山地震灾害的替罪羊位置，作为群众愤怒攻击的挡箭牌。分析组同志们多次向我诉苦，地震局机关许多人认为，地震局日子不好过主要是京津组工作失责引起的。在唐山机场我们日夜加班忙得团团转，他们一杯茶、一支烟、下棋打扑克，开饭时他们排队抢好菜，给我们留下冷饭剩菜，宿营时他们挑通风遮阳的好位置，给我们留下闷热曝晒的床位。

更可气的是国庆节、中秋节从北京送来大批全国捐献的慰问品、文工团演出的慰问票，他们近水楼台先分了，等我们工作结束后已经所剩无几，他们还公开说："这些漏报（地震）犯们，还有脸来拿慰问品，看演出？"同志们纷纷诉苦、埋怨，我实在忍无可忍，终于爆发了……

由于我们通过杨官林井喷等许多前兆现象连续报准了多次强余震，1976年10月，指挥部决定给我们组授予抗震救灾先进集体称号，通知我去汇报、领奖。听汇报会的有北京军区的首长、抗震救灾指挥部几位领导和地震局张魁三副局长等，当我汇报结束领导们对我们工作表示感谢时，张魁三突然说："小汪是我们局的保卫京津组组长，最近报准了几次强余震，也算是他戴罪立功吧！"

我一听当场就火了："张局长你的话错了，我到底有什么罪？要说错误，地震局领导确实有错误，我几次打报告都指出唐山、滦县一带要出问题，你们就是不听，我不得不写大字报呼吁你们千万要重视当前震情！那次大字报事件不是你亲自处理的吗？现在事实证明我们的预测如何？"

张魁三显然没有料到平日温和的我突然发难，他脸憋得通红说："你虽然提过唐山、滦县一带有问题，但说得不明确，只说5—6级，谁知道这么大？你也没拍胸脯对我保证一定要出事，否则我早给中央报告了！"

"地震预测是世界难题，不仅我汪成民，全世界没有一人敢拍胸脯预测地震的，我们只讲倾向性判断，提供给领导，由你们作出决策。海城我们也仅报5—6级，由于辽宁省领导正确决策，发生7.3级大震后，国家不但不批评我们强度预报低了，还为我们立功授奖。这一次我们明确提出唐山、滦县这几天内有5—6级地震，预测水平一点也不比海城差，但你们就是不敢决策、不向中央汇报，问题出在你们领导那里。周总理要求我们力争在地震前打个招呼，我的大字报和以多种形式向上下通报震情难道不是在打招呼吗？我们京津组工作经得起任何检查，没有什么过失，更谈不上戴罪立功！"

我随即拿出当天刚刚收到的宋良玉信递给他："张局长，我今天收到你的一位熟人的信，你看看她是如何认识唐山地震的失误的！"张魁三局长与宋良玉很熟，他们多次一起出差、开会，张魁三扫了一眼这封信后默默无语了。

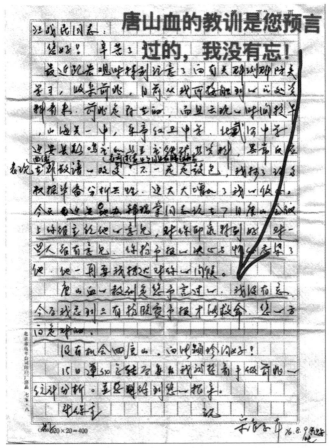

曾支持华北地震"将逐步缓和"观点的宋良玉研究员在唐山地震现实教育下向我写了一封沉痛反思的信

接着，一位北京军区作战部的首长站出来为我辩护，当场向张魁三证明他确实曾经在四五月份听过我两次报告，十分欣赏我在报告中明确提出唐山、滦县一带要出问题的科学见解与无畏勇气，他说若按照这些意见哪怕给中央打了个报告，就不会如此被动了，事实证明中国地震局保卫京津组工作是十分出色的。我看见张魁三局长低下头，面有愧疚之色。

张局长毕竟入党多年，是一位忠诚、正直的老共产党员，他多次听取过我与老梅对震情判断的争辩，承认看见过我贴的大字报，对唐山地震预测的分歧心中是一清二楚的。因此，自从那次顶撞他以后，我们关系不但没有疏远反而一直保持着很好的私交，在后来的几十年的交往中，他处处暗中保护着我，鼓励我不要气馁，指导我躲开各式各样的暗礁。

三、青龙奇迹的始末

1."我们县一个人都没死！"

大地震后由于唐山市遭到毁灭性破坏，一切活动都转移到唐山机场进行。10月的一天，机场跑道旁边用杉杆搭起了临时戏台，抗震指挥部召开抗震救灾先进事迹表彰大会，会后有北京军区战友文工团的慰问演出。我们分析组承担着强余震的监测任务，大家都紧张地在帐篷里处理数据，准备一天一度的震情会商会，顾不上去看演出。

忽然，我不经意地听到从大喇叭传来的会场声音："请荣获优秀救援队的青龙县民兵代表讲话！"

"我们青龙县由于事先有预报，全县人民在地震前已经撤到房外居住，作好了应急准备，因此唐山大震后我们能最早组织救援队，第一时间进入唐山救援……"

我一下子兴奋地跳了起来，拉着旁边的张郢珍："小张，听见没有？青龙县事先有预报、预防！！"

她一门心思在处理地形变的数据，似乎什么也没听见。我急忙钻出帐篷跑到会场找到大会主持人问："刚才讲话的青龙县代表在哪儿？"

主持人把我领到一群农民打扮的年轻人中间，指着一个穿黑色对襟上衣、带着大红花的敦实小伙说："就是他！"

"你详细给我说说，你们是如何在地震前作出预报的？如何预防的？"

"请问，你是谁呀？"

"我是中国科学院调研组的。"我下意识地不敢暴露身份。

"打听一下，这里有没有国家地震局的？我们要找个人。"

我看他态度诚恳、情绪稳定，不像是要找地震局麻烦的，就说了实话："我就是国家地震局的，我叫汪成民。"

我发现这群年轻人像触了电似的突然骚动起来，眼睛里发出惊奇的光芒。

"你就是国家地震局保卫京津组组长汪成民？！"

突然前面两个小伙抱住我的腿双膝跪下磕起头来。我顿时被吓得不知所措，连忙扶起下跪的小伙："有话慢慢说，千万别这样，我经受不起！"

"青龙全县都知道，我们能躲过这场大灾难多亏了两个人——我们县的冉书记和国家地震局的汪组长，我妈嘱咐过见到这两位恩人时一定要下跪磕头，谢救命之恩！是你们拯救了我们，使我们全县一个人都没死。"

"全县没死一个人！是不是离唐山比较远破坏比较轻？"我惊喜地问。

"离得不算远，仅110公里，和我们距唐山同样远的周围各县没有不死人的。破坏程度当然比唐山轻，但房屋倒平的、严重破坏的也很多，假如没有预报、预防，估计至少要死伤几千人，结果除地震时因犯心脏病吓死一个老年人外，一个人都没被砸死。"

大家兴奋地席地而坐，聊起青龙奇迹的详细经过。

2. 尽心尽责的王春青

事情回溯到地震前十几天，国家地震局在唐山召开的华北地区群测群防经验交流会。我通过艰难争取来参会，要求在大会上发言通报震情的意见，遭到主持会议的领导拒绝，经过与会务组商量，勉强同意在晚上召开震情座谈会，代表们可以自愿参加。

7月16日下午4点左右，会务组才贴出通知，租了会议室。或因通知得太晚，或因天气炎热，代表都在乘凉、洗澡、看电影，到7点多了来的人还很少，我请会务组周英志同志帮我挨门挨户去喊了一喊，结果仅催来大概三十个人。来得最早的是一位穿着军内衣的退伍军人模样的憨厚年轻人，他早早地静坐在角落里摊开笔记本认真记录着每个人的发言。由于参加座谈会的人太少，我要求在 7 月 18 日晚上再召开一次震情座谈会，结果又来了三十人左右。整个会议代表共 320 人，我估计参加了震情座谈会的人约占代表总数的五分之一（有的人两次座谈会都参加了）。一个退伍军人模样的憨厚年轻人两次座谈会都参加了，虽然他不哼不哈地坐在角落里，还是给我留下了深刻印象。后来我才知道他叫王春青，是唐山附近青龙县的地震办公室的负责人。正是这个不起眼的憨厚年轻人，在创造青龙奇迹的过程中起了关键性作用。

与王春青同志的合影

所谓青龙县地震办公室实际上就一个人，挂靠在县科技局内办公，大家叫他"地震人"，在县政府机构里是个最基层的办事员。由于他对工作的高度负责精神，当他听到我的震情通报后，立刻敏感地抓住核心的几句话记录在他的笔记本上："国家地震局保卫京津组组长汪成民说最近本地区震情形势严峻，在 7 月 22 日至 8 月 5 日可能有 5—6 级地震，下半年可能有更大地震发生。"

两次座谈会我发言不少，但我牢记支部书记周锐批准我来唐山出席会议的要求："在会上说话要十分谨慎，若谈震情必须全面、客观，不能只谈你的个人观点，你的身份很敏感，否则把京津地区搞乱了，是有严重的政治后果的。"所以我报告的口气是平和的，内容是全方位的，既谈了自己的有震的依据也介绍了反对者的观点，从这种"全面的"震情通报中抓住我的本意需要十分灵敏的嗅觉与高度的责任心。唐山地震后，我广泛收集参加座谈会代表的记录，看他们是如何理解我的发言内容的，结果发现王春青等十几人的记录抓住了核心和关键。

曾在海城地震中立功受奖的营口市地震办主任曹显青更能理解我的原意，他听了我的发言后当晚就向营口市革委会、军代表打紧急报告："国家地震局保卫京津组组长汪成民认为华北可能将发生打破历史纪录的大地

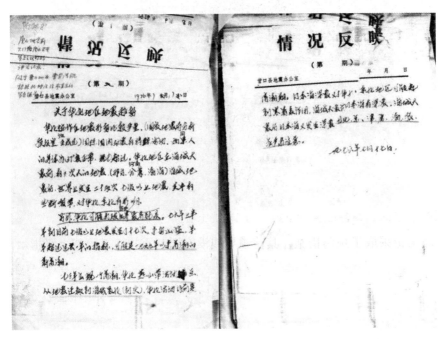

1976 年 7 月 17—18 日营口市地震办主任曹显青听了我在唐山群测群防会议上的通报后，连夜给营口市政府打报告，称国家地震局京津保卫小组组长汪成民说：目前形势严峻，华北可能要发生打破历史纪录的大地震

震。"对于多数地震权威有关"根据三千年地震记录的统计认为海城地震后华北地震活动趋于平静"的观点，我是持反对意见的。曹显青显然是正确理解了我的态度。更令人佩服的是，会后他来到我的房间刨根问底地问我："汪教授，你的预测有漏洞，你说近几天有 5—6 级地震，下半年有更大的，可是今天是 7 月 18 日，已经是下半年了啊！"

我告诉他我这趟来，支部书记周锐下达了不准搞乱京津地区的死命令，我们只好学习海城地震的预测办法，取一个保守震级，强震来了能挂上钩，不来对群众惊动也不大。至于预测时间的重叠是我不得已而为之的伏笔，表面上报 5—6 级不违反地震局领导要求，下半年可能有更大的是为一旦发生强震留有余地。在地震局干了多年，对地震预测经常受政治行政干预深有体会的曹显青立刻会意地笑了。

王春青带着地震预测信息 7 月 21 日回到青龙，他第一时间找到县科委主任王进志汇报开会内容，两人一致认为地震是件大事，拖延不得，必须争取尽快让一把手亲自听汇报。那几天青龙县一把手冉广岐天天下乡作调研，全力以赴准备召开"农业学大寨"大会，王春青过去从来没有单独向冉书记汇报过工作，未免有些胆怯，现在身负重责的他顾不了这许多，频繁来到冉书记办公室去围堵，那边科委主任王进志也通过冉书记的秘书通报有紧急情况要求立即汇报，在多方努力下 7 月 23 日冉书记终于抽空亲自听取了汇报，冉书记敏感地意识到问题严重，果断地决定采取预防措施，由此拉开了青龙奇迹成功的第二幕。据初步了解，震前把我的预测意见及时汇报给地区、市、县第一把手的，不止王春青一个，但仅仅只有青龙县冉广岐书记采取了预防措施，其他领导或没有引起重视，或等待上级指示而错过了战机，当然，也有些代表根本没来得及汇报。

3. 敢于担当的冉广岐

据王春青与王进志的回忆，冉书记听取了震情汇报后没有立即表态，沉思了好大一会儿才布置科委用最快速度了解青龙全县群测群防点的变化情况。

一天以后情况摸清楚了,全县 26 个地下水、地电、地磁、地倾斜观察点中有十几个处于异常状态。其中冷口与干沟店两眼泉水变化最明显,冷口翻花冒泡水温剧变,干沟店泉水混浊如泥浆。

关于冷口泉水的变化我在 6 月份已经收到过报告,因此我在唐山三次调研时专门到冷口去调查。7 月 12 日收到群众测报员寄来的异常照片。冷口泉位于唐山与青龙交界处,平日泉水清澈透底,温度为 37℃—39℃,是当地有名的澡堂,从 1976 年 4 月开始泉水隔三岔五地发浑,到 6 月泉水持续发浑、冒泡,出水口还吱吱作响。据经常在此洗澡的老乡反映,泉水温度明显比往常要高许多。我们 7 月 8 日实地调查证明老乡反映的情况属实,我们用高精度水银温度计测量是 42.2℃,温度比平日升高了 3℃—5℃。

7 月 24 日召开青龙县党委会扩大会议,除了 5 位县党委委员外,还邀请县科委王进志参加,首先由县科委王进志汇报了情况,接着冉书记提出要采取防震措施的建议,希望大家发表意见表明态度。会议陷入一片沉默,大家心中都明白这一决定的分量,可能为今后一辈子的仕途之路挖下大坑。当与会者面面相觑,犹豫不决时,冉书记严肃地说:

1976 年 7 月 26 日(唐山地震前两天)冉广岐书记亲自指挥全县百姓防灾减灾(《青龙日报》记者摄于 7 月 26 日)

青龙县原地震办公室主任王春青对此事的回忆录，刊于《中国地震报》1991 年 7 月 25 日

青龙县原科委主任王进志有关此事写的回忆录，刊登在《中国地震报》1991 年 7 月 25 日

　　"采取不采取措施开始我也犹豫不决，谁不想平平稳稳过日子？现在是事情找到我们头上来了，党和国家把青龙县 47 万老百姓交给我们，俗话说'当官不为民作主，不如回家卖红薯'，何况这次行动上有中央的 69 号文件的精神与中央领导的一系列指示，下有群测群防点观测到异常的资料为依据，汪成民教授的震情通报虽然他说明是代表个人的意见，但国家地震局保卫京津组组长的头衔是有影响力、权威性的，可以看成来自官方的声音。"

　　有人提出地震预测不过关，把全县老百姓惊动出来，万一虚惊一场，怎么向老百姓交代？冉书记坚决地说："现在天气很热，动员大家搬出来住几晚，我看问题不大。若发生地震我们就幸运躲过一劫，若没地震上级责怪起来由我向领导检讨，老百姓埋怨由我向群众解释。"

　　话说到这地步，大家都基本同意冉书记的意见，但还是有人提出，不要着急采取措施，应该先请示上级，了解一下周围邻县的动向后再行动。

冉书记说："向上请示，向兄弟县了解情况都很必要，但根据邢台地震教训，防震减灾如同打仗，要急事急办，千万不能延误战机。根据防震减灾法的要求，在地震形势紧迫情况下，允许县一级地方政府有自行决策、采取措施的权力。今天是24号，已经进入发生地震的危险时段了，随时可能出问题，因此我们决不能等待，就一边请示一边采取措施吧！"

最后青龙县党委会扩大会议一致同意，通过了立即在全县范围内采取防震措施的决议。

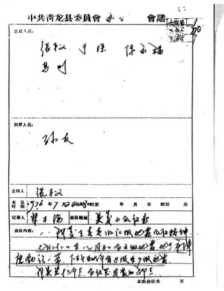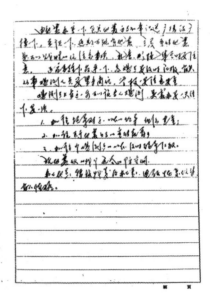

1976年7月24日（唐山地震前四天）青龙县委听取地震办主任的震情汇报后，召开紧急会议研究对策，在书记冉广岐同志力挺下通过了果断采取防震措施的决议。这是档案馆存档的有关这次会议的记录

（1）利用 25 日召开"农业学大寨"三级干部会议的机会，安排防震减灾动员报告，宣读县党委会扩大会议的决议。

（2）行政村以上的单位立即抽一名主要领导负责抓防震减灾工作。防震减灾，作为当前民兵队伍主要任务。

从 7 月 26 日起（唐山地震前两天）商店已在临时建筑中售货（《青龙日报》记者摄于 7 月 26 日）

（3）地震办公室采取 24 小时值班制度，强化群测群防点的观测，有情况随时报告。

（4）从 7 月 26 日起学校一律在操场上课，商店在外营业。

（5）从 7 月 26 日起动员群众不在屋里过夜，尤其对于居住在老、旧、危房中的居民，由政府安排民兵搭建窝棚协助安置。

（6）立足有震，随时做好应急救援工作。

两天后，唐山大地震发生了，虽然造成青龙县倒房七千余、损毁十八万间房，但由于震前采取了强有力的防震措施，取得了一个人都没有死于灾害的奇迹，与唐山周围各县共死亡 24 万多人形成鲜明对比。

1995 年，为了纪念即将到来的唐山地震二十周年，由联合国发展援助与管理服务署官员 J.M. 科尔博士以及世界十年减灾委员会主席埃罗教授带队的"中国青龙奇迹调研组"来青龙调研时，从县档案中调出了 1976 年 7 月 24 日青龙县党委会扩大会议的原始记录与 1976 年 7 月 24 至 27 日的《青龙日报》的新闻报道与图片，这些资料生动、详细地记录了青龙奇迹创造过程中的每个细节，事实清楚，证据确凿，唐山地震的青龙奇迹是中国人民为世界灾害史提供的一个光辉典范。

4. 青龙奇迹的必然性与偶然性

每当我们谈起青龙奇迹，许多媒体都会提出同样的疑问：

"参加唐山 7 月群测群防会议的人很多，为什么只有青龙县采取了措施，避免了伤亡，原因何在？"

我认为任何重大事件的发生都有它的必然性与偶然性，海城地震如此，松潘地震如此，青龙奇迹也是如此。

要取得一次有减灾实效的地震预测、预报，主要取决于三个条件：

（1）地震前捕捉到地震可能即将发生的某些信息。

（2）通过综合分析提出与事实相符或相近的结论。

（3）当地政府正确决策，当机立断地采取对应措施。

由周恩来总理主持制定的"专群结合、土洋结合，两条腿走路，大打人民战争""广泛实践、多路探索，多兵种联合作战"的地震工作方针已经解决了在现有的科学技术水平条件下，最大限度地把捕捉地震信息的能力发挥到极致的途径。海城、龙陵、唐山、松潘等十余次地震检验，证明我国捕捉地震信息的能力大大高于世界先进水平。尽管近年来这套方针、路线已经被阉割得支离破碎，但通过汶川、玉树、雅安、鲁甸等地震可以见到周恩来总理给我们留下的这份遗产仍然在发挥影响。在上述每次地震前都能捕捉到或多或少的地震信息与比较正确的预测。

但这些信息大都是杂乱无章、鱼目混珠甚至是相互矛盾的，需要专家们进行筛选、提纯，去粗取精、去伪存真，开展信息集成的综合分析才能提出比较科学的结论。中国地震局有一大批在李四光、翁文波多年教育、培养下成长起来的富有实践经验的预报专家，与世界各国相比中国不缺乏人才。

中国的各级政府组织都有很强的执政能力，宣传群众、组织群众是我们的看家本事。我记得 1979 年在巴黎联合国教科文组织召开的地震预报科学大会上，当我们介绍海城预测预防成功经验时，许多国外科学家纷纷发言称赞中华民族的高度组织性、纪律性，羡慕中国政府的卓越管理能力，他们一致认为人类第一次对破坏性大地震预测预防成功出现在科学水平相对不高的中国不是偶然的，中国政府动员组织群众的超强能力弥补了科学技术水平的不足。

所以，这种大的气候环境下在海城地震以后又出现青龙奇迹绝对不是偶然的。即使没有冉广岐、王春青与我们，也早晚会有人在中国这片土地上创造出第二个、第三个防震减灾的奇迹来。

但具体就青龙而言，当然有它偶然性的一面。所谓偶然性是指这次成功是三个环节的紧密配合、巧妙衔接的结果，也就是坚持实践、不趋炎附势的专家们，恰好遇到了认真负责、忠心耿耿的王春青，又恰好遇到了一心为民、敢于担当的冉广岐，这三个环节缺一不可，并且要达到天衣无缝的巧妙组合。

这三种人在他们的同行中都属于个别现象，是与主流团队很不一样的"另类"，目前在我们社会中这种人并不多。当三个"另类"聚在一起完成同一使命的概率是小之又小的。

在头衔高真理就多，迎合权威意图、服从多数人意见蔚然成风的中国科技界，像我们那样不识时务、不服权威、不随大流的人数不多。

在"一杯茶、一支烟，多一事不如少一事"成为座右铭的混事儿队伍里，像王春青那样不知好歹、自讨苦吃、办事认死理、一根筋的人数也不多。

在附势避祸、不求有功但求无过，视听话求稳为仕途第一要素的官场里，像冉广岐那样一心为民、敢于担当、勇于负责的父母官更是罕见。

这三种人凑巧在一起通力合作，迸出的火花造就了这场震惊世界的防震减震奇迹。

在听过我通报震情的数十人中像王春青那样认真负责，千方百计地抢在地震之前把信息汇报给领导者有十几个人，多数人或视为耳旁风不把它当回事，或因无法在第一时间向领导汇报而延误战机。

十几个在大震之前已经获得地震信息的领导中，大都没有引起足够重视、不予理睬，或唯恐惹上麻烦。唯独冉广岐视人民生命高于自己仕途，勇敢地担当起来，最终挽救了整个县的百姓。

分析产生青龙奇迹的三种人、三个环节后发现，在现今社会中出现冉广岐式人物难度很大。以汶川大震为例，李有才等专家相当于唐山地震前的我们，独排众议，坚持自己正确意见，反复向各级领导各级部门通报震情。潘正权等基层地震干部有点像唐山地震时的王春青，不考虑个人得失，坚决把临震信息郑重地捅给了震区地方政府，可惜无论汶川、都江堰、德阳还是其他在震前曾经收到一些预测信息的周围的市、县中都没有出现一个像冉广岐那样敢于担当的领导干部，否则第二个青龙奇迹可能在汶川地震中重现（详见本书第五部分）。

汶川地震后，中组部张全景部长受中央委托就"如何在大灾面前做一个优秀共产党员"作调研时，了解到"青龙奇迹"时非常感动，他亲自到青龙县、唐山市、河北省作了大量调查研究，高度评价了"青龙奇迹"，称赞冉广岐是在大灾面前的焦裕禄式的人物，张全景部长给中央的调研报告明确指出："从冉广岐和汪成民等人身上，我们可以得到一些有益的启示。他们就是认真贯彻党的指示，有坚强组织纪律观念的干部；是坚持党的群众路线，全心全意为人民服务的干部；是关键时刻敢于负责，有担当精神的干部。在他们身上，真正体现了我们党德才兼备的用人标准。"

"我们应当大力选拔任用像冉广岐、汪成民这样的干部，这种干部越多，我们的事业就会发展得越好，我们就能够'任凭风浪起，稳坐钓鱼船'。

汶川地震后，中组部张全景部长对"如何在大灾面前做一个优秀共产党员"进行调查研究中，热情称赞了"青龙奇迹"，认为冉广岐同志是大灾面前焦裕禄式的英雄人物

作者与张全景部长一起

张全景部长委托伍一曼与秘书探望重病中的冉广岐，称赞他为"党的好干部，群众的贴心人"

5. 地震局的 17 号简报

1976 年底，我在唐山地震现场收到地震局京津组捎来的一包材料，从中发现一份地震局简报，是报送党中央、国务院，抄送国务院各部委、解放军各总部的最高规格的那一种简报，局机关处室各一份，由主要领导负责保管。题目是"青龙县在唐山大震前采取了预防措施"，编号是震发〔1976〕17 号，签发日期是 1976 年 11 月 8 日。

地震工作简报

第 17 期

国家地震局　　　　　　　　　1976 年 11 月 8 日

青龙县在唐山大震前采取了预防措施

由于王张江姚"四人帮"反党集团及中国科学院的柳忠阳，插手国家地震局，严重地干扰和破坏唐山大震的预测预报工作，造成了极其严重的损失。

河北省青龙县，紧靠唐山地区的迁安、卢龙两县，七月二十八日唐山丰南一带发生 7.8 级强烈地震，由于县委重视，事先采取了有力的临震预防措施，广大群众有了思想准备，临震不乱，虽然房屋建筑遭到较重破坏，但人畜伤亡极小，收到了预防的效果。

今年七月中旬，青龙县地办的同志，参加国家地震局

— 1 —

工程、仓库、重要设施责成专人进行检查，县委书记、副书记还深入到八一水库进行检查，作具体部署。有的公社还集中基干民兵几百人巡逻值班。群众晚上不关门，不关窗户，以便有震情能迅速离开房屋。事实证明，群众有没有思想准备大不一样，唐山地震使该县损坏房屋十八万多间，其中倒塌七千三百多间，但直接死于地震灾害的只有一人。震后五小时，青龙县派出了第一支医疗队，奔赴灾区，在很短的时间内，组成抢救队，赴唐山救灾，抢运伤员。该县大夫子卫生院一个医生，二十七日出差到唐山市，住在他同学家里，因为听了县里传达近几天可能发生8级左右地震，他一面向同学讲明震情，一面睡觉时作了准备，把衣服、鞋放在一起，地震发生时他立即离开房屋，打开窗户，并叫出同学家里的人，虽然房屋倒塌，他自己未受伤，同学全家都跑出房屋，无一人受伤。

青龙县委对地震工作非常重视，列入县委议事日程，把震情当敌情，把防震作战备，县委由一名常委、副主任直接抓地震工作，亲自听取汇报，进行具体部署，每期震情简报，县委常委都爱传阅，召集群众测报点同志的会议

1976 年 11 月 8 日国家地震局向党中央、国务院发布第 17 期《地震工作简报》，通报了唐山地震时距震中 120 公里的青龙县由于事前采取预防措施房屋倒塌、损坏 18 万间，仅一人死亡的消息（后调查该人死于心脏病发作）

简报中报道了与唐山邻近的青龙县，由于地震前有预测、预防，提前动员居民搬到屋外，虽然震时房屋倒塌七千余、损毁达十八万间，但仅死亡一人的特大新闻（注：后来经过落实此人死于心脏病发作，而非死于地震）。简报只简单报道了此事的结果，没有交代来龙去脉。在谈到地震预测的信息来源时仅仅含糊地提到青龙县代表在国家地震局召开的会议上获悉近期有地震的消息云云。

这份简报的内容披露后，在刚刚埋葬了 24 万人的唐山灾区立即引起轰动，一些死亡者家属纷纷到河北省、唐山市等各级革委会责问此事。张魁三告诉我："唐山地震后国务院领导对地震局工作十分不满，但这份简报送上去后情况立即有了缓解，简报中没有提具体细节，一是为了保护你不暴露在群众舆论旋涡中，二是为了保护唐山市、河北省不至于陷于被动、尴尬局面。"

后来了解到事情远没有张魁三说的那么简单，当我在唐山机场的半年里，围绕唐山地震的漏报与青龙奇迹，局里各种势力进行了激烈的博弈，都想从这件对上惊动中央、对下有巨大轰动效应的事件中捞取好处，在舆论上占据有利的制高点。

自从青龙县没死一个人的消息传到地震局后，对是否报道此事发生了激烈争论，一派认为唐山地震使地震局处处被动，撤销这个不作为机构的呼声很高，好不容易有个露脸机会，必须大张旗鼓宣传，让领导与群众知道设立地震局是非常必要的，因为京津组毕竟是地震局的一个下属部门。另一派认为报道青龙奇迹是地震局自掘坟墓，早晚会暴露京津组的正确意见是被地震局官方打压下去的，他们是违背领导意图冒着风险私自把震情捅出去的，为什么不能把京津组的预测意见作为地震局的官方意见向国务院打招呼呢？若上级认真追查下去，地震局则更加被动。两派意见各有各的理，双方从开始获悉青龙县取得明显减灾效果的 8 月份起一直持续到 11 月仍然没有取得共识，简报一次又一次修改但一直没有哪位领导拍板签发。

1976 年是中国非常特殊的一年，三位主要国家领导人相继去世，"四人帮"被粉碎，各派势力纷纷活动，政治形势非常微妙。各部门大幅度的人事调动，许多机构朝不保夕，11 月初撤销地震局的呼声甚嚣尘上。在这种形势下，局领导的当务之急是争取把机构保留下来，所以才决定通报"青龙奇迹"，给已被批评得体无完肤的国家地震局的形象注入了一些正能量，打一剂强心针。

对是否通报"青龙奇迹"问题取得一致后，接着围绕这份简报又开始争论。在长达一年的时间里局内有些人一直造舆论，想把京津组推出来作为唐山地震漏报的替罪羊以减轻自身压力，"青龙奇迹"公布如同晴天霹雳，罪人瞬间变成功臣，这种 180 度的转弯如何能自圆其说？

地震局的智囊团提出，好在青龙县代表是在地震局召开的 7 月唐山会议上获得信息的，因此召开这次会议本身就为"青龙奇迹"作了贡献，何况在会议上谈及震情的不止汪成民一人。很快，地壳所传出他们才是"青龙奇迹"真正的创造者，王春青实际上是听了他们所某某工程师的意见后采取措施的，汪成民只不过是贪天之功的剽窃者而已，流言迅速扩散，曾经一度被许多人接受。此时，河北省地震局又来凑热闹，他们证明河北省局某某代表也曾把自己的预测意见告诉过王春青，说他才是真正影响青龙作出决策的源头，功劳显赫。

这场闹剧一直到公布王春青等一批与会者的原始会议记录后才平息。一波未平一波又起，地壳所又传出，虽然话是从汪成民嘴中说出去的，但他仅仅是转达了我们某某的预测意见而已，难道原作者靠边站，而传声筒反而立功受奖？

正在有些人为"青龙奇迹"立功受奖事喋喋不休地争论时，地震局领导突然宣布收回 17 号简报并予以销毁，表面上说此简报影响安定团结，可能挑起群众不满情绪，会造成河北省政府的被动，实际上是在打自己的小算盘。从张魁三言谈中我悟到：这份简报既能帮助地震局走出困境也能给地震局带来麻烦。在中央领导对地震局工作十分不满时，及时送上这份简报，证明国家地震局存在的必要性，充分发挥了它对地震局有利的一面；等到国务院决定地震局体制不予撤销、继续保留后，17号简报就已完成了它的历史使命。若再让它存在下去，就会暴露出地震局本身的许多问题，需要赶快收回、销毁。

由于我一直在唐山现场负责震情监测工作，很少回北京，当时对上述发生的这一切一无所知，直到通知我交回17号简报时，才了解到围绕17号简报有过如此尖锐的斗争。

6. 京津保卫组被解散

1977年2月，唐山现场工作结束，我回到阔别了半年的北京，明显感到地震局的气氛大变。一把手党组组长胡克实已经正式调离。二把手局长刘英勇居家等待中央重新安排工作，基本不管事。原来雄心勃勃抢班夺权的造反派头头们都惶惶不可终日，蹲在学习班里写检查，地震局工作由从防化兵学院调来的周村军代表主持。

周村把军队作风带进了地震局，雷厉风行、说一不二。很快围绕在他周围又形成一个新的权力中心。他试图把地震局内部对唐山地震不同认识，对没能预报出来的原因的各种争论，粗暴地强行统一起来。他的核心思想是最大限度维护地震局形象。因为国内外敌对势力试图在唐山地震失误上做文章，通过否定地震局工作来否定党中央、毛主席的正确领导。因此对地震局工作要全面肯定，对唐山地震漏报与青龙奇迹的认识必须采取"三坚决"原则。

对唐山地震要坚决否定临震前发现过任何短临前兆、收到过任何预测意见，大力宣传地震预测的艰巨性、复杂性，证明我们虽然已经倾尽全力，但由于客观科学水平所限，要求能预测出像唐山这样复杂的地震是不现实的。

对青龙奇迹必须坚决采取全面否定态度，说明这完全是一个偶然事件，没有任何科学意义、推广价值，相反只会造成许多负面影响，如引起社会动乱、纠缠是非功过、干扰常规科研程序、怂恿人们的投机心理等。

对一切持反对意见者坚决予以封杀，不允许刊发持不同观点的文章，不允许大小会议提供发言的机会，在地震局系统内不允许议论唐山地震可能被预测出来的任何言论，若还不安分、老实，提出异议者则采取组织措施，调离工作岗位。

唐山地震前我是地震局党组任命的保卫京津组组长，地震后是现场指挥部震情分析组组长。根据惯例，从唐山回来应该向地震局党组作一次汇报，但左等右等没有任何动静，我主动找领导询问也碰了一鼻子灰。我在唐山现场写了四五篇文章去投稿，平日追在屁股后面催稿的编辑们突然都变了脸，编造种种理由不愿受理。熟悉的编辑偷偷告诉我："上面的精神是配合唐山地震的总结，集中发表论述地震预测艰巨性与复杂性的文章，其他观点一概拒绝，你的文章不合局领导精神，尤其还打着京津组的牌子，就更加没有商量余地了！"

为了检验一下京津组是否已被全面封杀，我有意把我组的许多地震预测高手放在一边，特邀请陈非比、徐心同两人合作写了一篇文章投稿。陈非比是为了捕捉唐山地震而牺牲的贾云年的遗孀、河北地震局综合组成员，徐心同是海城地震预测预防成功的有功之臣、辽宁地震局预测专家，我们三人共同写作的文章无论学术水平、影响力都无可挑剔，作为试金石不妨检验一下地震局对贯彻落实中央"唐山地震没能预测出来的原因需要查明"指示的态度，结果文章虽然没被拒收，但迟迟没有刊出。

这时，传来一个更难以理解的消息，地震局准备在石家庄召开唐山地震总结大会，筹备组已经悄悄成立，由坚定认为华北近期无大震的老梅挂帅，核心组成员基本是1976年地震工作重心向西转移的鼓吹者，由这批对唐山地震漏报负有不可推卸责任的专家来执笔写唐山地震总结报告，落实华国锋对唐山地震的一系列重要指示。

以往多年来这种会议都是由分析预报中心京津组（东部组）来参与筹备，地震发生在我们管辖范围内，我作为保卫京津组组长，震前多次提出过正确意见，提醒领导要重视唐山－滦县震情，震后又一直担任前线震情监测的负责人，竟然连开会通知都没有收到！

我直接闯进周村办公室，要他对京津组没有被邀请参加唐山地震总结大会作出解释。他勉强地接待了我，严肃地说要服从领导安排，石家庄大会的代表名单、筹备组名单都是其他有关同志研究决定的，此事与他无关。

过了几天刘英勇找我谈话，这是他与我最后一次谈话，也是唯一推心置腹的一次较长的谈话。

"小汪，你知道我很快就会离开地震局的，正在等待中央的安排，我以几十年老党员的身份与你说几句掏心窝子的话，你干吗为一些小事去找周村惹他不痛快？"

"对，我去问他参加唐山地震总结大会的代表名额的事。"

"我知道刘西尧、李四光、董铁城、胡克实都很器重你，多少次都想把你提上来，但你的书生气太重，不会审时度势灵活应对，我们没有提拔你是担心你会惹事，例如这一次你犯不上为参加一次会议的小事去得罪周村。"

"刘局长，是我主动拒绝胡克实的，我的性格不适合搞行政管理，家教、家训不希望我从政。在我观念里审时度势与科学精神是格格不入的。"

刘英勇看很难说服我，于是避开话题："那么，集体主义你懂吗？在青龙的事件中，我们心中有数，你救了不少人，国家、老百姓会感谢你的。但是这件事到此为止，你保证以后不要再提了。宣传此事你个人虽然风光了，而国家地震局和唐山市、河北省的地震局都要背上黑锅。共产党员不能把个人的荣誉建立在抹黑集体的形象上，你个人就作点牺牲吧！"

"地震局总共才是个三万人的集体，假如唐山地区都采取了青龙对策我们就可能拯救二三十万人，大力宣传青龙奇迹可能拯救更多人，你说三万人的面子重要还是二三十万人的生命重要？你说的集体仅仅是个小集体，我想的集体要大得多。"

刘英勇用"孺子不可教"的眼光看着我，谈话没法进行下去。临别时他反复叮嘱我："你要有思想准备，京津组可能被解散，千万别犯傻，退一步海阔天空！"

几天后周村派人通知我可以参加石家庄的唐山地震总结大会，但条件是发言中不要强调唐山地震前有过前兆信息、发表过预测意见，尤其不准提青龙县根据这些预测意见采取了防震措施，取得了效果，这是一条纪律。

三十年后冉广岐告诉我，几乎在刘英勇、周村与我谈话的同时，河北省委书记刘子厚也找他谈了话，谈话内容大体一致：

"冉书记，你做了一件大好事，救了不少人，老百姓是会记住你的，但此事到此为止，你用党性保证以后不要再提了，否则对我们的事业、对你本人都不利。"

冉广岐和我三十年来遵守诺言，从来没有主动提及过"青龙奇迹"，若不是1995年联合国派代表团来华调查"青龙奇迹"时国家科委领导指名要我介绍情况，若不是2010年中组部张全景部长受中央委托就"如何在大灾面前做一个优秀共产党员"作调研时，给中央写报告高度评价了"青龙奇迹"，唐山地震时邻县青龙由于事先采取了防震措施而一个人都没死的奇迹依然鲜为人知。

果然，1977年底保卫京津组宣布解散，全体人员重新分配工作，有些人调离预测岗位。这支在中国地震史上屡立战功、英勇善战的部队从此退出历史舞台。

它是一支成功的英雄团队，它曾与辽宁省地震局一起取得人类首次对破坏性地震预测预防的成功，为祖国在世界舞台上留下光辉的一页。中国的海城地震预报被世界科学史称为人类战胜地震灾难划时代的"破冰之旅"而永垂青史。

它是一支失败的英雄团队，曾与兄弟单位一些优秀科学家一起几乎取得唐山地震预测成功，在长、中、短、临的地震预测四个高峰上已经顺利攀登了三个高峰，正充满信心攻克第四高峰时，受碍于一些领导与专家的反对，虽然未能挽救唐山全体人民，但仍奋力冲破阻力保护了青龙县47万人的平安,创造了震惊世界的"青龙奇迹"。

它是一支悲壮的英雄团队,原本是功臣的它却代人受过,遭受来自地震局内外各种骂名,背上漏报唐山地震的沉重十字架而耻辱地离去,消失在历史长河中。

第四部分

二十年潜心磨剑终成器

（1981—2000 年，46—65 岁）

一、十年"水龙头"

1. 人生陷入低谷

随着唐山地震的发生，地震前的"东西之争"本应尘埃落定，这场争论的是非曲直也应有了答案。但是，当真理掌握在少数人手里，而持错误意见的多数派掌握着裁判权时，情况就变得有点复杂。

对唐山地震判断失误的专家们不仅人数众多、位高权重，更可怕的是，他们的错误意见与领导层的决策失误捆绑在一起，荣辱与共。在这种处境下，唐山地震预测内幕被封杀，在地震中立了功的保卫京津小组遭到撤销的厄运，对唐山地震判断失误的专家们成为写总结报告的执笔人，取得回答华国锋"唐山地震漏报的原因要查清楚"这一指示的话语权。主震派中贾云年在唐山地震中殉职，耿庆国调离地震预测岗位，去当报社编辑，我和一批国务院特批的从全国各地调来北京的精英，全部下岗，等待重新分配工作。

本来科学家之间由于观点不同、掌握资料不同而引起争论是司空见惯的事情，但当一场争论的对错涉及几十万人的死亡时，已经完全改变了单纯科学观点争论的性质，变成一场影响一生荣辱、名利地位的、残酷的、你死我活的斗争。

我当时由于年轻，根本不明白其中的深奥内幕，不理解为什么有这么多人对确凿无疑的事实却熟视无睹？我为此愤愤不平、满肚委屈，工作也陷入低谷。

工作上不顺的同时，生活中也遭遇挫折。我的第一任妻子叫陈静先，是位大家闺秀，出生于浙江杭州的名门，是著名的爱国民主人士，全国人大常委会副委员长陈叔通的孙女，家境十分优越。上有三个哥哥，她是最小的，也是唯一的女孩，从小被父母、爷爷奶奶视为掌上明珠。陈叔通是清朝末期中国最后的进士，授翰林院编修，后留学日本追随孙中山寻求强国良策，几次任国会议员，大家对他比较熟悉的是，钱学森正因为冒险给他写了一封信，才与中国政府接上了头，最后冲破美国重重阻挠回到了祖国。

全国人大常委会副委员长陈叔通与周总理在一起（转自陈叔通传）

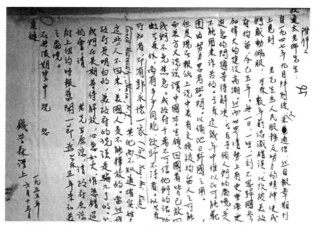

钱学森向他父亲的挚友陈叔通发出要求回国的求助信

　　1965 年我与她交往时，她父亲、奶奶都已过世，我仅与她母亲、爷爷有较多接触。陈叔通住在王府大街 38 号官邸（前清的一个王府），我住的铁道部家属院恰好是王府大街 51 号，两地只差不足 100 米路程，因此，我们经常相约到王府大街 38 号聊天、喝茶、吃饭。他爷爷毫不掩饰对这个小孙女的宠爱，他告诉我，有一次毛主席夫妇请客赴宴，请帖上注明带女眷，他就带上了这个小孙女出席。

　　当我们的婚事得到双方家长点头后，必须还要通过她爷爷这一关。拜访是在他古典雅致的书房里进行的，一个矮小瘦弱的白胡子老人，动作敏捷，穿梭在花梨木的书架中熟练抽出书籍引经据典，手脚麻利但语流缓慢，一口柔软的杭州官话，半文半白，稍一走神就听不懂他的意思。他说我有一股书卷气，因此这次见面特意安排在书房里进行，陈静先察觉爷爷对我印象很好，就撒娇地说，您不留下点东西纪念这次见面？陈叔老笑着说："应该，应该！我早有准备。"随即打开一个精致盒子，取出一个宣德炉说：

"此炉是我把玩多年的心爱之物，作为你们订婚的纪念吧！但今天别拿走，我答应康老（康生）、齐主任（齐燕铭）过几天来鉴赏此物，他们向我恳求了好几次了！"

几个月后，陈叔老果然让秘书把宣德炉送到西城缸瓦市（岳母住所），锦盒上拴着红色丝绸飘带，上面郑重地写着"成民、静先留念"字样，极漂亮的楷体尽显顶尖书法家的风范。听说中国书法界把他列为清末民初四大书法家之一。我最后一次看见这个宣德炉是在红卫兵抄家成果展览会上，可能由于匆忙与疏忽，展出时连红丝绸飘带上的名字都没有摘下来，从此此物便石沉大海，杳无音讯。

1965 年是我家的全盛时期，哥哥、妹妹与我都成家了（前排左起：爸爸、妈妈，中排左起：大嫂、妹妹与陈静先，后排左起：妹夫、哥哥、小弟与我）

岳母叫卓圣来，福建闽侯人，从小随进京做官的祖父移居北方，是民国初期活跃在北京的福建望族。当时毕业于北京贝满女中的卓圣来与好友林徽因、谢婉莹等被称为福建奇葩而闻名京沪，老年时她沉默寡言，对这段历史很少提及。一次她在政协宴请吴贻芳与陈慧时，让我作陪，席上几位老太太拿她打趣：

"当年你堪比林徽因的名望、风姿，求婚者把卓家的门槛都踏平了！"

1966 年 2 月，陈叔通逝世，几个月后发生了"文革"，由于失去陈叔通的保护伞，陈家各房无一例外地受到冲击，卓圣来四次被抄家后，家境彻底败落，原来安逸舒适的独门独院被街道打砸抢分子强行霸占，老太太被勒令搬到十几平方米的厨房居住。除被抄走的两大卡车的明清家具、古董、字画外，红卫兵还将来不及运走的十几个装满东西的漆红大号皮箱贴上封条，暂时存放在房屋内，临走时，红卫兵通知老太太：

"这是来不及拉走的四旧物质，不准你去碰，若发现封条有一丝破损，就拿你是问！"

本来打算把老人接到我们家住，避避风头，但已被吓得魂不附体的老人死活不同意，原因是现在小院成了大杂院，人来人往顺手牵羊的人很多，沿墙的一排名贵盆景连同景德镇的雕花底座，一晚上丢得干干净净，万一再丢了什么，红卫兵误认为是转移财产，她就死定了。于是日夜看着自己被充公来不及运走的财产，不断用糨糊仔细修补干裂的封条，恳求红卫兵早日把它拉走。

陈家除了财产（包括银行存折）被洗劫一空外，由于经受了从未遇到过的恐吓与侮辱，卓圣来很快就病倒了，当时，陈叔通的资助停了，她自己在政协的工作也丢了，生活水平一落千丈。一次心脏病发作后，她终于同意来我们家同住，一辈子养尊处优的她无奈与我们三代共五人挤居在十几平方米的小屋里，用惯了保姆的她还帮我们洗衣、做饭。

好在我们的两个孩子都很聪明懂事，常哄得姥姥喜笑颜开，生活虽清寒但其乐融融，充满温馨。两个孩子形貌相似但性格各异，哥哥汪劲比较内敛、好静，喜欢独自玩耍。弟弟汪烨性格外向，好动，有强烈的表现欲。

生于 1968 年的老大汪劲性格内敛，好静，喜欢独自玩耍

生于 1970 年的老二汪烨性格外向，好动，有强烈的表现欲

几年内我们家添了六个第三代（四男两女），可惜妈妈已离开我们了！

屋漏偏逢连夜雨，我们的两个孩子在托儿所内同时患上肝炎，托儿所要求把患儿接回家治疗，为了避免交叉感染，两个孩子需要相互隔离。在我们走投无路时，刚退休的父亲汪良圃主动帮忙照顾一个患儿，年高体弱的岳母卓圣来又回到老宅照顾另一个患儿，我们俩负责跑医院挂号、看病、喂药、治疗，像走马灯似的抱着孩子在各大医院与东城交道口（父亲住所）、西城缸瓦市（岳母住所）、北郊祁家豁子（自己住所）等地穿梭。由于忙得筋疲力尽，经常把孩子安顿好入睡后自己已经没有回家的气力了，夫妻俩只能偶尔在儿童医院匆匆见上一面，交换一下照顾患儿的心得。

这样的生活持续了近一年，弟弟汪烨刚刚康复就被我们送托儿所全托了，因为要腾出手来照顾他哥哥。长子汪劲由于服药太多，患上严重的出血性紫癜，像玻璃人似的，一碰就出血不止，即便不磕不碰也会经常夜里流鼻血染红大片被褥和枕头，医生几次警告我们，一旦发现出血必须立刻送医院抢救，否则血就流光了。因此，几年来我们晚上都不离闹钟，每小时查看一次孩子是否在流血。在极端沉重、无法忍受的生活压力下，从小娇生惯养的静先精神逐渐崩溃，患上忧虑症。但她毕竟出生于家教甚严的书香门第，从不发火争吵，只是静坐着默默流泪。

直到最后发生的一件事情，超越了她忍受的底线：我当时任保卫京津小组组长，工作繁忙，每次出差都请岳母来帮忙照看有病的长子，较健康的弟弟汪烨全权交给我父亲照顾，我们几个月才见上一次面。唐山地震我当天就赴现场，对家里连招呼都顾不上打，只托同事带了个纸条，到唐山几天后收到妻子的一封信，信中说，地震后家中乱成一团，三里河派出所命令不许居住在屋内，地震局后勤处派来几个人带着油毛毡与竹竿，挨家帮职工搭窝棚，轮到我们家时，他们却拒绝帮忙，甩下一句话：

"这是地震漏报犯的家，大家都被他害苦了，凭什么还帮他！"

信中说："你到底要不要这个家？我独自带着两个病孩子，有家不能进住，窝棚没人帮搭，站在树下淋着雨，谁给孩子做饭吃？谁送孩子上医院？我一直忍辱负重地支持你工作，但你给这个家带来的只是灾难与羞辱！你若想保留这个家，现在是最困难时期，务必立即回来共同支撑这个家，不能把责任压在我一个人头上。"

我当然无法请假离开唐山回北京。家庭到了悬崖边缘！

过了不久，长子汪劲又一次大出血送儿童医院抢救，医生用尽各种方法无法止血，建议采取最后一招——摘掉肾来保住生命，这种办法有很大风险，必须父母双方一致同意。此时我正在地震现场，她给我打电话要我马上回京，当时震情严峻，作为现场负责人的我实在走不开，就这样，我的第一次婚姻就走到了尽头。

离婚后，单身带着次子过了好几年，那段时期通过各种途径来给我介绍对象的很多，我不厌其烦，一概拒绝。

离婚五年后，我们党委办公室同志给我介绍了一个对象，叫董玉勤，她是工人家庭出身，本人也当过工人，后由工厂选拔到北京大学读书。由于我想吸取第一次婚姻失败的教训，不想再找出身高贵的书香门第的小姐，想找出身贫寒家庭的女子，这次恰好满足我的条件，她很快就成了我的第二任妻子。几年后，我们有了一个儿子——汪东，由于他是董家第三代中第一个男婴，长得又活泼可爱，深得岳父、岳母及姨舅们的喜爱，大家对他百依百顺，视

聪明伶俐的汪东成了大家的宠儿

汪东要上学了，如何适应学校的严格管理！

他为掌上明珠，等到六岁我们接回来上学时，发现让他适应学校纪律的约束有多么困难。

我的第二任妻子是山东青岛人，她具有齐鲁儿女朴实、憨厚的本性与急躁的脾气。结婚几十年来她勤勤恳恳、任劳任怨为家操碎了心，尽心尽力地照顾老人，含辛茹苦地把孩子抚养成人。我在工作中有所成就，身体至今仍然保持较好的状态，与她多年的付出、细致照顾是分不开的，这是我们家和睦幸福的基础。尤其与她的姐妹们深入接触后发现，这个工人家庭与我熟悉的高知家庭有很大不同，由于没有显赫家庭的支撑、豪华学历的铺垫，她们全靠自己的拼搏才在社会赢得一席之地，因此普遍具有极顽强的生命力，很接地气，她们个个都是生活上的能手，工作中的强者，无论大妹国丰、二妹国平、三妹宋云乃至外甥女孙颖，与那些依靠父母铺路搭桥谋发展的人相比，个个都值得我由衷钦佩与自豪。

1983 年与董玉勤结婚，爸爸拜访董家（前排左起：董家弟弟、爸爸、岳父、岳母、小外甥女、三妹夫，后排左起：我、董玉勤、三妹、二妹与二妹夫）

2. 重新回归老本行

京津组撤销后，我无所事事地赋闲了好几个月。

一天，领导找我谈话，希望由我与北京市地震局蔡祖煌一起负责全国"利用地下流体预测地震"的研究，我与蔡都被任命为国家地震局分析预报中心三室副主任。

京津组朋友劝我拒绝接受任命，因为由国家地震局最显赫的 8341 部队一把手调任一个研究室副主任，会在群众中形成京津组在唐山地震失职而我被降职使用的错觉，尤其同时却把唐山地震预测判断失误的某领导人由分析室副主任提升为分析预报中心副主任，而我又恰恰在她领导下工作，今后的日子肯定不好过。

地震局群众普遍认为"保卫京津组"的工作完成得很出色，我们坚持了唐山地区有大地震的正确判断，尽管我们的意见最终没有被主管专家与领导采纳，但通过努力仍然冒险把信息传递出去了，虽然没能挽救整个唐山，但与冉广岐联手保护了青龙 47 万人。我们的大字报及要重视当前震情的呼吁领导是记忆犹新的，各种报警的资料都有据可查，经得起任何检验。为什么对我们如此不公平？

但我考虑再三，当年林则徐写下"苟利国家生死以，岂因祸福避趋之"时，他是什么处境、什么心态！救人于地震是我一生追求的终极目标，今天通过努力已经挽救了众多活生生的生命，我无愧于国家与人民，应该感到无比幸福才对，何必去计较别人是否承认呢！若要想继续为民建功立业，就不能计较个人得失，浪费青春赋闲等待，不如回归老本行。研究地下流体本来是我的专业，当初李四光调我到中央地办的初衷就是研究利用它预测地震，加之合作者蔡祖煌为人极好，是同期留学苏联的同学，是列宁格勒大学有名的才子，我最终同意了组织的安排，忘掉刻骨铭心的保卫京津组的那段经历，进入局领导安排给我的新角色。

到分析预报中心三室上任后，我严守对刘英勇局长的承诺，决不再提起唐山地震、青龙奇迹的只字片语，一门心思琢磨地下流体与地震的关系。我把过去从事的地下流体的资料翻出来反复琢磨，重新认识。1967年，中央地震工作小组派我进驻地质部北京水文地质与工程地质大队，与他们一起建立京津唐渤张地区的地震地下水监测网，后来又扩大成华北地区地震地下水监测网。这两个网选择了多种水文地质条件的井孔共三百余口，通过1967年河间，1969年渤海，1975年海城，1976年和林格尔、唐山等五次大地震的考验，结论是：

第一，深层承压含水层，尤其能记录到固体潮的深层承压水，捕捉地震信息能力比例最大，异常变化可信度较高，受外界干扰因素较少，但异常幅度不大，一般在几厘米左右，只有精确排除干扰因素的影响后才能显示出来。

第二，上升泉，尤其是温泉捕捉地震信息能力比例也较好，异常变化可信度高，但干扰因素比较复杂多变，排除干扰、提纯地震信息比较困难。

第三，浅层潜水层干扰因素更为多而复杂，异常变化可信度较差，但也不能完全放弃不用，因为这种井有时在大震前发现令人费解的巨大的临震突变异常，其幅度为干扰因素的几十倍或以上。它们为海城地震、松潘地震、青龙奇迹的临震预测作出过重要贡献。

第四，不是每一口井都具备捕捉地震信息的能力。上述观测到地震异常变化的井孔占全部井孔的比例不大。看来，地震信息对井孔具有很强的选择性。即使对应地震比例最高的深层承压含水层，捕捉到地震异常井孔的比例也只占全部井孔的 30% 左右。

我带着这些资料与疑问向后来担任地质部副部长的张宏仁请教，他是我留学苏联时同一学校的学长，时任地质部北京水文地质与工程地质大队的技术负责人。宏仁学长看了这些资料后，认为它对水文地质学科发展很有价值，推荐我在全国水文地质学术研讨会上发言，并邀请陈梦熊、王大纯、沈照理等专家一起来会诊，会诊结果是，大家认为这种工作大大扩展了传统研究地下水动态的内容，通过更精细地计算影响地下水动态的各种因素，可能开创研究水文地质动态的细微结构学科新的领域。

1977 年，国家地震局在哈尔滨召开首届地震工作规划会议，把"测震、形变、地下水"作为科技攻关的三大重点项目。1978 年，国家地震局通过建立全国地震地下水监测网的决定，任命我为全国建网领导小组组长，要求把全国零星建立的地震地下水观测点按照统一的科学思路，重新布局建设成一个庞大、科学、有效的地震监测网。

为此，我撰写了《中国地震地下水动态监测网的建网原则与技术要求》一文，文中从理论高度第一次提出"地下水微动态"的概念。在充分吸取华北建网的经验教训基础上，我们选择在江苏省地震局建立个样板，先走一步。为此，多次与江苏局郭一新、黄祖澎等同志在南京、扬州开会，讨论"地下水微动态"的研究内容与观测技术，大家取得共识，凡与地震有关的动态叫"地震动态"，凡与地震无关的动态叫"干扰动态"，只有在研究清楚干扰动态的基础上才能提取地震动态。我们把干扰动态分为九类，它们是：降雨渗入、开采疏干、地表水影响、气压影响、固体潮影响、复合潮影响、地面荷载影响、断层蠕动影响、爆破力冲击影响等。这些理念与观测事实奠定了 1988 年出版的专著《地下水微动态研究》的基础。

有关建立中国地震地下水网的部分著作

华东水网验收，江苏建网经验推广会议于 1980 年 8 月在安徽黄山召开。在这次会议上首次统一了全国建立地震地下水监测网的指导思想、方法、途径与方案，验收通过了江苏、山东、河南、安徽四省的 57 口国家级地震监测井并隆重颁发了国家井证书，会议对今后全国地震地下水监测网建设起了至关重要的作用。

黄山会议的部分代表攀登莲花峰后留影

从 1980 年到 1990 年，我们以江苏为样板，建成了覆盖华北、华东、西南、西北、东北、华南广大地域近六千个观测点的庞大地下流体监测网。其中，国家观测井、泉 688 口（水位 260 口、水化 208 口、水温 220 口），地方观测井、泉 1200 口，群众观测井、泉 3500 口，成为世界上数量最多、范围最广、精度最高、对应地震效果最好的地震地下水监测网。曾经在 300 次以上地震前捕捉到可靠的地震信息，被地震局评为最有潜力的前兆观测手段，获国家科技进步奖。

取得如此成绩的主要原因之一是我们有一个十分团结、战斗力强的团队。邢台时期蔡祖煌、吴锦秀发挥了重要作用，建网时期贡献最多的有：车用太、郭一新、贾化周、万迪坤、万登堡、李介成、黄祖彭、卓明葆、孙天林、董守玉、王道、刘宝恒、张昭栋等。车用太的刻苦勤奋，郭一新的足智多谋，贾化周的稳重老练，万登堡、李介成的热情负责在我们团队中都是有口皆碑的。其中，万迪坤身上的故事最多，他是末代皇帝溥仪的亲外甥，母亲是溥仪的五妹爱新觉罗·韫馨，父亲是伪满大臣万嘉熙。万迪坤与我一起出差时告诉我，他妈如何从极度奢侈的格格一度跌落到走投无路，牵着他的小手沿街靠别人施舍勉强生活的大起大落的颠覆性人生经历。从此，他无论遇到什么挫折都能遇事不惊、从容应对。

由于我们把各具特长的人拧成一股绳，组成出色的团队，经过大家 5 年的精心打造，世界最强的地震地下水监测网建成了，在 50 多次地震前捕捉到可靠前兆，正当我们要充分发挥地下水网的作用而大施拳脚的时候，改革开放后，地震工作方针发生变化，作为三大主攻方向的地下流体不再被提起，群测群防队伍逐步遭解散，土仪器被国外引进的高精尖仪器所取代，地震前兆的确定不是以与地震的对应关系和预测效果为标准，而首先要建立理论模型，研究成因机制……这一切的改变使我们积累了多年极其宝贵、有效的地震预报经验逐渐被丢弃，从此自废了功力，解除了武装。全面模仿西方做法的直接后果是导致地震预测水平剧降。实际上，随着周总理、刘西尧、李四光、翁文波等中国地震工作第一代的决策者相继离去，两条腿走路的中国特色防震减灾之路逐渐被遗忘，中国地震工作黄金时代很快结束，作为中国地震预测特色标志之一的地震地下水监测研究也江河日下了。

1976 年在全国地震会议上，讲解地下水预测地震的理论与方法

1986 年在全国地震地下水会议上宣传周总理另辟蹊径搞地震预报思路

2008 年在全国地震科技会议上宣传周总理另辟蹊径搞地震预报的思路

3. 四十次地震现场调研

离开保卫京津组调到分析预报中心三室,从肩上卸下千斤重担,一身轻快,不需要再天天提心吊胆、如履薄冰,不用守着红电话机每日夜不成寐,现在可以喘口气冷静地思考一下,做一些深入细致的调查研究工作。地震预测的本质是一门观测性科学,首先必须对大地震前后的震中地区作深入细致的调查研究,对伴随地震出现的各种自然现象的异常进行深入剖析,研究它发生的环境条件、时空规律,以及与地震孕育、发生、发展的成因联系。

当年周总理亲自对我说:"你们搞科研的不能老坐在家里苦思冥想,要像蜜蜂一样,经常到震区去,把群众的智慧的花粉采集回来,酿成科学之蜜!"这段话地震局文件中已经记录在案,因此,一旦出现震情,我就第一时间利用这把尚方宝剑去找到领导,要求到地震现场去。当时工作任务不重,刚离了婚后又没有家庭的负担,我自然成为地震局首选的救火队长,使我地震现场考察的记录不断攀升,仅唐山地震后几年,我就在震后第一时间考察过云南普洱、江苏溧阳、内蒙与五原、四川道孚、山东菏泽、云南禄劝、云南澜沧耿马等地震现场,有时还担任地震局的现场考察的负责人。到退休时我参与的地震考察已经达到创纪录的 41 次之多。

印象深刻的有两次江苏溧阳地震的考察。1974 年 4 月 22 日，溧阳发生 5.5 级地震，地震不大但破坏较重，我作为地震局的考察队长受到时任江苏省一把手许家屯的接见，并应许书记要求与他同车从南京到溧阳，一路上他要求我给他普及地震知识，由于他几次召见县、区乃至公社干部时我都在他身边，这给后来的地震考察带来极大方便，每到一地调研，作为书记身边的人都是有求必应，得到各方面的大力支持。1979 年 7 月 9 日，溧阳几乎在同一地点又发生 6.0 级地震，死 41 人、伤 3000 人，以全国人大常委会副委员长乌兰夫为团长的中央慰问团来震区慰问，我在地震局邹瑜局长带领下作为现场技术负责赴溧阳工作，由于现场工作组利用朔望周期与强余震和地下水突跳的对应关系，预测成功了两次 3 级左右的强余震，群众反映很好，受到时任江苏省第一书记彭冲的热情表扬。在彭冲书记的关怀下，我再次跑遍了溧阳震区周围的边边角角，通过大量调研，发现船山矿、句容井等井、泉比其他水点能更灵敏地记录地震前兆，使我第一次形成每个水点映震能力有差别的概念。

在记忆的海洋中能泛起浪花的还有 1971 年与刘蒲雄一起对云南西部的地震现场考察，1972 年与李梦聪一起对四川西部的地震现场考察。前者发

在四川巴塘考察

现了大地震前地下水通道的窜层现象，后者亲自体会到大地震前的断层蠕动现象，这对我后来识别什么是大地震的宏观前兆大有裨益。

1971 年 2 月 5 日，云南保山发生 5.5 级地震，地震虽然不大，但当时国家地震局专家们普遍认识到，1970 年通海 7.8 级地震后云南地区仍然有大地震的危险，最可能的地点是滇西南地区。恰好保山发生 5.5 级地震，领导决定要对此震作深入的追踪调查研究，我与刘蒲雄主动请缨前往。

我们从昆明出发先后到楚雄、下关、大理、洱源、保山、龙陵、潞西、畹町、瑞丽、腾冲等地，那时高速公路还没修，我们走的是老的滇缅公路。我曾经满怀激情地读了不少关于它的故事，20 万各族民工仅花 9 个月时间从地形险恶的横断山脉中用血肉之躯凝筑而成的抗日战争唯一的输血通道。我怀着无限崇拜朝圣的心态踏上了滇缅公路。

这次调研最大的收获是考察了大量温泉。滇西是中国温泉最多的地区，其中以腾冲、龙陵为最，腾冲地热镇与龙陵帮腊掌两地可以说一步一泉，到处热气腾腾。腾冲县档案局的彭局长，给我提供了一套清末民初编辑的腾冲温泉志，有档案编号的温泉就有一百余口，而且每个泉都有固定的温度、化学成分，甚至特殊的气味与颜色，任意取一瓶水，有些老人就能立即识别出来这水取自哪一口泉。

腾冲温泉志中有一章"温泉迁移历史篇"，详细记录了著名温泉的出水口变迁的沿革，并明确指出温泉的出水口变迁可能与周围地区发生的大地震有关。这与我的恩师——苏联第聂泊尔矿业学院水文地质系主任沙格扬茨教授的结论完全一致。沙格扬茨教授是苏联研究温泉的鼻祖，记得 1960 年，他不顾自己年老体衰，亲自带领即将毕业的中国学生到他研究温泉的基地——位于高加索北麓的五山城考察，传授他研究温泉的毕生经验。他指出五山城地区不大的范围内有各种类型的温泉，温度、含气各异（有含氡、二氧化碳、硫化氢等），化学成分各异（有重碳酸类型、硫酸类型），据他研究，所有温泉的原生源都来自深 600—800 米的基底，只不过通过裂隙上升至地表的过程中，由于受到不同温度、压力的变化，不同地球化学环境的影响，以及与围岩不同矿物成分的相互作用，如产生离子置换、化学合成、不同地下水的混合等复杂物理化学变化，才派生出不同类型的温泉。

最有趣的是，尽管岩体中的裂隙分布密密麻麻像微小血管一样错综复杂，但每个温泉都有自己固定的通道，既使几条温泉的通道离得很近，它们仍然泾渭分明、互不干扰，否则如何解释国际最著名品牌温泉（如纳尔赞4号泉、纳尔赞6号泉等）近百年来温度、化学成分、口味等长期保持不变？沙格扬茨教授也认为，一旦它们有变化，可能的解释是本地区即将发生大地震或火山活动等强烈地壳变动。沙格扬茨教授的观点、腾冲温泉志的记录对我利用温泉动态预测地震帮助极大，我们在1976年龙陵地震前12天记录到帮腊掌龙17号温泉从香帕河北岸跳迁到香帕河南岸的突出异常（详见本部分，第一章第5节，地下流体十大怪）。

在云南考察温泉

在新疆考察富蕴地震

这次地震考察还有许多趣事。当时现场调研很辛苦，全靠两条腿，走到哪儿、歇到哪儿。查看资料、访问老乡，完成一个点，转移到下一点，都靠自己到长途汽车站排队买票。由于我们的行程都是临时决定的，一般只能买到剩余的车票，前排与靠窗口的位置早已销售一空，我们只好挤在后排中间位置，忍受激烈颠簸与污浊的气味，出乎意料的是，往往汽车开出没多久就有坐在窗口的人主动要求与我们换位。原来，坐在窗口位置受不了心理上的惊吓，从汽车上向外看，大部分时间车轮子似乎都在悬崖外空转着，下面就是万丈深渊，汽车只用三个车轮不停地在狭窄的公路上蜿蜒盘旋，确实使人毛骨悚然。

一天，我们从保山到龙陵的路上，一妇人放弃靠窗位置要求与我换座，车颠簸起伏很厉害，我正望着悬崖下汹涌澎湃的怒江出神，忽然觉得我的头被人按了一下，一道白光从我肩后喷射到窗外，刺鼻的酸臭味扑面而来，更倒霉的是我瞬时感到一股黏糊糊的东西从领口顺背部向腰蠕动。我正要发作，回头看见刚才与我换座的妇人脸色惨白瘫在座位上，有气无力连连说："对不起！"并掏出毛巾试图帮我擦脖子里的污秽之物。我只好强忍怒火，背着黏糊糊的一层皮生挺着，好不容易熬到松山附近的一个饭店，司机宣布停车半小时用午餐。我放弃店家提供的美味饵丝，急忙打听何处能洗漱，店家说下面就是怒江可以洗漱。我沿着陡峭小道下到怒江边上才明白，为什么古人以"怒"字为它取名，混浊的河水呼啸而来、拍打两岸，其声如雷，形成一股股白雾。我看荒野无人，干脆抓住岸边小树脱光衣服在冰凉的河水洗了个澡，洗净身上的呕吐污秽。

我以为滇缅公路是我一辈子走过的最惊险的路，一年以后，我对四川西部的地震现场考察才真正让我开了眼。明白了什么样的道路才配得上"难于上青天"的称呼。

1972年9月27日，四川康定发生5.5级地震，专家们认为这可能是一次前震，后面跟随还有8级大震。简报呈至国务院，领导要求查证落实，我与李梦聪奉命前往调研，我们从成都出发先后到达雅安、泸定、康定、道孚、炉霍、甘孜、理塘、巴塘、乡城、稻城、得荣等地。一路走来才发现，滇缅公路之惊险与这条路相比简直是小巫见大巫，尤其是去往乡城、稻城、得荣的公路，几乎都是在百丈垂直悬崖上开凿出的狭窄的挂壁公路。

我们虽然心惊胆战地在川西跋涉了几千公里，但收获满满，不仅欣赏了香格里拉的神奇美景，更发现了大量活断层最新活动的痕迹，李梦聪是研究地壳形变的专家，根据地壳形变与地下流体的实测资料分析，康定本身没有发现即将发生更大地震的征兆，而通过四川省地质局虾拉坨观测站地壳形变资料与炉霍三个泉水异常的分析，我们在调研报告中指出"康定没有发现近期发生大震的明显迹象，但附近的炉霍地区要警惕发生较大地震的危险"。果然1973年2月6日，炉霍发生7.9级大地震，我与李梦聪由于半年前就在调研报告中正确提出炉霍地区存在地震危险性而受到地震局领导表扬。

在西藏考察当雄7.5级地震

在1996年参加联合国成立五十周年科技大会时，有一位著名的日本地震专家扬扬得意地在会上说，他本人有8次大震现场考察的经验，当他了解我有36次（到1996年为止的纪录）大震现场考察的经验并有多次预测大地震成功的纪录时，他肃然起敬，称我为世界第一人。

那段时期，除了地震考察外，我更多参与震情追踪与地下流体观测点检查，每年超过一半时间出差在外，几乎跑遍了全国各省、自治区、市，积累了不少珍贵的科学资料，通过丰富的亲身体验，我对下列问题有了明确而清晰的认识。第一，我们是否捕捉到了确切的地震前兆？第二，它们的成因机制、表现形式、时空发布规律是什么？第三，如何利用它们进行地震三要素预测？

参加川西地震考察时与西藏朋友一起

4. 确凿无误的地震前兆

国内外许多地震学家认为，地震预测的拦路虎是迄今为止没有找到确切的地震前兆，若一旦找到，地震预测就可以迎刃而解了！我通过几十年的调查研究，多达41次地震现场仔细的实际考察，得出恰恰相反的结论，确定无疑的地震前兆已经大量被观测到，它们与地震的关系是毋庸置疑的，但利用它们进行地震预测，来预测地震发生的地点、时间与强度是另一个科学难点，不可否认，捕捉到确切地震前兆是打开地震预测大门的第一步，在这方面，中国地震人已经取得长足进步。仅在地下流体方面就提出十个经典实例，有人把它称为"地下流体十大怪"，下面就举例说明。

例如，1968年3月24日，青海省都兰县发生一次6.8级地震，震中烈度为八度，震中以东20公里是著名的托索湖，湖边上恰有一个香日德农场的水文观察站，开始每天用测钟测量湖水位4次，后来安装了SW-40自动记录仪，已经有连续多年的观测记录，查阅了这些资料发现，记录完整无缺、笔迹规整秀丽，我为在这穷乡僻壤之地竟出如此人才而惊奇，青海朋友告诉我，香日德农场是著名的劳改农场，一些水文观察是由服刑劳改的高级知识分子担任，他们把观测记录作为政治任务来完成，一丝不苟，决不会有任何偏差。

都兰 6.8 级地震发生在严冬季节，地面温度为零下 8 至 10 摄氏度，湖面封冻，闸门关闭，整个湖水呈全封闭状态，是一潭死水，既无向湖输入水也无由湖向外流出水，同时也无湖面蒸发，仅存在少量湖底向外渗漏。因此，往年在此季节湖水一直保持在 4 米左右，呈平稳状态，而这一年从 3 月上旬开始湖水位奇怪地持续下降，从 3 月 1 日至 15 日湖水位由 4.01 米下降到 3.64 米，半个月内下降竟达 37 厘米之多。3 月 15 日至 23 日九天内水位基本平稳，只降 4 厘米，3 月 23 日在 3.60 米最低水位线上停留，3 月 24 日 10 时（地震前 12 小时）水位突然上升 21 厘米，在激烈上升过程中发生地震（21 时 54 分），地震后一小时水位又上升 17 厘米，一直到 3 月 29 日水位上升到 4.41 米才恢复稳定，6 天内水位迅速上升 81 厘米。

这是该水文站十几年观测历史中从来没有记录过的奇特现象，而怪异水位变化的转折点恰是地震的发生时刻。因此，全体专家对这个湖水位异常变化确认是 20 公里外 6.8 级的地震前兆的结论，没有任何异议。

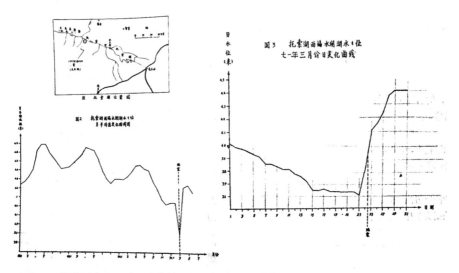

确凿无误的地震前兆，地下流体第一怪：托索湖水动态怪

但它们的成因机制却令人费解，专家们认为有两种可能，一是地下水变化引起，一是地面倾斜引起。若是地下水流出、流进引起的变化，对于一个水面积达 252 平方公里的大湖，粗略计算从 3 月 1 日至 15 日湖水位半个月内下降 37 厘米，相当于此时段每秒湖盆渗漏流失约 70 方水，而地震前 12 小时水位突然上升 21 厘米，相当于此时段每秒需向湖里补充 1215 方水，这种惊人数量的地下水的调动是难以理解的。若考虑单纯是由地面倾斜引起，几天时间湖盆必须突然倾斜角度达 4.7 至 16.7 角秒，这也是个令人困惑的数字。

深入分析这组水位异常的细节可以发现，地震前兆由以下五部分组成：第一，水位一年多的缓慢下降。第二，震前 15 天的急剧下降。第三，震前 9 天的相对平稳。第四，震前 12 小时的急剧回升，在回升过程中发震。第五，震后 6 天上升幅度变缓，逐步恢复常态。这与中国地震地下水监测网提供的几百个震例的异常模型完全一致：水位下降→水位剧降→到最低点开始回升→在回升过程中发震→震后水位继续回升，逐步趋于常态。

其中最值得注意的是，都兰 6.8 级震例明确提供了水位达最低点回升后 12 小时才发生地震，这一点对下决心发布临震预报非常有价值。为了捕捉水位的"临震回跳"现象，利用它来把握发布临震预报的时机方面，我花费了大量心血，根据大地震震中区的地下水自动记录图分析，能记录到这种现象的资料不多，除了离震中远近因素外，还更多受发震断层的活动幅度与方式影响，由下页图可见，唐山 7.8 级地震的岳 42 井记录到水位震前下降到最低点后平静 20 多小时，迅速回升 4 小时后发震。海城地震前，辽宁辽阳汤河水氡从 2 月 4 日 8 时水氡值为 83.4Bq/L，17 时水氡异常值达到破纪录的 263Bq/L，两小时后发生 7.3 级地震。溧阳 6.0 级地震前，船山矿流量在震前减少到最低点后平静两天，迅速回升，20 小时后发震。

据唐山地震的女织寨测报员的回忆，菜地有一间 39 米深的机井盖有井房，地震前几个月水位一直下降，约比往年同期下降一米多，地震发生当晚，有一崔姓老汉睡在井房看守庄稼，半夜突然井喷，井水把衣服、被褥都淋湿了，崔老汉回家换了衣服后刚走进井房，大地震突然发生，井水猛烈喷出，把井房的预制板都掀翻了。从井房到他家的距离我们实地走了一遍，估计需要 12—15 分钟时间。井房有一闹钟井喷时被大水冲走，那天我们从泥浆中找到已经停摆的闹钟，时针指在 3 点 12 分上，说明井喷发生在地震 20 分钟之前，与我们根据崔老汉的行动估算的时间相符，也与大地震震中区能观测到地震发生的弹性回跳现象相符。地震往往发生在弹性回跳后的短暂时刻，这个短暂时刻若能抓住是最可贵的地震临震预报的信息。

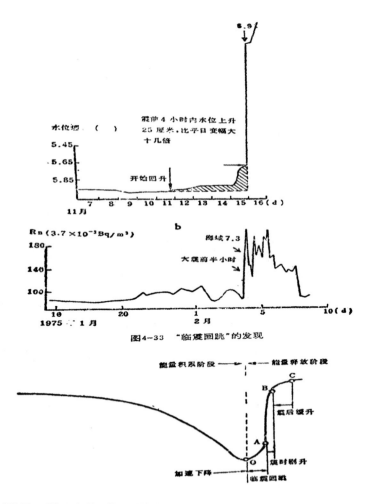

图4-33 "临震回跳"的发现

"临震回跳" 现象是短临预测的关键

5. 地下流体十大怪

地下流体地震预测攻关小组曾经根据 30 年地震地下流体的实测资料筛选出地下流体十个亮点，大家称为地下流体十大怪，每一个事实都毋庸置疑地证明地下流体与地震关系密切。它们是：

托索湖水动态怪，

杨官林井报警快，

毛垭温泉大异常，

唐山矿水作贡献，

汤河水氡立奇功，

怀来氢气也不赖，

松山水汞真稀奇，

更有泉眼变地点，

冒气能把烈度报，

地震迁移也体现。

第一大怪：托索湖水动态怪，指的是青海都兰 6.8 级地震前后托索湖湖水变化，如附件 4-20、4-21 可见：

托索湖的水体在没有输入、没有排出、没有蒸发的全封闭条件下，在离托索湖 20 公里处发生 6.8 级强震前，湖水位的大幅度突发性的异常变化是百年不遇的研究地震前兆的好实例，是解开地震地下流体的前兆机理之谜的有力证据。（详见本书第四部分，第一章第 4 节"确凿无误的地震前兆"）

第二大怪：杨官林井报警快，指的是河北丰润杨官林井在唐山强余震前的喷气异常。如下图：

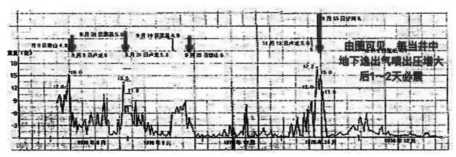

地下流体第二怪：杨官林井报警快

离震中 35 公里的丰润杨官林村 56 米深的机井，从唐山地震前 3 个月开始井鸣，井水翻砂冒泡，大量喷气，离地震发生越近，喷气现象越强烈、飞沙走石、声如雷鸣，群众曾经向地震部门报警。地震后一直有专人值班监测，上图是每日被井孔喷气所吹起最重石子的重量曲线图，由图可知每当井孔喷气强烈后 1—3 天必有强余震发生，此现象总共重复七次，无一失误。地震发生后井孔压力立刻像气球泄气一样迅速降低，根据这个规律预测强余震百发百中，被唐山地震前线分析组称为预测强余震的定音鼓。最突出的是 11 月 13 日杨官林井孔喷气吹起的石子最重为 47.2 克，是唐山 7.8 级、7.1 级地震后最强烈的喷气异常，果然两天后 11 月 15 日发生宁河 6.9 级最强余震。（详见本书第三部分，第二章第 5 节 "强余震预测的定音鼓")

第三大怪：毛垭温泉大异常，指的是四川理塘毛垭温泉温度在多次大地震前的异常变化。

四川理塘毛垭温泉出露在 1948 年理塘 7.3 级大地震的发震断层上，上升泉沿着发震断裂溢出地表，呈串珠状发布。水量充沛、水质优良、水温为 40℃ 左右。周围数十公里荒无人迹，因此被选为入藏部队的休息站，战士路过此地歇歇脚、洗个澡。1973 年，炉霍 7.9 级地震前几天水温突升至 50℃ 左右，路过战士无法洗澡而对休息站站长吕宝华意见很大，吕宝华认为是地震前兆，此争论反映到炉霍地震考察队来，我们决定把毛垭温泉建设成为群众地震监测站，请吕宝华同志每天两次测量温泉温度。下图是他 20 年的测量结果。由图可见，凡水温变化 10℃ 以上时，附近地区两个月内必有强地震。

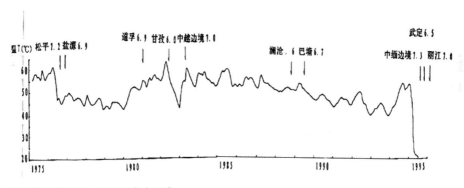

地下流体第三怪：毛垭温泉大异常

根据理论计算，大地震影响地温的异常变化于 0.01—0.1 度，为什么毛垭温泉的温度异常如此之大？（详见本书第四部分，第一章第 6 节"前兆敏感点的发现"）

第四大怪：唐山矿水作贡献，指的是河北唐山开滦煤矿涌水量在多次大地震前的异常变化。

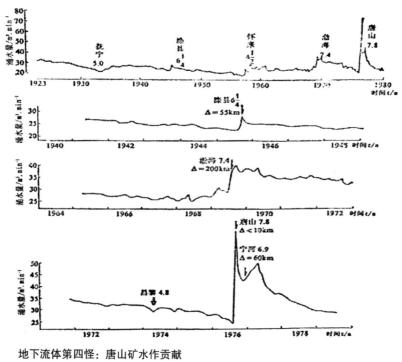

地下流体第四怪：唐山矿水作贡献

　　唐山开滦煤矿是 1878 年创建的百年老企业，早年由英国人经营管理，后来虽然几度易手，但一切严格的规章制度基本都继承下来了。目前的开采深度都在 600 米以下，按照规章制度要求，上层采空的平巷（包括回填的）与主竖巷的接口都有整个平巷完整的涌水量记录（并非水泵的抽水量，而是自然溢出的水量）。我们在唐山地震前已经全面系统地清理了几百本长达 80 年的涌水量记录，研究表明，由于上面盖层的黏土较厚，涌水量百年来基本平稳，不受降雨、地表水系、煤矿开采的影响。值得注意的是，它们分别在 1932、1945、1958、1969、1976 年五次有规律地缓慢下降，在最低点回升过程中发生本区内或周围地区较大地震，分别是 1932 的抚宁 5.0 级地震，1945 年滦县 6¼ 级地震，1958 年怀涞 4½ 级地震，1969 年渤海 7.4 级地震，1976 年唐山 7.8 级地震，其中 1976 年唐山地震距离最近，强度最大，涌水量的异常变化幅度也最明显。为什么地震都发生在涌水量缓慢下降到最低点回升过程中呢？可能的解释是地震前在区域应力场作用下，围岩中裂隙张开地下水渗漏，使反映微裂隙动态极灵敏的涌水量下降，而在临地震前随着裂隙突然闭合，造成涌水量剧升。

第五大怪：汤河水氡立奇功，指的是辽宁辽阳汤河水氡在海城7.3级地震前的异常变化，并在海城地震成功预报中发挥重要作用。

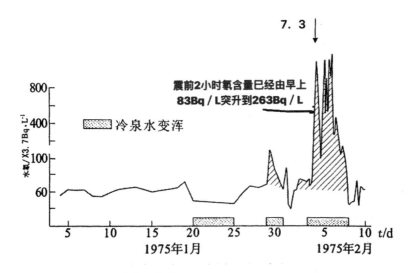

地下流体第五怪：汤河水氡立奇功

1975年海城地震最有价值的地下流体前兆资料是辽阳汤河泉的水氡异常。汤河温泉距震中仅53公里，正常水温为68℃，历史上曾经是溢出地表的天然露头的温泉，后来因为开采过量，水压不足，遂挖井按泵提水，海城地震时井深为8米。该温泉多年水氡背景值为200Bq/L左右，地震前6个月水氡值持续下降，最低值达60Bq/L左右。为了验证观测的可靠性，国家地震局与辽宁省地震局商议决定使用两台仪器进行平行观测，相互验证，并增加了取样密度，2月4日8时水氡值为83.4Bq/L，17时水氡异常值达到破纪录的263Bq/L，两个小时后发生7.3级地震，地震后水氡含量继续升高，最高达808Bq/L，异常持续4天后随着海城地震能量释放，2月8日水氡含量急剧下降，恢复到原来的正常值，从此以后再也没有出现过如此高值，此记录与唐山地震的水位记录完全吻合，从 2 月 4 日 8 时到 17 时的突升可视为"临震回跳"。汤河温泉水氡的异常变化与震中区在震前 1—3 天，仅有记录可查的群测群防反映地下水翻花、冒泡、变色、变味……多达六十多起以及上百起的动物行为异常的现象同步，它们为海城地震前能成功发布临震预报提供了坚实的基础。这是周恩来另辟蹊径创造性地建立中国特色防震减灾之路的伟大胜利。

第六大怪：怀来氢气也不赖，指的是河北怀来后郝窑井氢气含量在大地震前的异常变化。

河北怀来后郝窑井（怀 4 井）为一深达 500 米的高温自流井，含水层岩性为太古代片麻岩，井孔直接打入断层破碎带，热水喷涌而出，温度高、压力大。据北京水文地质大队资料，初始水温达 91.2℃，水头高出地面 2.5 米以上，我们接手时水温为 88℃，水头高出地面 1.8 米。1972 年开始进行地震监测，定期采样送有关单位分析地下水中化学组分，如常规元素、微量元素等，也开展了水中溶解氢气的测试，很快取得若干震例，如 1981 年 8 月 5 日丰镇 5.8 级地震前的含氢量的异常。后来随着条件改善，台站添置设备自己系统监测井水中溶解氢气，发现该井一般氢含量为 16（ml/L × 10^{-4}），1988 年 6 月后氢含量明显增加，最高值达 65（ml/L × 10^{-4}），7 月 23 日距郝窑井 110 公里的阳原县发生 4.8 级地震，地震后井水氢含量急剧下降逐步趋于 16（ml/L × 10^{-4}）的背景值，1989 年 6 月井水氢含量又明显上升，7 月达巅峰，个别点达 74（ml/L × 10^{-4}），在下降过程中距 180 公里的大同发生 6.1 级地震。对比北京光华染织厂深 825 米热水井水中溶解氢气含量在距 160 公里宁河 6.9 级地震前的异常反应，从图可见，无震时段水中溶解氢气含量都比较平稳，地震前十几天至几十天氢含量明显上升几倍乃至上百倍，地震一般发生在高值巅峰前后或高值巅峰后一个月内。总结发现，地震前井水中氢含量异常幅度大小、异常提前量长短与地震大小、观测井离震中已经有关，地震越大异常越大，地震越近异常提前量越短，符合一般地震前兆的统计规律。

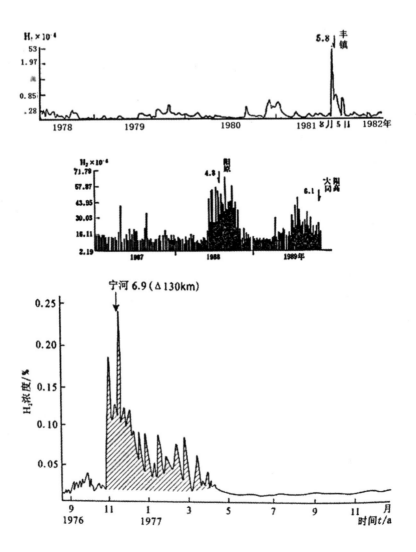

地下流体第六怪：怀来氢气也不赖

第七大怪：松山水汞真稀奇，指的是北京延庆松山温泉水中汞含量在大同地震前的异常变化。

北京延庆松山温泉出露于紫金关断裂的破碎带上，水质良好、水量稳定、温度适中（水温40℃左右）、风景优美，是明、清以来的著名皇家温泉，传说乾隆帝曾在此沐浴，也是我们国家地震局分析预报中心监测北京北部地震活动的重要地球化学观测点之一。1989年4月1日开始观测温泉水中汞含量，平日温泉水中汞含量比较平稳，在16至30之间波动，背景值为26ng/L，5月3日至5月17日水中汞含量略升高，对应了一次本地的4.1级小震，震后水中汞含量又恢复到背景值左右。但自9月12日开始水中汞含量急剧飙升，我们立刻调两台仪器平行观测，并对取样条件严格监督，但水中汞含量仍然继续攀升，至9月27日水中汞含量竟然达230ng/L，高出背景值7.8倍，21天后的10月18日距观测点205公里的大同发生5.7、6.1、5.6级地震。

大同地震前，不仅松山温泉，怀来4号井、管庄井、北京火车站井、东三旗井水中汞含量都记录到明显异常变化，是一震多点的异常的可靠实例。

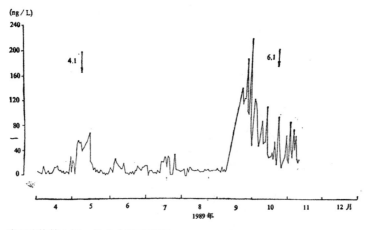

地下流体第七怪：松山水汞真稀奇

云南下关温泉水中汞含量的异常变化也是一点多震的典型实例，自1989年1月至1993年12月，5年时间内共记录到温泉水中汞含量异常七组，在异常出现后几天至40天内周围地区毫无例外都发生5级以上地震。温泉水中汞含量平稳时期没有发生过5级以上地震，类似这种记录据初步统计共有70次震例。

更值得注意的是，利用川滇25个测汞点（水、土壤中逸出气）的资料

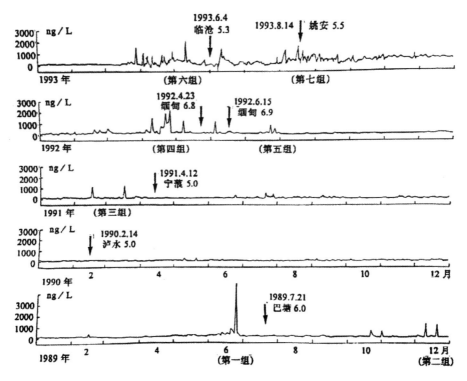

云南下关温泉的汞含量在多次地震前出现异常变化

　　开展区域场的分析发现，1988 年 11 月 6 日，云南澜沧 – 耿马 7.6 级地震除震中区汞含量升高外，距震中区 850 公里的四川理塘毛垭温泉出乎意料汞含量也急剧上升，幅度达背景值的 15 倍以上，这可能反映了澜沧 – 耿马地震后区域应力调整情况。我曾在 1989 年 2 月杭州地震学习班上提出，下一次大地震可能发生在理塘附近（有讲义文字及讲课录像为证），两个月后，果然在预测区的巴塘发生 6.7 级地震。

　　1989 年 9 月 22 日，四川小金发生 6.6 级地震，除本地邛崃、姑咱汞含量出现上升异常外，远处的西昌井与盐源井也分别突升 22 倍与 15 倍，我于 1994 年 4 月发表文章提出，下一次大地震可能发生在川滇交界盐源附近，结果两年后的 1996 年 2 月 3 日离盐源 140 公里的丽江发生 7.0 级地震。

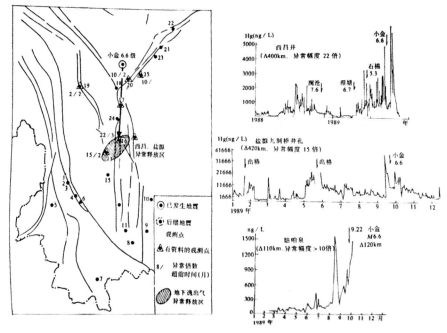

根据川滇群井水汞异常的时空变化，我们成功预测了丽江 7 级地震

第八大怪：更有泉眼变地点，指的是云南巴腊掌温泉在龙陵 7.4 级地震前的迁移现象。

1971 年，我在腾冲县档案馆见到了一部奇书《腾冲温泉志》，它不仅记录了多次大地震前腾冲地区温泉的"搬家"现象，而且明确指出这是地壳中应力应变，改变了温泉水的上升至地表的通道所致。通过对《腾冲温泉志》的学习，我对利用温泉动态预测地震的理念又有新的深化。我与郭一新、万登堡一起在普查距龙陵震中 40 公里的巴腊掌温泉群时发现，1976 年龙陵地震前 12 天巴腊掌群有五个突出变化的实例，除了发混、冒泡、变色、变味，还有最突出的是，著名的 17 号温泉出现从香帕河北岸跳迁到香帕河南岸的奇异现象。据地震测报员反映，地震前约半年 17 号温泉水量越来越少，几乎与此同时香帕河南岸出现了一股新泉，其化学成分、口感与 17 号温泉完全一样，临地震前，位于香帕河北岸的老 17 号温泉几乎枯竭，而南岸的新 17 号温泉水量增加，完全取代了老 17 号温泉。龙陵地震前巴腊掌温泉群异常变化的事实证明《腾冲温泉志》的记录是有充分事实依据的。

我与郭一新调查研究地下流体第八怪——更有泉眼变地点

第九大怪：冒气能把烈度报，指的是我们在澜沧－耿马地震后第一时间进行了断层气逸出气测量，竟然发现了土壤中氡气含量与烈度一致的奇异现象。

1988 年 11 月 6 日澜沧－耿马发生 7.6 级和 7.2 级强烈地震，地震 3 天后，我、朱宏任与云南省地震局万登堡等 5 人赶赴地震现场，从东南向西北方向横穿过极震区做了个长达 70 公里的测氡剖面，测量结果使大家大为惊奇，土壤气中氡气含量的多寡竟然与地震烈度完全吻合，需要说明的是我们于地震发生后第三天进行的测量，当时地震烈度评定工作刚刚开始，地震烈度图在我们工作一周以后提供出来，其结果与我们测量的结果无一矛盾。

我们首次把澜沧县城作为基点，在公路旁边原生土壤层 0.8 至 1.0 米深处抽气测量土壤气中氡气含量，共取了 5 个测点土壤气，氡气含量都不高，在 2.2Rn（脉冲 /2 分）至 8.6Rn（脉冲 /2 分）之间波动，我们取了 5.6Rn（脉冲/2分）作为本地区背景值，接着我们向极震区方向行驶，每隔5至10公里停车取样，每个取样点重复抽3—4次气，取平均值作为此土壤气中氡气含量。随着房屋倒塌比例增加，土壤气中氡气含量也增加，到破坏最重的大塘子、战马坡一带，土壤气中氡气含量竟然达到120Rn（脉冲/2分），离开极震区到富邦、上允一带，房屋倒塌比例显著降低，而土壤气中氡气含量也由120急剧降低到20—30Rn（脉冲/2分）。

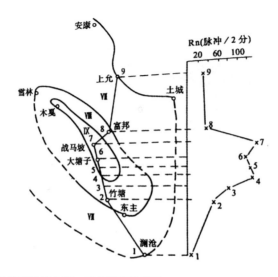

地下流体第九怪：冒气能把烈度报

第十大怪：地震迁移也体现。指的是自贡地震后，区域地下水位的后效的时空对比分析发现，从自贡地震后的群井的地下水后效变化中似乎可以找到自贡地震触发禄劝地震的一些线索。

通过对1985年3月29日四川自贡5.1级地震的追踪，我们成功预测了1985年4月13日云南禄劝6.1级地震就是其中一个具有说服力的实例。

自贡地震发生后，震中以北44厘米的川12井出现水位阶降16厘米，震中以南24厘米的晨光井出现水位阶升18厘米。2.5小时后在震中以南68厘米的雷山井水位阶升4.5厘米，18小时后在震中以南340厘米的滇1井出现水位阶升2.5厘米。震后效应随震中向外传播逐渐减弱是正常的，但是26

小时后滇 1 井水位不仅没减弱，反而猛升 41 厘米，显示出受自贡地震的影响激活了当地的构造活动的迹象。根据追踪预测的判断，我们（地震局分析预报中心三室）向地震局提出，近期在滇 1 井附近可能有一次较大地震活动，并立即带着研究生殷积涛等三人赴昆明守候，果然禄劝 6.1 级强震如约而至。

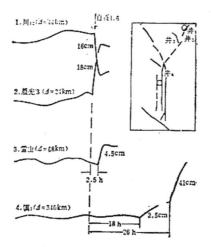

自贡地震地下水位群井变化追踪示意图（此图提供于 1985 年 4 月 10 日在云南省地震讨论会上报告中指出滇 1 井附近要注意，一周后发生禄劝 6.3 级地震）

地下流体第十怪：地震迁移也体现

从自贡地震引发禄劝地震的追踪分析，对过去一些不理解的观测事实提供了有益的启示：例如，1966 年邢台地震引发沧州兴济后效异常区（井喷），而 1967 年 3 月恰恰在附近发生河间 6.3 级地震；1969 年渤海地震引起辽宁熊岳宏观异常，结果在异常区附近发生 1975 年海城地震；1975 年海城地震引起滦县安各庄、田疃等井突出异常地区，恰好在异常地区附近发生唐山地震等。这些表面上看来蹊跷的巧合现象从地下流体第十怪中得到破解的线索，它为研究地震之间的相互影响，刻画出动态追踪的清晰时空演变过程，为研究地震串发的机理提供了可能。

众所周知，地下流体异常是地壳应力动态的反映。根据地下水突变异常，追踪应力演化的趋向，分析新的应力集中地区、迁移的终结点，再结合在大震发生前小地震活动的迁移、围空现象以及地电、地形变等观测资料出现的异常的先后次序，就可能根据异常追踪预测法锁定下一次地震的可能位置，解决地震预测三要素中难度最大的预测地点问题。

6.前兆敏感点的发现

上述"地下流体十大怪"仅仅是地下流体捕捉到的地震异常的一小部分，假如把筛选条件略放宽，进入视野的可能不是十大怪而是百大怪了，但是这些十里挑一的异常变化对于数千口观测点来说毕竟是占的比例不大。我们曾经对大地震震中地区的所有处于正常工作状态的观测点进行普查，发现捕捉到的地震异常的观测点仅仅是少数，一般不超过 30%。

为什么同样的观测条件下有些井能捕捉到地震异常，有些井却不能？有些井周围有些风吹草动马上反应强烈，能多次记录到地震信息，而另一些井虽然从理论上看条件很好但即使附近发生 8 级地震都没有反应。按正常理念，同一口井对记录不同地震前兆信息的强度随地震强度增加而增加，随震中距增大而减少，但通过总结发现，有些井仿佛比一般井具有更大的"放大倍数"，这种映震能力特别强的观测点我们称之为"映震敏感点"。我在 1974 年首次提出这个观点以后，日本学者胁田宏（1979 年）、俄罗斯学者基幸（1982 年）、美国学者 J. 伦恰尔特（1980 年）也提出类似观点。

经研究，映震敏感点的形成可能有以下三方面的原因：

第一，地震信息传递的不均一性。迄今为止，世界上对地震信息的来源大体有两类，一类由震源传播而来，另一类由观测点附近某活动性断层或应力集中区传播而来，在产生这次地震的区域构造运动作用下，也发生与震源区同步的应力、应变，由于它与地震孕育、发生、发展几乎同步，所以也有一定的预测意义。但无论异常源于何处，地震信息必然要通过不同岩性成分、地质结构的介质来传递，传播是不均一的，是各向异性的。

第二，观测井、泉接受地震信息是有选择性的。通过分析可知，地震信息是以某种波的形式向外传播，它们有自己固有的周期与频率，而每口井、泉由于井孔结构、含水层特性、附近地质构造条件的不同，会造成观测井、泉的映震能力完全不同。

第三，记录仪器、设备的不同，也会造成观测点频率响应有很大的差异性。

因此，对于地震地下流体来说，选择合适的观测点比提高仪器的精度，改善井、泉的观测条件更为重要，在某些地点，仪器再差、环境条件再不好也同样能观测到地震异常。

这些观测点我们称之为"映震敏感点"，如何选择这种地点？目前尚无定论，多数人认为它们一般出现在活动性强的断层上或它的附近，或发生过大地震的震中地区，或有深部物质上涌的通道上，或不同类型地下水、气相互剧烈混合地区等。总之一句话，它们往往出现在一些不稳定地区，或地质构造不稳定，或岩性结构不稳定，或物质交流不稳定，从某种意义上说，越不稳定映震敏感性越高。

从映震敏感点派生出的另一个困惑是巨型异常，尤其是超远距离的巨型异常问题。1991年4月我被邀请出席维也纳 UN IAEA 总部召开的利用地下流体预报地震学术研讨会，我在报告中介绍了四川理塘毛垭温泉在多次大地震前的异常变化，引起了一位匈牙利专家的质疑，他说："地震引起的地下水温度异常从理论计算、模拟实验结果证明大约仅百分之几℃，汪教授提供的毛垭温泉在几次大地震前的变化虽然很精彩，但水温变化幅度竟达到 10℃ 以上，对于如此大的幅度，我实在无法理解！"

后来我才知道，他曾经是国际地球物理学会地热专业委员会的主席，是地热研究领域的世界权威。尽管他无法理解为什么地震前水温如此之大，但仍然十分重视我们的观测事实，认真收藏了这份大地震前毛垭水温变化的珍贵资料，回国后与我一直保持通信联系，我许诺我会将进一步研究的结果告诉他。

1996 年初毛垭温泉的温度再次发生大幅度变化，我高兴地意识到机会来了，立即购买了机票赴理塘追踪落实此异常。理塘毛垭温泉我已经来过四次，对它的地质、地理环境了如指掌，温泉直接出露在高差约几十米的小山坡的基岩上，顺着一条横切山脊的由 1948 年大地震形成的断裂带呈串珠状分布，在最大几个出水口盖了个澡堂，供当年进藏部队沐浴歇脚，周围几十公里都是原生态环境，没有任何工农业与人为干扰。温泉水质好、水量足，但缺点是水温起伏不定，一般在 30℃至 50℃变动，洗澡水一旦超过 45℃，官兵们就会骂看澡堂的吕宝华（后来成为我们的模范群众测报员），要求他兑凉水。老吕带我去看了取凉水的水源，离温泉三五十米的山坡下有一眼冷泉，水温一般在 20℃以下，沿着泉水形成一股间歇性小溪。

我早就怀疑温泉水温变化与附近一条小溪有关，为了验证这一设想，我曾经带了几个研究生做了个实验，购买了十几斤盐巴先浸泡在温泉里，每间隔一两小时分别取温泉与冷泉的水样化验，比较它们的钠离子与氯离子的变化，反过来再把盐巴口袋浸没在冷泉里化验温泉水变化，通过反复多次实验证明，当温泉水温越高时这两股泉水混合现象越弱，浸没在冷泉里的盐巴 4—8 小时后才在温泉中略有显示。1995 年，水温短短一个月剧降7℃，我们又重复做了实验，果然完全与我预料的一样，当把盐巴口袋浸泡在冷泉里不足 1 小时时，温泉的钠离子与氯离子就急剧上升，盐巴发挥了示踪原子的作用，证明沟通冷泉与温泉两股水的裂隙随着构造应力场的变化时而通畅时而堵塞，岩层的受压状态不同造成裂隙发育不同，进而造成两股水的混合比例改变，形成毛垭温泉的温度在大地震前后发生大幅度变化，这不是地热理论可以解释的，仅是不同温度的含水层由于裂隙通道开启程度不同造成不同的混合比例改变而已。我把此实验结果告诉匈牙利专家，得到他高度评价与热情赞扬。

与四川地震局一起在理塘毛垭温泉开展敏感点的专题研究

在大地震前后，由于区域应力场的变化，一些不稳定地区错综复杂的裂隙体系重新组合，使不同水温流的裂隙通道开启程度改变，造成它们之间混合比例改变，这个实验合理地解释了地下流体巨型异常及超远距离的异常问题。如云南巴腊掌 3 号温泉在 1976 年龙陵地震前 20 天突然从香帕河北岸迁移到南岸，迁移距离约 28 米。而同样可以解释这口泉在唐山地震前几天（震中距约 3000 公里）也发生明显的异常变化的原因。

因此，地下流体虽然作为地震预测的重点突破口之一的潜质是十分理想的，但它也是一个亮点与难点并存的地震预测的方法。亮点是它反映地壳中的应力、应变灵敏而直接，容易被群众发现、利用，是群测群防最普遍使用的有力的监测手段，往往每次地震收集到的地震前兆异常中数量上占据首位，但由于每个观测点的具体环境、条件不同，它们反映地震信息的能力与灵敏程度千差万别，因此，根据这些异常来预测地震发生地点、时间与强度难点很大。捕捉地震信息的灵感点的研究既提高了预测地震的信心，又认识到预测地震的难度。

二、十年 "863"

1. 地震预测水平的大滑坡

从 20 世纪 80 年代以后，随着改革开放的步伐加快，"请进来、派出去，与世界接轨"的口号深入人心，层层落实，从国外镀金回来的新专家们逐步占据地震局系统的各级决策岗位，取代了周总理时代屡立战功的老人们，这些掌权的新专家个个外文流利，电脑熟练，对西方地震研究流派了如指掌，说起来头头是道，但大都有个致命弱点，纸上谈兵的功夫了得，预测地震的实战能力不足，尤其对周总理制定的中国特色地震预测之路所知甚少，对中国自己的成绩缺乏自信，对西方的观点奉若神明，像一群从来没有扛枪上过战场的新兵，很难担当重任。不仅如此，更致命的是他们打着"回归理性、回归科学""全面与世界接轨"的旗号，将周总理亲自领导，以李四光为首的专家团队千辛万苦、历经磨炼所总结出来的两条腿走路、行之有效的理念、方针、政策、路线，逐步削弱、淡化乃至彻底取消，完全放弃了周总理地震预报"另辟蹊径，要两条腿走路"的有效办法，恢复到全面学习西方的地震预测研究的老路上来，这种"拨正反乱"的必然结果，不可避免地使地震预测能力急剧下降，地震事业逐步滑入低谷。大地震预测一错再错，曾经攀登过海城、松潘、龙陵地震预测的高峰，创造青龙奇迹的中国地震人再也无法重复当年的辉煌。每年一度的全国会商会如同虚设，画了几十个危险区，结果对应率逐年下降，最后达到惨不忍睹的 10% 左右。

面对不同时期地震预测极其鲜明反差的事实，经常有人会提出下列问题：

为什么你们在四五十年前就能取得海城、松潘、青龙等多次防震减灾实效，现在科学进步了、投资增加了，反而做不到了？

为什么 1972 年中美建交、尼克松访华时，美方要求向中国重点学习的两项科学技术，把地震预报列为其中之一，而现在中国地震工作反而要全面向西方学习？

为什么在 1996 年联合国成立五十周年科技大会上感谢中国为世界在防灾减灾事业上的巨大贡献，决定把唐山地震中的青龙奇迹树为世界防灾减灾的典范，建议在中国办培训班，向全世界推广中国经验，而地震局却采取冷处理的态度？

对于这些的疑问，主管部门的领导难以回答，或有意回避，可能的回答只有两种选择：第一，承认现在工作水平不如过去。第二，承认过去的宣传与事实不符。遗憾的是，许多人选择后者，避免大家对地震工作水平进行纵向对比。

著名地震学家迪迪埃·索内特（Didier Sornette）组织了一个强大的团队，用了近十年时间研究中国海城、唐山地震，多次来中国调查研究，广泛、深入地收集大量资料，研究工作之细致、之深入令中国地震专家咋舌。我们问他："作为一个瑞士专家，为什么花这么多时间、精力来研究中国的这两次地震？"

他有一段十分精彩、十分深刻让我们中国地震学家脸红的话：

"世界近百年地震预报的研究历史中，唯独上世纪 1966 年至 1976 年中国的地震预报研究史最有价值。当时，中国在周恩来总理的领导下，采取与西方完全不同的方法，经过几年的努力，连续取得海城、松潘、龙陵等地震的预报成功，创造唐山地震时的青龙奇迹，我们很希望把这些好经验学到手，但遗憾的是现在中国人自己把这些好经验丢了！"

2. 钱学森指点迷津

周恩来总理鼓励我从事地震预报，树立了地震可以预测的信念，要求在我们这一代解决这个问题。

李四光院士教会我识别、捕捉地震前兆的技术与方法，并亲自带头就如何响应周总理号召及时向国家打招呼作出了榜样。

我们按照这条路子探索地震预测，连续取得了许多辉煌成绩，1975 年的海城地震是人类首次对破坏性地震预报成功的实例，接着在松潘地震、龙陵地震中取得防震减灾实效，创造唐山地震中的青龙奇迹，实现周总理1972年提出"地震工作要在三五年内放异彩、放原子弹"的目标。

当然，在此过程中也遭遇了不少挫折，有一定比例的错报与虚报，究其根本原因是没有找到能百分之百对应地震的确定性前兆。虽然多年深入现场、反复实践，发现不少地震前的可疑异常现象，由于这些并非确定性前兆，所以根据它们来预测地震很难把握，经常如同雾里看花、若隐若现，对有些地震反应好，而另一些地震却无动于衷，利用这些信息去预测，时而正确、时而错误。如何评价这些"可疑前兆"在地震学家中争论很大。尤其改革开放以后，随着"请进来、走出去"与西方交流频繁，西方传统的经典物理学推理法与东方哲学整体观思维发生强烈碰撞，西方传统推理法逐步在决策层中占据了统治地位，他们认为只有百分之百对应地震的信息才能确定为地震前兆，其他信息只能称为"可疑前兆"，没有什么使用价值，应该弃之不用。根据西方经验提出在没有找到确切前兆之前，地震预测是无能为力的。确定性异常找不到，可疑异常不能用，地震预测成了"无米之炊"。不少地震部门忘了初心，成了一个事后总结的部门。为了自圆其说，他们把海城地震预测成功解释为"偶然事件"，青龙奇迹是"人为忽悠"，把这些轰动世界，被联合国树为样板的伟大成绩都归于"文革"时期的非科学产物。在这种思想指导下导致中国地震事业从辉煌跌落到低谷，陷入"地震不可预测"的泥淖，地震预测成功率剧降。

中国地震预测研究陷入困境，地震事业向何处去？人们一片迷茫。一批周恩来时代的地震人，眼看一次次地震吞噬灾民，心有不甘，但又报国无门。

这时，周总理、李四光与一批指挥我们取得辉煌成绩的领导或已经离世，或已经调离地震工作岗位。地震预测事业向何处去的问题向谁去咨询？我苦苦思索，突然想起了钱学森，他刚刚领导我国创造两弹一星的奇迹，我相信只有他才能指点迷津，但我通过不同途径找他都没有收到回应，如何才能找到向钱老请教的机会？

1986 年 11 月我突然接到陈慧教授的电话，她告诉我，可以帮我安排一次与钱学森会见的机会，要我千万别错过。

陈慧是陈叔通的女儿，陈、钱两家都是杭州望族，两个家族的几代人都是世交。陈慧与钱学森自小就以姐弟相称，后来又长期同在美国上学，来往甚密。

会见安排在全国政协礼堂咖啡厅，我进去时陈慧与雷洁琼已经到了，她们告诉我，今天召集几位亲朋好友聚聚是为了纪念一年前去世的吴贻芳（是他们的至交或远方亲戚）。十几分钟后钱学森也匆匆赶到，先与大姐们一起回忆吴贻芳的坎坷一生，接着陈慧把我拉到靠近钱老的位置坐下："汪教授是我过去的侄女婿，他是研究地震的，想请教你一些有关地震预测的问题。"

我把中国地震预测研究历史作了全面汇报，从周总理、李四光的指示、要求尽快攻克地震预测难关的号召、周总理如何另辟蹊径实行一套与西方不同的理念、方针政策，取得海城地震预测成功、青龙奇迹……一直讲到近几年来自欧美的"地震不可预测"思想泛滥、对中国地震事业产生的恶劣影响、预测水平剧降、地震队伍思想混乱等等。钱老认真听完了我的汇报，一直在沉思，基本没有插话。

我急于想知道他的态度，请他指点迷津，于是采取直接提问的方式：

"钱老，地震预测是否只有按西方的套路走？地震预测是否必须在找到确定性前兆以后才能进行，在找到确定性前兆以前难道我们只能坐以待毙吗？"

"当然不是，周总理不是另辟蹊径了吗？地震预测研究与中医有些相似，若把地震看成是地球的癌，预测地震就是给病人诊断癌症。我们在没有掌握能百分之百确诊的办法之前，难道 CT、X 光乃至验血、测血压、量体温都不需要进行吗？"钱老微笑着，用纯正的京腔回答，不像陈慧、雷洁琼那样南腔北调。

"何况，地球是一个开放式复杂的巨系统，地震发生受多种因素制约，客观上是否存在能百分之百对应地震的前兆还不清楚，不能将地震预测的全部希望寄托在寻找一个能包治百病的灵丹妙药上。"

"钱老！刘西尧也常把地震看成地球的疾病，他多次告诉我们周总理的另辟蹊径的地震工作方针，说白了就是发现用西医治疗效果不好时就改用中西医结合的办法来试试，结果效果非常理想。可惜现在要求与西方接轨，抛弃了这一套成功经验！"

这时，陈慧、雷洁琼停下有关吴贻芳的话题，围过来听钱老讲地震。

"海城地震预测成功对世界影响很大，说明周总理的路子走得对！地震与人体等许多复杂现象一样，都是开放性的、巨大、复杂性系统，对于复杂性系统而言，纯理论、纯经验都是片面的，解决的唯一方法只能采用从定性到定量的综合集成，即利用一切可能与地震有联系的自然现象，从中提取有用信息进行分析，不放过任何蛛丝马迹，顺藤摸瓜逐步逼近真实，这就是中医的望、闻、问、切，与西方一定要找到确定性前兆，对其他信息不屑一顾的理念完全不同。按照东方的思维，对地震这种复杂性系统，应该着重整体性研究，而不是致力于单体的剖析；应该重视现象之间关系、联系、环境条件的影响及事物发展的过程，而不是建立局部的、孤立的、固定式样本的机理与模型。但对这种中华文化先进理念，如同对中医一样需要有个认识过程。"

"我个人认为刘西尧说得对，周总理提倡"广泛实践、多路探索，多兵种联合作战，专群结合、土洋结合，两条腿走路"的方针，实际上就是采用中、西医相结合的中国特色的地震预报之路。"

我茅塞顿开，希望从他身上获得更多指点："钱老，请您再细说说如何进行综合集成？"

"我不太熟悉地震预报，综合集成一般说大体分三步走：第一步筛选，从大量的可疑前兆中选择可用信息。第二步建库，将所筛选出来的信息建立知识库，分析它们反映地震的环境条件。第三步综合分析，研究利用多种信息预测地震的最佳组合模式。"

可能陈慧与雷洁琼在旁边帮腔的缘故，勾起了钱老的兴致，他侃侃而谈，一发不可收：

"你们知道有一种保险柜吗？一把钥匙是绝对打不开的，需要一串钥匙有序操作才能开启。地震预测就好比用一串钥匙组合在一起去打开一个复杂的保险柜，每把钥匙的操作方式与一串钥匙的组合次序是成功的关键。这就是综合分析，它是博采众长、去粗取精、去伪存真、由表及里的深入研究过程，理论上具有任何单一方法无可比拟的优势，理应比任何单一方法预测水平要高。"

"你是否可以将中国多年预测地震的成功经验好好总结一下，到863项目去申请个课题，名字可叫中国地震预测之钥，怎么样？"

通过与钱学森短短两小时的谈话，我恍然大悟，周总理的中国特色地震预报之路，专群结合、土洋结合，两条腿走路的办法，实质上如同中、西医结合一样，是用东方智慧与西方智慧相结合的办法来攻克地震预测难关。海城地震、松潘地震的成功与青龙奇迹的取得是周总理另辟蹊径成功的最有说服力的铁证。

3. 参加国家"863"项目

钱学森虽然没有直接领导过地震工作，参与周总理"地震工作力争三五年内放异彩、放原子弹"的那场战斗，但他对周总理另辟蹊径走中国特色地震预报之路领会非常深刻，对如何把东、西方的优势结合在一起，两条腿走路攻克科技难关的体会十分熟悉，在与钱学森的短暂接触后，我下决心把地震局的课题暂时放一放，立刻组织强有力的科研班子申请国家863项目。

863项目是1986年由邓小平对几个科学家提出的"关于跟踪研究外国战略性高技术发展的建议"作了重要批示而启动的重要决策，是国家级最高水平的科研项目，批准难度可想而知。

我首先组织有赶超世界水平雄心壮志的科学团队，在地震预测方面我邀请了徐道一、赵玉林、钱复业、刘德富、秦保燕，计算机方面我邀请周胜奎、严霭芬、王伟等高手加盟，这都是地震局系统中我熟悉的精英人才。其中徐道一、周胜奎、严霭芬等是我在中科院地质所工作时的老相识，大家知根知底，他们人品极好、学问一流，徐道一、严霭芬是我前后一起留苏的同学，周胜奎是清华首届计算机专业高才生，我一直盼望与他们有合作的机会，这次总算遂了心愿。后来 863 课题之所以能取得理想的成绩，与这个优秀的团队的创造性的工作是绝对分不开的。

其次，我们在钱学森的指导下起草一个有先进理念、科学依据、切实方案、思路清晰的申请报告。由于 863 项目的涉及领域中没有地学类，我们决定申请信息技术类，瞄准地震预测最重要、难度最大的短临预测（时间尺度为几天、几小时）作为主攻目标，广泛收集各种与地震有关的信息，进行大数据处理，综合集成、智能决策。经过严格的审批程序，1988 年底我们的科学团队向 863 项目申请的"中国地震预测智能决策系统"课题终于获得批准。我们内部称它为 KCEP 课题（中国地震预测之键——KEY OF CHINESE EARTHQUAKE PREDICTION）。这是我局在地震预报方面的第一个被批准的国家大课题项目，大家都很兴奋也很担心，深感承担此课题难度很大。

开始，根据钱学森的建议，我们先从筛选入手，从多年预测实例中筛选出预测效果的最好方法、手段及预测者。好的技术方法捕捉地震信息的能力不同，但同样的信息不同的人判断的结果也不一样，很像中医治病，同一患者在不同大夫手中有不同的诊断结论与处方，全凭经验来判断。因此，选择有经验的专家是第一位的，我们第一批聘用了三四十位专家，采取不发聘金只发奖金，报对加分，报错扣分的办法，一年一总结，经过三年的评比，择优汰劣，第一批筛选出 12 个专家作为课题长期聘用的预测专家，我们称为 12 把能打开地震预测的钥匙，在对 12 种预测方法、手段、专家的预测能力评价的基础上，再按预测成功率高低进行分类，确定每种方法在综合预测中的作用与地位，按预测时间、地点与强度，考虑不同地区、时段、条件背景给予不同权重。其中预测能力长期稳定在前列者，作为关键性、支撑性预测意见，让它在综合中扮演主角，起驾辕作用。

接着，把以 12 把钥匙为主的预测经验、教训一条条清理出来，建立地震预测经验知识库。从以往预测经验的各种方法、手段，以及预测成功率较高的专家的"诀窍"中提炼出判别指标，客观、全面、系统地存入电脑中，建立我国几十年走"土洋结合、专群结合、多路探索、多兵种联合作战、综合预报"的经验知识库。一旦出现新的异常，收到新的预测意见的时候，就可以从电脑中迅速提出历史上相类似的案例作为分析比较的判据。

进一步在经验知识库中建立推理、综合决策系统。借助于电脑及人工智能技术对各种知识与各种异常现象进行对比研究，通过电脑自我学习功能寻找地震与各种现象之间深层次的内在联系，同时利用从经验中提炼出的规律进行推理，再根据预测地区的具体背景条件（人文、政治、经济……）推导出成功预测的概率及其受益情况，虚报、漏报的概率及其受损评估。最终提供一套综合决策的原则与方案，供政府部门参考。

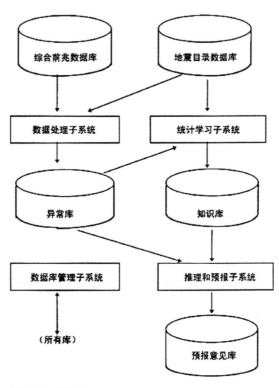

系统架构与数据流

863 课题我们主要从三方面入手：预测能力筛选、建立数据库与综合集成。三个环节中最困难的是综合集成这个环节。

在大多数情况下，地震发生前预测意见往往众说纷纭，甚至是相互矛盾、相互对立的，从这些混乱的意见中如何通过综合分析取得一个信度较大意见说服领导采取防震措施是成败的关键。海城、松潘、龙陵等地震的正确预测，归根结底是综合预测的成功，很难说是由于哪一种具体方法的成功。正如钱学森院士所提倡的"大成智慧学"在航空、航天领域的应用，取得使世界折服的成就，在局部、单项技术上没有达到世界水平，但综合成一个整体则达到了世界领先水平。这需要在综合研究方面花力气、下功夫，培养训练有素的高水平的综合高手，否则难以胜任十分复杂而艰巨的任务。

中国地震局目前无人专门从事综合预报研究，综合预报已退回到几十年前叠加、拼盘、表决的原始做法。临时召集一批专家、即兴发表些感想，资料越多，就越难下决心。只好在既不了解预测者的依据又没有实践经验的情况下匆匆表态，把一个生死攸关的严肃科学问题演变为机械的投票行为，用这种简单按多数意见拍板的决策方式来解决地震预测科学难题，历史上从未成功过，今后也不可能取得成功。采取这种办法的唯一目的是为推卸责任找铺垫，拉一批人来共担风险，出了问题一推了事，任何人都不负责任。这种综合预测往往比单项方法手段成功率还要低。

以汶川地震为例，震前两三年至地震前几天，有几十次单项方法手段、科学家、群众测报员的正确预测意见及时上报给各级地震局，但经四川省地震局综合后，结论意见竟然是："最近四川地区地震活动水平较正常，异常台项偏少，不足以支持一周内发生 5 级以上地震的判断。"

这种"博采众短、去精存伪"的综合，不仅没能把地震预测水平从单项预测基础上提高，相反成为汰优择劣的合法工具，为汶川地震预测的完败付出了沉重的血的教训，难道不足以引起地震同人们的深切担忧吗？

根据我在 863 课题的摸索，综合预报的基本原则是，设法把各种预测方法的优点集中起来，强强组合，才能取得比单项预测更接近客观的结论。

绝对不能简单、机械地去叠加、拼盘与表决，这样势必失去综合的优势，因为真理经常掌握在最有经验、最了解情况的少数人手里。以往地震预测成功的实例，没有一次是依靠既脱离实践又缺乏经验的"专家们"关着房门表决而取得的，事实恰好相反，凡毫无争论、一致同意的预测意见往往是错误的。

如何对每个预测意见进行评估，确定其在综合预测中的地位与作用，除了客观、全面地考察它们的历史表现外，更重要的是分析它们在群体异常中的位置，研究它们与群体异常时、空演变过程的关系，以及它们与其他重要自然变异现象的匹配程度。

根据四十年地下流体综合预测的成功经验，开展众多资料综合分析时，成功的关键是要紧紧抓住八个字与四句话。

八个字是：权重、群体、过程、匹配。

四句话是：缺控制全局的核心信息，经常是零散、无关联的信息。

不合群的异常，经常是低信度的异常。

不参与演化过程的指标，经常是"软"指标。

没有形成配套的现象，经常是无须重视的现象。

根据上述原则 KCEP-863 的操作程序可归纳为"五步骤""三追踪"。

第一步：对单项异常进行可信度、预测能力的分析与评估。

根据单项异常的可信度与预测能力，初步绘制出大概危险地区范围与大体危险时间分布图，以及这些预测意见的信度概率图。

第二步：对群体异常进行组合性分析，研究它们的匹配状况。

考虑到一些在初步绘制的异常地区与异常时段内逐步缩小范围，追踪寻找危险小区，进行第一次追踪。

第三步：对群体异常进行过程性分析与推理计算。

寻找异常预测范围重叠的重心区，研究异常在时、空演化过程的迁移、聚集现象，进一步缩小预测地点与预测时段。进行第二次追踪。

第四步：对地震预测三要素进行分离检验分析与推理。

异常反映地点较好，反映时间较差；另一些异常则相反，具有反映时间较好，反映地点较差的特点，若强行进行三要素捆绑式预测，预测能力相互牵扯都不高。

第五步：开展综合分析、智能决策。

4.五年后喜获成果

承担 863 项目五年后，即从 1996 年我们开始投入正式预测。组织队伍、摸索方法、建立预测系统、内部效果检验等共花了五年时间，从 1996 年开始正式上报预测意见。上报采取一式两份，一份递呈国家科委 863 办公室，另一份递呈国家地震局，两边都入档备案，以便对比检验。当时地震局官方正式公布的数字是，短临预测平均成功率为 10%—15%。利用这套系统，我们第一期 1996—1998 年就取得短临预测平均成功率达 30% 的好成绩，1998—2001 年进一步提升到 54%，2001—2003 年竟然提升到 66%。

本课题承担的近3期863项目
成果应用效果对比表

期间	发生较大地震数	取得较成功预测数	成功率
1996年—1998年	13次	4次	30%
1998年—2001年	11次	6次	54%
2001年—2003年	12次	8次	66%

国家科技部863项目"中国地震预测智能决策系统"课题利用十项我国原始创新、非常规的预测方法，取得明显高于常规方法的预测成功率

我们 863 课题的短临预测效果统计

国家 863 项目 KCEP-863 课题先后对 1996 年 2 月 3 日云南丽江 7.0 级、1998 年 1 月 10 日张北 6.2 级、1999 年 11 月 1 日浑源 5.6 级、2000 年 1 月

15 日云南姚安 6.5 级、2001 年 11 月 14 日昆仑山 8.1 级、2002 年 3 月 31 日台湾 7.5 级、2003 年 2 月 24 日伽师 6.8 级、2003 年 7 月 21 日大姚 6.2 级等八次地震与一些中等地震都作出了较正确预测（上述成功预测震例都有主管部门的文字证明），受到国家地震局、国家科委 863 项目的通报表扬。在 863 项目成立十五周年时，被选为 863 项目的重要成果向党中央、国务院汇报。

现以 1998 年 1 月 10 日张北 6.2 级地震预测过程为例说明：

1997 年，全国地震趋势会商会上划出了 9 个 5 级以上地震的危险区，其中 5 个危险区先后发生了地震，如新疆伽师发生 6.8 级、云南丽江 5.6 级地震等。

另外 4 个尚未发生地震的危险区中，除北京西北冀蒙交界处在 1997 年底危险区指标趋于消失外，北京西北异常指标不但没消失，反而异常现象更加强烈。

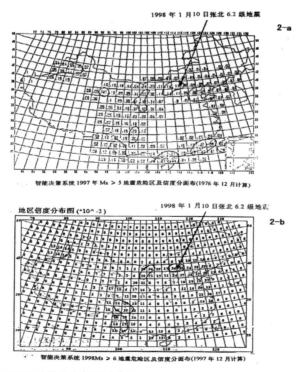

对张北地震的地点预测过程

我们对京西北可能发生的地震强度追踪分析结果如下：

1995 年 1 月：无 5 级以上地震

1995 年 7 月：无 5 级以上地震

1996 年 1 月：可报 5 级，但不报 6 级以上地震

1996 年 7 月：可报 5 级，但不报 6 级以上地震

1997 年 1 月：可报 5 级以上地震

1997 年 7 月：可报 6 级以上地震

1997 年 12 月：正式发布有 6 级以上地震的预测

1998 年 1 月 10 日发生张北 6.2 级地震。对预测地区的追踪分析结果如下：

根据 KCEP-863 系统三要素分离地区追踪计算，1997 年初大体可以框算出异常区包含整个华北（北纬 32.0°—43.0°，东经 108.0°—125.0°）。1997 年 7 月，进一步可追踪缩小推算出危险区在首都圈及其邻近范围内（北纬 38.0°—41.0°，东经 113.0°—120.0°），为了继续追踪缩小包围圈，我们将首都圈分为东、西两部分，经过比较推理发现地震在首都圈西部地区（北纬 38.0°—41.0°，东经 113.0°—116.5°），但范围仍较大。我们进一步将此区分割推理，发现异常主要集中在此区中部偏北的小区，即北纬 40.0°—42.0°，东经 114.0°—116.0° 范围内，对预测时间的追踪分析结果如下：

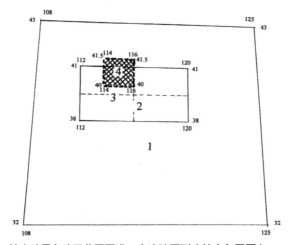

锁定地震危险区范围再进一步追踪预测（缩小包围圈）

根据 KCEP-863 系统三要素分离时间追踪计算，也是逐步逼近，逐渐明确化的。

1997 年 1 月 1 日计算，发震时间逼近到 1997 年 1 月 ～ 1997 年 12 月。

1997 年 7 月 1 日计算，发震时间逼近到 1997 年 7 月 ～ 1997 年 12 月。

1997 年 10 月 1 日计算，发震时间逼近到 1997 年 10 月 ～ 1998 年 3 月。

1997 年 12 月 1 日计算，发震时间逼近到 1997 年 12 月 ～ 1998 年 5 月。

1998 年 1 月 1 日计算，发震时间逼近到 1998 年 1 月 1 日 ～ 1998 月 1 月 31 日。

最后，根据本系统的预报软件，在 1997 年底推理出以下预报意见，1998 年 1 月 1 日到 31 日，在京西北、冀、蒙交界处，北纬 40°—42°，东经 114°—116°，有发生 6 级以上地震的可能，信度达 60% 以上。结果 1998 年 1 月 10 日，张北发生 6.2 级地震，时间、地点、强度都正确。

为了提高对华北地区地震预测的成功率，我们再次开展了这套"智能决策系统"的震例对比检验子系统的运算。通过对海城、唐山、大同与张北地震的对比分析，发现这种综合分析方法具有较强的预测能力、较高的可操作性。

例如，课题组根据地磁异常变化、地下流体异常变化等多项异常指标的综合分析结果，曾经成功预测了我们承担 863 课题以来离北京最近的 1999 年 11 月 1 日山西浑源 5.6 级地震。我们向科委、地震局的正式预测的报告是："11 月 3 日至 13 日在北京附近以蔚县为中心 200 公里范围内将发生 6.0 级地震。"

当我 10 月下旬把预测意见报科委 863 领导时他们特别关心此地震对北京的影响，于是我们在预测卡片上特别注明，此地震北京会有感觉，但一般不会造成建筑物破坏。结果不出所料，11 月 1 日发生山西浑源 5.6 级地震，时间比预测略提前些、强度略小些，但地点正确，尤其正确预测了北京会有强烈震感，但不会造成建筑物破坏，对此领导非常满意。

863 课题组成功预测了 1999 年 11 月 1 日北京附近（浑源）5.6 级强有感地震

另外，1999 年 11 月 25 日再次出现相似的多项指标异常，起初我与张闵厚共同签名发布了下述预测意见：根据地磁、地下水、小地震活动异常，"我们预测在 1999 年 12 月 1 日至 2000 年 1 月 29 日，在川滇交界的宁蒗、西昌一带可能发生 7 级左右地震"。后来根据追踪分析的结果将预测意见进一步明确为："1 月 17 日前后三天以内，在以西昌为中心 150 公里范围内可能发生 7 级左右地震。"

结果 1 月 15 日果然在云南姚安发生 6.5 级较强地震，时间、地点与强度均基本正确。

根据 863 项目的要求，我们的预测意见只向国家科委、中国地震局上报备案，一般没有向当地打招呼的要求。但从 1999 年起，我们的短临预测水平一直保持在 50%—60% 的成功率，国家科委 863 课题领导要求我们以课题成果交流的形式，把我们的预测意见除上报领导机构外，可以直接向受灾地区通气、打个招呼，争取能取得减灾实效。

2000 年 1 月 12 日，我正在参加全国地震趋势研讨会，张闵厚直接从会场里把我找出来问：

"我们的川滇交界可能发生 7 级地震的预测你都通报给谁了？"

"国家科委与中国地震局。"

"我发现四川省地震局韩渭宾副局长恰好坐在你旁边，何不根据国家科委领导的指示精神把我们的预测意见向他通报一下？"

我们俩取得共识，立即把韩渭宾叫到会场外告诉他，我们承担了国家863课题，专门攻关地震短临预测，成功率可达50%以上，经研究，2000年1月17日前后三天在川滇交界可能发生7级地震，此预测意见供你参考。韩渭宾不敢怠慢，立即打电话把我们的预测意见正式通知了四川省地震局。

地震发生后，我们收到来自国家科委863项目、国家地震局、四川省地震局对我们的祝贺，韩渭宾局长本人出具了证明材料。课题组再一次受到国家科委、中国地震局的表扬。

证　明　材　料

2000年1月12日下午中国地震局分析预报中心张闵厚研究员、汪成民研究员把我从全国地震趋势会商会上找出来告我根据他们所承担的"国家八六三"课题研究结果认为"今年1月17日前后三天内，在以西昌为中心，150公里范围内将会发生七级左右地震"。时间已十分迫近，务请四川省地震局给予充分重视，并表示想尽快去川南收集资料、落实情况。

张闵厚同志表示对此次地震预报把握性较大，请你们研究是否通知有关部门采取措施。我即表示我们十分重视您的意见。也随时欢迎来川合作，此地区也是我们多年重点地震危险区，会后我将立即面川组织力量，加强监视研究。

实际上，在我将要回成都的1月15日早晨，在云南姚安发生了5.9级和6.5级地震。

此情况属实，特此证明。

四川省地震局副局长

韩渭宾

2000年1月18日

四川省地震局韩渭宾副局长对我们正确预测2000年1月15日姚安6.5级地震出具的证明材料

中国地震局分析预报中心文件

索分发〔2000〕044号

关于"地震预报智能决策支持系统"
课题最新进展情况的函

科学技术部高新技术与产业化司
国家863计划智能计算机专家组：

由我单位承担的"地震预报智能决策支持系统"课题（863-306-ZT04-03-1），在国家863计划智能计算机专家组、中国地震局的支持和课题组全体成员努力下，取得较好进展。应用该研究成果对去年发生在我国境内影响较大的几次地震如：1999年9月21日台湾南部7.6级、10月22日台湾嘉义6.4级及当年发生在内陆最大的11月1日滇南5.6级等地震前，均有一定程度预报。详情已于去年年底向863-306中期检查组汇报，并获得检查组高度评价，予以通报表扬。中国地震局也予以表扬与奖励。

在此以后，该课题组进一步总结经验、再接再励，又较好地预报了2000年1月15日云南姚安6.5级强震，预报情况汇报如下：

1999年11月19日该课题组Key-8子课题组因厚副研究员在中国地球物理学会天灾预测专业委员会所召开的大会上通报了其研究成果，指出：根据863课题研究结果，我国西南地区短期内存在发生7级强震的可能性。

1999年11月25日在广泛收集资料进一步研究的基础上正式向中国地震局递交了徐闳厚、汪成民两研究员署名的文字预测意见，时间缩短至1999年12月1日至2000年1月29日，地点缩小至宁蒗、西昌一带，震级仍为7级左右（附件1）。

2000年1月12日根据厚等据最新情况的进展研究，最后确定发震时间可能从1月17日前后三天不等。由于时间紧迫，他急速把研究进展报告送交分析预报中心相邻部门有关同志阅，并于1月12日下午与汪成民同志一起把正在北京参加地震趋势讨论会的四川省和林清汶付局长从会场叫出找出，再三强调7级强震即将发生的时限，希望立即传预测意见给屯垦四川省地震局，要求密切注视情况发展（附件2、3），与此同时分析预报中心预报部……

听将此预测意见向中国地震局监测司有关领导等汇报，在分析预报中心地震趋势的大会上正式予以公布，并向四川、云南省地震局在京开会代表再次通报（见附件4）。

三天以后，在我预报区以南的云南姚安发生6.5级强震。预报时间完全准确，预报强度仅差0.5级，预报地点在预报范围偏南的一百公里。

附件：证明材料（1-4）

二〇〇〇年三月十六日

主题词：项目 进展 报告 函

中国地震局分析预报中心对863项目"中国地震预测智能决策系统"课题多次成功预测大震予以表扬、奖励

三、扬眉剑出鞘

1. 人生难有几回搏

唐山地震后随着保卫京津小组的解散，原来要我参加回答华国锋"唐山地震没有预测出来的原因需要查明"的报告编写组的安排也未再提起，收集的大量有关唐山地震的宝贵经验、惨痛教训资料无法向中央报告，报告的执笔权几乎都掌握在对唐山地震误判的专家们手里。开始，刘英勇领导下写的第一稿还有"受政治因素影响，工作做得不够细，没有全面听取不同意见……"的字样，到周村领导下写的第二稿时已经没有涉及主观因素上的失误，报告中用大量笔墨把责任归咎于地震预测的难度上。后来，随着最初专家们对唐山地震的失误惊魂稍定、犯罪感逐渐退去后，对中央"唐山地震没有预测出来的原因需要查明"的报告口气越来越"理直气壮"，看不到丝毫对自己工作检查的态度，通篇是诸如"科学问题要按科学规律来办，全世界科学家都无法准确预测地震"，甚至引用了美国科学家认为"从理论上说地震可能永远不可能被预测"的论调，为自己的工作失误开脱、卸责。

我清晰记得1970年通海地震后李四光在全国地震工作会议上痛哭流涕的情景，我亲眼见到1976年唐山地震当天刘英勇局长去中南海汇报时，公

文包中带着准备随时蹲监狱的替换衣服的感人举动，这就是老一代领导人对事业忠心耿耿、敢于担当的优秀品质。但是这一幕已经翻页了，现在不少人对李四光、刘英勇的举动难以理解，他们理直气壮地说："为什么要哭？实在不能理解！科学的精髓是实事求是，科学技术本身没有过关，工作做得再好有什么用？对于无法抗拒的天灾仍然是无能为力。"

迪迪埃·索内特给我传来一份邮件，是唐山地震总结的主要执笔者在国外媒体上发表的文章，她明确称："世界上没有一个专家敢说唐山地震可能预测，即使让唐山地震再发生一次，我坦率地承认我仍然报不出来！"在这种舆论声势下，当然要对青龙奇迹采取最严厉的彻底封锁措施，不能向外透露半分实情，甚至也要改写海城地震成功预测的历史，否则编造的谎言就会立即被揭穿。

面对这种气氛，我清醒地意识到这种舆论已经是官方的主流意识，无论提供多少证据都是徒劳的。少数人的反驳、对抗绝对无用、无效。我只能采取回避的态度，坚守向刘英勇局长的承诺："对青龙奇迹绝对不发表任何意见。"处处保持低调与沉默，一头扎入基层，深入细致地搞调查研究，按照周总理的要求，"像蜜蜂一样，经常到震区去，把群众的智慧的花粉采集回来，酿成科学之蜜"。

通过对四十多次地震现场与数百次地震前兆实例的调查研究发现，由于中国那些年贯彻周总理广泛实践、多路探索的方针，在全国成千上万的群测群防员手中积累了与地震前兆有关、极具科学价值的资料非常丰富，可以毫不夸张地说，中国是世界上研究地震预报最大的宝库，上面报道的地下流体十大怪只不过是沧海一粟而已。

对它们进行深入剖析逐渐使我对地震的形成、发展、发生的过程，以及不同条件、不同时段的各种地球物理、地球化学参量在地震前的表现形式与时空演变过程有了较清晰的认识。基于这些认识，我与我们的科研团队不仅研究了一套捕捉地震前兆、开展地震预测预报的技术与方法，更有意义的是找到了一个平台，通过承担国家 863 课题，能用这些技术与方法开展大规模的中间性实验，不断检验、修正地震预测的技术与方法，为进一步推广应用于地震监测预报打下基础。通过检验、修正，再检验、再修正的反复过程，最终实验结果令人兴奋。结论是尽管目前我国已经把周总理的另辟蹊径的许多做法改造得千疮百孔，但它的影响力还在，广大群测群防的基础还在发挥作用，只需要有一个强有力的平台操作起来，定能改变地震预测水平急剧下滑的颓势。

我们的团队对40多次大震实例的实地调研，30多次地震预测成功（都有部、委以上机构的证明信）进行总结、提炼出来的经验，通过国家863课题的实践检验，使我对较大地震的正确预测记录由承担863之前的二十多次猛增到三十五次左右。通过中国地震局与国家科委的统计检验，此课题组每年发布短临预报的成功率从1996年的30%左右到2001年达到60%左右，大大超过国家地震局的平均成功率仅10%的水平。这就是我的底气，就是反击西方"地震预报不可能"谬论有力的炮弹。

我回避与权威们作任何正面冲突的同时，紧紧抓住能利用的各种机会大力宣传地震是可以预测的观点，介绍中国特色的地震预报之路，展示我们所取得的几十个成功预测的实例。广泛开展国内外的交流，除每年参加国内大型学术会议外，在国际几次顶级的学术会议上都留下我们的声音，与许多世界一流科学家建立了良好的联系。

出席巴黎联合国科教文组织的世界第一届地震预报科学研讨会

被母校聘为客座教授

我自 1979 年作为中国代表团一员出席巴黎的联合国教科文总部第一届世界地震预报科技研讨会以后，由于语言上的优势（俄，英、德）结交了不少朋友。1981—1984 年，受苏联科学院索别列夫院士的邀请，几次在全苏地质、地球物理年会报告中国地震预报经验。1985 年，作为访问学者到美国纽约州立大学参加科技合作。1987 年，受乌克兰科学院恰布金院士推荐，被母校第聂泊尔矿业大学聘为客座教授。1991 年，出席维也纳的联合国原子能委员会的地震预测技术科技研讨会。1992 年，被俄罗斯圣彼得堡矿业学院聘为客座教授。此外，还参加了不少国际地球物理学会、国际地球化学学会、国际地热委员会等召开的会议，多次参加了中俄、中美、中日的科技合作会议。

在美国纽约州立大学当访问学者

参加国际地震预报科学研讨会

当然，层次最高、规模最大、影响最深远的要数 1996 年应邀出席纽约纪念联合国成立五十周年的科技大会。在这些国际大型会议上，我详细介绍中国海城、松潘地震及我亲自操作的几十次成功预测经验和青龙奇迹的创造过程，面临压倒多数的发言都是论证地震预测的艰巨性、复杂性，而我们的发言似乎不入潮流，但我们介绍的地震预测成功的经验，尤其这些技术、方法都是从我国自己的实践经验中提取出来的，与西方的地震预测构思有很大不同，常获得会议主办方的高度重视，引起西方学术界广泛关注与浓厚兴趣，许多外国地震专家成了中国地震预测技术的粉丝，瑞士地震学家迪迪埃·索内特、俄罗斯地震学家 В.Пармачук 就是其中代表。

我几十年潜心磨一剑的结果是储备了较多的地震预测经验与预测成功的实例，积累了较多和外国专家们的沟通渠道及丰富的参加国际活动的经历，最后，我终于等到了能够登上世界最大的舞台，为中国地震事业亮剑、呐喊的千年难逢的绝好机会。

人生难有几回搏！

2.青龙奇迹被国际舆论关注

1976 唐山地震一直被钉在历史耻辱柱上多年。全世界地震工作者因受海城地震预测成功而刚刚燃起充满希望的火焰、雄心勃勃的攻关计划被唐山地震这盆冷水浇了一个透心凉，中国地震科学在世界的地位一落千丈。官方正统的标准答案是："地震预测是世界难题，对于唐山这种无前震、地质背景复杂、前兆现象不典型的地震，尽管我们尽了最大努力，但限于当前科学技术水平不足，只好无奈接受失败的结果。"至于唐山地震前到底有没有前兆异常，有没有收到正确的预测意见，地震专家们只能闪烁其词，避免正面回答。唯一躲避不开的一个坎是青龙奇迹，若没有正确预测何来正确预防？若没有正确预防何来倒房七千间、损坏十八万间竟然一个人没死？因此，对于这个能解开中国地震工作十年辉煌之谜的钥匙只好采取严密的封锁政策，严禁议论此事。

但是没有不透风的墙，1995 年春，联合国官员科尔博士（J.M.Col）来到北京参加第四届世界妇女大会的筹备会议，偶尔听到青龙奇迹的故事，恰好她是联合国发展援助与管理服务署（UNDDSMS）的领导，来华前刚刚参加联合国十年减灾委员会的计划讨论，署里把十年减灾计划中重要组成部分，"如何加强行政管理发动群众减轻自然灾害"这一部分内容请她执笔来起草文件。她听到唐山地震中的青龙事迹的消息，喜出望外，敏感地意识到这是加强行政管理发动群众减轻自然灾害的生动的实例。于是，她立刻通过中国妇女代表团团长陈慕华找到国家地震局，要求了解 1976 年唐山地震前青龙县发布地震预报的详情。对来自联合国的要求，地震局好拒绝，把它推给国家科委来决定。科尔博士与科委主任宋健取得了联系，要求调查唐山地震时的青龙事迹。

1995 年夏，我收到科委对外联络司的电话约我面谈，一位副司长接待了我，由于我在国家 863 项目干了几年，我被评为 863 课题的先进个人，在国家科委有一定知名度，科委不少人听过我的 "KCEP-863" 课题的报告，其中有部分涉及唐山地震的预报过程。我概括地向这位副司长介绍了唐山地震的预测经过、地震专家们内部分歧的原因以及对青龙奇迹的态度，分析了地震局把矛盾推给家科委来决定的原因。这位副司长告诉我，科尔博士给宋健主任的信中有一段话不太好处理，她是这样写的：

"听说 "文化大革命时期" 中国由于政治需要发布了一些新闻。我们不知道青龙县在唐山地震时，虽然倒塌许多房子，由于事先采取了预防措施，结果一个人也没死这条新闻到底是不是事实？我们对此非常感兴趣，因为联合国正在制定十年减灾计划，其中如何加强行政管理发动群众减轻自然灾害是计划中的重要组成部分，若此事真实可靠，中国为世界提供了一个很重要的样板，是中国政府对世界的又一重要贡献"。

几个月后，我收到国家科委接待联合国发展支持与管理服务署科尔博士一行访华的文件（国科社字〔1995〕027 号文），同意联合国组团来华对唐山地震前青龙的预报、预防经过作实地调查，并把我列为代表团成员，全程陪同调查。

1995 年 9 月 4 日，科尔博士作为联合国官员先参加了在北京召开的第四届世界妇女大会，会议结束后，她用了八天时间（9 月 7 日至 15 日）开始深入、全面地对唐山地震作实地调查，她第一天到国家科委访问，第二天上午在国家地震局分析预报中心听取梅世蓉汇报，由于我是双重身份，既是参加汇报的分析预报中心一员，又是听取汇报的代表团成员，为了不

国家科委司发文

国科社字〔1995〕027号

关于接待联合国发展支持与管理
服务署珍妮—玛丽·科尔
博士一行访华的通知

陕西省科委、云南省科委、唐山市科委、青龙县科委：

联合国发展支持与管理服务署珍妮—玛丽·科尔博士
(Dr. Jeanne—Marie Col)和联合国开发计划署乔伊斯·余博
士 (Dr. Joyce Yu) 将于今年九月七日至十五日来华访
问。

该代表团此次访华的目的主要是就利用公共管理与灾

—1—

害科学预报来减轻灾害的联合国国际计划项目与我国有关
部门及专家商谈合作事宜，并赴我国在此方面有成功经验
的地方进行参观。请有关部门和单位协作做好接待工作。

联系人：国家科委社会发展科技司资源处 沈建忠
电 话：(010) 8515544—1604
传 真：(010) 8512163

附件：一、代表团名单
二、代表团日程安排

主题词：接待 外宾 通知

抄送：国家科委国家计委国家经贸委自然灾害综合研究组
国家科委办公厅 1995年9月6日印发

—2—

国家科委关于接待联合国发展援助与管理服务署（UNDDSMS）J.M. 科尔博士一行访华的通知，其中包括到唐山、青龙的参观与调查研究

在国际友人面前暴露内部矛盾与争论，我一开始就表态，我今天只带耳朵听，不发表任何意见。尽管这样，老梅汇报仍十分拘谨，只是念她的发言提纲。下午到地质所听取马宗晋的汇报，内容丰富、讨论热烈，我记得一直到晚餐时大家把餐桌上的碗筷挪开，摆上地质图还讨论了好一阵子。科尔博士当场表态，要与马宗晋的课题组签署合作推动联合国十年减灾计划的意向书。

3. 联合国派来了调查团

1995年9月9日，国家科委派两辆车，中央电视台一辆车，踏上去青龙县之路。由于地方上从来没有接待过联合国官员来进行实地调查研究，显然各级政府做了大量准备，一路上河北省、唐山市、青龙县不断有领导加入我们的车队，我记得最多时形成十几辆车组成的浩浩荡荡的车队，看

到这种架势，科尔博士皱着眉头对她的翻译朱若敏说：

"如此兴师动众，让我们如何进行调查工作？我发愁怎样才能完成给联合国写一份真实可信的调查报告的任务！"

到达青龙县后下榻在县委招待所，她要求立刻召开准备会议。青龙县已经把唐山地震时所有有关人员都召集起来了，包括已经调离青龙多年的冉广岐老书记。我们在唐山地震以后 20 年从未见过面，他对是否能实事求是讲青龙事迹还心有余悸，我给他看了李鹏的讲话，宋健的批示，使他情绪稍有缓和。

会议开始科尔博士首先讲话，说明她受联合国副秘书长与联合国十年减灾委员会的委托来调查唐山地震前青龙采取了什么预防措施，唐山地震使青龙房屋损坏情况，以及人员伤亡情况。为了使调查工作深入、真实，她提出几点要求：第一，不需要安排调查计划，包括调查路线、调查对象等，采取随意取样的调查方式。第二，希望看到唐山地震前后县政府的有关档案文件等原始资料。第三，希望能看到唐山地震前后当地的新闻报道与相片。第四，请提供一张县地图，白天我们随意串门采访。第五，请邀请全部知情者见面，每天晚上安排或开座谈会或个别谈话。当然，最重要的是在我们采访时不希望许多局外人陪同，以免影响采访的真实性。

联合国发展援助与管理服务署的科尔博士在青龙县农村对"青龙奇迹"进行调查

第二天清晨五点，科尔博士博士把我们唤醒，招待所还没有开饭，她就带我们到集贸市场去瞎逛，东转转西转转买些蔬菜、水果，遇到老人就问："唐山地震时你在哪里？"

老乡回答："就在青龙某某村。"

"你们家房屋受损了吗？"

"半夜三更突然房倒屋塌，吓死人了！"

"你们家有人死伤吗？"

"幸亏地震前两天，村里通知可能有地震，动员搬到外面睡觉。"

通过几天在集市、田头、串门的方式做了几十次的采访，又详细阅读了政府的档案文件，查到了7月22日张春青从唐山参加地震会议回来向县委的汇报稿，查到了7月24日县委紧急会议采取防震措施的决议记录，查到了7月26—27日《青龙日报》刊登出学校在操场上课，商店搭帐篷售货，冉广岐书记指挥群众安全转移的报道与许多相片。

最精彩的是与冉广岐（唐山地震时任县委书记）、王进志（唐山地震时任县科委主任）、王春青（唐山地震时任县地震办公室主任）等几个知情人的座谈会。开始大家比较拘谨，说的都是套话、虚话，后来科尔博士要求他们按时间次序一步步回忆，先从王春青7月中旬参加唐山地震工作会议开始讲，不善谈吐的王春青默默把他参加会议的笔记递给科尔博士看，笔记本上记录着我在会上对地震形势所作的分析："近来本区地震形势严峻，从7月22至8月5日本区可能发生5—6级地震，下半年可能发生更大地震。"听到上述通报，他连夜赶回青龙，与王进志、张宏久汇报，达成共识，想办法如何尽快向冉广岐汇报，王进志说他们一起去堵了冉书记多次才于7月22日汇报上。接着是冉广岐听了汇报后的态度，他说他是河北蠡县人，经历过1966年邢台地震，学习过周总理大量对防震减灾的指示，首先认为这是一件关系47万青龙群众的大事，必须认真对待，但他又不敢轻易表态，先让地震办了解群测群防的现况，当地震办反映本县的群测群防发现不少突出的异常现象，这时冉广岐说："听到冷口温泉等六个突出的异常现象后，我初步下决心定要采取防震措施了，理由是：上有中央 69 号文，下有群测群防的突出异常，中间有国家地震局保卫京津组组长汪成民专家的短临预报，此时不下决心，还等何时？"

科尔博士问："地震预报是科学难题，可能来，也可能不来，县党组意见又不一致，万一地震不来怎么办？"

冉广岐说："我在党委会上表态，在涉及 47 万人的生命财产的关键时刻，必须需要有人出来担当，若地震来了，我们就躲过一劫，万一不来，群众埋怨、上级责怪，由我来承担一切后果！"

科尔博士问："你就不怕丢乌纱帽吗？"

冉广岐大笑，流露出他那燕赵汉子的豪爽本色："我们共产党人只考虑全心全意为人民服务，从不考虑个人得失，乌纱帽我从不放在眼里，把它当尿壶踢！"

从小在美国长大的朱若敏这一次犯了难，可能她根本不知道什么是尿壶，也可能英文中没有尿壶这个词，她费了半天劲才使科尔博士明白，主人与客人都大笑，座谈会在欢乐中结束。中央电视台、河北省电视台都全程录了像。

联合国调查组与部分"青龙奇迹"当事人合影

联合国救灾总署署长埃罗教授与联合国发展援助与管理服务署科尔博士等在唐山马家沟矿进行调查

会后，科尔博士高兴地对我说："现在我踏实了！有信心给领导写出一份出色的调研报告。青龙奇迹证明，尽管地震预报是世界难题，目前没有什么好办法，但只要充分发挥政府、专家、群众结合在一起的作用，就可以弥补科学技术的不足，达到避免或减少损失的目的，这正是联合国世界十年减灾计划的主题，我们要好好宣传青龙奇迹，它对世界，尤其对第三世界有重要的示范作用，这是中国政府对世界减灾事业的伟大贡献！"

4. 在世界舞台上华丽亮剑

联合国成立五十周年科技大会是当年全世界科技界的一件大事，最有影响力的一个舞台，希望能与会、发言的人数很多，但会议筹备组只挑选了三十多个对世界科技发展有重要价值的问题在大会上发言，一般每一个国家最多只安排一个报告。据了解，中国国家科委曾经向联合国推荐了几个报告，大部分是从863成果中选拔的，但大会筹备组仍然倾向于"唐山地震中的青龙奇迹"作为中国的唯一发言。1996年初，UNDDSMS正式发出对中国国家科委的邀请信，希望组织一个代表团隆重出席联合国成立五十周年科技大会，介绍唐山地震中的青龙奇迹。

在世界最大的讲台上，在最隆重的时刻，面对几百个国家的政治精英、科技权威介绍中国的经验的机会谁都不会放弃。据科尔博士后来告诉我，地震局几次提出建议派更权威、在世界上更有影响力的专家取代我到联合国去发言，经过联合国、国家科委、国家地震局来来往往协商，但由于 UNDDSMS 态度很坚决，明确表态这是联合国方面指名邀请的代表，一切花费由联合国负责提供，因此代表团人员没有特殊原因，一般不能随意更改。最后，确定下来代表团成员由我（国家地震局保卫京津组组长）、刘志新（青龙县副县长）、翻译一名与 UNDDSMS 的联络员一名共 4 人组成。由于之前人选长期定不下来，机票几度变更，致使拖到会议开幕的前两天我们才匆匆赶到位于美国纽约的联合国总部报到。组织代表团的反复、曲折过程我是事后听说的，当时我一门心思埋头准备资料，写发言稿，完全不知道有关代表团成员之争。

1996 年 4 月 3 日，我们 4 人登上美联航飞机离开北京首都机场，飞机到达汉城转机后就一直向北飞，不久就看见白茫茫一片冰山，我正在纳闷，传来广播员声音：我们正飞在千岛群岛上空，穿越白令海峡，原来我们飞的是北极航线。我去过美国多次，第一次飞经阿拉斯加、加拿大到纽约的航线。

一觉睡醒，从飞机上望下去，大地冰雪的覆盖面逐步减少，开始出现绿色的森林与草原，很快看见了五大湖开阔的水面，飞机横穿五大湖后不久就到达纽约肯尼迪国际机场。联络员朱若敏来接，由于我们两次改签机票拖延航班，已经拖到会议报到的最后期限了，代表团只能从机场直奔位于纽约市中心曼哈顿的联合国总部"成立 50 周年纪念大会"的会务处报到。进大会报到处大门，从工作人员手里领会议材料、登记、填表、交发言资料，出门时每个人都领到了相片上盖有联合国钢印的出入证，原来我们进门通过安检时在没有觉察时都给我们每个人摄了影，对刚改革开放的中国来说，我们初次体会到工作的高效率。

由于会议后天就开始，我们以最快速度在会议大厅的走廊上布置由 26 块展板组成的《中国唐山地震中的青龙奇迹》展览会。幸亏 UNDDSMS 的工

1996 年 4 月 13 日《世界日报》以《河北青龙联国列防震典型》为题进行报道

新华社联合国 1996 年 4 月 12 日电讯报道，联合国发展、资助和管理事务部"将发起行政管理与灾害科学相结合的全球计划，准备今年 7 月在唐山举办'1996 国际技术会议'，并将青龙县的经验输入国际互联网"

在联合国广播处向全世界介绍中国唐山地震中的"青龙奇迹"

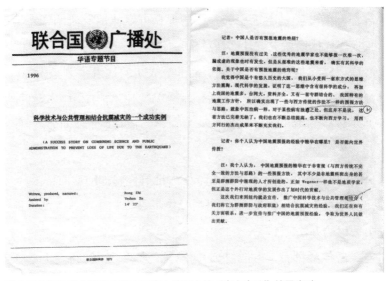

联合国广播处对全世界介绍中国唐山地震中的"青龙奇迹"的录音稿

4月12日，有几个日本地震学家来找我，请我到联合国总部六楼咖啡厅聊天，为首的教授西装革履，看上去有点熟。他说：1979年在巴黎通过胁田宏（Wakita）教授的介绍与你交谈过。我才回忆起来，他是大名鼎鼎的安艺敬一（Aki）教授，原来是东京大学的教授，后来在美国麻省理工学院与南加州大学当教授。不久前当选美国科学院院士，是当今世界顶尖的地震专家，美国的地震预测科学规划大都由他牵头完成。我的研究生欧阳宏萍正在他手下读博士。

他虽然入了美国籍但仍然保持日本式彬彬有礼的儒雅风范。他先告诉我，他一直非常关注我的研究成果，夸我的学生很优秀，称赞我在联合国的报告水平很高。寒暄以后直接转入正题，他想了解中国特色的地震预测之路的科学内涵是什么，如何破解地震预测这个科学难题的构思。我介绍了周总理另辟蹊径两条腿走路的理念与方法，以及海城地震成功预测的经过与创造青龙奇迹的过程。

我也询问了他对破解地震预测这个科学难题的构思。他介绍了研究地震发震机制建立理论模型的重要性，在前兆观测上首先要抓确定性前兆，否则地震预测的基础是不牢靠的。这些观点可以从他发表的许多论文中了解到，我觉得这样谈话没有什么新意。

我话锋一转问他："教授！你一辈子最成功的地震预测是哪一次？"他回答："我从来没有预报过，目前我的这套办法还不能应用！"我问他："按照你的办法要研究多少年才可能在地震预报中应用？"他回答："估计起码需要三五十年吧！"

我再问他："在这三五十年中若发生大地震你将如何应对？"

他无奈地沉默了一会儿说："恐怕只能依靠你们中国人在海城地震、青龙奇迹中采用的办法了！"

在安艺敬一的推荐下，我又到哥伦比亚大学、纽约州立大学分别作了两次学术报告，扩大了影响，交结了朋友。

我们在联合国一周的活动可以说是中国地震事业几十年来对国际影响的最大亮点、有史以来最高的荣誉：中国经验第一次在世界最大的舞台上华丽亮剑。中国防震减灾的经验得到联合国高度评价。联合国通过决议树"青龙奇迹"作为世界防震减灾的典范，由联合国出资在中国建设防震减灾基地，作为世界培训防震减灾人才的学校，专门传授中国海城及青龙的经验。联合国出面推荐中国防震减灾经验，大大提高了中国的国际地位、扩大了在世界的影响力。为此，我们的活动受到中国政府外交使团、新华社、人民日报、光明日报、科技日报的大力支持和报道。

中国经验第一次得到国际舆论的广泛关注，世界各大新闻媒体、报刊、电视台、广播台都铺天盖地把中国经验作为热播新闻的焦点。

中国经验惊动了世界地震科技界，许多欧美研究所、高等院校纷纷来电、来信要求建立科学联系，签立合作合同，世界顶尖地震专家安艺敬一上门请教并为中国同行的成绩所折服。

联合国救灾总署署长埃罗教授与联合国开发与管理服务署科尔博士参加纪念唐山地震二十周年大会，会见了李鹏总理

关于联合国救灾总署署长埃罗教授与联合国发展援助与管理服务署科尔博士希望在中国建立国际防震减灾培训基地的报道

　　但这些对宣传、推广周总理中国特色防震减灾之路和改变地震预报工作长期低迷局面的大好契机，却没有被适时抓住。联合国的这些运作由于得不到支持而无法落实，雄心勃勃的全球防震减灾计划归于沉寂。

第五部分

汶川地震成了终生遗憾

（2001—2020 年，66—85 岁）

一、"地震不可知论"的泛滥

1. 国际学术界的地震预测"新潮"

地震是否能预测，在科学界是个争论多年的热门话题。在地震队伍中古今中外从来没有取得过共识，只不过时而剑拔弩张，时而偃旗息鼓而已。

记得 1979 年春我参加了巴黎联合国教科文组织召开的"第一届国际地震预报科学研讨会"，起初教科文组织决定召开此会的初衷是宣传、推广人类首次对破坏性大震预测、预报、预防成功的中国海城地震经验，因此邀请大批中国代表上台发言，另外安排了美国、苏联、日本等介绍本国在地震预报方面取得进展的实例。几次地震预测、预防的成功使部分科学家盲目乐观起来，会议上洋溢着一片胜利前夕的欢快气氛，美国、日本、中国、苏联等国纷纷推出加速实施地震预报的各种计划、方案，认为人类突破地震预报关、最终解决地震预报问题是指日可待的事情。

但当时就有部分代表提出异议，他们对会上介绍的成功经验不屑一顾，认为这些实例科学技术不够严谨，理论基础不够扎实，他们把这种方式的地震预测讽刺为"看图识字""科学占卦术""科学与艺术的结合"等，尤其在取得海城地震成功预测的中国科学家紧接着又遭遇唐山地震漏报的滑铁卢，不免对海城地震成功的宣传显得底气不足、大打折扣。对于曾亲自经历、操作海城、唐山等大地震预测全过程的我心中明白：无论海城、唐山都是"打招呼"式的经验预测，都没有捕捉到确切的必震信息，每个阶段（长、中、短、临）的预测都没有十足把握。成功是探索中的成功，失败是探索中的失败，换句话说，海城存在有失败的风险，唐山也有成功的可能。从科学层面上都处于同一水平。因此，对海城地震成功的盲目乐观，对唐山地震失败的过分悲观都是失之偏颇的。但这丝毫不影响海城地震作为人类首次取得破坏性大震预测成功的划时代的科学地位，不影响青龙奇迹在世界防震减灾事业中的示范意义。

"第一届国际地震预报科学研讨会"上两种对地震预测水平认识的分歧，

正如中医与西医的争论一样，其本质是不同地震预测理念的碰撞，是西方式"靠机理模式的精确预测"还是东方式"凭经验积累的实效预测"的冲突。可惜我当时没有认识到这个高度，无法向与我辩论的外国朋友进行全面阐述中国的先进理念。

美国、日本等国一向是"地震无法预测"观点的大本营。1923年日本关东大地震前，日本地震专家今村明恒曾经有过正确预报，但遭到他的老师地震权威大森房吉的强烈反对，他公开宣布"有人预测我们地区面临一次伤亡达20万人的大地震，这是毫无科学依据的"。

不幸的是，不久以后正如今村明恒预测的那样发生了关东大地震，仅死亡就达13万人之多。他的老师大森房吉后悔莫及、无地自容，在沉重负罪感的压力下很快郁闷而死（另一说法为自杀而终）。美国学者对此不以为然，艾伦教授说："大可不必为此事自寻烦恼，更不必自责，即使今村明恒说对了，也只不过是一种偶然的巧合而已，因为在当时条件下地震是不可能被预测的。"由此可见，尽管事实已经证明今村明恒的预测是正确的，但对某些人来说，事实不一定胜于雄辩，仍然无法撼动先入为主的"地震不可预测"思想，顽固地坚持原来的观点。

1995—1999年，一个叫盖勒（R.Geller）的美国地震学家连续发表文章系统论述"地震不可预测"的观点，他引用著名地震学家里希特（Richter）多年前关于地震预测的话"假如有人说地震可以预测，他不是骗子就是疯子"来支持自己的论点。他联合了美、英同行，在 SCIENCE 上发表了题目为《地震是不可能被预测到的》文章，并在伦敦的国际会议上宣读此报告，吹响了这股寒流的集结号。1999年相同观点的文章又发表在另一权威科学杂志 NATURE 上，随后又相继出现一批来自各国的呼应文章，甚至有人鼓吹"理论证明地震是不可能被预测的，今天不可能，将来也不可能"的极端论点，逐波推澜地形成一股强劲寒流，袭击世界地震科学领域。

在这时期国际地震界掀起这股逆流不是偶然的。它既是1975年中国取得人类历史首次对破坏性地震预报、预防成功及1979年"第一届国际地震预报科学研讨会"盲目乐观的否定与反弹，又是 1976—1996 年世界上一系列地震预测失败导致信心殆尽的反映。

1976 年刚取得海城地震预测成功，信心百倍的中国科学家很快遭遇当头一棒——唐山地震的失误（当时国际上并不知道唐山地震曾有过正确预测，并取得了震区附近一个县零死亡的激动人心的防灾实效）。1981 年 7 月，美国物理学家布雷迪（B.T.Brady）预测秘鲁大地震，引起南美洲大规模群众恐慌，造成社会动荡，结果虚惊一场。1986—1993 年，美国学者认为在加州帕克菲特地区将发生大地震，扬言世界上再没有比它根据更充分的预测，成功概率可达 95%。并于 1992 年 10 月、1993 年 11 月两次发出 A 类警报，结果仍然是虚惊一场，这对美国地震学家信心打击很大。更尴尬的是，当他们宣布震情相对平稳时，1994 年 1 月，加州洛杉矶地区出乎意料地发生了 6.6 级地震，造成几百亿美元损失。1992 年 6 月 28 日，洛杉矶地区又发生 7.4 级地震，美国专家们无人预报反而被远在太平洋彼岸的中国学者翁文波预测出来（详见下节"老邢台们中流砥柱"内容）。

日本是个多地震国家，在地震预测方面下了很大功夫。他们多年来对东海地区的地震形势开展了大量工作，日本气象厅等制定了各种周密计划，但仍然没有取得理想结果。1995 年 1 月 17 日发生的 7.2 级阪神地震，2011 年 3 月 11 日发生的东北海域的 9 级巨震都没有被预测出来，社会上一片指责声。经过一系列地震预测的失败和挫折后，全世界科技界对地震预测的悲观情绪迅速蔓延，在报刊上、国际学术会议上对地震预测持悲观态度的言论占了上风。

虽然中国学者对这场争论参与不多，但不得不承认这股逆流潜移默化地影响、动摇了我国地震工作者的信心与决心，尤其在改革开放的大潮中"请进来、走出去与国际接轨"的背景下，大量对中华文化所知不多、受西方理念熏陶较深的海归逐渐占据地震系统各级重要岗位，取代了经历过海城等地震考验有实战经验的老专家。这些年又恰逢地震平静时期，多年没有发生大地震，没有给这些新专家提供锻炼机会。于是，一批缺乏实战经验，没有上过战场的新兵忽然成了防震减灾的指战员，他们头脑中只有西方导师的教材，对周恩来总理制定的中国地震工作的方针政策毫无感性认识，对海城、松潘等地震是如何预测成功，青龙奇迹是如何创造的所知甚少。

根据他们的理念，要进行地震预测，首先要弄清地震发生的机理，建立正确的理论模型，没有正确理论指导下的实践只能是盲目实践，强调只有在寻找到与地震有确定性联系的"必震信息"后才能进行预测。凡与地震虽然有关联，但非确定性前兆的信息一概不能作为预测的依据，把攻克地震预测难关的期望寄托于有一天发现一个好理论、好模型、可靠确切的前兆。

这套想法不是什么新发明，是多少年来东、西方学者争论的陈旧的话题，它与中国整体性思维，与当前大数据、大系统的理念背道而驰。在五十年前邢台地震科学讨论会上就有人阐述过，但受到李四光等人的抵制，在周总理的力挺下另辟蹊径选择了走"利用一切可能与地震有关各种自然现象的异常进行综合分析，开展经验性预测"的中国特色的地震预测之路。当周总理、李四光、刘西尧、翁文波等人离去后，对走中国特色的地震预测之路的信心又开始动摇、被弱化。今天在"回归科学、回归理智"的口号下，逐渐改变周总理制定的中国地震工作方针，摒弃曾取得过海城等二十多次地震预测成功的基本经验，使整个地震预测指导思路陷入混乱，长期犹豫、彷徨，今天抓抗震，明天抓预警，导致地震预测水平急剧下降。

我对地震系统影响较大的《地震学报》《地震》等刊物进行过统计：《地震》每年刊登出论文平均150—200篇，在1975—1985年期间刊登出的论文40%—50%是直接介绍预测技术、方法与经验的，到1995—2005年，论文内容直接有关预测技术、方法与经验的已经下降到不足10%。同样《地震学报》刊登出的论文内容也如此，20年前占主体的介绍预测技术、方法与经验的论文，现今已经很少被刊登。此现象在地震局大楼里组织的学术报告内容中反映得更明显：在1975—1985年期间，几乎70%的学术报告都是介绍预测技术、方法与经验的，几十年后的今天，几乎完全听不到这些内容了。

由于长期受西方"地震不可预测"或"在当前科技水平条件下开展地震预测是不现实"的观点的影响，一时间地震界出现与周恩来主导地震预测工作时期恰好相反的怪现象，地震专家以谈地震不可预测为时尚，谈地震可预测反而成为奇谈怪论。谁若评论地震预测的复杂性、艰巨性是尊重科学、态度严谨的实事求是的表现，谁若介绍地震预测技术、方法与经验，是浮躁冒进、哗众取宠、科学能力平庸的反映。

我曾经为了呼吁有识之士共同奋起，揭露国外的错误思潮对我国地震事业的恶劣影响，先后给领导写过二十来封信，给学术刊物投了几次稿，但都被拒于门外，不予理睬。

曾经与徐道一一起以国家科委 863 项目总结的名义写了一部专著《中国地震预报之路》，基本已经脱稿封笔，突然遭到巨大的行政压力被扼杀于摇篮之中。

2. 老邢台们中流砥柱

聆听过周恩来总理的教导，经过邢台地震实践并亲手取得海城、松潘地震预报成功，创造青龙奇迹的"老邢台"们，对地震局受到国外"地震不可知论"冲击，陷入泥淖不能自拔的状况非常着急，首先站出来的中流砥柱是中国预测论的鼻祖翁文波院士。

翁文波院士是在邢台地震后，周恩来总理亲自邀请到中南海委托搞地震预测的两位专家之一，他临危受命，与李四光一起短短几年就把中国的地震研究从一穷二白带领到世界高峰。他几次痛心地对我说，自从李四光去世，刘西尧、胡克实、董铁城等一批领导离开地震局后，他对完成周总理交办的任务很无奈。

一次，我陪着张铁铮到鼓楼老宅看望他。那时张已经被地震局弃用回到石油部工作，他很沮丧，舍不得离开奋斗多年的地震预测岗位，难忘被周总理接见的光荣历史。想继续留下来从事地震预测，于是千方百计找同样在石油部工作的翁老，希望他能帮忙挽救局面。

翁老在他堆满资料的破旧书房中接待了他，浓厚的宁波口音，需要我不时"翻译"解释给张铁铮听。翁老说，他与李老（李四光）不一样，虽然同受周总理委托"临危受命"搞地震预测，但李老除了在地质部任部长外同时兼任中央地震工作小组组长，在地震局说话一言九鼎。而他仅仅是以专家、顾问身份在地震局兼职，只有建议权没有决策权。

"其实建议权也是虚的，要看哪位领导当政。"

他回过头来对我说："我有些重要的话想找地震局领导沟通，老汪能否替我去约个时间？"不知为什么，他一贯称我为"老汪"。

"翁老，局长有好几位，你想谈什么问题，我去约分管的局长。"

翁老激动地打开了话匣子，讲了一段刻骨铭心的话。

他认为当前地震局最大的问题是斗志问题。决定一支队伍战斗力的首先是精神，其次才是技术。海城、松潘等地震预测成功，大庆、大港等油田顺利出油主要依靠中国人百折不挠的奋斗精神。随着改革开放中外交流增加，国外好的、坏的东西都进来了，地震局面临的问题是国外伪装成"先进"的，而本质是落后、保守的科学思想扼杀了我国朝气蓬勃的创新思想与奋斗精神。

西方思想中的糟粕取代了中华文明的精华，造成地震局一系列错误决策，譬如地震工作的"群测群防"政策，被莫名其妙取消了，这扼杀了多少杰出的发明家、可贵的创新技术！张铁铮事件就是其中一例。

我问："假如地震局不接受你的意见怎么办？"

他叹口气说："现在总理、李老都不在了，我只能尽我微薄之力，尽量做点事对他们有所交代吧！首先抓紧把我的预测经验写书出版，再利用政协委员的地位与我在国内外地球物理界的影响力，多宣传地震是可以预测的思想。当然，更重要的是我自己尽力多成功预测几次地震，用事实来拨乱反正。"

翁老没有食言，其后几年，他自己或他提供素材由助手执笔，奋笔疾书发表了《预测论基础》《翁文波传》《当代预测宗师》等多本专著。

在《当代预测宗师》一书中披露了他自 1982 年至 1992 年共预测天灾 252 次，正确 211 次，成功率 83.7%。预测 ≥ 5 级地震 85 次，正确 69 次，成功率 81.2%。迄今为止，世界上还没有第二人能达到如此高的地震短临预测水平。比预测的高成功率更值得重视的是他的短临预测大部分是跨越式的，经常提前十几天乃至几个月作出预测，类似根据中国农民几千年实践经验"正月十五雪打灯，八月十五云遮月"的天气预测，虽然竺可桢院士认为这种预测有一定科学道理，但与传统西方推进式、走一步看一步的预测理论基础、思路方法是截然不同的。

其中影响最大的是第 68 号预测：1991 年，翁老应美国地球物理学界泰斗地球物理学会原理事长格林（C.Green）教授的邀请去美国讲学，讲学中，翁老针对西方盛行的"当今技术地震不可预测"，甚至"理论上地震永远不可预测"的错误观点予以激烈反驳。

他明确宣布："中国地震专家包括我本人认为，在当前技术条件下就可以取得一定比例的成功预测，无须等到遥远的将来。"与会者大哗，并当场发难要求翁老能对美国地震作一次预测来证明自己的观点，这明显是挑战，但箭在弦上不得不发，翁老答应可以试试。回国后，翁老潜心研究美国地震规律，1992 年 1 月 27 日，通过全国政协批准，翁老以学者之间交流的方式向美国作了一次预测。内容是：1992 年 6 月 19 日前后，旧金山大区将发生 6.8 级地震。

由于美国本土地震科学家对该区的地震预测已经经历了无数次尴尬的失败，通过浩如烟海的观测数据分析仍然没有找到对此地的理想预测指标，他们不相信一个没有掌握多少实测资料的中国老头能提出什么有价值意见，但结果大出意外，五个月后的 1992 年 6 月 28 日，于洛杉矶附近果然发生 7.4 级破坏性地震。时间差了 9 天，地点、强度都基本正确。

美国 USGS 请了许多专家花了重金监测此区的地震没有取得成功，却被太平洋彼岸一个耄耋老人抓住了，在美国引起很大轰动，影响非常大。

下面是翁老 1992 年 1 月 27 日给格林有关地震预测意见的电报：

Weng Wen-Bo
23, Xin-An-Li, Cu Lou
Beijing 100009
P. R. China
Jan. 27, 1992

Dr. Cecil H. Green
3525 Turtle Creek Boulevard
Apartment 20A
Dallas, Texas 75219

Dear Cecil:

The forecast of the probable earthquake in California of
some importance in 1992 yields the following essential elements:

Time: June 19 1992
Magnitude: 6.8
Place: broad region of San Francisco

As a general reference of the accuracy or inaccuracy, a table of
verification of forecasts of world's earthquakes in 1990-1 is
herewith enclosed.

I have made arrangements with related organizations,
including the Chinese Petroleum Society to receive your group, if
you find convenience to visit us.

Wishing you to be very healthy and happy.

Your's most sincerely

1992 年 1 月 27 日翁文波应美国地球物理学会要求，对美国旧金山大区发布地震短临预测的电报

时间：1992 年 6 月 19 日前后

震级：6.8 级左右

地点：旧金山大区地区

格林先生在洛杉矶 7.4 级地震发生后的 1992 年 7 月 6 日发来贺电，电报中对翁老的准确预测表示十分惊讶，希望学习翁老的预测方法。

Dr. Weng Wen-Bo, President
Chinese Geophysical Society
R.I.P.E.D.
P. O. Box 910
Beijing 100083
People's Republic of China

Dear Wen-Bo:

Congratulations on your prediction of the earthquake in the
Los Angeles, California area during the latter part of June.

As you probably know, several earthquakes did occur, and the
strongest was as great as 7.40 on the Richter scale.

You were certainly marvelous to do this while at the same
time I am more than curious as to just how you do this. At
the same time you must feel very happy for such an accomplish-
ment!

Most sincerely,

1992 年 7 月 6 日美国地球物理学会主席格林教授对翁文波正确预测美国地震的感谢电报

　　配合主帅翁老对"地震不可预测"思潮的反击，宣传"在当前技术下就可以取得"一定比例的成功预测"的理念的推动下，"老邢台"们积极行动，取得多次对较大地震的成功预测，同样引起巨大国际影响的实例还有不少，例如：1995 年 5 月 11 日，我与耿庆国等应联合国驻华 UNDP 总部的邀请作"当前中国地震预测水平"的报告。与会者受国际上地震不能预测论的影响，对我们介绍的中国地震学家有能力对某些地震作出一定程度短临预测的科学结论持怀疑态度。他们提出"是否能当场预测一次地震"的要求。

　　我与耿临时商量，假如拒绝回答肯定会给中国地震界的国际声誉带来恶劣影响，恰好我们前几天刚开过会，大家有个认识比较一致的预测意见，干脆把它公布于众，供与会者参考。

　　我们当场宣布："中国地震局没有向外国提供预测意见的义务，但不意味着我们没有开展这方面研究，作为学术交流，我们把最近对亚洲地震形势的研究结果向大家介绍一下：今年 5 月 25 日前后 5 天，在亚洲东部可能发生一次 7.5 级强烈地震。此预测意见仅供与会者参考、验证，但不要外传！"

　　结果，在 5 月 27 日 21 时，在苏联远东萨哈林地区发生了一次 7.6 级强烈地震，人员伤亡严重。强度、时间正确，地区基本正确但不够具体。

　　尽管这是一次不够完美的预测，却得到国际高度评价。联合国 UNDP 驻华总部主任哈尔康比博士专门打来电话对我表示祝贺，写信给科委宋健主任表示赞赏。他在信中说："联合国非常欣赏贵国有一批世界顶级的地震科学家，他们能对中国及其周边地区发生大震的时间、地点作出相当准确的预测。这当然是贵国积累了 25—30 年丰富地震预测经验的结果……"

United Nations Development Programme
Sustainable human development
联 合 国 开 发 计 划 署
人 类 持 续 发 展

30 May 1995

Dear Dr. Song Jian,

　　The United Nations has come to appreciate that China possesses world class seismic scientists capable of predicting the timing, severity and location of earthquakes in China and abroad with very considerable accuracy. This stems from their very considerable experience in this field over the last 25-30 years. They proved capable of predicting the disastrous Tangshan earthquake on 28 July 1976, and many others since. I am aware that they anticipated the Kobe, Japan earthquake on 17 January 1995 and more recently the timing and severity of the disastrous 27 May earthquake on Sakhalin Island in Russia (although they thought its epicenter would likely be in the Tokyo area).

　　We understand that the techniques employed by the Chinese scientists differ from those found elsewhere, and have certain advantages. Elsewhere, seismological approaches are practiced for the most part, while in China approaches include geoelectric, geomagnetic, planetary body, meteorological, hydrological, earth crustal formation, infrasonic soundwave, and animal behavior assessments among others. Early information on the 27 May prediction was sent to me informally on strictly humanitarian grounds and I forwarded it to the Japanese authorities for their assessment and follow-up as warranted. The Japanese Government later was extremely appreciative as their scientists using seismological approaches could determine no impending disturbance.

　　To help support the earthquake prediction work of Chinese scientists, I am interested to support an effort being made to establish a small trust fund that would receive international contributions from diverse private and public sources. This trust fund could among other things provide support to the research facilities of the Chinese Scientists, facilitate international exchanges among scientists on earthquake prediction methods, and help to draw attention to the prediction methods employed in the Chinese scientific community. The trust fund might be established in the context of a UNDP project attached to the State Science and Technology Commission and the Laboratory of Lithospheres Tectonic Evolution (LTE) of the Institute of Geology of the Chinese Academy of Sciences.

　　I have discussed the matter recently with Dr. Jean J. Chu (a Chinese American) who is the head of a SSTC sponsored project supervising and funding research on the earthquake process and prediction within the larger framework of disaster preparedness and management. The attached letter from Li Maoming, Deputy Secretary General of the SSTC to the United Nations in New York describes the desirability of UN support to China's earthquake prediction work.

contd./...

His Excellency
Dr. Song Jian
State Councillor and Minister
State Science and Technology Commission

Address: 2 Dongqijie Sanlitun, Beijing 100600, China
Telex: 22314 DPBJG CN　Telephone: 86-10-532 3731　Fax: 86-10-532 2567
北 京 三 里 屯 东 七 街 二 号 邮 编: 100600

1995 年 5 月 27 日萨哈林发生 7.6 级地震，联合国 UNDP
驻华总部主任哈尔康比博士对中国科学家的正确预测给
科委宋健主任的感谢信

　　中国科学家多次预测地震成功，引起国内外高度评价，联合国 UNDP、UNESCO、UNDDSMS 和国际十年减灾委员会的一些专家认为，中国地震学家掌握了一些与世界常规方法不同的特殊地震预测技术与方法，因此，多次提出希望能在中国举办世界地震预测预防学习班，介绍中国地震预测的经验。1996 年 7 月，联合国十年减灾委员会主席欧·埃罗专门就此事访问中国，在唐山召开的纪念唐山地震 20 周年的大会上，向李鹏当面提出要求：希望在中国建立防震减灾基地，学习中国地震预测经验，尤其是短临预测技术、方法。经过李鹏介绍，欧·埃罗与唐山市政府签署了办地震预测技术学习班的备忘录。

联合国10年减灾委员会主席
欧拉维·埃罗一行在唐山考察

本报讯　通讯员赵 硕报道：应唐山市人民政府邀请，联合国10年减灾委员会主席欧拉维·埃罗等15人，7月26日起在唐山市考察，28日，以埃罗博士为团长的联合国项目信息编辑队与专家们就成立合同中共同建立防灾减灾培训中心与唐山市签署了备忘录。

备忘录提出：减灾培训基地和试验区将利用唐山地震遗址、抗震纪念馆、唐山20年积累的防震减灾经验和地震监测台网，面向全球培训防灾减灾人员，同时进行突发性灾害研究工作，建立具有实验培训能力和技术科研水平的综合基地和实验区，为人类防灾减灾提供监测和服务，并系统地开展防灾减灾知识培训和灾害研究。

唐山市副市长张和先后陪同考察团参观了藏县5等多个地震台站，参观了地震遗址和唐山康复行，凭吊了唐山抗震纪念碑，考察团官员还当年唐山地震在进行了一次访问，部分团员参加了7月28日这里召开的唐山抗震20周年纪念大会等纪念活动。

本版责任编辑 金 富

联合国10年减灾委员会主席欧拉维·埃罗博士一行15人7月26日开始在唐山考察。图为参观地震遗址。　　　　　赵硕/摄

联合国派救灾总署署长埃罗教授来华向李鹏提出在中国建立国际防震减灾培训基地，学习中国的经验

但是，地震局的某些人对自己的地震预测经验丧失信心，对国外求知若渴的热情熟视无睹。他们不但不表扬、奖励利用中国本土技术取得成功的专家，反而严厉批评、贬低这些专家在地震预测上取得的成绩（包括对翁文波院士的成果评价），宣布不允许把预测意见透露给非地震局的其他单位，尤其是国外机构。对地震预测水平的评价要严格与世界接轨，与地震局官方的口径保持一致，将我们在联合国驻华UNDP总部的学术报告中擅自透露预测信息定性为违纪行为。

3. 中国地震预测咨询委员会的成立

地震局是个"铁打的营盘流水的帅"，2001年底突然传来更换一把手的消息，很快局长办公室换了一张新面孔。新来的局长叫宋瑞祥，是个业务型的行政管理干部，在青海省当过省长，在地矿部、环保局当过主要领导。

2002年夏的一天，赵玉林突然闯进我办公室："告诉你一个好消息！来了姓宋的新局长对地震预测比较支持，对不同意见还能听得进去！"

"何以见得，可能是新官上任三把火吧！"对地震局领导失去信心的我反问道。

"2001年昆仑山8.1级大震后，我们曾给领导打报告，认为这次活动高

潮远没有结束，要警惕几年后川滇一带有大震发生的可能，必须提前作好准备，我们（赵玉林、钱复业）向领导提出一个应对方案——立即在川滇一带建立几个 HRT 波的台站。一年来，地震局上下没有一个人理睬我们的提议。宋局长来了以后，第一时间主动听取了汇报并当场表态支持我们的建议。"他兴高采烈地告诉我。

不久传来好消息，在宋局长的大力支持下，为了监测昆仑山 8.1 级大震后川滇地区的震情，在该区建立了四个 HRT 台。钱复业、赵玉林潜心钻研 30 年的新技术最终获得了在实践中接受检验的机会。

新局长对地震预报的态度又燃起我的地震预测之梦，但我认为地震局的问题已经积重难返，远非建立几个新台站、推广几项新技术就能解决的，需要在指导思想、方针政策、技术路线、人才培养等一系列问题上全面拨乱反正，若想达到这一点就不能依靠一人之力，需要广大群众的舆论，于是我联络了一批了解地震局历史、熟悉地震预测、敢于伸张正义的离退休老专家组织一次"如何才能提高地震预测水平"的座谈会，并邀请宋局长出席会议听取汇报。宋局长果然不负众望，同意参加于 2003 年 10 月 11—12 日在十三陵地震台召开的离退休老专家座谈会。

根据会议的安排，首先由我放第一炮，点出会议主题。然后是李均之、耿庆国等专家分别发言。

我的发言比较全面，摆出大量事实，有理有据地说明地震局的黄金十年的光辉历史是如何取得的，指出目前已今非昔比，原因是当前地震局陷入"地震不可知论"的泥淖，我们十分担心，一旦有震情难以应对。

李均之的发言从非地震系统的专家角度出发，叙述近年来响应周总理的号召，配合地震局开展地震预测遇到的种种困难与挫折，发言中充满着愤怒与牢骚，尖锐地批评了地震局放弃两条腿走路的方针的错误。

耿庆国的发言一向以慷慨激昂见长，赋予听众激情与信心，他用大量历史事实来证明只要领导认真抓地震预测，地震局定能恢复海城地震时期的光彩。

前三个发言像在会上点了一把火，老专家们一个接着一个抢着话筒说话，到吃饭时还停不下来。

午饭后，在地震台的小院里散步时，宋局长显然对大家的尖锐批评有所触动，他对我说："老专家们的精神很可贵，火气虽然大了些，但看得出出发点是爱护地震局、关心地震事业的。"

我说："几年来，大家有许多意见想向领导汇报但没人理睬，这才憋了一肚子火。与会者很多是曾经为地震局建功立业的老专家，眼看地震预测水平迅速下滑很着急，想发挥余热却又报国无门。"

"你看，如何才能把这些离退休老专家的积极性调动起来？"他沉思了一会儿，接着说，"成立一个类似国务院参事室的权威咨询机构如何？给予大家对有关地震预测方面的方针、政策、技术、对策提出咨询意见的权利，通过正规渠道来沟通，总比在下面发牢骚好。"

我大喜："这个意见很好！"

"问题是要找到合适的人来负责，我看就你来抓吧！"

"不，不行，我的威望、能力都不够。"我立刻拒绝。

"你认为谁行呢？"

"在比我资格更老的专家中，我最钦佩的是郭增健，在我同辈专家中我最欣赏的是徐道一。"

宋局长微微地笑了，与一旁的随员耳语几句，似乎我的建议正中他下怀。

几个月后，我们收到了盖着国徽大章成立中国地震预测咨询委员会的红头文件，由郭增健任主任、徐道一与我任副主任，咨委会由分析预报中心代管，我任常务副主任负责日常事务。咨委会由局提供活动经费，保证工作条件，提供有关信息、资料。要求我们作为当然代表出席一年两次的全国会商会，另外，邀请我们参加有关地震预测方面的重大活动，提出咨询意见，做好"传、帮、带"，协助在岗的年轻同志搞好地震预测。

中国地震局文件

中震发测〔2004〕29 号

关于成立中国地震预测咨询委员会的通知

各省、自治区、直辖市地震局，各直属单位：

　　为充分发挥各方面专家在地震预测研究方面的才智，贯彻百花齐放的学术方针，加强学术交流，促进地震预报事业的发展，经研究，决定成立中国地震预测咨询委员会，现将有关事项通知如下：

　　一、委员会人员组成

　　主　任：郭增建

　　副主任：徐道一　汪成民

　　委　员：（以姓氏笔划为序）

　　孙加林　任振球　刘德富　李均之　沈宗丕　林命周

　　　　　　　　　　　　　　　　　　　　　　　　　— 1 —

中国地震局关于成立"中国地震预测咨询委员会"的文件

中国地震预测咨询委员会部分专家与地震局领导合影

　　成立地震预测咨询委员会是地震局引人注目的新鲜事。过去，地震局官方的"预测权威"中多是很少亲自预测过任何地震的"专家"，不否认他们在自身专业领域中有造诣，但对地震预测却没有多少实际经验。今天，终于把有较丰富实践经验的老专家组织在一起给领导出谋划策。咨询委吸收了地震预测八大手段的领头人、几次大地震防灾减灾取得实效的立功者与少数非地震局系统的著名地震预测专家,体现了"专群结合,两条腿走路,多兵种联合作战"的方针,组成了一个实战能力较强又得到官方认可的地震预测权威组织。

老专家们顿时活跃起来,积极投入地震活动的监测研究,不断为年轻同志提供震情分析的咨询意见。从 2004 到 2005 年两年期间,几乎所有全国震情会商会、地震形势讨论会、地震局发展战略会的文件里都把我们列为正式代表,要求派员出席发表咨询意见。切实落实了宋局长的指示,把咨询委员会如同国务院参事室看待。在此期间,我们对 2004 年 7 月 12 日西藏仲巴 6.7 级、2004 年 12 月 26 日印尼 9.0 级、2005 年 3 月 20 日本九州 7.0 级、2005 年 5 月 19 日印尼 7.1 级、2005 年 5 月 20 日西藏仲巴 6.5 级等地震在震前提出了一定程度的预测意见,对改进地震工作、提高预测水平提出了不少中肯、直率的建议,推动了咨询委与国家高级战略机构(中国战略研究会)的合作,操作 HRT 等预测地震技术的专利申请等。总之,在宋局长的关怀支持下,咨询委顺风顺水地发挥着越来越大的正能量作用,有力支持了地震局的监测预报工作。

4. 告别全国地震趋势会商会

风云突变,刚上任三年的宋局长突然被调离地震局,由陈建民来接任。

我是个业务干部,无法全面评价一位领导的业绩与水平,但就我自己与宋局长业务接触的直观印象来说,他虽然对地震业务不熟悉但有一条坚定的原则,就是把群众安危放在首位,坚决支持地震预报,他在决策、处理此类问题时雷厉风行,敢于担当。

宋局长来地震局仅三年,就我接触的业务工作而言,他对地震预测事业至少做了三件能载入中国地震史册的大好事。

一是成立地震预测咨询委员会,继承发扬周总理提倡的广泛实践、多路探索、多兵种联合作战，调动各种积极因素的光荣传统。

二是支持富有自主创新精神、具有巨大科学潜力的 HRT 波研究，对以盲目引进西方技术为时尚的地震系统是一针清醒剂。

三是在地震局对地震预测失误原因封锁得密不透风的情况下，他旗帜鲜明地支持正式出版有关揭露唐山地震的书（后来又支持出版揭露汶川地震漏报真相的有关材料），为后人留下一份真实可靠的史料。

宋局长调走后，凡他支持的事情都被边缘化。

按照局党组成立中国地震预测咨询委员会的本意，咨询委是局在地震预测方面最具权威性的高级咨询机构，有权出席局召开的各种有关地震预测的重大会议，是一年两次全国地震形势会商会的当然代表，地震局要保证咨询委员的工作条件、提供分析预测所需资料、信息。宋局长离职后，这一切都不复存在，过去是局有关部门主动热情地邀请咨询委员提出意见，现在把咨询建议送上门去，他们还显得很不耐烦，背后讥讽为"老神仙们在说胡话"，口头汇报不听、文字材料不看。咨询委员们逐渐从重要会议的代表名单中消失，大家还傻乎乎地精心准备会议的发言，到头来，会议都开完了我们还蒙在鼓里。大家让我去交涉，拿出红头文件去申诉，开始会议组织者还以疏忽为理由进行搪塞，后来干脆直白说："我们不知道咨询委员会是个什么性质的组织，老同志身体都不太好，还是颐养天年吧，何苦要惹这些麻烦！"

眼看地震形势越来越严峻，而地震预测能力却迅速下滑，咨询委委员们克服经费短缺、信息不畅、资料贫乏的困难，试图力挽狂澜、义无反顾地为防震减灾事业尽力，对于这种敬业精神年轻的同志很不理解，对我们冠以"一群疯子"的称呼。

2006年底，全国地震趋势会商会即将召开，咨询委仍然没有收到邀请，为了履行职责，忠诚执行地震局的任务，我厚着脸皮主动去找监测预报司提出参加会议要求，他们经研究才勉强同意可以派两名咨询委员列席。2006年全国地震趋势会商会开得很不严肃，毫无新意，一人在台上照本宣读，众人在台下刷手机、聊闲天，发言草草结束，既没有质疑更没有辩论，与过去地震趋势会商会对每个结论都得刨根问底、争论得面红耳赤的情景迥异。

全国地震趋势会商会是地震局最重要的会议，一年召开一到两次，把全国各省地震局的预测专家集中起来，共同对可疑的大震前兆资料进行会诊，讨论出倾向性意见，形成会议纪要向国务院汇报。这是当年周恩来总理与李四光院士共同创造的一种集中大家智慧来应对震情的制度。全国地震趋势会商会开得好坏是国家今后一两年防震减灾事业成败的基础。在1974年召开的华北地震趋势会商会取得的倾向性意见基础上，形成了著名的1974国务院的69号文件，其结论意见是"今后一两年内华北及渤海北部有发生5到6级地震的可能"，就是这个69号文为1975年海城地震预测、预报、预防成功提供依据，为1976年创造青龙奇迹打下基础。

自1972年第一届会商会至退休前的2006年会商会，我几乎一次不落地参加了会议，其中11次代表分析预报中心在大会上作地震趋势的主题报告。今天，我意识到这可能是我最后一次参加会议了，必须给后人留下一个经得起历史检验、发人深思的发言。当主持会议的岳明生副局长作完总结性发言后征求大家意见，"对今年的趋势会商会还有什么不同意见"时，我举手要求发言。他显然没有思想准备，因为这些年领导发言后，习惯性大家鼓鼓掌，宣布散会。这次出乎意料有人要求发言，他又不好拒绝，"欢迎汪老师提出宝贵意见"。

"这是我参加的第三十余次会商会，恐怕这是我最后一次参会了，作为一名老地震战士，我想说几句发自内心的话。第一，对比以往几十次会议，我深刻体会到我们会商会的质量越来越差，预测水平越来越低。假如在射击比赛中，当一个战士打靶成绩越来越差时，要迅速改进的办法是换枪或换人或两者都换。第二，我们这次会商会的结论调子太低，结论是'没有发现突出异常，发生大震可能性不大'，我觉得下此结论有些草率，没有发现异常不等于没有异常，看看我们的前兆台网的质量，看看我们的工作状态，恐怕再大的地震到了跟前都难以发现，近年来，昆仑山地震、澜沧－耿马地震、丽江地震，哪一次事先发现过异常？我很担心大震已经悄悄逼近，而我们还没有察觉！我以后参加这种会议的机会恐怕很少了，这是我的临别赠言。希望同志们时刻不忘我们肩膀上承担着保卫全国千百万人的生命财产的重任，我们会议的结论可能会影响千千万万家庭的存亡！大家对地震形势判断要慎之又重！"

会场上响起了热烈掌声，我看见坐在主席台上的几位领导坐立不安、脸色很难看。惨剧不幸被我言中，一年半以后，李有才、郭增建、耿庆国、黄相宁、赵玉林、钱复业等许多老专家担心的川滇地区发生了汶川 8.0 级特大震，损失惨重。可是在这次地震前，无论国家地震局还是四川省地震局的官方预测一直高唱"平安无事"的调子，他们武断地否认了许多来自大量专家与群众的报警，坚持认为目前川滇地区无突出异常，四川盆地西缘的鲜水河断裂带处于休眠状态，几十年内不可能发生大地震的结论。

要特别指出的是，2007 年 12 月，四川省地震局副局长韩渭宾竟然在当地权威杂志《四川地震》上发表批驳性文章，公开宣布"认为近期川、滇地区可能发生 7 级强震的预测是错误的"，粗暴地否定了许多有震的观点，为官方对 2008 年川滇地区的地震趋势定了基调。在强调要全面与领导保持一致，压制不同意见的作风盛行下，汶川大地震当月的四川地震局官方的地震形势分析意见竟然是"四川省在五月份内不会发生 5 级以上地震"的令人瞠目结舌的结论，就不足为奇了。

2007 年 12 月（汶川地震前半年）四川省地震局副局长 韩渭宾在《四川地震》发表文章，公开宣布"认为近期川滇可能发生强震的观点是错误的"。

（2008）第 020期　　会商会地点　　四川省地震局震情会商室

会商会时间　　2008年03月26日09时

会商结论：

4月或稍长时间，四川地区存在发生5级左右地震的危险性，重点关注四川龙门山南段至康定、石棉、九龙一带地区以及川滇交界地区。

2008 年 3—4 月四川省地震局会商意见是："4 月或稍长时间（本省境内）仅可能发生 5 级左右地震"

5. 与陈鑫连主任正面辩论

在钱学森院士的亲自关怀下，我从 1992 年至 2004 年承担了十二年的国家 863 项目"中国地震预测智能决策系统"课题的实际负责人。在此期间，该课题组向国家科委、中国地震局成功预测 26 次地震，将我国地震短、临预测成功率从原先的 10% 至 15% 提高到 40% 至 60%，被国家科委 863 项目评为 A 类成果，我个人也被评为国家科委 863 项目先进个人。国家科委 863 项目推荐此课题作为重点成果向党中央、国务院汇报。

2004 年该课题结题后，我与徐道一筹划把"中国地震预测智能决策系统"的成功经验写一本名为《中国地震预测之路》的专著公开出版，用我们课题获得的 26 次成功预测的实例反击"地震无法预测论"，恢复中国地震工作光荣传统。专著的详细提纲、每个章节的观点、依据、结论都经过反复斟酌讨论，并广泛邮寄给许多地震预测专家征求意见，反馈回来一片赞扬声，郭增建来信："从提纲上看出这是一本极有价值，总结我国地震预测经验的巨作，十分期盼拜读全文。"很快，勤奋刻苦、下笔神速的徐道一已经把他负责的部分写出了十几万字的初稿。

当时国家科委 863 项目已经结题，出版专著的费用需要另想办法，分析预报中心科研处告诉我，有一笔主任基金专门解决此类问题。于是，我给中心主任陈鑫连递交了要求资助出版专著的报告，附上专著的详细提纲与科委对此课题的鉴定书，我自信此事无论因公还是因私应该不会有什么问题。因为陈鑫连是我的老熟人、老朋友。

我父亲汪良圃有一个交往一辈子的挚友叫谢佐殷，其夫人叫朱新华，是我小学几年的班主任，两家老一辈长达六十年的友谊，相濡以沫，亲密无间。1955年我被选拔赴苏联留学时，谢伯伯与朱老师特意从天津赶到我家祝贺，并告诉我，他们有一侄女叫谢湘薇也将去苏联留学。后来她就成了陈鑫连的夫人，但我当时并不认识陈。

第一次见到陈鑫连大约在1974年，在他位于国家测绘总局宽街宿舍的小屋里。当时谢佐殷伯伯已经去世，爸爸对寡居在天津的朱老师十分牵挂，要我买些茯苓饼托人带给朱老师，陈鑫连恰好在天津地震系统工作，而谢湘薇的户口在北京，他每周穿梭于京津两地奔波。不知他如何打听出我当时在地震局说话很管用，一见面谈话的主题就直奔他的工作调动："听说你在胡克实跟前能说得上话？"

"有些业务问题他常征求我意见。"

"太好了，方便时请你在他面前替我美言几句，我很想调到局里工作，干什么都可以，谢湘薇户口在北京，我们在北京也有间小房，不会给你们添多少麻烦的……"

无巧不成书，不久以后，胡克实找我谈话，想把我从分析室从事地震预测研究调到局业务处搞业务管理，我以"不当官、不经商"的家训予以婉拒，并乘机推荐了陈鑫连来取代我。

胡克实说："陈鑫连此人我们也曾考察过，但下面反映上来的情况褒贬差别很大。"

我为了自己能脱身又考虑到两家老一代的亲密关系，就乘机对胡把陈的能力、口才赞美了几句。

胡克实说："好吧，我们再去调查一下。小汪，你接触的科研骨干多，顺便了解一下他们对陈的看法。"

几个月后的一天，我随胡克实赴河北、山西检查强化首都圈地震监测工作，在车上，我把武汉测地所、天津测量队一些科研骨干对陈的看法向他汇报，除了积极肯干、能力较强等优点外，自以为是、处事功利性强的缺点也很突出。胡告诉我，由于京津地区地震形势紧迫，局党组已基本决定把陈调来，人事部门正在操作，你提到的这些优、缺点与我们了解的大体一致，我们会在使用中注意的。

要求资助出版专著的报告打上去后，出乎我意料迟迟没有答复，几个月后的一天，陈约我面谈。"我认真考察了你的课题，摸了领导的态度，最后决定我们不予资助。"他一面热情给我沏茶，一面冷漠地宣布决定。

"为什么？这是 863 项目的重点成果，国家科委对它评价很高。"

"问题就出在这里，它涉及的问题过分敏感，与主流观点不一致，要我资助几万元钱一点问题没有，但假如让头头误会我支持你们的观点就麻烦了。"

我试图说服他，举了许多事实说明周恩来总理制定的地震工作方针受到国际上"地震不可预测"逆流冲击是近年我国地震预测水平下降的根本原因。863 项目的成功给中国地震工作打了一针清醒剂，用大量事实证明只有回归到正确路线上来，地震预测水平才能迅速提高。

"别给我上课啦！我知道过去许多领导对你很赏识，一直想把你提上来，但结果呢？你的许多助手、下级都爬到你上面去了，作为老朋友，我奉劝你一句，别再冒傻气了，要多一些政治智慧。"

"什么叫政治智慧？我洗耳恭听。"

"政治智慧就是一切事物要用政治眼光去认识、处理，要不断根据政治需要审时度势、灵活应对，而不要一味从业务本身来考虑问题！"

我反驳说："也就是说，对地震预测等科学问题也无须去调查研究，无须分析科学依据，无须尊重科学事实，只要按照政治需要去操作就成了？"

他愣愣地看着我，露出不屑的眼光，直白地劝告："反正不管你有天大的理由，凡事不能犯上、不能逆众，不能离开政治这根弦，你这本书的观点既犯上又逆众，尤其用了两章节的篇幅介绍青龙奇迹，地震局正式文件都回避这个敏感内容，你触犯了领导的底线。"

"你说的犯上是指地震局领导还是国家领导，你说的逆众是指地震局的群众还是全国老百姓？为什么青龙奇迹会成了领导的底线？"我愤怒地反问。

"无论国家、单位都有自己的核心利益，是不能触犯的。地震局的核心利益是什么？近年来我们在地震预测上屡战屡败，遭全国上下批评、处境困难，好容易借助国外地震不可预测的东风大造舆论，宣传解决这个问题需要几代人、几十代人的努力才能做到，这才勉强说服上级取得免于追究的特赦令。从此地震局由一个风险最大的火药库变成了风险最小的保险柜，形成报对（地震预测）有奖、报错（地震预测）无过，旱涝保收的局面，全地震局上下当然对此皆大欢喜。

"现在，突然有人鼓吹'青龙奇迹'，证明只要工作上去了唐山地震是可能预测的。这不是告诉大家，唐山地震惨剧的发生，地震局至少要承担一部分责任吗？这是挖地震局祖坟、颠覆地震局历史的大事。它会给我们施加多大的压力，套上多重的枷锁。你说领导能高兴吗？宣传这种观点就是触犯了地震局的核心利益，断了全地震局的生路，成了大家的眼中钉肉中刺，我决不会支持这种专集的出版！"

"那也不能明明经过努力能做到的事情，装出无能为力的假象来欺骗领导、糊弄群众、隐瞒真相，法律规定群众有知情权、参与权、监督权。"

"当你的知情权、参与权、监督权影响国家单位的形象，破坏社会安定团结时，这权、那权都得靠边站，这就是大道理要管小道理，这就是政治智慧。"

话不投机半句多，我发现谈话已无法再进行下去，因为对面的他已经不是我所熟悉的一个曾经为地震事业勇攀高峰而奋斗的老朋友了！

我起身离去，背后传来他关心的嘱咐："老汪，听我一句忠告，识时务者为俊杰，你们的专著千万别出，对人对己都有百害而无一利！"

6. 和陈建民局长的对话

听了陈鑫连对官场政治赤裸裸的直白后，我对单位、对一系列重要问题的认识与处理方式陷入深度迷茫之中，难道领导层都认可陈鑫连的观点？

我告诉徐道一，从陈鑫连的主任基金中得到出版资助基本没有可能，除非大幅度修改专著内容，徐道一明确表态"文责自负，宁肯不出、一字不改"。

他多次批评我手懒，这次下了决心与他合写一部有分量的专著，框架结构已成型，文字初稿也基本完成了，结果仍然胎死腹中。

徐道一是我的留苏学兄，1961 年以优异成绩毕业于莫斯科大学地质系，当我大学毕业时他已经取得副博士学位。他是个优秀的科学家，一生只知道刻苦读书、严谨治学，自参加工作以来，在国内外各种刊物上用中、英、俄文发表学术论文达五百多篇，其中不少发表在国际顶尖级杂志上，是我认识的同事中数量最多、质量最高的。他知识渊博、中西贯通，博览群书、思维创新，是个不可多得的人才。同时也是个党性很强的老党员，一身正气，对官场政治上的猫腻、人际关系中的势利毫无所知，也绝不相信。因此，他不认为陈鑫连的观点在地震局领导中占统治地位，尽管他也为一些事看不惯、不理解。如封锁青龙奇迹的真相，弱化群测群防，对中国特色的地震预报经验信心不足、贯彻不力等，但他认为这些都是个别领导的错误，不应该也不可能成为一个部门的指导思想。他郑重地建议我去找陈建民局长谈谈，毕竟他是我的学生，有带领他多年为防灾减灾拼搏的经历，同在一个帐篷里风餐露宿的交情，应该能找到共同语言。

陈建民是我带的第一批硕士研究生中的一个，他与殷积涛在 1987 年 15 位考生中脱颖而出，被招到我手下从事地下流体动态与地震关系研究，毕业后留在我研究室工作，在我负责的分析预报中心三室同志的提携下提干、入党，后来也是从我室调出去从事行政管理工作逐步发迹，他多次称我是他的"恩师、贵人"。

陈建民、殷积涛和比他们晚一年的欧阳宏萍三个硕士研究生在我身边工作最久，如同一家人。陈、殷两个男孩经常帮我干些粗活，如换煤气罐、搬重家具，欧阳是个四川女孩，经常帮我照看孩子、腌泡菜。一次，我带领陈、殷去四川考察，在四川巴塘地震办一个朋友的婚礼上初次饮青稞酒，觉得味道很淡，于是多饮了几杯，谁知青稞酒后劲奇大，生平从未醉酒过的我，结果酩酊大醉吐了一身，是建民连搀带背地把我送回了宾馆。

自从陈建民 2005 年担任地震局一把手后，我为了避嫌很少单独找过他。这次接受徐道一的劝告，我郑重其事地给局长秘书打电话预约了见面时间。

"老师，家里出了什么急事，需要我出面帮忙？"他完全没有猜到我的意图，以为有私事求他帮忙。

"不，私事我不会来找你！我想与你讨论近年地震预测水平上不去的主要原因与改进办法。"

"好，您坐下慢慢细说。"

我把两年前对宋瑞祥局长反映的意见，重复表述了一遍：国外的"地震不可预测"的观点严重干扰了中国地震工作方针，使全局上下对地震预测丧失信心，对海城、唐山、松潘等地震成功经验、失败教训继承与发扬不够，对群测群防重视不够，对有预测经验的老同志使用不当等是地震预测水平持续下降的主要原因。

他没有等我说完，就开门见山地说："老师，您说的意见仅是一部分老专家的看法，另一部分的反映却不一样。老专家们对过去的地震预测成功经验、失败教训的认识分歧很大，对如何看待海城、唐山等地震的预测争吵了多年，你们与老梅等对唐山地震的预测的不同观点全局都知道。在我临上台前老梅、老林（老梅丈夫，地震局原副局长）专门找过我，他们担心我上台后会站在您这一边，对一些历史上有争论的问题重新评价、翻老账，从而影响地震局内部的安定团结。"

"你是如何回答他们的？"

"我明确向他们表态，尽管老汪是我老师，我一旦挑上局领导这副担子，一定会以大局为重，对有争论的历史问题凡历届领导表过态的都予以支持，决不作任何更改。一来维护前辈们的威信，也维护地震局的安定、团结的局面。老师，我想你也会赞成我的表态的！"他毫不回避地坦率回答我，可能察觉到我的异样，马上递给我一根香蕉，亲切地继续说：

"老师！请您换位思考一下，我年纪轻、阅历浅，负责这么一大摊子事，需要照顾的面很多，大家的吃喝拉撒，全地震局的福利，人心的稳定团结，等等。我没有精力去分辨过去的那些是是非非、没有能力去解决历史上遗留的问题，即使历史上有什么问题处理不当，我也不该为前任去担当什么。"

"建民，我不是为了个人的是非曲直，青龙奇迹是唐山地震的唯一亮点，国务院、党中央反复肯定过的，联合国把它树为防震减灾典型，是我国继海城地震后对世界的一大贡献，为什么地震局至今仍没有正面肯定、宣传、推广这个防震减灾典型？假如能全面完整地恢复这段历史本来面目，就能确立中国地震工作的发展正确导向。"

"唐山地震时我还没有来地震局，不了解具体情况。老师您是专家，老梅也是专家，而且是地位更高，影响力更大的专家，你们有分歧，我只能回避，只能维持现状，不去触动原来的认识与处理方式。在这一点上我向老梅等领导都明确表过态。"

"如何正确对待海城、唐山等地震的经验、教训是涉及中国地震走什么路的重大原则问题，当前地震形势严峻，若不把中国特色的两条腿走路的方针捡起来，我担心不久的将来唐山地震的惨剧又会在中国大地重演。"

"但愿在我这一届能平平安安地度过，不出什么大纰漏，眼下的许多难题我都顾不过来解决，过去与将来的一些事情我就管不了那么多了！"

这时，秘书推门进来请示他什么，我知趣地起身告别，中断了这次重要的谈话。

回来后，我把这段对话记录在日记本上细细琢磨。应该承认建民的话从表面上看是诚恳坦率、符合情理的，没有什么不妥之处，在当前的中国随便找几个官员去讨论此类问题，我估计多数官员都会采取类似的回答方式。

但是说实话，我听了这种"标准答案"后，心里有说不出来的失望与纠结，总觉得他的谈话有什么地方不对味，中间缺少些最重要的元素。我在地震局待了多年，经历过十次领导的更替，有人笑称我为"十代元老"，几十年来，通过与许多一把手近距离接触，熟悉他们对各种问题的认识与处理方式。

我经常回忆周恩来时期的刘西尧、李四光、董铁城、胡克实等几届领导，在对许多重要问题的谈话与表态中，每句话都渗透着对国家的责任、对人民的担当，很少涉及具体的单位内的利害冲突、人际关系等琐事，他们谈话的中心意思一贯是：围绕一个方向——地震是有前兆的、是可以预测的；围绕一个目标——如何全力以赴去减轻地震对人民的危害；迸发出一股气势——我们有信心、有能力攀登世界科技高峰。

在这个前提下，谁的意见对实现目标有利就听谁，而不是优先考虑支持意见的人数多寡、权威高低，是否会得罪谁，是否会引发不同意见争论造成不团结的局面等问题。

给我印象最深的是，在 1966 年在邢台地震科学讨论会上，周恩来总理请来二十多位专家听取大家对我国开展地震预报的看法，结果多数专家对地震是否有前兆持怀疑态度，对地震是否能预测没有信心，只有李四光等少数专家表示可以试试。周恩来总理当场明确表态支持少数派，"李老独排众议认为地震是可以预测的，我个人欣赏这种观点……建议成立中央地震工作小组由李老亲自来挂帅"。

1970 年云南通海地震后，从地震局的群众来信中查到，事先曾收到石油工人张铁铮写的一封信，提到春节前后云南省可能发生较大地震。时间、地点、强度大体正确。领导非常重视，要我带领一个专家组去石油部 306 大队调查，通过与张铁铮面谈，发现他的预测是通过全国各地地磁日变形态的畸变时间与强度进行简单计算推出来的。

对这种"看图识字"式简单推理，地震局从事地磁研究的专家们基本上都不予认可，没有什么理论依据，结论带有很大偶然性。参加会议的刘西尧（总理驻地震局联络员）、董铁城（主持地震局工作的军代表）听到地磁专家们对张铁铮的预测的种种质疑后，不但没有说些客气话顺从大家的意见，反而不怕得罪在座的专家，严肃地指出：

"首先大家要承认他事先确实有过正确预测的事实。偌大的地域、漫长的时间，为什么他偏偏点出 1970 年昆明附近要出事？希望大家认真考虑一下是偶然巧合？还是有独特创新思维？所谓创新就是对传统的颠覆，自古能人出自民间！"

"有人说没有理论依据，什么是理论？那种从来没有报准过地震的理论无须太重视它，事实才是检验真理的唯一标准。假如张铁铮多报准几次，说不定能研究出一种新的理论来。"

"有人说他预测正确是偶然的，是瞎猫碰到死耗子。这好办，让他（张铁铮）放下手头工作专心干地震预测，多预测几次就可以见分晓了，任何发明创造都是从偶然走向必然的。"

会议后，董铁城立即下令把张铁铮借调到地震系统，专门从事利用地磁预测地震的研究。后来我们经常使用的、有一定预测效果的"地磁红绿法""磁爆二倍法""地磁低点位移法"都是根据张铁铮的经验演化出来的。

与他们相比，当今有的领导的为官原则是不求有功但求无过。没有方向、没有目标，只在人际关系、利害冲突中兜圈子、找平衡，需要对涉及重大问题作出决策时思想保守平庸，或强调科学研究的艰巨性来应对，或采用处理世俗个人恩怨的方法来回避。

此时，我才逐渐明白陈鑫连对领导确实比我看得深、透。

7. 我的人生第八劫

与陈鑫连主任、陈建民局长交谈回来后，我深深陷入对中国地震事业的绝望之中。我自以为是个从不丧失信心、永远不会放弃的人，但这次遭遇使我完全没有了底气，看不见希望。我四十年在地震局工作的历史，亲历过中国地震事业多少风风雨雨，在周恩来、李四光的领导下，从一穷二白起步，经过另辟蹊径的艰苦奋斗取得震惊世界的伟大胜利，然后在接班人手中事业逐步衰败、屡屡受挫。虽然我明白科学探索不可能一帆风顺，失败是成功之母，但可悲的是，人们对历史的选择性忘却，似乎已经彻底不记得昨日的辉煌，似乎从来不存在海城地震等二十多次的成功、国家的褒奖、联合国的表彰……现今，地震局从上到下一致认为，地震报不出来是科学水平所限、天经地义的事情，没有什么值得大惊小怪的。看着这些麻木、冷酷的眼神，丝毫没有愧疚之心、检查失误之意。虽然当时正处盛夏，但我的心如同掉进冰窟窿的感觉。

2006 年 7 月，不知从哪里刮来一阵风，炒作唐山地震忽然成为一个热点，随着唐山地震 30 周年到来，网上有关唐山地震的话题比往年成倍增加，各种媒体纷纷撰文、报道，观点不一、争论激烈。由于长期对事实的封锁，广大群众对这一重大事件的真相了解甚少，存在着许多盲区，对中央已经定性的铁证，还要"胡搅蛮缠"。

像以往一样，舆论的焦点仍然集中在唐山地震是否能预测、是否有预测上。

若说没有预测，青龙县 47 万人如何能躲过一劫，一个人没有死？若说有预测，为什么唐山会有高达 24 万多人遇难？

力挺唐山地震有预测的媒体不知从何处淘出了十年前我在联合国成立五十周年科技大会上向全世界介绍青龙奇迹的发言，以及联合国副秘书长宣读"中国青龙奇迹是世界防震减灾的典范"的影像资料。

反对者祭出的撒手锏是，既然联合国如此重视，为什么地震局官方文件一字不提，从来没有在正式场合上承认过青龙奇迹？证明此事无疑是造谣惑众的弥天大谎。

我再次成为舆论旋涡的中心，形形色色的记者蜂拥而至，肯定的、反对的、凑热闹的、混水摸鱼的，堵上门来要求见面，我明白这些记者是无论如何不能得罪的，于是日以继夜地接受采访，口干舌燥地对相同问题反复作出回答。尽管记者们个个和蔼可亲、态度友好，我的回答基本都按照事先拟好的"标准答案"应对，但一旦见报，访问记录就千差万别了，我的话经常被断章取义、各取所需，更有甚者编造出一些莫名其妙的谎言进行恶毒的人身攻击。

支持唐山有预测的某些记者把我神化成能掐会算的救世主，忽视地震预测是项难度很大的系统工程，需要多兵种联合作战，群策群力、综合分析、智能决策。过分强调个人作用反而引起并肩战斗的同事们不快，甚至认为我有贪天之功据为己有之嫌，这种捧杀性宣传危害性极大，有效地挑拨是非、制造矛盾。

否定唐山有预测的某些记者以地震局官方态度作为是非判别唯一标准，不论你提供多少过硬的证据，他们都先入为主地把你定性为造谣惑众者，编造耸人听闻故事的骗子，其中杀伤力最大的是一位著名报告文学作家的言行。地震局为了控制舆论，使大家相信官方提供的"标准答案"是千真万确的，不惜请来某大腕作家也以地震为主题写报告文学来搅局，试图纠正钱钢《唐山大地震》、张庆洲《唐山警示录》的"恶劣影响"，进行"正确舆论导向"。我与这位大作家曾有过几次接触，嗅到他充满"御用"的气氛，谈话不欢而散。

总之，无论肯定或否定的文章大都给我带来了无穷烦恼，能全面、客观、科学地论述的好文章很少，我整天浸泡在各种恶毒攻击、无知误解所编织的舆论旋涡之中，加上对前些日子与陈建民、陈鑫连的谈话不理解，一向心理承受能力较强，不知道失眠滋味的我，开始整夜整夜地不能入睡，反复思考我到底做错了什么。从小接受为国为民无私的奉献精神与当代官本位的实用主义在我脑海中形成强烈冲突，父辈给我们兄弟取了"为民用"的名字，我自认为一直按照国家的要求全力以赴去努力，谁知为人民做些好事却这么难，明明救了许多人反而遭众人恶毒诬陷、辱骂。

唐山地震30周年的舆论风暴过去不久，一天我到医务室取感冒药，丁大夫发现我左胳膊上有一片擦伤："你胳膊碰在哪儿擦伤这么一大片，太不小心啦，我给你抹些红药水吧！"经过丁大夫提醒，我才发现骑了几十年的自行车，每次穿过狭窄的大院后门洞都能顺利通过，唯独最近几天三番五次左胳膊撞到门框上，我把情况告诉了丁大夫。

"汪教授，这不是小事，赶快到医院看看！"小丁严肃地提出警告。

我随即骑自行车来到北大医院，验血、CT、核磁一通检查折腾了整整一上午，等我把一摞检查结果放在医生面前时，他轻轻扫了一眼就说："谁陪你来的？快把家属请进来！"

"是我自己一个人来的！"

"自己一个人来的？你知道得了什么病吗？"他用不相信的眼光看着我。

"什么病？"

"脑出血！要立即住院采取措施。"

"住院？我自行车还在门外搁着呢。"

"别惦记自行车了，先惦记自己的命吧！出血的淤块把中枢神经强烈挤偏了，平衡系统已经遭到破坏，再晚几个小时就麻烦了，你自己看看。"医生指着我的脑 CT 图生气地告诉我。

一小时后，我住进了北医脑外科特护病房，为了不给亲人带来不必要的压力，我轻描淡写地给老伴、儿子打了电话，告诉他们我脑部有些不适，需要住院检查。

无巧不成书，恰好老伴董玉勤两天后要随领导到北欧考察，这是市委党校对处级以上干部离退休前安排的一种福利，护照、签证、机票一切就绪，就等上飞机。她听到我住院的消息，焦急地要放弃这次出国机会，我考虑她留下只会着急上火，帮不上什么忙，后勤保障一切可以依靠孩子们，于是劝她放心按计划进行。

2006 年 9 月 16 日，我被推进脑外科手术室进行开颅手术。我起初听说要开颅确实吓了一跳，医生告诉我，现在医学先进了，开颅不是风险很大的手术，只是在患部用钻头打一个小眼取出淤血，注入些药就妥了，关键是否能找准出血部位与止血效果，假如部位很深、出血点很分散就麻烦了。

为了减少后遗症，我选择了局部麻醉的方式，这需要很强的心理承受能力。整个手术过程自己处于清醒状态，对医生的一举一动看得清清楚楚。先剃掉小片头发，选了一根直径几毫米的钻头在头上打钻，我清晰地听到金属穿透头骨的破裂声，感到一根细细的塑料管插入头脑内上下左右移动，然后一股暗红色与乳白色的混合浓稠液体缓缓从塑料管流出，我仔细盯着自己的脑血与脑浆像蚯蚓般在体外蠕动，心想：需要多少营养才能补齐这些？

回想起来，手术本身并不十分可怕，最难受的是术后几天，为了将残留在头脑的淤血流干净，护士要求我全天保持头低脚高的卧床姿势。我一向习惯睡高枕头，现在不但没枕头，而且把病床摇起倒过来躺，头昏脑涨、眼冒金星，没法喝水、没法吞咽。我在无奈中想出一个办法，整天带着耳机听俄文原声歌曲，回忆留学时期青春年华的一幕幕趣事，回忆这群青年的一言一行一颦一笑，享受每一个细节，在梦幻般兴奋中度过手术后最难熬的日子。

三天后，医生告诉我手术很成功，出血部位比较集中，封堵效果良好，但出血量较大，约 68cc，要千万警惕再次复发的可能，保持平稳心态，切忌激动与熬夜。

在我住院期间，我们四人间的特护病房里走马灯似的一共同住过七人，结果三人病逝，两人留院继续观察，仅一人幸运康复，我是第二个完全康复回家者，感觉如同去鬼门关逛了一趟。

我平安地度过人生第八劫。

二、围绕汶川地震预报两种意见的博弈

1. 比唐山更大的地震如期到来

虽然我自己躲过了人生的第八劫，但中国大地却没能逃脱大地震的劫难！

一年多前，我在全国地震趋势会商会告别演说时的担心不幸成了事实。陈建民局长几次当我面表示"希望在我的任期上不出大的纰漏"的愿望也未能如愿。

2008 年 5 月 12 日中午，手机突然发出紧急警报，显示西南地区发生了大地震。两小时后接到地震局官方公布的速报："四川汶川一带发生 7.8 级强烈地震，震中地区通信、交通全部中断，破坏严重。"我立刻向云南、四川的同事们逐个打了电话，习惯性地首先了解这次地震前有什么前兆信息与预测意见。

李介成告诉我："听说前一阵子李有才嚷嚷说要报大地震，不知是否与

这次地震有关。"李介成、李有才都是四川地震局的技术骨干，是与我交往了几十年的老朋友。李介成是我牵头的全国建网领导小组四川片的片长，我们一起摸爬滚打在四川建了一个高水平的地震地下流体观测网，多次在大地震前捕捉到可靠的地震前兆信息，为松潘等地震预测成功发挥了重要作用。

李有才曾经是四川地震局前兆综合分析组的负责人，我们一起承担过四川震情跟踪组的任务，跑遍四川西部山山水水，一起考察过炉霍、道孚等地震。他是个有丰富实践经验的地震预测专家，成功预测过多次地震，胆识过人，经常有独到见解，从来不人云亦云。退休后一直放不下地震事业，为实现周总理的遗愿，圆自己地震预测之梦，兢兢业业地奉献着余热。

汶川地震发生后，通往西南地区的电话迅速被打爆，给四川打电话尤其困难，我经过几小时努力终于找到了李有才：

"老李，听说这次地震前你发布过正确的预测意见？"

"我预言了几年的悲剧终于发生了！预测的地点、时间、强度都正确。虽然我尽了最大努力，结果还是没能挽救这场灾难，真是太可惜了，太不幸了！"话筒中传来嘶哑的愤怒声，夹着几声悲怆的哽咽。

我安慰他："你别激动，慢慢告诉我，你的地震预测的信件都发给谁了？是什么时间发的？有没有留下底稿与邮件收据？"

"只要能想得到的单位都发了，总共写了十来封信，电话里说不清楚，我有详细记录，我给你发特快专递吧！"

我以中国地震预测咨询委员会的名义，以最快的速度与所有具有丰富地震预测经验的科学家取得联系，电话、短信一直交流到半夜三点。了解他们在汶川地震前对地震形势的判断，收集他们事先发表过的有据可查的预测意见及依据，尤其是在刊物上公开发表的文章。结果令人振奋，在汶川地震前正式提出过正确预测意见的竟然有 29 人次之多，涵盖了长期（几年）、中期（几月）、短期（几十天）的正确预测意见。在这种形势下，若按照周总理"发现重要情况一定要打招呼"的指示精神，震前向当地政府、老百姓打个招呼是完全应该的、可行的。

　　由于多年没有发生大震，各方面准备不足，人员伤亡、道路破坏、通信中断的灾情简报一封接一封地发布，又一次次修正。地震强度改来改去最后定为 8.0 级。我们咨询委员会的走廊里走马灯似的人来人往，各路媒体记者拎着话筒、扛着摄像机疯狂地逐个房间抓人采访。我突然收到一份紧急通知："严禁私自接待记者发表个人意见。任何人接受采访必须经领导批准。发言内容必须严格按照地震局官方的统一口径对外宣传。"

　　经过日夜奋战，我把了解到的情况迅速汇编了一份"有关汶川地震预测实情"的紧急报告，尽管不知道如何处理这份材料，但多年的经验告诉我，这是一份以鲜血换来的极其宝贵的资料，具有重要的科学价值。

　　那几天，曾经在纪念唐山地震三十周年时结交的记者朋友又每天聚集在地震预测咨询委员会办公室里，想从我嘴中掏出点新闻。有一天来了四个人，都是熟面孔但叫不出名字，根据"紧急通知"的要求，我谢绝了他们的采访。不料他们掏出名片，两人是新华社内参部的、两人是人民日报社内参部的，其中一人还是进驻新华社内参部的中央办公厅工作人员。他们说，中央领导亟须了解汶川地震的真实情况，他是专门通过内参负责给中央递重要消息的。当他们要求索取我收集的资料时，我向他们再次展示"紧急通知"，表示无法向他们提供。他们立即带着我一起找局领导，地震局领导连忙向他们澄清，此"紧急通知"只防止随意向社会通报震情而引起社会不安，绝对没有向中央封锁消息的意图。

　　就这样，我有了一条直通中央呈递材料的快捷通道。我在汶川地震后十几天内陆续向中央递交了三份急件。

　　第一份急件的题目是《对汶川大震的预测存在两种尖锐对立的意见》，第二份急件的题目是《我国对强震的预测能力有很大的提高空间》，第三份急件的题目是《关于迅速提高我国防震减灾能力的建议》。我每次递交一份资料，几天后都能收到反馈信息，确认资料已经送达中央领导手中。其中影响最大的是我的第一份资料，据内参记者向我透露，中央要求地震局写反思报告就是阅读了我的《对汶川大震的预测存在两种尖锐对立的意见》一文后的指示。

此文采取按时间次序分别列出正方（预测四川西部近期有大地震）的观点与反方（预测不可能有大地震）的观点，用正、反双方对比的手法客观地、不加评论地摆出大量收集到的实际资料，一目了然地阐述了汶川地震预测过程中两种意见激烈交锋的事实。

其中引用了正方意见共 29 条（人次），多数为非主流科学家或退休赋闲老专家的预测。反方意见共 11 条，全部来自国家地震局、四川省地震局在岗的新专家及官员们的意见。

现将原文引用如下：

对汶川大震的预测存在两种尖锐对立的意见

汪成民

中国地震预测咨询委员会

汶川大震后，我迅速查阅了中国地震局、四川省地震局与汶川大震有关的各种文件，广泛收集了各种前兆观测资料与预测分析意见。虽然我是中国地震局的老人，在地震系统内同事、朋友、助手、学生比比皆是，但收集这些资料仍然是困难重重，许多重要资料被严密控制、封锁。从已经收集到的四十份资料看，可以得出以下几点结论。

一、目前广泛宣传的"地震不可预测""汶川大震没有前兆、没有预测"的论点，与事实不符，不攻自破。相反，大量事实证明，地震是有前兆的，是可以预测预防的。只要地震局系统把人民安危放在第一位，树立攻克地震预测难关的信心与决心，兢兢业业，努力工作，这次汶川地震前向当地政府、群众打个招呼，是可能做到的。

二、从四十份资料看，中国地震局主流科学家与"权威们"花了国家几十个亿建立起来的防震减灾系统，没有发挥应有的作用，预测水平很低。而没有经费支撑的一些非主流科学家，利用非常规、自主创新的技术与方法，对这次汶川地震预测得很好。这一鲜明的事实对比，说明中国地震局的工作存在一系列重大失误。

三、这些失误的祸根，实际上在唐山地震后已埋下了。这次汶川地震的漏报是唐山地震漏报的翻版，如唐山地震前在地震趋势分析上存在"东（华北）西（川滇）之争"，汶川地震前存在"有（强震）无（强震）之争"，两次地震同样过分依赖测震学传统统计指标，而忽视前兆与宏观现象。许多导致唐山地震预测失误的技术与方法又在汶川地震前重演，许多曾正确预测过唐山地震的技术与方法这次同样正确预测了汶川大震，但这种预测意见未得到重视。

四、犯错误不可怕，可怕是不能正视错误，客观地进行总结。唐山地震后的粉饰性总结是当时历史条件所局限的，该肯定的没肯定，该否定的没否定，例如受到群众赞口不绝、屡受中央表扬的"青龙县事件"至今仍未被地震局认可。今天，胡主席、温总理一再强调，要以"实践科学发展观"指导一切工作，以人为本，人民安危重于泰山、祖国利益高于一切，必须作为汶川地震总结、反思的基点。不要像唐山地震一样，把工作上的一切失误向"地震预测是个科学难题"一推了事，控制舆论，掩盖真相，致使贻害无穷。

汶川地震前两种对立预测意见

	正方意见	反方意见
一、汶川大震前对形势背景分析与中、长期预测	1. 四川省地震局退休工程师李有才自 2002 年起得知离映秀仅 20 公里处将建设紫坪铺水库后，多次给国务院、四川省政府、中国地震局与水利部门写信呼吁此地为强震易发地区，有 7.5 级大地震背景，不适合建立大型水库，若建库决定无法改变，地震烈度必须由原来设计的 7 度提高到 9 度以上。 注：汶川地震造成该区烈度为 10 度，与李有才分析意见相吻合。	1. 中国地震局与四川省地震局派出专家组与李有才面谈，宣布在紫坪铺建设大型水库的决定，并将烈度定为 7 度是经专家们论证决定的，有着无可置疑的科学依据。明确表态"李有才的意见是不科学的，论据依据不足、结论很粗糙，不能予以同意"。 并表达对李多次上书行为强烈不满，指责李有才态度不慎重，工作不严谨，给领导添麻烦。并蛮横、粗暴地表示："即使未来 5000 年内此地发生一次 9 度以上强震，此地基本烈度仍为 7 度。"

	正方意见	反方意见
一、汶川大震前对形势背景分析与中、长期预测	2. 四川省地震局高级工程师周荣军与5位欧洲、美国地球物理科学家共同署名在2007年7月《构造学》发表题为《西藏高原东部边缘北川与彭灌断层的活动板块运动》一文，文中指出"地壳撞击的能量在四川省汶川县积累，并将以地震形式释放出来，北川附近某些断层有可能导致严重地震灾害的潜在风险"。结论与李有才的分析意见完全一致。 3. 中国地震预测咨询委员会委员耿庆国于2006、2007、2008年以来反复强调川、甘、青交界地区应紧急加强监测，并明确提出以红原为中心的四川阿坝州等地区将可能发生7.5级强震。建议要保护大熊猫基地与少数民族文化遗产。 4. 中国地震预测咨询委员会主任郭增建研究员于2006年9月在兰州中国地震局召开的"中国西部地区强震形势研讨会"上，预测下一次强震将在康定—天水一带发生，并将文字意见亲自交与地震局岳明生副局长。 2007年7月重庆大暴雨后，他根据灾害链的新预测方法再次强调康定地区是应注意的重点危险区。 5. 中国地震预测咨询委员黄相宁近几年来多次强调在雅鲁藏布江大拐弯至四川雅江、云南剑川是我国潜在的最大地震危险点，震级可达8.3级。其预测区东北角已达汶川地区。见2007年3月19日他在中国地球物理学会天灾预测专业委员会的"天灾年度预测报告"。	2.2007年1月全国地震趋势会商会结论：近几年内有发生7级地震的可能，但发生大于7.5级地震的可能性很小。 3.2008年1月全国会商会对未来1—3年地震趋势的判断是：活动强度可能衰减，中国大陆仅可能发生7级左右地震，川滇地区仅可能发生6—7级地震。 4.2007年12月中国地震局对2008年度全国地震重点危险区汇总研究的意见是：2008年中国大陆最高发生6—7级地震，一般为≤6级危险，并提出5个重点危险区，6个要注意的地区，无一个与汶川地震沾上边。 5. 四川省地震局副局长韩渭滨于2007年12月在《四川地震》上发表文章，认为当前中国处于强震活动期末尾阶段，已把所积累的能量、应变基本释放完了。因此，明确指出"有人认为近期川、滇地区可能发生7级强震的预测的观点是错误的"（注：韩渭滨局长认为：近年中国大陆已不具备发生大震的内因条件，这一封顶式预测对汶川地震预测影响较大）。

	正方意见	反方意见
一、汶川大震前对形势背景分析与中、长期预测	6. 中国地震局地震预测研究所退休高工张闵厚根据磁暴异常研究结果，于 2007 年、2008 年多次向中国地震局监测震情的多位负责人口头预测"成都要出事，你们务必加强对这个地区的监测"。被斥责为"疯子""乌鸦嘴"。 7. 中国地震局地球物理所研究员陈学忠博士早在 2002 年在《国际地震动态》12 期发表《四川地区 7 级以上地震危险性分析》提出预测四川地区从 2003 年开始应警惕发生 7 级以上地震的可能。 在 2004 年 12 月 26 日印尼苏门答腊 8.7 级地震后，重申此观点，并提出如果发生，特别要注意每年 3、4 月和 8、9 月发震可能性最大。 8. 陕西师范大学龙小霞等于 2006 年在《灾害学》第 21 卷第 3 期上发表题目为《基于可公度方法的川滇地区地震趋势研究》的论文，正式提出"在 2008 年左右，川滇地区有可能发生 ≥ 6.7 级强烈地震"的预测意见。 9. 四川省地震局地震地质勘察中心龙德雄高工在 2007 年 10 月 28 日正式预测：2008 年川滇地区将进入大于七级强震的活动时期，2008 年 11 月前在四川北部（见 7.0–7.9 级地震危险区分布图），有发生 7 级以上地震的可能性。 注：其预测时间、地点、强度均全部正确。	

续表

	正方意见	反方意见
二、汶川大震前短、临地震预测	1.2008年1月24日、3月24日，研究地震预测几十年的地震预测群众测报员张德亮与郸城县人大常委会副主任张爱联两次给中央写信汇报，根据他们潜心研究的方法，提出对2008年中国境内可能发生大震的9次预测意见，其中第3号预测内容是：时间为5月12日左右，地点在四川汶川地区，震级为8.4级。 2.2008年2月14日在都江堰发生200余次小地震，最大震级3.7级，来自甘肃的地震预测志愿者沈明军经分析提出本地即将发生类似唐山的大地震并将此预测意见上报都江堰地震局，并与都江堰地震局一起向都江堰政府做了汇报。 3.2008年3月12日杨智敏捕捉到来自南北带地震信息，杨通过甘肃文县地震研究所，向中国地震局填报了正式地震短临预报卡，内容是：2008年3月17日至4月1日在青海、四川交界壤塘一带将发生5.2级左右地震。注：地点正确，时间偏早、强度偏低。 2008年4月10日在大震异常信息越来越明显的情况下，杨与甘肃省陇南市地震局赵卫国一起再次向地震局填报了地震短临预报卡。内容是：2008年4月28日至5月18日将发生6.8—7.2级地震，地点在新疆、西藏交界。注：时间、强度正确，地点有偏差。	1.接到沈明军的预报后，四川省地震局派专家洪时中来都江堰电视台辟谣，要求群众不要轻信谣言，并向群众保证，全国地震学家共识，此地绝对不可能发生唐山那样的大地震。 2.2008年4月1日中国地震局，震情监测报告（第三期）：综合分析认为，2008年4月份中国大陆存在发生6级左右地震的危险，可能发生地区为新疆南部、西藏西南部。 3.2008年3月26日四川省地震局对4月份四川省地震趋势的会商意见：4月或稍长时间，四川地区存在发生5级左右地震的危险性，重点关注康定、石棉、九龙一带及川滇交界地区。 4.2008年5月4日中国地震局，震情监测报告（第四期）：综合分析认为2008年5月中国大陆地震活动水平为6级左右，可能的发震地点是南天山西段和川滇藏交界地区。 5.2008年4月29日四川省地震局，月会商意见：综合分析认为，目前地震活动水平较低，异常台站数偏少，不足以支持5月份四川地区发生5级以上地震的判断。 6.2008年5月7日四川省地震局周会商意见，目前地震活动水平较正常，异常台项数偏少，不足以支持一周内四川地区发生5级以上地震的判断。

	正方意见	反方意见
二、汶川大震前短、临地震预测	4.2008 年 3 月 21 日，李有才向中央领导、四川省政府、中国地震局写信预测：紫坪铺水库地区已形成 4 级地震围空，表明可能发生 7 级以上的大震趋于明显，形势已十分紧急，要求立即启动应急预案。并严厉批评中国地震局、四川省地震局震情观念淡薄。并将此预测意见面交时任四川省第一书记刘奇葆同志。 5.2008 年 4 月 9 日，在雅安召集的四川省部分地方地震局地震趋势讨论会上，凉山州地区防震减灾局代放科长提出：近期南北地震带中段小震围空异常，有 7 级地震的形势在增加。 6.2008 年 4 月 11 日，联合国地震灾害项目（IGOS）地震预测组成员宋期研究员向 IGOS 负责人盖德林（J.V.Genderen）发送电子邮件预测：4 月 20 日或 5 月 4 日前后在四川康定地区（北纬 30 度，东经 102.5 度）将会发生 6 级或更大的地震。 7.2008 年 4 月 15 日，四川德阳市地震局潘正权工程师向四川省地震局反映，3 月下旬什邡市发现一些水井变黑的宏观异常，在没有得到省地震局重视的情况下，他无奈以什邡市防震减灾局正式文件的形式（什市震〔2008〕6 号文件），发布此宏观异常肯定是地震前兆。 8.2008 年 4 月 26 日，耿庆国在多次强调川、甘、青交界阿坝州等地区将可能发生 7.5 级强震的背景下，明确提出 5 月 8 日前后 10 天为可能发震时间。	※注：从中国地震局与四川省地震局正式报告看，汶川大震前犯了严重的战略性判断的失误。随着汶川大震的逼近，对震情估计调子越来越低，地震强度从 7 降为 6，再从 6 降为 5，临震前甚至认为无 5 级地震的可能。对地域的分析严重忽视了四川西部龙门山断层的潜在危险性。究其原因是对周总理制定的中国特色防灾减灾之路不理解，对非传统预测方法瞧不起，听不进去不同意见。

	正方意见	反方意见
二、汶川大震前短、临地震预测	9.2008年5月3日，中国地震预测咨询委员会委员、北京工业大学教授李均之记录到次声波3300mv特大异常，表明近期将有强震发生。 10.2008年5月10日，中国地震预测咨询委员会委员钱复业、赵玉林发现HRT波出现突出异常，5月11日晚已初步认定此异常反映一次7.8到8.0级地震即将发生，震中距冕宁观测台约600公里，发震时间已十分迫近。	

对李有才提交的"质疑《四川岷江上游紫坪铺水库枢纽工程基本烈度复核报告》几个问题"的答复意见

李有才同志：

你提出的"质疑《四川岷江上游紫坪铺水库枢纽工程基本烈度复核报告》几个问题"一文收悉，感谢你对紫坪铺水利枢纽工程的关注。

紫坪铺水利枢纽工程是实施西部大开发的标志性项目之一，开发任务是以灌溉和供水为主，兼有发电、防洪、环境保护、旅游等综合利用。工程进行严格按照国家对基本建设工程建设程序规定的各阶段审批以来，于2001年正式开工建设，目前已实现了下闸蓄水的阶段性目标。忙于继续蓄水是初期蓄水阶段。紫坪铺水利枢纽工程确定的地震基本烈度是经了公众权威部门——国家地震局地震烈度评定中心于1989年12月发出的。

《四川省岷江紫坪铺水利枢纽工程地震基本烈度复核报告》的国家地震局地震烈度评定委员会对专家审查会，由该委员会以震局[1990]032号文进行了批复。

你在2003年期发出的"质疑"文章，首本利厅及紫坪铺水利开发

— 2 —

人，侍阅了李有才同志的云情及论文，并于11月28日，组织召开了上述7名专家参加的分析论证会，7名专家登过认真阅读和分析，对李有才同志的这份论文形成了一致的意见：一是该论文用确定性分析方法得出的结论这种研究方法本身是不科学的，而且前受到国家管理部门承认是采用综合概率法得出的分析结果；二是文中所引论据存在多种解释，不足以支撑其结论，其短论为得出显著粗糙。同时，专家们指出，该论文中多处直接引用他人

中国地震局专家组对李有才"紫坪铺水库区（即都江堰地区）存在发生大地震的危险"的判断，认为科学依据不足，结论很粗糙，不能予以同意

2007年7月份的《构造学》（Tectonics）杂志发表了一篇文章《西藏高原东都边缘北川与Pengguan断层的活动板块运动》，中国、欧洲与美国地球科学家们提出，"付龙塑造的地动山摇的地震声音，这些断层已经是愈长，使它们成为浅区域地震风险的潜在震源。他们的结论是，相互临结的板块运动力在北川地震正在增长，接着于爆发地震能量。"

美国《国家地理》的文章强调，在2007年7月中期的《地志》（Tectonics）杂志中，欧洲、美国和中国的科学家们通过仔细研究得出结论，认为："地震摄山的距离呈在四川省汶川县很粗糙，并将以地震的形式释放出来"，"科学家已明确表示出这些活跃断层的潜力，但被隔绝了一份学术期刊"。

这篇文章悬有一张非常清晰的彩色阶图，明确地标明色险板域就在北川断层处。

美国《国家地理》的文章强调："非常精确，目前看起来很像一次奇局的预测，这些研究者在北川地区的彩色地图上标明的活动断层位置，情容是最近地震的集中心。"

四川省地震局专家周荣军与外国专家合作于2007年7月在《构造学》杂志发表论文，指出"四川汶县、北川一带有严重地震灾害的潜在风险"

中国地震预测咨询委员会委员耿庆国于 2006、2007、2008 年以来反复强调川、甘、青交界地区应紧急加强监测，并明确提出以红原为中心的四川阿坝州等地区将可能发生 7.5 级强震。建议要保护大熊猫基地与少数民族文化遗产

耿庆国于 2006 年开始强调川、甘、青交界地区震情严峻，提出以红原为中心的四川阿坝州等地区可能发生 7.5 级地震

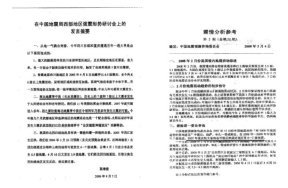

中国地震预测咨询委员会主任郭增建于 2006 年 9 月预测"下一次大地震将在康定至天水一带发生"，并将文字报告面交中国地震局领导

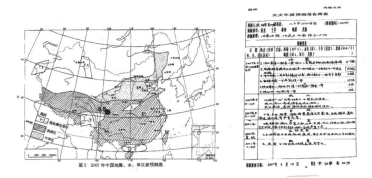

中国地震预测咨询委员黄相宁"西南地区将发生 8 级地震"的预测意见

329

国家地震局地震数据信息中心

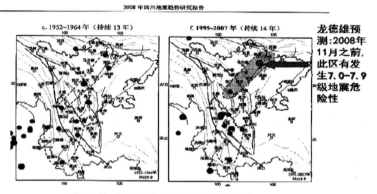

中国地震局专家张闵厚的"成都周围300公里
范围内将发生7级以上地震"的预测意见

四川省地震局专家龙德雄对川西将发生7级以上地震的预测意见

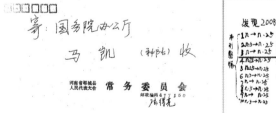

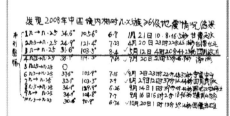

群众地震测报员张德亮、张爱联向国务院写信，成功预测了汶川地震

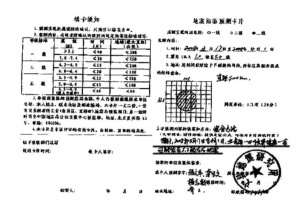

甘肃陇南地震局局长赵卫国与群众测报员杨志敏一起填写的
地震预报卡

2008年4月11日，联合国地震灾害项目（IGOS）地震预测组成员宋期研究员向IGOS负责人盖德林（J.V.Genderen）发送电子邮件预测：4月20日或5月4日前后在四川康定地区（北纬30度，东经102.5度）将会发生6级或更大的地震。

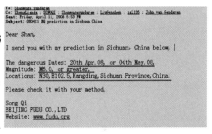

2008 年 4 月 11 日（汶川地震前 31 天）联合国地震灾害项目成员宋期向项目负责人发电子邮件，预测："4 月 22 日至 5 月 4 日前后在四川康定地区将发生 6 级或更大地震"。

2008年4月26日，耿庆国在多次强调川、甘、青交界阿坝州等地区将可能发生7.5级强震的背景下，明确提出5月8日前后10天为可能发震时间。A19）

耿庆国在强调川、甘、青交界的四川阿坝州有大地震背景后，2008 年 4 月 26 日（汶川地震前 16 天）又提出 5 月 8 日前后十天为危险时段

4. 2008年4月29日四川省地震局，月会商意见：综合分析认为，目前地震活动水平较低，异常台站数偏少，不足以支持5月份四川地区发生5级以上地震的判断。

2008 年 4 月 29 日（汶川地震前 14 天）四川省地震局月会商意见：目前地震活动水平较低，异常台站数量偏少，不足以支持 5 月份四川地区发生 5 级以上地震的判断

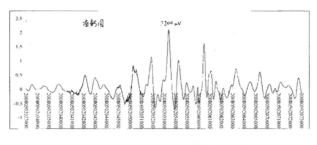

附件 1 汶川地震前北京工业大学地震监测台记录到建台以来最大临震信息
次声波异常达 3300mV

2008 年 5 月 3 日（汶川地震前 9 天）中国地震预测委员会委员
李均之记录到次声波 3300mv 的特大异常信息，他认为将有大地
震发生

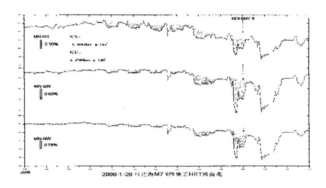

2008 年 5 月 10 日（汶川地震前 2 天）中国地震预测咨询委员会委
员钱复业发现 HRT 波特大异常，经计算强度为 7.8 级，地点距冕宁
台 600 公里

2. 大震前百天内三次突发事件

事实证明，汶川地震前出现了丰富的前兆信息，收到过大量、系统、
配套的预测意见。

其中汶川大地震前一百天内发生在震中区附近的三次突发性事件最发
人深省。它们是：地震前 88 天（2 月 14 日）发生在都江堰市的人心惶惶的
情人节事件；地震前 38 天（4 月 3 日）发生在成都市的冒险上谏事件；地
震前 27 天（4 月 15 日）发生在德阳市的勇敢报警事件。

令人不解的是，这些不寻常的事件屡屡发生，却没有引起应有的警惕。

第一次突发事件是地震前 88 天（2 月 14 日）发生在都江堰市的人心惶惶的情人节事件。

汶川大震前两个多月，位于震中附近的都江堰市自 2 月 14 日开始共发生 200 多次小震，最大震级达 3.7 级，其频度与强度为近年来所罕见。当地群众普遍有感，部分群众不敢进屋，在广场露宿。

一位来自甘肃的地震预测志愿者沈明军高级工程师恰好在都江堰观察点监测地震。从事地震预测研究多年的他，根据自己研制的地震测报仪器出现的异常记录与对这个不平凡的小地震群的特点分析，他很快得出结论：此震群是个危险信号，意味着本地即将发生强震，其强度会达到唐山大震的水平。

2 月 15 日他将预测意见正式向都江堰市防震减灾局局长汇报。都江堰防震减灾局非常重视，迅速将此预测意见向都江堰市市长及四川省地震局局长作了汇报。

由于 2 月 14 日的小震群众普遍有感，沈明军的预测意见也有所泄露，当地群众一传十、十传百，逐成燎原之势，有些敏感的群众开始作了一些防震准备，都江堰市人心惶惶。

为此，四川省地震局特派了地震专家洪时中（成都市地震局原副局长）来都江堰处理此事。他下车伊始，一没找沈明军等了解他的预测根据，二没对异常小震活动及某些前兆异常进行分析研究，而一头扎入电视台，以宣传《防震减灾法》为名严厉驳斥有人造谣惑众，为了安定民心，他竟然在电视台公开宣布："都江堰地区及成都一带绝对不可能发生唐山那样的大地震，根本不具备发生唐山地震那样的地质条件。这是我们整个地震界的共识，大家完全可以放心。"

"2 月 14 日本地发生了几次有感震，这属于正常活动，家常便饭，不足为奇。这些小震，不可能是什么大地震信号，有人作了将有大震的预报，这是谣言，请大家不要相信，要辟谣，不要造成人心惶惶。""我们地震局在此地区已做了大量艰苦的工作，建立了完善的地震预警系统，大家可以完全放心。"

2008 年 2 月 14 日（汶川地震前两个多月）处于震中附近的都江堰发生小地震 200 多次，在都江堰研究地震预测技术的沈明军预测后面将有大地震。地震专家洪时中在都江堰电视台发表讲话："向群众保证，本地区绝对不可能发生大地震，请大家不要轻信谣言！"

此节目从 2008 年 3 月 1 日起，连续在都江堰电视台播放了十几天。

根据我国地震预测多年的经验，在具有大地震背景的地区突然发生罕见的小地震群，必须予以充分警惕，因为它往往是大地震已经迫近的信号，当然小地震群本身并非唯一可靠的预测指标，有些小地震群后面并没有跟随大地震，什么是大地震前兆式小地震群，什么不是，国内外存在多种判别指标。

2008 年 3 月 21 日（汶川地震前 52 天）四川省地震局专家李有才向党中央、国务院、中国地震局、四川省政府等单位写信预测："紫坪铺水库地区已经形成 4 级地震围空，表明可能发生 7 级以上大震趋于明显，形势已经十分紧急，要求立即启动应急案。"

第二次突发事件是震前38天（4月3日）发生在成都市的冒险上谏事件。

四川省地震局李有才是个工作狂，家里的柴米油盐、社会上的人情世故一概不感兴趣，唯独对研究地震预测上瘾。他从1962年大学毕业到1999年退休，三十多年来头脑里只考虑一件事——地震危险性预测。

退休后老李表面上离开地震预测岗位，心里一刻也放不下地震危险性的分析。一天，他偶然了解到位于都江堰附近的紫坪铺水库已经动工。而他对这个地区的地质构造是再熟悉不过了，在如此危险的地段建设水库，如同在成都人民头上悬挂了一把刀子，随时会给整个成都平原带来灭顶之灾。可是这个设计库容达11.27亿立方米的大型水利枢纽工程是国家十五期间的重点工程，是经过数十个鉴定委员会讨论，数百位权威专家、院士签字后由国家最高层拍板决定的项目。李有才明白要改变此计划，挽救川西人民生命简直比登天还难。但老李不顾这些，他顽强、执着地一次次向领导写信，呼吁都江堰附近是一个近期可能发生强震的危险区，假如紫坪铺水库建设无法终止，必须追加投资，将原设计的烈度由七度提高到九度以上。

这种呼吁信据我不完全统计竟达十六七封之多，给国务院写，给国家地震局、水电部、统战部写，给四川省政府、省地震局、省水利厅写，凡是能想到的与此事有关的领导部门都不厌其烦地反复写信反映、呼吁，曾遭到多少批评与否定、嘲笑与讽刺，他丝毫不收敛，更不接受"教训"，仍然我行我素，只是更加努力收集资料，研究不同观点的依据，碰到疑点迈开双腿带上干粮只身爬山涉水开展野外地质调查，一点点可怜的退休金全部被折腾殆尽，势单力薄地与国家著名组织机构、庞大专家团队去抗衡，地震局同事们称他为执迷不悟的"疯子""神经病"。

国家地震局于2003年5月终于派出三人组成的专家组来成都与他交换意见。从摊资料、谈根据相互说服到争吵，最后以威胁、恐吓收场，某专家指着李的鼻子说："再胡搅蛮缠下去，干扰、破坏国家重点工程，你是要负法律责任的！"

老李也不服软："一旦发生地震造成伤亡，你们更要负法律责任！"

几天后，老李见到一纸批复，签字盖章散发到有关单位对老李的"谬论"进行消毒："李有才同志的意见（将紫坪铺水库的烈度由七度提高至九度）是不科学的，论据依据不足，结论很粗糙，不能予以同意。"

国家地震局派出的三人专家组没能使李有才的行为有任何收敛，他仍然不断向领导呼吁关注紫坪铺水库区的严峻地震形势。自2007年以后由于陆续发现许多迹象，表明大震正在逐步逼近，老李为此心急火燎，向领导呼吁的内容变得更加"危言耸听"。若说2003年的呼吁主要是围绕提高紫坪铺水库的烈度的话，2007年以后的呼吁主要是关注紫坪铺及其附近严峻的震情，李认为形势十分严重，危险迫在眉睫，绝不能掉以轻心。为了消除李有才到处散布的"危言耸听所带来的恶劣影响"，四川省地震局又组织七位专家于2007年12月给时任省委书记杜青林正式写了一份报告，反驳李的意见，认为是毫无事实依据的。

事实胜于雄辩，两年后李有才的预测全部成了事实，都江堰附近果然发生了8级大地震，紫坪铺水库烈度达到十度，幸亏水库领导接纳了李有才的意见在地震前泄掉了近十亿方水，才使成都人民躲过一劫。曾经压制、威胁老李的专家、领导们不但谁也没去担责，有些人还频频在媒体露面，慷慨激昂、振振有词地把责任推得一干二净，老李反而似乎做了亏心事，风言风语说他利欲熏心想在汶川受难人民的鲜血中沽名钓誉。

李有才最惊人之举发生在汶川大震前一个多月的3月21日，当李发现郫县地震台的地电巨大异常，于2008年3月已进入随时可能发震的阶段；汶川、都江堰外围空区已趋成熟、西南地区大范围的小地震向川西迁移，加上都江堰奇异小震群的发生等种种不祥之兆，使李有才坐立不安。根据多年地震预测经验，他嗅到一股股血腥气正迎面袭来，大地震已经迫在眉睫。3月21日，他用十万火急的口吻再次给领导发出紧急呼吁书，为了稳妥起见他把紧急呼吁书复印三份同时发给国务院、水利部、四川省人大，信中写道："发生七级以上大震（迹象）趋于明显，形势已经十分紧急，要求立即启动应急预案。"

他在信中严厉批评中国地震局、四川省地震局震情观念淡薄，警告"一旦发生大地震，中国地震局、四川省地震局不知如何向国家、向人民交代！"（2008 年 3 月 21 日给国家、四川领导部门的信）

送上去的信过了十几天仍无回音，老李如坐针毡。情况已发展到千钧一发的程度，不容片刻犹豫。4 月 3 日（汶川大震前 39 天），他决心学习中国古代忠臣奋不顾身、冒死苦谏的办法，以引起领导对四川西部震情的关注，他带着要求在都江堰一带立刻采取地震应急措施的紧急呼吁书亲自闯关去见时任四川省委书记刘奇葆，面呈此建议。

那几天恰逢"藏独"闹事，企图阻碍北京奥运会的召开。刘奇葆官邸前武警荷枪实弹严密设防、层层把关。他在第一道警岗就受到了严格盘查，坚决不许向前迈一步，李有才着急地说："此事十万火急，四川人民可能面临大灾，必须立即告诉刘书记。"同时把信交警卫班长，战士阅信后态度大变，立即打电话通知层层岗哨："立刻给这位老同志开绿灯，让他把信直接送递给刘书记秘书手里。"

事后他告诉我："我当时不知怎么一点儿也没有害怕的感觉，想的只是如何赶在地震以前把信送到。"

据了解，刘奇葆收到紧急呼吁书后十分重视，立刻批转给四川省地震局，要他们认真研究处理。

汶川地震发生后，社会上出现了两种绝然不同的意见激烈交锋，不是质疑中国地震局、四川省地震局为了保护自身利益在说谎，就是攻击李有才等人利欲熏心企图在汶川的灾难中沽名钓誉。

在四川省的高层会议上，一位老领导（曾任杨汝岱的秘书，现任四川社科院院长的林凌同志）知道此事后非常激动，气愤地当着许多人的面直截了当地追问地震局领导：

井分布近东西方向排列，与本地一条次生断裂带大体走向相吻合。3月21日，在与马井相距几公里外的几十户人家又出现同样的情况。老潘反复到现场调查落实情况，访问当地气象站、水文站及附近村民、取样化验，证明没有气象、水文以及人为因素干扰，确定是含水层的真实变化。

2008年4月19日（震前22天）德阳市地震局潘正权根据有震情背景下发现多口水井宏观异常，毅然发布报警文件，明确提出这是地震异常

潘立刻警觉地回想起松潘地震时也发生过同样的事情。从多次大地震的总结报告可知，当地下水异常井的空间分布有序、异常出现时间集中、水井的空间展布与断裂带走向吻合时，要特别引起注意，它可能意味着地下断裂活动加剧形成新的地下水通道，使深浅不同含水层混合引起水变色、变味。这是典型的大地震宏观异常，对于这种紧急情况丝毫不能懈怠。根据地震工作条例，老潘立即恳请上面赶快派专家来联合调查，共同分析。

几天后，一方面水井异常在持续发展，群众反映越来越强烈；另一方面，市局几位领导仍然视若无睹、天天打牌。对省地震局的请求也迟迟没有得到回应，唯一负责业务工作的潘正权心急如焚、坐立不安。面对群众报来的宏观异常材料、照片，好像手中捧了个烫手的山芋。他心中十分明白，一旦出事，自己肯定就成了替罪羊，某些庸官、闲官会把责任推得一干二净。怎么办？他想起了唐山地震时青龙奇迹的故事。

潘正权向我讲起那些天的遭遇时声泪俱下，他激动地说："汪老师，当时我苦思冥想寻找摆脱困境的办法，后来从你在唐山地震前给刘局长贴大字报的做法中得到启发，决心发一份正式文件来表明我的立场，把我的观点记录在案。一方面通知了地方政府，万一来了地震有思想准备；另一方面保护自己，当领导不认账时手里有凭证。

"发文件是个好办法，但如何才能通过盖章这一关？"我问。

"有了上次汉旺地震的经验，不担任何风险，每人还分几千元，他们尝到了甜头。因此这次盖章还算顺利，仅一位领导提出异议，他希望把异常往环境污染上靠一靠，不要说可能是由地震引起的，因为中央目前在抓社会稳定。但我坚持要求写下'是地震宏观异常'几个字，他也勉强同意了。"

于是，就此产生了著名的德阳市防震减灾局 2008 年 18 号文件，其中主要的结论是："这些有序排列的井水变质变味现象是地震的宏观异常。"按常规这种定性结论应该由专家权威来拍板，这次专家权威们迟迟不予理睬，潘正权经过认真研究，勇敢地担当风险独立作出汶川地震的短临预报。因为熟悉地震知识的人都知道只有在大地震震中区、临震前才会出现断裂带破裂的地下水异常。因此，这份在汶川大地震前 27 天的市政府级的红头文件具有重要的价值。文件的潜在内容是"在本市附近地区，近几天可能将要发生较强地震"的地震短临预报。文件抄送给了市委、市政府、市人大、市政协四大部门。4 月 16 日抄送四川省地震局。这是社会舆论公认的汶川大震前以文件形式提出的正确预报，有力地戳穿了"地震前没有收到任何形式预测"的谎言。

怪不得汶川地震一个月后，6 月 12 日潘正权当着全国许多地震专家的面汇报了德阳市防震减灾局 2008 年 18 号文件时，四川省地震局领导们脸色很难看。后来新华社记者翟明磊采访并报道潘正权先进事迹后，领导们终于忍无可忍、勃然大怒，责令他作出深刻检讨，并保证今后闭口不再谈 18 号文件之事。从此潘正权成了一个边缘人物，办事处处受到打压，手机上时不时出现恐吓短信，例如：

"这里面（地震预测）牵涉到上面对整个地震预报的处理，你一定不要乱开腔，否则对你非常不利！"

"你与李有才走得那么近，这是反对领导的小集团联盟，必须交代是如何搞地下活动的。"

在这些威胁下，潘正权虽然忍气吞声小心翼翼，但他的影响却在四川乃至全国传开来。在许多群众心目中，李有才、潘正权是汶川抗震救灾中一心为民、敢于担当的英雄人物。

按国家规定，潘正权应该于 2013 年 10 月退休，但迫于各种压力，这个为汶川地震预测立了大功，有经验、有能力的优秀地震预测专家不得不提前于 2009 年 11 月离开了他深深热爱的地震事业。

3. 咨询委火线救场三战三捷

给中央递交的材料受到中央领导与新华社内参部的好评，我计划再接再厉，进一步收集、编辑《汶川地震的突出前兆信息》与《汶川地震前收到的重要预测意见》两本资料汇编。

5 月 16 日那四位新华社内参部、《人民日报》内参部的朋友又来到中国地震预测咨询委员会传达中央某领导的指示：

"关于汶川地震前有无预测的争论，可以暂时放一放，能否先请老专家们出马承担一个紧急任务？"

他们进门时，我正在忙于写有关汶川地震的论文。

"什么事？"我反问道。

"目前大敌当前，温总理正在前线指挥，亟须掌握震情发展趋势。汶川地震后由于四川省地震局大造地震无法预测的舆论，广大群众已经不相信来自官方的预测意见了。中央首长建议既然地震预测咨询委员会的老专家们认为地震是可能预测的，能否请你们出马为国家排忧解难，立即投入承担汶川的强余震预测任务？"

我把来自上面的指示立即向徐道一、郭增建作了汇报，大家一致认为这是一项中央交办的光荣而艰巨的任务，我们应该勇敢地承担、尽力去完成，决不能推托。但需要说明两点：一、我们都已经离、退休多年，对现有台网情况不熟，知识老化、信息亏缺，我们的预测意见，仅供参考。二、我们绝对不是与地震局唱对台戏，不是与在岗的青年、我们的学生辈竞争。咨询委的目的和初衷是协助地震局渡过难关，是补台而非拆台。因此，每次发布的预测意见除通过内参上报中央外，同时也报地震局备案。

全体咨询委员也同意我们的意见，纷纷表态这是我们发挥余热报效祖国的时刻，一定全力以赴向灾区奉献一颗老地震工作者的心。

这也是用实际行动反击"地震不可预测"论调的大好机会，让全国人民知道中国地震界除了地震不可预测论者外还存在一批敢担当、有能力预测地震的老地震工作者。

我与郭、徐主任立即制定了一个"应急震情会商与管理制度"，要求全体咨询委员密切跟踪汶川震区形势的发展，广泛收集资料，随时分析研究，至少每天 18 点前通一次电话或短信交流对汶川震区形势的看法，由我记录汇总后在 20 点前转发给大家。一旦震情严重或某一位咨询委员提出具体的预测意见，立即召开紧急电话会商会，研究地震发展动向，当预测意见得到多数人同意后即发布正式预测意见。为了慎重起见，每次预测意见都以中国地震预测咨询委员会和中国地球物理学会天灾预测专业委员会两个组织双双落款的方式上报。预测意见一式两份，一份通过内参上报中央，另一份递交中国地震局。

经过全体咨询委员日以继夜的艰苦努力，从 5 月 16 日起到 7 月 31 日止，我们一共发布了三次预测意见。这段时期汶川震区发生较大余震也是三次，每次都被我们准确地捕捉到，无一次错报与漏报。它们是 5 月 18 日江油 6.0 级、5 月 25 日青川 6.4 级及 8 月 1 日平武 6.1 级三次强余震。内参记者告诉我们，中央领导对此非常满意，《人民日报》社《情况汇报·特刊》2008 年第 57 期中也予以认可，受到了广大群众的好评。

第一次预测发布于 5 月 17 日 17 时

预测内容：

从 5 月 18 日 0 时至 5 月 23 日 0 时，在老震区东北端青川、平武及其附近地区可能还会发生一次 7 级左右强震。

中国地震预测咨询委员会临危受命接受向中央预测强余震任务，取得三战三捷的成绩。图为我们对 5 月 18 日江油 6.0 级地震的预测意见

预测依据：

1. 钱复业委员根据独创的 HRT 波的记录分析，在"5·12"大震前三天发现明显的临震信息以后，5 月 17 日凌晨 4 时又记录到一次大幅度的异常。

2. 李均之委员根据自行研制的次声波测震仪观测，发现在"5·12"大震前记录到自建台以来最大异常（3300mV）以后，5 月 16 日 17 时又记录到高达 3000mV 的次大异常。

3. 沈宗丕委员根据磁暴月相二倍法，耿庆国委员根据磁暴异常组合法，都认为近期还有一次较大地震。

预测结果：

5 月 18 日凌晨 1 点多，在老震区东北端江油附近发生 6.0 级地震，与我们的预测相比，时间、地点基本正确，震级偏小。

预测评价：

5 月 18 日 16 时，人民日报、新华社等单位来电话，祝贺我们预测成功，并转达了中央领导的表扬。当记者们询问我今后地震的发展趋向时，我当即表态，原来 18 日至 23 日的预测已对应了今晨的 6.0 级地震，此预测到此结束，不再延长，有情况随后另报。

第二次预测发布于 5 月 23 日 16 时

预测内容：

5 月 24 日至 5 月 30 日还可能发生一次 7 级左右的强余震，发生地点在青川、平武及其附近可能性最大。

3.7 月 29 日，赵玉林、钱复业委员又一次发现 HRT 波突变异常后向我通报，我通知他们我已经收到沈明军、任振球等同志相同内容的预测，我目前出差在外，请他们以咨询委名义直接给地震局监测预报司发电子邮件提出预测意见。

4. 宋期于 7 月 30 日向天灾预测专业委员会发送电子邮件预测："8 月 2 日前后三天在汶川老震区可能发生 6.2 级左右地震。"

预测结果：

8 月 1 日 16 时 32 分在汶川老震区平武、北川一带发生 6.1 级强余震。上述四人的短临预测意见无论是预测地点、时间还是强度都基本正确。

预测评价：

8 月 2 日上午 10 时，人民日报内参部、新华社内参部高兴地告诉我们预测意见已上报，并得到了上级的表扬。

中国地震预测咨询委员会和中国地球物理学会天灾预测专业委员会的专家们出色地完成了中央办公厅交办的任务，对汶川地震的强余震的监测三战三捷，无一次错报、无一次漏报的事实使我们能够理直气壮地说："地震预测并不是如主体舆论所宣传的是几十年以后的事情，根据目前的水平经过努力仍然可以做到。"完全证明当年翁文波院士在美国地球物理学会上发言的正确性："中国地震专家包括我本人认为在当前技术条件下就可以取得一定比例的成功预测，无须等到遥远的将来。"

当然，我们承认预测余震难度要小些，但对批判"地震不可预测"的谬论已经提供了足够有说服力的证据，取得了中央的认可与良好的社会影响。在这次成功预测中 HRT 波记录发挥了重要作用。为了将这次有重要意义的成功记录在案，我把专家们对汶川强余震的预测工作的总结写成论文，发表在中国工程院主办的杂志《中国工程科学》2009 年 11 期上。

HRT 波观测到的异常在汶川强余震的预测成功中发挥重要作用

对汶川强余震"三战三捷"的论文，发表在 2009 年中国
工程院主办的杂志《中国工程科学》上

4. 香山会议上的激烈交锋

中国地震预测咨询委员会接受中央邀请火线救场，取得了良好效果，
名声越来越响，咨询委办公室几乎每天都要接见好几批客人。有一天，与

记者们同来的有一个高大英俊的年轻人，看来他与中央办公厅、内参部记者们都很熟，递过来的名片上写的是"中国战略研究会科教文组负责人刘序盾"。

谈话中了解到他曾在国家科委负责过科技管理工作，在《科技日报》当过记者，担任过宋健的秘书。我曾承担863项目的地震预测课题十年之久，在科委（现今科技部）熟人不少，很快就打听到了刘序盾的情况。最让我对他产生兴趣的是他那正直不阿、敢说真话、勇于创新的精神。

一次，我与留苏同学邹竞院士聊天，偶然提到刘序盾。

邹说："你说的是不是科委那个大高个子？"我点头确认后，她兴奋地说："这是个值得交往的朋友，我若没有遇见他，院士评审很难通得过。"

她当年由单位（保定乐凯胶片厂）推荐为工程院院士候选人，上报后科委派以刘序盾为首的调研组来厂了解情况。众所周知，中国的院士称号是名额有限、竞争激烈。邹竞是老实本分的一介书生，单位又小知名度又低，当然没有什么竞争力，第一轮就几乎被人拿下。

关键时刻刘序盾在评审会上仗义执言，他认为评院士，主要评学术水平及对国家的贡献，不比资历、地位，不比单位大小、人脉多寡，他建议在水平相当的情况下，应该照顾一下基层、企业，不要集中在中科院与大专院校。在刘的发言影响下，几乎已经被淘汰的邹竞又被拉了回来，化险为夷。这是事后一个知情人透露给我的，刘序盾从未在邹竞面前表过功。

这样，我与刘序盾的往来多了起来，他几乎参加了我与内参记者的所有活动，目睹了我们对三次汶川强余震的预测成功与受到中央的表扬。

2008年5月19日是汶川地震死难同胞全国悼念日，我应邀参加香山讨论会。香山科学讨论会是我国最高级别的科研会议之一。我进入会场时发现刘序盾已经入座了。大会组织者科委的杨炳忻要求专家们畅所欲言，实事求是、科学客观地对汶川地震是否有前兆，是否能事先预测谈谈个人看法。他谈完开会宗旨与要求后，把会议交给临时聘请的科学家来主持。那天地震局派来一位留美海归作为大会主席之一，在他的毫无新意的主题报告中，重弹地震局官方的调子——"地震预测是目前世界上尚未解决的科学难题，这次地震前我局没有发现任何地震前兆，也没有收到过任何地震预测意见。"

虽然他本人从来没有搞过地震预测，对中国地震工作光荣历史一知半解，但丝毫不妨碍他以权威的口吻对地震预测水平定调：

"据我所知，世界上严肃的科学家都不认为以当前的科学水平能够预测地震，大家不要相信群众中流传的流言蜚语，只有当地震发生的机理搞清楚以后才能谈地震预测问题。没有正确的理论指导，实践只可能是盲目的。"

我的发言反驳了会议主席的结论：

"若如主席所说世界上严肃的科学家都不认为当前地震可以预测，那么李四光、翁文波是不是严肃的科学家？ 1979 年联合国召开的地震科学讨论会上通过开展地震预报的决议，与会的三百多位科学家是否都是不严肃的科学家？

"地震局正式文件承认曾有 26 次地震取得成功预测，1975 年海城地震预测、预报、预防成功受国务院表彰，被联合国树为人类首次突破地震预报的破冰之举如何解释？"

接着，我介绍了在地震现场收集的资料，指出这次地震前有丰富的地震信息、有数量较多的正确预测意见，可惜没有被有关方面重视、采纳，假若这些意见被主管部门接受，汶川就成了第二个海城了。

听众中一位北大的海归教授举手提问："汪教授，科学上不能假设，应该老实承认汶川地震预测的失败，你举的成功例子都是几十年前的事情，那个年代很多事情都说不清楚，你能举出一个最近取得地震预测成功的实例吗？"他突然发动进攻。

我欣然接受他的挑战，因为没有他的提问，我找不到机会谈谈最近我们取得的成果："汶川大震后我们受中央委托对强余震进行预测，就在前天

5月17日17时发出第一次预测，内容是：从5月18日0时至5月23日0时，在老震区东北端青川、平武及其附近地区可能还会发生一次7级左右强震。结果5月18日凌晨1点多，在老震区东北端江油附近发生6.0级地震，与我们的预测相比，时间、地点基本正确，震级偏小。5月18日16时，人民日报、新华社等单位来电话，祝贺我们预测成功，并转达了中央领导的表扬。内参部记者们都在会上，有兴趣者可以向他们了解详情。"

我用PPT展示预测报告、内参报告及中央的表扬批示，这位教授顿时面红耳赤非常尴尬，又不甘心失败："我承认你们这次预测的发震时间、地点报得不错，但强度相差太远，预测7级结果发生6级，能量误差三十多倍，这种成功在科学上有价值吗？"

会场骚动起来，几位知情人纷纷站起来帮我反击。会议主席仍然指名由我来回答。

"当年周恩来总理要求地震学家在大震发生前打个招呼，这不是指科学的精确预报，而是指可操作的实效预报，震区老百姓不会苛求如何精确，但要求我们力争在震前能有所察觉，打个招呼，以达到减少伤亡的效果。以海城地震为例，实际震级为7.3级，而预测的震级仅为5-6级，虽然预测震级强度精确度较差，但却挽救了十几万人的生命，中央不但没有责怪我们预测低了，相反以国务院名义通报嘉奖，被联合国称为人类历史上首次对破坏性地震取得减灾实效的破冰之举。以您的观点看，难道这样的预测不能算成功，毫无价值吗？"

我们的谈话引起了大会的热烈争论，耿庆国、钱复业、李均之等通过各自的实践介绍汶川地震的前兆，说明地震是可以预测的，也有不少专家提出反面意见。从中我深感地震系统这些年来陷入国外地震不可预测思潮的误区是何等之深，何等之广。当时海归派地震局专家团队盲目追求所谓的现代化，与西方某些保守落后的思维全面接轨，致使极具活力、富有创新精神的中国地震事业陷入西方"地震不可预测"观念的误区。认为地震不可预测者，依据主要来自西方权威的观点、理论，大都不是地震预测的实践者。而认为地震有前兆、可预测的大都是从事地震预测多年的实践者，资料更丰富、论据更充分，会议的天平逐步向后者倾斜。

这是汶川地震后一次罕见的两种观点正面交锋的论坛。但大会主席及时中断了这场辩论，挽救了持"地震不可预测"观点者溃败的局面。

中国地震预测咨询委员会曾经打报告要求召开"汶川地震科学研讨会""经验教训反思会""资料交流会""情况座谈会"等形式的讨论，恳请地震局派专家参加，但都没有得到有关部门批准。

5. 钓鱼台内的隆重盛会

从香山回来，刘序盾主动邀请我坐上他的车。一路上他向我抛出一个大胆而周密的计划。

"老汪，我关注地震工作很多年了，汶川地震后几乎参加了地震局的所有活动，逐步弄明白了一些疑虑，今天会议上大家的争论更证明了我的一些认识，我打算策划一个方案，请你提提意见。"

"我洗耳恭听。"我答。

"我一直在考虑，为什么上世纪七八十年代能取得海城等多次地震预报成功，而现在屡战屡败还宣传什么地震是不可能预测的理论，问题出在哪里？"

"你详细说说看。"

"我认为随着外国的先进技术大量涌入，西方消极落后的东西也进来了，当领导的没有识别能力，逐渐被崇洋媚外思想所俘虏，摒弃中国自己的宝贵经验，与落后的理念去接轨，你们这批专家即便有再大的本事，在目前体制内也很难发挥作用。"

"你有什么好办法？"

"重大自然灾害是国家重大战略研究的一部分，假若我们中国战略研究会与你们中国地震预测咨询委员会携手，在中战会里设立一个研究重大自然灾害的机构，由我们提供条件，由你们推荐专家组织一个班子，开展综合分析，提出预测意见，我们有自己的对中央、对联合国的渠道，只要你们有能力报准几次重大灾害，对国家、对人民、对国防建设、对社会安全的影响力，恐怕要超过地震局。"

"计划很大胆，也很有吸引力，但我们都是地震局的离退休专家，如何处理与地震局的关系？"

"我正在考虑这个问题，中央把地震这摊子事情交给地震局统管，绕开它是不可能的，我们绝对不能组织一个摊子与地震局唱对台戏，唯一的办法是：第一，从内容上由单纯地震预测扩至重大自然灾害预测，这样就不会与地震局正面撞车。第二，从组织上要成立类似中央地震工作小组的机构，这样就有可能打破地震局一手遮天的局面，在它上面有一个权威的协调机构。"

"这有可能吗？"

"试试看，我先向会长汇报，再给中央打报告，有眉目了我会通知你，你先考虑具体技术措施，物色一些灾害预测方面的有真才实学的专家。"

"我也要与中国地震预测咨询委员会的同志们沟通一下。"

中国战略研究会不愧为部队系统的单位，办事雷厉风行，一周后，刘到办公室找我，高兴地通知我领导班子已开会通过了策划方案，一切进行得很顺利。我也告诉他咨询委领导与部分专家非常赞赏此计划。他邀请我一起到钓鱼台的办公室认认门。

钓鱼台、中南海、人民大会堂是北京最具神秘色彩的地方，后两处我曾经多次进去过，唯独钓鱼台我从来没有机会去。在三里河住了多年，经常看见各国元首车队出入，每次路过门口都被卫兵威武气势逼退，加快脚步匆匆离去。今天我随刘序盾从北门长驱直入，几乎穿越整个钓鱼台，最后在南端的一座小楼前停下，这就是中战会办公室。他介绍我认识副会长、办公室主任等领导，他们都表示从今以后两家携手的愿望，要求一起草签一份合作文件，制订具体的研究计划。为了方便我出入，他们决定申办一个钓鱼台出入证，并给我们安排一个办公地点，配置了办公桌、书柜、电脑等。从此，我频繁奔走于地震局与钓鱼台两地。

很快我们制定的具体实施计划获得了中战会领导班子通过，计划要点是成立中战会"重大自然灾害预测小组"，由刘任组长，我与办公室主任任副组长，第一批先聘请30名国内知名离退休的灾害预测专家，参加灾情研究和分析预测工作，由中战会给每位专家提供一定的劳务费。平日分散工作，定期以研讨会形式交流研究成果。在中战会内成立一个综合分析组汇总专家们的分析意见。所有信息暂时依靠原来渠道，原则上不建立观测台站，但有一个例外，中战会计划建立3至5个HRT波台站。由于台站建设费用巨大，中战会第一批拟筹款300万元中几乎一半费用将花在钱复业、赵玉林夫妇身上，这为后来此计划流产埋下了伏笔。

7月23日协议书正式签署，中战会隆重邀请中国地震预测咨询委员会专家代表出席并以郑必坚会长的名义设晚宴款待。晚宴在国宾馆富丽堂皇的19号楼进行，这是接待过尼克松、撒切尔、英国女王等各国政要的著名建筑物，果然气势非凡。出席晚宴的除郑必坚会长、几位副会长外还有国防大学校长邢世忠上将、中央党校副校长等许多领导。

晚宴以报告会形式开场，首先郑必坚会长、邢世忠校长致辞，欢迎与地震学家携手担当防灾减灾任务，论述防灾本身就是一项涉及国家安全的最大课题。接着地震预测专家郭增建、徐道一、汪成民、耿庆国、孙加林、顾国华、李均之、赵璧如（代表钱复业、赵玉林夫妇）等先后发言，想不到在我们谈到中国地震科学家在周总理领导下如何克服重重困难攀登科学高峰，实现人类首次预报、预防海城地震成功，取得了减灾实效；谈到唐山地震时由于青龙县委书记冉广岐了解地震信息后，敢于担当，果断决策，青龙县倒房七千多间、损毁十八万间而无一人死亡的奇迹时，郑必坚会长、邢世忠上将等领导纷纷站起，脱下军帽动情地说："为我国培养了如此优秀的专家、基层干部深受感动，我们必须站起来听你们的报告以表示敬意。"顿时讲台上下一片掌声。

中国地震预测咨询委员会的代表应邀出席钓鱼台的汇
报会

我代表中国地震预测咨询委员会与中国战略研究会在
钓鱼台签署了防震减灾科技合作合同

面对郑必坚会长、邢世忠上将等领导高大挺拔的站姿，报告者不知所措，深深感到党和国家对地震人的关怀与期望，一股热流从心头流过。具有部队背景的中战会支持中国地震局携手攀登科学高峰，将会给祖国的防灾减灾事业开创一个新的局面。中国地震预报的黄金时代又将枯木逢春，周恩来总理"在我们这一代要解决（地震预报）这个问题"的梦想可以实现了。

但是，事情的发展总是曲折的，随着中战会机构的变动，郑必坚会长的调离，计划的第一批300万元资金迟迟不能到位。更严重的是我们团队内部出现了许多矛盾，开始意见集中在出席晚宴的名单上，为什么有人被邀请出席而有人没有，难道我们专家有高低贵贱之分？接着矛盾集中在经费分配上，凭什么钱复业、赵玉林夫妇要拿走近一半经费？

古今中外凡有一技之长的能人，不少有独特的性格、脾气，文人相轻又是中国几千年留下的陋习。这批离退休的老专家个个都有过五关斩六将的光荣历史，在受打压、不得志时能够凝聚在一起，一旦外部压力减轻、获得发展空间时，离心力就迅速滋长，把好端端的计划搅得一团乱麻。我又一次成为舆论焦点，由受大家表扬的对象很快转化成被少数人攻击的目标。据说不少专家三天两头纠缠中战会领导，诉苦、告状、写报告、递材料，通过种种办法说明自己的水平比别人高，本人才是地震预测的希望所在，要求中战会予以重点支持。中战会领导被那些无休止的技术性争论搞得无所适从，逐渐对这批专家失去耐心与信心。这些年，类似中战会的经历重复过多次，每次花费了很大力气找到合作者，签合同、拟计划、组班子、分经费，眼看就要成功，在节骨眼上内部都会出现搅局者，使一切又回归到原点。

6.参加汶川震区考察队

7月初我接到刘跃伟的电话，他告诉我他被任命为汶川地震考察前兆调研队队长，负责调查收集地震区的宏观前兆现象，他谦虚地说："组织如此大的地震科学考察自己没有经验，力不从心。您是我国大震现场考察最有经验的专家，假如身体允许的话能否请您来当我们的顾问，随我们到震区去跑半个月，指导工作。"

当年，周恩来总理当面对我说过："要像蜜蜂一样，经常到震区去，把群众的智慧的花粉采集回来，酿成科学之蜜！"后来我把总理指示作为座右铭，每发生一次大地震就要求领导第一时间派我去现场。

日积月累到退休为止，我已经考察过地震现场共 58 次，其中 15 次承担地震现场震情分析组组长，是我国乃至世界考察过地震现场最多的人。

汶川这种百年难遇的大震对我有巨大的吸引力，何况我本来就想亲自去了解李有才等人的预测情况与依据，于是我欣然答应刘跃伟的邀请，一再声明体力没有问题。

几天后考察队一行六人配置了防滑登山鞋、防雨披等必要工具到达成都，住进了地震局旁边的宾馆。在那里与四川等其他省专家会合组队，一起先集训三天，统一思想，制订考察计划，由我与其他几位有经验的专家给大家讲课。

我一边准备讲课提纲一边通知李有才带上全部资料来宾馆面谈。原来我希望李有才最好在下午 5—6 点到，共进晚餐后有较充分的时间畅聊，结果一直等到快 10 点我打算休息时门口才响起轻微的敲门声音。我打开门后李迅速闪身而入，并说明他有意等到夜深时才来，以免碰到熟人。我惊奇地问：干吗像电影里地下工作者接头那样神秘？他告诉我，四川省地震局对他看得很紧，三令五申不许他对外谈汶川地震的预测情况。本来是件值得表扬的好事，到头来似乎成了见不得人的丑事，这种处境我在唐山地震后也经历过。我表态绝对不会把他的资料向社会散布以免对他造成伤害。

他小心翼翼地从包里拿出厚厚一大摞资料，从几年前对都江堰紫坪铺水库大坝建设的地震烈度设计过低问题向地震局、水利部、国务院上书开始，一直到两三月前明确警告大地震正在迫近紫坪铺水库地区（离汶川震中仅十几公里），紧急呼吁必须立即启动临震的预警方案为止，当场向我展示了十五封信（他说还有两三封信没有带来）。我连夜翻阅了他带来的所有资料，深感震撼：每封信结论明确、根据充分、字字血泪、句句担当。

第二天我到四川省地震局找了许多老朋友了解情况，负责分析预报的程万正所长见了面一言不发、痛哭不止，似乎有一肚子委屈。

已经退休的刘兴怀局长及负责计划的周本成处长见了我，也是一肚子意见。

当然，也有不少人不敢正面回答我的问题，战战兢兢顾左右而言它。

三天集训结束后，考察队就要出发去震区了。刘跃伟突然找到我："汪老师，震区公路还没有打通，处处滑坡、塌方，经常要弃车走路，非常危险，考虑到您的安全，考察队决定不要您和我们一起下去了。"

中国地震局汶川地震科学考察队部分成员，作者位于前排右四

"从北京出发前我对困难已经作好了思想准备，考察设备防滑登山鞋等都发给我了，说好一起下去的怎么临时变卦？我身体没有问题，请放心！"我奇怪地反问道。

"您是建民局长的老师，万一出问题，我可负不起责任！因此，我没有征求您意见已经给您买好了明天返回北京的机票。以后考察队的资料汇总、报告编写，我们还请您发挥顾问作用。"他态度坚决，没有商量余地。

我立刻明白了，关心我身体只是个借口，与李有才等持不同科学观点的人接触才是我被遣返的真正原因，后来许多令人气愤的遭遇，证明我的判断并非空穴来风。

考察队离开成都后，我立刻退了返程票，私自留了下来，继续找汶川地震知情人一一进行了采访，虽然无法随队到达破坏最严重的极震区，但仍然靠志愿者朋友的帮助到达都江堰、德阳、什邡等地开展调查研究，访问了许多灾民，了解到大量的前兆资料。尤其绵竹市土门镇一个叫雷兴和的村民，地震前几分钟发现鱼塘的鱼受惊大量跃出水面，大喊大叫"要地震啦！"，而救了几十人生命，这一事迹令人印象深刻。

认真总结教训、沉痛悼念汶川地震难友！自左至右为李代忠、李有才、郑大林、汪成民

我带着沉重的负罪感从汶川震区回来。"还我们娃儿呀！"北川中学遗址前学生家长们撕心裂肺的嘶哑哭喊声久久在我心中回荡，我用了两小时参加了说服、劝阻灾民家长的志愿者队伍，违心地、昧着良心地说："认命吧，这是天灾，地震目前不能预报！"

我一边劝阻灾民，一边为自己的行为狠狠地抽自己嘴巴。我什么时候堕落到如此虚伪、冷酷无情！面对悲痛欲绝的母亲我能怎么办？难道直言不讳地告诉她们这次地震是有前兆与预测的，但没有引起地震局的重视吗？

怎样做才能对得起汶川近十万死难同胞？对得起周总理对我的谆谆教导？对得起国家几十年的培养？对得起一个科学家的良心？

　　回京后不久，地震局传达了中央"对汶川地震进行深刻反思"的指示，尽管它比 1967 年河间地震后周恩来总理"总结教训，地震预报要力争在三五年内放异彩"、1976 年唐山地震后华国锋总理"唐山地震没能预报出来的原因必须查明"的指示温和多了，但地震局领导仍然十分紧张，连续召开几次专家座谈会，讨论应对方略。我应邀参加了三次会议并被推荐为反思报告中的地震前兆部分的执笔者之一。

　　会议上，许多专家的发言都是为领导出谋划策，从如何摆脱地震局面临被问责的目的出发，把地震预测科学上的艰巨性尽量夸大，把自己工作上的不足之处尽量回避。

　　我实在听不下去，在一次编写会上说："反思报告不是地震局的无罪辩解报告，中央的目的是总结教训、改进工作使汶川悲剧不再重演。要做到这一点必须全面、真实、客观地反映我局存在的问题，这样才能真正汲取汶川地震血的教训，从根子上有效地改进工作。"想不到我的发言戳痛了领导们的神经，他们都用异样眼光看着我。从此，有关编写反思报告的各项活动再也不通知我参加，反思报告由几个善于领会领导意图的专家去闭门操作，再也不开门征求意见了。

　　更激烈的冲突发生在一次老干办（离退休老干部办公室）组织的汶川地震学术讨论会上，我的《汶川地震的六个如果》、罗灼礼的《击鼓，还是鸣金，对中国地震预报探索之路的反思》等论文引起热烈反响。论文集正式出版半个月以后，某领导偶然读到此文集勃然大怒，指示老干办立即停止发行，已经发行的要全部收回销毁。老干办不惜代价地在全国召回此书。持有此论文集者本来没留意，因上面追查反而仔细读了一番，发现文章并无离经叛道之处，只不过摆了些事实，说明假如工作做到位，汶川地震可能预测得更好云云。

7. 悲壮的 HRT 波事件

　　钱复业、赵玉林夫妇是我 1966 年在邢台地震现场结交的老朋友，我们长达 50 年的交往是从一场纠纷开始的。

那时我每天要骑自行车去测量周围水井的水位，采取水样，有一天路过隆尧县城看见一大群孩子争先恐后地跟在一个人后面大呼小叫，我抬头发现前面走着个靓丽女子，身材挺拔高挑，拖着两根又黑又粗齐腰长的辫子，手里牵着一条大狼狗，这种时尚的架势在小县城何曾见过，根据她的工作服上印着"兰州"字样，我猜可能是我们地震队伍的人。

我干完活回到红山台，发现这位大辫子女士正揪住我们的司机大吵："你们地质所谁带的队，叫出来我们论论理！"

司机见我回来了，马上把我推出来说："带队的已经回北京去了，小汪是我们组长！"

大辫子女士转过身来怒气冲冲地对我嚷嚷："我是兰州所地电队的钱复业，你们的车压伤了我们的狼狗，你说怎么办？！"

旁边一个文质彬彬的英俊小伙说："这狗是复业的心肝宝贝，我们是当孩子养的，你们一定要设法救救它。"

兰州所地电队是众多邢台现场科研考察队伍中的一面红旗，吃苦耐劳、作风硬朗，多次受国家科委表扬。我早听说他们的女队长是个能干泼辣的铁娘子，身边有个全力支持、足智多谋的伴侣，今天一见果然名不虚传。

从此，我认识了钱复业、赵玉林夫妇。1967 年，为了贯彻周总理"要密切注视京津地区地震动向"的指示，北京市给地震队伍特批了 30 个进京户口指标，我们有权在全国科研队伍抽调骨干进京加强首都圈地震工作。那时候北京的户口指标比今天几套房子还金贵，领导叫我提推荐名单时，我毫不犹豫地写下钱复业、赵玉林两个名字。

1974 年成立保卫京津小组，钱复业被任命为保卫京津小组副组长，成了我的得力助手。旗开得胜，1975 年我们与辽宁省同行就取得了海城地震预报成功。但第二年唐山地震的沉重打击，使我们京津组每个成员都撕心裂肺、悲痛欲绝。作为副组长的钱复业尤甚。邢台地震后，为响应周恩来总理"一定要攻克地震预报难关"的号召，兰州所地电队奋战地震现场整十年，成绩斐然。作为女队长的钱复业带头抛家离子，一心扑在地震事业上。由同事们轮流照看、抚养长大的孩子，对父母已很陌生，但钱、赵夫妇对地震前兆、预报方法比对自己孩子还要熟悉。丰富的实践经验使他们成为地震系统的业务尖子、全国地电攻关课题的牵头人，人称"中国地电祖师爷"。

然而让她深感痛心的是眼看要成功了，却功亏一篑。唐山地震前出现了一批较突出、较可靠的异常现象，例如昌黎、宝坻、西集地电台等，京津组于 1976 年春作出"今年在冀、辽交界，尤其唐山、滦县一带可能发生 6 级地震"的正确地震趋势中期预测意见。随后大家又锁定唐山、滦县作为未来地震重点危险区三次赴实地进行调研。在正确的中、长期预测的基础上，打算在"临门一脚"大显身手时，却因为受到各种因素干扰而前功尽弃。幸而我顶住压力，取得了青龙奇迹，才避免全盘皆输的局面。

尤其使她无法容忍的是流言蜚语和恶毒攻击。唐山地震前曾亲赴唐山落实异常，收集短临信息的她被扣上唐山地震"漏报犯"的帽子。她向京津组汇报的调研结果记录，也莫名其妙地被人偷偷撕掉。有嘴难辩的她又落得个销毁罪证的骂名。在这种巨大压力下，一向精力过人的钱、赵夫妻身心俱疲。半年以后，我从唐山震区回到北京，几乎已无法辨认出他们了。她整天像祥林嫂一样，目光呆滞，反复自言自语："一定要找到确切可靠的地电临震预报指标，一定要找到……"

他们俩发疯似的大量研究历次大地震前的实测数据，掰开揉碎地对每个细节进行反复推敲，力图从唐山地震这一份沾满鲜血的记录中找到可靠的临震信息。他们多次对我说："若找不到确切可靠的临震信息，让唐山悲剧再次重演，我们死不瞑目。"

在一次地震学术会上，当我谈到在唐山地震前有几个水井的水位固体潮临震前出现明显畸变时，赵玉林立即打断我的发言，不间断地提出了一大串问题：

"畸变是指固体潮幅度增大，还是相位挪位？固体潮幅度增加多少倍，异常提前多少天？是否有平日记不到固体潮的井，震前突然能够记到了？"

我回答："水位能否记录到固体潮，主要取决于井孔—含水层系统的频率特性能否与固体潮响应。当水位不断起伏时频率响应系数也随之而变。更奇怪的是某些水井在国外大震前也能观测到这种畸变现象。"

他若有所思地点点头。

几个月后，他兴奋地告诉我，从唐山大震前地电台的实测记录中，已筛选出一种较确切的短临信息，它是一种与起潮力有关的有规律的脉冲现象。这种现象仅仅出现在大震发生的前几天，平日不显或很小，随着大地震发生时间的临近，地电出现越来越明显的起伏振荡，它们的峰值呈规律性变化，每日延迟约50分钟。从理论上可视为临震前震源区介质刚度急剧变弱时，微小的潮汐力引起的震源体的谐波振荡。若是这样，这种异常是迄今为止我们找到的最可靠、最具有物理内涵、能直接反映震源状态的前兆信息。我们应该将它作为我们的主攻方向。

要捕捉到这种信息，没有高精度、连续观测的仪器是无法实现的，尤其要保证仪器具有超强的抗干扰性能。因为许多突发性脉冲式异常往往是由工农业生产所造成的游散电流干扰引起的。解决这个难题的唯一办法是研制完全新型的、强抗干扰的地电仪器，取代当前布设在全国各地的120个地电台。

此意见的提出，大出我意外。一向把中国地电台网视为自己生命的一部分，容不得别人说半个不字的老两口，竟然主动要求推翻自己用半辈子心血所创建起来的大厦！

否定自己，已属不易，要否定自己领导的整个团队的集体成果更加需要勇气。多少人以此为荣，多少人以此为生，要改变多少人的科学思路，要敲掉多少人的饭碗！但出于对科学事业的不懈追求，愿唐山悲剧不再重演，凭着科学家的良心，他们毅然提出这种颠覆性、得罪人的建议。

果然，建议遭到多数人的反对，迟迟得不到应有的关心与支持。这一对无权无势的退休科学家，带着自己真知卓识所凝结的方案，四处奔走、宣传游说，但效果很差。眼看一辈子心血的结晶变成一张无人理睬的废纸，他们陷入了深深的无奈之中。

那时，他们那个从小托付同事照看、吃千家饭长大的孩子大学毕业了，进入一家大型高科技仪器研发公司任总工。孩子想给体弱多病的父母尽一些孝心，老两口对孩子说："车子、房子我们都不要，你若有办法，就利用你们公司的技术力量帮我们研制一台测报地震的仪器吧！"孩子有些为难，因为他们公司承担着许多国家级重大项目，研发工作量安排得已经很满，但面对两位老人的人生最大夙愿，他只好说服领导接受了这一特殊订单。

与此同时，钱、赵教授的创新计划最终引起了地震局宋瑞祥局长的重视，在局党组的支持关怀下，一台新型的强抗干扰、能灵敏扑捉大震前临震信息的地电仪被研制出来了。它是首次采用先进的手机通信 CDMA 技术，能连续、自动同步给出 6 个测道的地震地电仪，其观测精度、抗干扰能力大大优于现有仪器。川滇 4 个台三年实测资料表明，在野外电磁干扰强烈的环境下，新仪器的观测精度比现有仪器提高了近 2 个数量级。

在地震局领导支持关怀下，首批 4 台新型地震地电仪（PS100 型）布设在川滇多震区进行试测。老两口为了这 4 个台站频繁奔波，吃不上一顿安稳饭，睡不上一宿囫囵觉。

可喜的是，这 4 台仪器源源不断提供了大量高质量、内涵丰富的信息资料。2004 年 12 月 26 日印尼发生 9 级特大地震，震前 2 个月开始川滇 4 个台观测到越来越明显的与起潮力有关的波动现象，临震前 2—3 天这种波动的幅度急剧增大，钱、赵教授称它为潮汐力谐波共振波（HRT 波）。

远离震中近 3000 公里的 4 个 PS100 型地电台同步记录到相似震前异常的事实，得到了许多科学家的重视，但对这些异常的成因与机理却存在激烈的争议。钱、赵教授仔细对比了 4 个台对印尼 9 级地震显示的临震信息，发现它们的到时差有细微差别，按震中距由近而远依次排列，出现这种现象唯一的合理解释只能是信息是由震源传出来的。在以后的三年内，这套台网又陆续记录到十几次震例，所有震例有力地证明了信息可能来自震源区的结论。在钱、赵教授努力下，地震预测终于取得了多年梦寐以求的结果，这一项重大进展的论文在《中国科学》上刊出。

按照边研究、边实践、边检验的一贯作风，钱、赵教授从一开始识别大震前兆信息的同时便着手对地震时间、地点、强度进行试报。根据 HRT 波出现，尤其发现 HT 波向 RT 波过渡，即可预测未来 1—3 天将发生一次大震（我国 6 级左右，外围 7 级以上）。

发生地点可按不同地电台的 HRT 波记录的到时进行交汇，也可以通过单台的快、慢波的到时进行计算。

老夫妇对未来强震的时、空、强三要素定量预测方面不断摸索，取得了可喜进展。他们从 2005 年开始正式向中国地震预测咨询委员会等单位发布预测报告，并多次获得成功，例如：

2005 年 5 月 1 日中国地震预测咨询委员会收到了钱、赵教授的文字预测报告："在 2005 年 5 月 3—4 日或 5 月 18—19 日前后在印尼向北延伸的地区可能发生 7—8 级强震。"

结果 2005 年 5 月 19 日 9 时 54 分印尼苏门答腊北（北纬 2.1 度、东经 97.0 度）发生了 7.1 级地震，预测三要素全部正确。

2006 年 5 月 30 日他们与冕宁台台长徐建明同志一起发出预测：在 1—3 天内，冕宁台以南 620 公里处将要发生 6 级左右地震。结果 6 月 3 日 5 时在云南普洱发生 6.4 级地震。时间、地点、强度与预测分析的意见完全符合。

到 2008 年初，他们对国内外大地震已经取得 12 次成功预测。成功率达到惊人的 60%—70%，大大超过地震局官方公布的短、临预测成功率为 10% 左右的水平。我们地震预测咨询委员会曾经以正、副主任个人的名义给钱、赵教授发了表扬信，并向中国地震局领导呈报了推荐信。

2008 年 5 月 12 日汶川地震后，我接到钱复业电话，沙哑的声音泣不成声："老汪，我该死，我又犯罪了……"

"复业，平静一下，别激动，慢慢说。"

电话那端传来持续的哭泣声。我要求把话筒交给赵玉林才了解到，汶川地震前HRT波异常非常明显，由于异常幅度太大，交切出来的震中又很近，反而把他们吓着了。发布预测意见还是不发布？两夫妻为此争吵得面红耳赤，反复核对记录，进行计算，结果仍然是"2—3天内离冕宁台600公里的地区，将发生7.8—8.0级地震"。

老夫妻对着这个恐怖的结论，面面相觑、束手无策，在千钧一发之际，犹豫了，退缩了。内心的矛盾挣扎到清晨五点，最后决定先上床睡觉，把预测结果写在记录纸上，打算第二天再核算确认一次。

第二天中午刚睡醒，传来汶川大震的消息，时间、地点、强度都与昨天的计算结果完全相符，钱复业痛哭流涕。他们的邻居告诉我，头天晚上他们两口子为地震异常如何判断争吵了一宿，闹得邻里不安，确有其事。

有人质疑他们为什么不把预测意见勇敢地报出去，但这种犹豫与退缩我太能理解了。首先，地震预报技术没过关，谁都没有十分把握。其次，过去周恩来时代，领导强调有情况必须打招呼，不打招呼就是失职，若预测成功功劳是科学家的，若预测失误责任由领导来承担，给专家壮胆、减压，所以才预报成功多次地震。而今天领导内心深处认为地震是不可能预测的，受科学水平所限，地震若没有预报是正常现象。反之，错误预报影响生产、扰乱社会安定团结就罪不可赦了，风险全由科学家来担当。

尽管这样，我仍然恳求他们下次遇到类似情况不要犹豫，把预测结果及时通报出去，至少要告诉地震预测咨询委员会。

汶川地震后，我们咨询委员会接受中央委托承担汶川强余震的预测任务，预测意见直接报中央，就是主要依靠HRT波记录取得三战三捷，无一错报、漏报的惊人成绩，受到中央表扬。在这次战役中钱复业、赵玉林夫妇立了大功。

2010年4月12日我乘高铁去上海开会，当我正拉着行李箱准备出门时钱复业打来电话了。

"老汪，再次出现类似汶川地震前的异常，我预测三天内必有7级以上地震！"

我问："地点在哪里？"

"台站太少，交汇结果有南北两个点，北部在甘肃、青海交接处，南部在缅甸、泰国境内。"

"我马上去火车站，你的预测我会记录在案，希望把结论再核算一下，若有些把握，请直接给车时（中国地震局监测预报司副司长）打电话。"

我在上海时玉树地震发生了，与钱、赵预测一致。我立即给钱复业打电话，她又哭了，她承认在巨大压力下，没有勇气上报正式预测意见，再次与成功失之交臂。钱、赵利用 HRT 波分析，是我们地震局系统唯一对汶川、玉树两大地震事先都有所觉察，并取得正确短临预测的专家。

国家发改委科技司原副司长严谷良同志在一次会议上听了有关 HRT 波的报告，追踪调查研究几个月后他以个人名义向中央领导及有关部门推荐了这一课题，认为这是一项创新层次高、对国家发展影响大、对攻克地震预测这一世界性科学难题将能起到重要作用的研究成果，希望国家给予支持。

严谷良同志几十年来一直十分重视、关心我国科技事业的发展，他曾在众说纷纭的起步阶段竭力支持推荐过袁隆平的杂交水稻、王选的汉字排版课题等，这两个课题也最终双双成为我国近年来最重大的科技成果。严老退休后仍坚持四处调查研究、寻找发现新的重大科技苗头，热心向有关部门积极提出建议，推动我国科技重大创新事业。

在严谷良同志与许多其他同志的积极反映下，2006 年 12 月 28 日回良玉副总理为了支持钱复业、赵玉林的研究工作，专门向中国地震局陈建民局长作了如下批示：

"建民同志，此意见应认真研酌。在攻克地震短临预报这个世界性科学难题上，我们应该也有基础和条件有所作为，对有关课题的研究和应用要给予支持。"

附件一

领 导 批 示
（2007 年 1 月 12 日抄录于中国地震局监测预报司）

回良玉副总理批示：

　　建民同志，此意见应认真研酌。在攻克地震短临预报这个世界性科学难题上，我们应该也有基础和条件有所作为，对有关课题的研究和应用要给予支持。

　　　　　　　　　　　　回良玉　　十二月二十八日

陈建民局长批示：

　　请岳局长阅示。监测司组织专家研究论证该方法，并认真落实回副总理批示要求，全力搞好监测预报工作。

　　　　　　　　　　　　陈　　　　十二月三十日

岳明生副局长批示：

　　请监测预报司、地球物理研究所、电磁学科组认真落实回副总理、建民局长批示精神。

　　　　　　　　　　　　岳　　　　元月 4 日

回良玉副总理关于"地震局要大力支持 HRT 波研究"的批示

2008 年 5 月 29 日张德江副总理在《情况汇编》第 57 期对 HRT 波的推广应用作出如下指示：

"我国是地震多发国家，加强地震预测预报十分重要，我国地震预测预报工作积累了丰富经验，在一些方面位于世界前列，建议在地震预测预报方面，要进一步解放思想，调动各方面积极性，说不定这个世界性难题首先由中国人突破。"

2014 年 10 月汪洋副总理接受曾佐勋、曾雄飞和我的建议，又对加快应用 HRT 波技术作了指示。

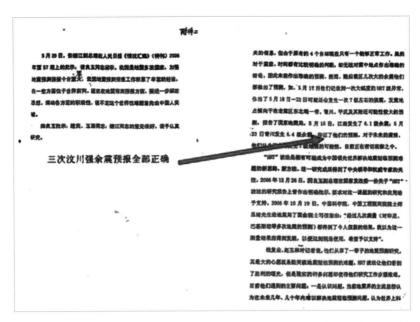

张德江副总理在人民日报《情况汇报·特刊》2008 年 57 期上"要大力支持 HRT 波"的批示，该特刊专题报道 HRT 波在地震预测中良好效果

　　假如说对一项科研成果在八年内三位副总理提出明确指示后都无法推动的例子，在中国科技界是极其罕见的话，那么 2010 年发改委张平主任亲自特批 3000 万元 HRT 波专项经费给地震局仍然无法推动这项研究，在中国可能是绝无仅有的现象。

　　为什么在中央的再三干预下，这项重要发明创造在地震局仍然举步维艰呢？

　　当年宋瑞祥局长只用了一年时间就支持钱、赵建立了 4 个台，取得关键性进展，积累了一批可贵的科学记录。宋局长明白这种具有颠覆性思想的重要创新项目是不能依靠一批思想保守、墨守成规的专家来决策的。据了解，宋局长召开会议讨论 HRT 波课题时也遭到巨大阻力，最后他拍案而起："地震局一年那么多经费，拨 300 万搞个有创新价值的科学实验有何不可？若有问题我个人来承担责任！"

　　然而后来一切依靠一批持"地震不可能预测"论的专家来评议，结果一拖再拖，无人拍板。不仅研究工作毫无进展，反而把原有的 4 个台都荒废了。

　　钱学森临终前一针见血地谈到中国为什么出不了诺贝尔获奖者时认为，凡是有重大创新的成果，都是对原有理论、技术具有颠覆性的叛逆，这样就很难通得过现今相关部门的层层评审、鉴定。

　　时间一年一年耽误，错过汶川地震，错过玉树地震，HRT 波这项我国地震系统几十年来最有潜质的发明创造逐步枯萎了，踏上了自生自灭的道路，钱复业、赵玉林夫妇没有熬到地震预报圆梦的这一天，他们经不起岁月的摧残，终于倒下了。

　　2014 年 5 月的一天，我说服了香港朋友投资 HRT 波研究，赶紧打电话给钱、赵希望与此人正面接触一下。急需经费支持的他们欣然同意，我们搭车赶到他们家时，钱、赵一脸恐慌，脸色刷白，气氛凝重，我问："出什么事了？"

　　坐在凳子上喘气的赵玉林说："我踩着凳子去换个灯泡，不小心摔下来了。"

　　"严重不？磕碰到哪里了？"

　　"没事儿，我休息一会就好。"赵玉林清晰地回答。

　　我知道老年人最忌摔跤，建议马上打 120，邻居说电话已经打了，急救车马上就到。车来了，大家把他扶抬上了车，赵与我握了握手，他要我去安慰被吓坏了的老伴。谁知急救车上的握手就成了我们的永别，他留下的最后一句话是："我没事，你去好好照看复业，她吓坏了！"

　　我从此丧失了一起追梦近 50 年的战友。

　　赵玉林走了，当年飒爽英姿的钱复业又成了鲁迅笔下的祥林嫂，眼光呆滞、表情木然，颠三倒四，反复喃喃自语：

　　"我干吗非让他去换灯泡，我以为客人来了亮堂些，会留下些好印象。"

　　一对优秀的科学家，孜孜不倦的追梦者，忠诚不渝的地震战士沉寂了。他们的重要发明创造可能被埋没，他们的名字可能被遗忘，但我坚信若干年后肯定会有人步他们后尘，认识到地震前从震源体发射出由起潮力引起的波动现象，谐波、共振波（HRT波）是有效可靠的地震预测方法。请记住，中国大地曾出现过两个光辉的名字——钱复业、赵玉林，这是他们付出一生代价的杰出发现，是中国唐山、汶川地震以血的代价给世界留下的宝贵财富。

汪成民、李有才、潘正权与钱复业、赵玉林总结汶川地震教训

第六部分

周恩来的愿望能实现吗？

（答媒体记者问的录音稿）

　　周恩来总理 1966 年在邢台地震现场，曾经对一批刚参加地震工作的青年说："希望能在你们这一代解决地震预报问题。"

　　年轻的地震工作者们听了总理的号召无不欢欣鼓舞，把它作为一生奋斗的目标。经过五十年艰苦奋斗的科学攻关，过程漫长而曲折，地震人在成功喜悦与失败悲痛中跌宕起伏，海城地震预测成功后，许多人觉得距离圆梦只剩下一步之遥，汶川地震预测失败后，又有人认为实现梦想遥不可及。

　　今天，亲自聆听过总理指示的科技工作者都进入耄耋之年。作者今年八十五岁，许多记者问我："总理对你们的殷切期望还能实现吗？"我明确告诉大家，我的信念从来没有动摇过。2010 年，我曾经给中央领导写信，郑重地立下军令状：地震工作若要再铸辉煌并非遥不可及，只要解决以下问题：

　　第一，地震人要真正做到不忘初心，牢记使命，增强道路自信。

　　第二，全面、完整恢复周恩来制定的我国特色地震工作方针路线。

　　第三，大力完善地震监测预报系统，认真贯彻中央的自主创新思维。

　　地震战线落实以上三条之日即是解决地震预报问题之时。

　　从 2008 至 2013 年汶川、玉树、芦山大地震后，我先后接待了五十多批记者的来访，下面选择他们提问频率最高的、最感兴趣的热点，即围绕中国地震预测之路如何走，如何早日实现周恩来的遗愿等有关问题的录音记录，整理出来归纳为以下七个问题，以阐明我对此问题的观点与立场。现公布如下，供大家讨论：

在联合国总部答记者问

在联合国接受媒体采访的当天美国电视台中文台的实况播出

在国内接受媒体采访的视频材料

问题1 按目前的科技水平地震到底能不能预测?

记者：老百姓提出频率最高的问题之一是："按目前科技水平，地震到底能不能预测?"你对此有何看法?

汪成民：这个问题记者们几乎每次必问，答案形形色色、版本众多，上至院士下至一般群众，都来发表意见，但大多数说法都是以偏概全，没有几个人能说到点子上。

地震预测是一项复杂的系统工程，对涉及面如此复杂、庞大的问题，记者们希望听到简单的"能"或"不能"的回答，于是将地震人分成"乐观派""悲观派""激进派""保守派"等，从每人回答的差别中引申出许多深层次的问题进行发酵，写出一些能吸引读者眼球的奇谈怪论。

其实，许多提问者、答复者自己都没有意识到，地震能不能预测这个提法本身就是含糊不清、概念混乱、容易陷入误区的问题。

记者：为什么？

汪成民：首先要弄明白什么叫"能预测"，什么叫"不能预测"，是什么概念界定？凭什么量化标准？

就拿回答"癌症是否能治愈"的问题为例吧！

你若说"能"，马上有人反驳：全世界每年死于癌症的患者高达1000万—1200万如何解释？

你若说"不能"，也会有很多人出来反驳，因为每年有1000万癌症治愈者。若说某些类型的癌症能治另一些不能治，就需要说明哪些类型的癌症能治，哪些类型的癌症不能治。若说一定比例的癌症能治，就需要说明治愈率达到什么程度就能冠以能治范围，是10‰算数还是90‰算数？至于具体什么叫"预测正确"则更加复杂，地点上误差一个县还是误差一个省算正确？时间上差一天还是差一月算正确？不同的人有不同的概念与标准。

记者：地震界评定地震能否预测是不是有统一的概念与标准？

汪成民：问题就出在这里。地震局虽然有一个统一规定，但由于具体情况复杂，对大多数人来说，地震预测的概念与标准的细节是不同的，甚至是含糊不清、逻辑混乱的。

一部分专家受西方狭隘科学理念的影响，把地震预测比作西医看病，认为只有弄清成因机理，找到确定性的地震前兆，在具备上述科学条件的情况下，才能谈论能否预测地震的问题。不了解成因机理，依靠一些不能肯定的、与地震的关系含糊不清的自然现象来预测地震，成功率低，风险大，只能称为"猜地震""科学压宝"，在持这种概念与标准的人来看，按目前水平，地震是不能预测的。

站在他们对立面的另一部分科学家接受东方思维的熏陶，按照中医治病的方式进行地震预测。周恩来总理曾经明确指示，在没有找到确定性的地震前兆之前，广泛实践、多路探索，尽量收集各种可能与地震有关的自然现象进行综合分析，根据蛛丝马迹尽量推测可能发生地震的时间、地点与强度，力所能及给领导部门事先打个招呼。所谓打招呼，不是精确的科学预测，而是经验性的，概率性的，有成功可能也有失败风险的预测，一旦在地震前打了招呼并取得减少伤亡实效者，都归为"预测正确或基本正确"范畴。

我国曾经利用这种方法取得过海城、松潘等二十余次地震的预测成功，也取得过唐山地震时的青龙奇迹，得到中国政府乃至联合国的高度评价。这些科学家不拘泥于预测的精确度，而着重把能否取得减灾实效作为唯一的标准，按他们的概念与标准，只要地震局兢兢业业，努力工作，按目前水平再次取得类似海城地震预测成功不是不可能的，持这种观点的人，认为地震是可以预测的，成功率随着经验不断积累、完善将不断提高。

记者：持地震不能预测观点的人，如何解释海城地震的预测成功？

汪成民：这就是我说的逻辑混乱之处，海城是人类首次对破坏性地震的预测、预报、预防成功取得了实效的地震，这是全世界科技界的公认，联合国把它列为重大自然灾害的成功预测范例而载入史册。但海城地震预测成功的事实却成为持"地震不可预测"观点者不可逾越的障碍，要宣传"地震不可预测"之前，必须解决如何解释海城的成功，地震局许多人只能采用逻辑混乱的实用主义的态度。

一曰"偶然事件"说，就是俗话说的海城地震预测成功是"瞎猫碰上死耗子"。一曰"地震特殊"说，把海城地震预测成功的功劳全部归于大震前震中地区的一串小地震上。一曰"无科学价值"说，海城地震虽然取得实效，是"文革"时期群众运动的结果（群测群防），对现在的中国国情已经不适用，海城经验已经没有什么价值。

记者：你对此问题的观点是什么？

汪成民：我对地震能不能预测的回答是：成功率很高的精确预测目前

做不到，但具有一定风险性的凭经验"打招呼"式的地震预测，目前是可能做到的，这不仅是我的观点，更是我用一辈子的实践取得的毋庸置疑的结果。

当年，我们的科研团队（京津保卫组）与辽宁省同行一起取得了海城地震预测成功，与河北省、北京市同行一起取得唐山地震的青龙奇迹。后来，与地下流体攻关组同行一起取得三十余次地震预测成功。再后来，与863课题组一起取得二十余次大地震预测成功。近几年，与地震咨询委同行一起对汶川、玉树等地震前有所觉察，并打了招呼。对汶川三次强余震的预测全部取得成功。我这一辈子毫不夸张地说，有过几十次地震预测成功的经历。大量事实证明，在有一定监测密度的地区，只要工作尽心尽职，大地震不可能毫无征兆地悄悄来临，是可能打个招呼的（见本书有关章节）。

因此，泛泛提问"地震是否能预测"倒不如具体提"某某地震是否可能预测"更为确切。

地震是否有预测成功的可能性要具体情况具体分析，视地震发生区域的台网捕捉地震前兆能力与地震工作者的分析水平而定。例如，唐山地震是有可能事先打一定程度的招呼的，实际上我们也确实打了招呼。唐山地震预测由于信息太少，预测难度较大。而汶川地震比唐山地震预测容易，因为事先发现的前兆信息，科学家的正确预测意见较多、较配套，只要地震局各个环节工作到位，打个招呼是可能的。

问题2　为什么对地震预测水平的评估分歧如此之大?

记者：对科学问题认识不一致是可以理解的，但对"地震能否预测"的认识差别如此之大出乎意料，你能解释吗？

汪成民：对地震预测水平评估的争论古今中外历来有之，例如在1966年邢台地震后，国务院召开专家座谈会，征求开展地震预测研究的意见，会上争论就很大，从周总理的"李老独排众议认为地震是可以预测的"讲话不难看到,李四光在这次争论中是少数派,多数科学家对地震预测持有异议。

假如画一条直线,一端是 0,代表地震永远不可能被预测,另一端是 100,代表地震预测技术当前已经完全过关,轻而易举就能预测。我相信这一条直线的每一个点上都站立一批支持者,见仁见智。

记者:什么原因造成这样的局面?

汪成民:造成这种局面主要有三个方面的原因:第一,概念不同。大家对地震预测的概念理解大相径庭。大家对所谓"能预测或不能预测"的含义、标准是不同的。客观上存在两种不同的地震预测的概念,一种叫精确性预测,另一种叫实效性预测。以海城地震预测为例,事先根据各种信息,预测在辽南有发生 5—6 级地震的可能,辽宁省领导决定通知群众、采取防震措施,实际发生 7.3 级地震,老百姓确实避免、减少了伤亡。

事后发现所有事先获得的地震信息中没有一条是"确定性的必震前兆",因此,海城经验很难重复验证、检验。另外,就预测本身来说也不完美,仅强度一项预测能量的误差达数百倍,因此,若按精确性预测的要求,从严格的科学角度上看,海城地震预测不能算成功。

但政府与老百姓并不计较这些,上级通知可能发生地震,结果确实来了,虽然房倒屋塌,但由于有预报、预防,因而减轻了损失,大大减少了伤亡,这就是天大的成功,管他信息是否属于确定性前兆,预测震级能量误差是多少。我国政府、全国人民乃至联合国都对海城地震预测给予极高评价,认为这是地震科学的破冰之举,人类历史上划时代的重要贡献。

对被世界视为预测成功实例的海城地震的认识尚且如此,持精确性预测概念的人更是不以为然,甚至嗤之以鼻,认为世界对海城地震预测成功的评价过头了,可见对地震预测在概念、认识上分歧之大。

朋友给我讲了个故事:一个濒临死亡的疑难病人被一个中医大夫治愈了,有些权威部门一定要这位大夫讲出疾病的成因机制与治愈理论基础,否则就不承认疾病是他治愈的。对于这种蛮横、荒谬的逻辑,大家以为在讲笑话，实际上，这种思维方式、这种逻辑在当前不少地震"专家权威"的言行、论文中被广泛运用。

以天文因素、气象因素尤其"地震云"是否含有地震信息为例，几乎所有"权威专家"都持反对意见，他们的唯一理由是没有理论上的依据，无法进行科学解释。但谁都回避最重要的一条：在历史上，利用"地震云"是否有过正确预测地震的成功先例？

我不是"地震云"的粉丝，自己对这方面的知识也很贫乏。但我明白一条，事实胜于雄辩，衡量自然现象之间是否有联系的依据，不是首先看理论上是否解释得通，要知道对于缤纷复杂的大千世界来说，我们的知识仅是沧海一粟而已。

第二，地位不同。回答地震是否可能预测，与回答恐龙如何毁灭、火星上是否有生命等科学问题完全不同。后者是个单纯的科学问题，回答者可以超脱外界干扰，毫无顾忌地发表自己的科学见解。当回答地震是否可能预测时，客观上有巨大无形的压力，不得不面对唐山、汶川死伤数十万人的残酷事实。许多知情者就是责任人本人或是与责任人有千丝万缕联系的利益共同体成员，他们很难摆脱心理阴影去公正、科学地进行评说。正如病人已经死了，家属去询问该医院大夫："在治疗此病人过程中有没有失误？"百分之百的回答是这样的："对不起，我们已经尽了最大努力，但无法挽救他的生命！"

第三，掌握资料不同。地震预测是一项复杂的系统工程，目前尚未发现某种万无一失的灵丹妙药，要靠许多信息集成后的综合分析才能取得比较接近客观的结论，从单独某种仪器、方法而言，成功率确实较低。

许多地震专家虽然水平很高，但他仅仅熟悉自己领域内的小范围业务，这对地震预测来说仅是个局部，一孔之见。只有掌握全面信息、综合研究分析、智能决策的少数人才能对地震预测成功率进行较科学、客观、全面的评价。

问题3　能不能复制海城等地震预报成功的经验？

记者： 你是海城地震预测成功的参与者、知情者，你能否谈谈海城地震成功的基本经验？

汪： 是的，当时我任保卫京津小组组长，辽宁省是我们所管辖范围的一部分，海城地震前保卫京津小组曾经与辽宁的同志多次沟通对当前震情的看法，海城地震预测过程我是清楚的。

海城地震是在周恩来总理亲自过问下，李四光、刘西尧、董铁城、胡克实等领导的一系列成功决策的累积、叠加而形成的，是水到渠成的必然结果。（参见本书第二部分第三章）在临震时辽宁省地震局以及辽宁省委毛远新、李伯秋等领导对正确决策起了关键作用。

整个预测、预报、预防的成功经验可按照当时地震局给中央打的报告的内容主要归纳为四条：一、正确的方针政策。二、坚强的领导核心。三、雄厚的群众基础。四、有利的地震类型。（详见本书第二部分第三章"海城地震预报成功的核心经验"一节里的内容）

记者： 既然我们有如此可贵的经验，为什么现在不能复制它？

汪成民： 复制海城等地震预报成功经验既难又容易。难处是取得海城等地震预报成功的基石今天已经基本被摧毁殆尽，容易之处是周总理制定的中国特色地震工作道路影响深远，深入人心，只要相关领导转变观念，地震预测的落后局面很快可以扭转，中国地震事业再度辉煌的时代可以重现。

记者： 请你先谈谈困难之处。

汪成民： 从取得海城地震预报成功的四条主要经验来看，除了第四条——海城地震的序列特点是可遇不可求，不受人为意志所转移以外，剩下三条经验今天执行起来都有很大困难。

首先是现在对地震工作方针政策、性质任务的理解发生了很大变化。谁都知道地震预测是世界难题，当初周总理问我们，面对这个难题是坐以待毙，还是有所作为？周总理明确表态，不允许科学家回避难题而把自己关在象牙塔中慢条斯理地搞研究。刘西尧传达总理指示精神时问我们："难道在癌症研究还没有过关以前，医院就能拒绝癌症患者来院求医吗？唯一的办法是先把患者接收下来，通过大量临床实践逐步积累经验，努力摸索治疗的办法。"

周总理首先从组织上采取措施，他创新性地成立了世界上第一个统一管理地震工作的政府职能机构，把从事地震预测的性质由科研性转化成为任务性了，由原来单纯承担学术研究的科学研究所转化成完成国家指令性任务职能单位，提出"力争在三五年内放异彩、放原子弹""在你们这一代解决这个难题"的时限指标。

当时成立国家地震局的文件明确规定，国家地震局的研究所与中科院的研究所的区别在于，前者是承担国家项目的任务机构，后者是科学探索的研究机构。刘西尧对中科院地球所传达成立国家地震局指示时明确说："愿意来地震局的就要有思想准备，承担地震预测的任务。若愿意搞科研探索的就留在中科院不要动了！"

现在，地震局领导不断制造舆论，"地震预测是一项需要长期探索的科学难题，需要几代人、十几代人乃至几十代的努力才能成功"，把地震局性质、任务回归到与原先在中科院研究所时一模一样，只强调地震工作是长远的科研探索的性质，而回避甚至放弃了中央对地震预测要求任务性实施操作的内容。这完全违背了中央当初成立地震局的初衷，完全忘了初心。

记者：对地震局性质的不同理解是否也会引起对实现地震预测方式的不同？

汪成民：你说得完全正确，这就是第二点的变化，对地震局性质的不同理解不仅导致地震预测方式不同，甚至对地震预测的理念也不一样。

要攻克地震预测难关，一般有两条道路：一条路是用理论来指导实践，叫有物理背景精确性预测。按照西方的理念，要实现地震预测首先要弄清成因机理，建立正确的模型，寻找到前因后果的必震信息，没有理论指导的实践是盲目实践，一切与地震没有因果关系的自然现象都不能成为地震预测的依据。另一条路是用实践来推动理论，按照中国传统思维，首先是积累大量实践经验，广泛收集各种蛛丝马迹，包括有因果成因关系、伴随的、次生的、衍变的，进行综合分析、智能决策，这叫凭经验的实效性预测。

历史上，无论地震局官方公布的 26 次成功预测，还是专家们统计的 300 余次成功预测实例都是凭经验的实效性预测所取得的。即一方面承认迄今为止没有找到确定性的地震前兆，另一方面也不放弃对地震预测实施操作，广泛实践、多路探索，尽量收集各种可能与地震有关的自然现象进行综合分析，大体推测可能发生地震的时间、地点与强度，力所能及地给领导部门事先打个招呼。海城地震预测成功就是在这种条件下取得的。

记者：请你再谈谈这种认识对其他方面的影响。

汪成民：对任务性质认识的改变，也引起完成任务的方式、方法的改变，当然也会引起完成任务的途径与依靠的力量的变化。

周总理充分认识西方科学对地震预测的束手无策的状态，才聪明地提出在党的统一领导下，依靠群众，两条腿走路的办法。他曾经当面对我说："你们搞科研的不能老坐在家里苦思冥想，要像蜜蜂一样，经常到震区去，把群众的智慧的花粉采集回来，酿成科学之蜜！"

"专群结合、土洋结合，两条腿走路；广泛实践、多路探索，多兵种联合作战"的实质是创造一条中国自己的地震工作道路来超越世界水平，攀登世界高峰。事实证明，在这条路线的指引下，果然只用了三五年时间就达到世界领先的水平。对这一点，美国总统科学顾问比我们一些领导、专家看得更清楚。

今天两条腿走路已经变为历史，地震工作的群众路线不再提起，只提专家路线，而且是那些对中国的传统思想所知甚少，热衷于跟着西方落后理念爬行的所谓"专家"，在由这些人组成的智囊团主持下，才会出现在汶川地震前频频告急时，竟然有专家到震中地区的电视台上公开鼓吹，拍胸脯保证"请大家放心，此地绝对不可能发生唐山这样大的地震，这是地震局所有专家的共识"的无法容忍的事件。

过去，按照周总理指示，地震局系统选拔干部首先要选对地震预测充满信心的、有真才实学的。今天，由于领导思想的改变，认为地震可以预测的观点是不科学、不实事求是的，在"回归科学、回归理性"的思想指导下，许多盲目崇拜国外，对中国特色地震工作道路毫无信心的"地震不可知论"者被提拔到领导岗位上来，占据着地震各级部门的决策岗位。

记者：大家都看到地震预测屡战屡败、水平剧降的事实。那么，你认为中国地震工作还有重现当年辉煌的可能吗？

汪成民：虽然中国地震工作取得当年辉煌的基石已被摧毁殆尽，但周总理制定的中国特色地震工作道路影响深远，深入人心，通过汶川、玉树等地震的总结，无论地震队伍内还是广大群众中，抵制崇洋媚外的错误路线，自觉按照周总理的方针政策执行的还大有人在，他们在重重阻力下仍然取得出色的成绩，他们是中国地震事业的希望所在。因此，只要地震局的决策者，深刻总结经验教训，迷途知返，转变立场，中国地震事业再度辉煌的局面很快可以实现。我期望在有生之年能看到海城地震的成功预测再次在华夏大地重现。

大量事实证明，中国特色的地震工作方针、路线、道路从人类认识自然的科学层面上、哲学层面上，要大大优于西方地震工作的理念、道路。可惜的是，那些对自己的一切失去文化自信、道路自信的人却视而不见。

问题 4　盲目崇拜西方预测理念是导致我国预测水平下降的关键吗？

记者：有人著书立说分析这些年中国地震工作由兴致衰是由于盲目崇拜西方预测理念，你怎么看？

汪成民：我基本同意李世晖等教授著作中所阐述的这种观点。

1972 年中美关系解冻，尼克松访华，带来一个庞大的代表团，其中包括总统科学顾问弗兰克·普雷斯博士，他在与方毅商讨有关双方互派留学生的会谈中提到两国在科技领域互相学习的内容。想不到弗兰克·普雷斯博士向方毅开出的美国打算向中国学习的清单中，第一项是中医中药（包括针刺麻醉），第二项是地震预测技术与方法。消息传到地震局，领导立即召开党组扩大会议，邀请丁国瑜、马宗晋、梅世蓉与我列席会议商量对策，讨论起草给中央的报告与向美国代表团介绍的内容。

具体起草任务落到我们四个列席会议的人身上。老实说，大家都没有想到地震预测会成为美方要重点向中国学习的内容。何况当时我们在这方面还没有做出引人注目的成绩。几天后，卫一清带着我与马宗晋到北京饭店和美国代表团弗兰克·普雷斯博士等人见面，会上，我们重点介绍了周总理制定的中国特色地震预测之路的方针政策，如何广泛实践、多路探索，如何专群结合两条腿走路。谈到具体成功实例，我记得只谈了邢台几次强余震的预测、河间地震前李四光的预测以及通海地震前张铁铮的预测等。

弗兰克·普雷斯博士听了我们的发言后明确表态，说中国同行的做法与他们的理念有很大的不同，地震预测虽然是没过关的世界难题，但从一个政府的角度来看，不能等待理论问题解决以后再去操作，他本人非常欣赏周恩来总理的做法，这是一条探索地震预测的新道路，说不定比他们传统的做法更有效，正如中医中药一样体现了许多东方智慧，值得美国学习。

记者：美国提出向中国学习地震预测技术，是在海城地震预报成功以前的事吗？

汪成民：是的，我两次见弗兰克·普雷斯博士，是发生在1974年4月和10月的事，当时海城地震还没有发生，但美国高层已经嗅到中国特色地震工作之路的潜在威力，提出在地震科研方面要向中国学习。果然，一年多以后，我们取得海城地震预测、预报、预防成功，成为人类历史上首次对破坏性地震防震减灾取得实效的典范。我非常惊奇美国情报工作之细致，以及弗兰克·普雷斯博士等美国上层看问题之老到。1975年海城地震预测成功，我们很快就收到了来自弗兰克·普雷斯的贺电。从此，中美地震科技交往日益频繁。改革开放以后,国外好的、坏的东西全都进来了,如何才能取其精华、弃其糟粕为我所用,而不盲目地囫囵吞枣,不是每个单位都能把握得住的。

记者: 西方的理念与我们的理念孰优孰劣,如何评价?

汪成民: 理论指导实践还是实践推动理论,是认识论上争论的老问题。对地震预测这种理论上没解决,而实践上必须操作的问题来说,只能从实践抓起,在这方面周恩来、刘西尧、李四光有许多论述。正如社会主义建设不能等待社会主义理论完善后再起步,必须边干边学。

从另外角度说,即便西方的理念千好万好,正如当年周总理在邢台地震科学讨论会上所提的问题:"请给我一个时间表,需要多少时间能解决地震成因问题,需要多少时间能找到确定性地震前兆?""另外请告诉我,在没有解决这些问题之前我们如何应对随时可能性的地震灾害,通知老百姓坐以待毙吗?"

后来,周总理代表党中央提出一套与国外完全不同的中国特色地震工作办法,在这套方针路线指引下我们迅速取得了令世人瞩目的成功,但在陷入西方思想泥淖的专家的眼里,这都是"瞎猫遇到死耗子"的偶然事件。他们坚持认为在没有找到确定性前兆之前,任何预测都是没有科学依据的"科学猜谜",正如当年日本学者今春明恒正确预测了关东大地震,仍无法撼动根深蒂固的"地震不可预测"的理念。周总理、李四光等中国地震事业奠基者去世后,又恰遇改革开放,那些本来对海城地震预报成功质疑重重的中国专家很容易受到西方理念的蛊惑,他们鼓吹放弃"老一套不科学"的办法,企图到西方取预测地震的真经,骑着毛驴去找骏马,结果骏马没找到毛驴也丢了,落得个高不成低不就的尴尬局面,自废了功力,解除了武装,失去信心、逃避责任,造成地震预测事业一蹶不振,水平急剧滑坡的可悲后果。这种错误实质上是"外国月亮比中国的圆"的思想在中国地震事业上的反映。

记者: 有人认为在没有找到确定性前兆之前的预测把握性小,错报很多，同样会给社会带来损失。

汪成民：失败是成功之母，任何成功都不可能一蹴而就、一步到位，需要一个循序渐进的过程。地震预测也一样，开始阶段成功率较低，错报率较高是正常的，通过不断总结经验成功率可以不断提高。治疗疑难病，也是先探索试用各种方法从中取得少量成功实例，再积累经验不断提高成功率。梦想有一天突然找到一种理论模型、一种与地震发生有确定性关系的前兆，地震预测迎刃而解，这是不现实的。

既然地震预测不可能 100% 正确，权衡得失后当时要求"宁可错报遭埋怨，决不死人受谴责"，提出有情况不报告是态度问题，根据情况判断不准是水平问题。地震预测采取"宁错勿漏"方针。当然，如何尽可能减少错误预报对社会的不良影响，周总理早就考虑到了：首先他把地震预测与地震预报严格分离，地震预测是纯科学技术问题，由地震局负责；地震预报是纯组织管理问题，由各级政府来操作。科学家只客观提供预测意见。我记得某专家对漏报唐山地震发言："信息确实有，但不明朗，若发生在青海地区、若不是开大会我肯定会上报的，但发生在京津地区，中央又要开会，我就犹豫了……"

刘西尧听到后勃然大怒："你是科学家还是政治家？谁让你操心是北京还是青海、是开大会或不开大会？你们只需要告诉我们情况的严重程度与分析判断的把握性，对于你来说有情况不上报就是失职！"

他再三解释周总理"地震预测不过关，我不苛求你们，但力争在大地震前打个招呼"的指示。所谓"打个招呼"是指根据一些与地震可能有联系的可疑前兆，依靠经验作出不精确、有风险的预测。当然这种预测可能对也可能错。为了消除技术人员对错误预测可能给社会带来负面影响的顾虑，刘西尧指出："有突出情况不报，正如侦察员发现敌情不报告是要追查责任的，但预报如何操作由政府负责，根据预测的把握程度和地域、时域的特殊性，我们可以采取内紧外松等多种办法，操作失误由政府来担当，与你们无关，如同参谋部的决策错误不应该由侦察员承担一样。"国务院 74（69）

号文,就是这种"打招呼"的典范。

问题 5　为什么说"两条腿走路"是中国地震工作的国策?

记者: 周总理为什么提出我国地震工作要两条腿走路的方针?

汪成民: 周总理很清楚地震预测是一项世界难题。按照西方理念,做地震预测预报要先弄清地震成因机理,找到确切可靠的地震前兆。目前我国还没有解决这些问题的条件,更可怕的是不知道何年何月才能达到这种水平。而地震经常发生,广大群众随时面临来自地震的死亡威胁。对此,周总理决心另辟蹊径走一条中国特色的攻克地震难关的道路。其核心就是两点:一、把地震工作由原来的科学探索的性质改变成承担国家任务的性质,为此专门成立国家地震局来承担。二、把地震工作由原来仅仅由科学家从事的研究课题,改变为依靠各级政府,广泛发动群众,由政府、专家、群众密切协作,大打人民战争的事业。这是地震预测没有彻底过关之前唯一可行的办法。事实证明这条具有中国特色的新道路是中国地震事业强势崛起的强大引擎。我们只用了短短的十余年时间就超越了西方水平,连续取得海城地震预测预报等 26 次成功,将中国地震事业推到世界领先地位。

剖析这 26 次成功实例不难发现,在每次防震减灾成功中群测群防都作出了重要贡献,凡是群测群防开展得好的地区、好的时期地震预报的成功率就高,反之则成功率低。正如在联合国成立五十周年科技大会上,联合国副秘书长听取唐山地震时的青龙奇迹后的总结发言:"海城地震的成功与青龙奇迹的出现都发生在中国绝对不是偶然的,新中国政府用它强大的执政能力与广大群众无与伦比的积极性相结合,弥补了科学技术的不足。在地震预测还没过关的今天,这种经验值得全世界学习。"因此,国内外普遍把群测群防作为中国地震事业飞速进步的独门秘诀。

记者: 地震预测是科学技术的顶尖难题,如何解释技术设备较弱、专业知识较少的群测群防能在地震预测中发挥重要作用?

汪成民：地震预测是科学技术的顶尖难题不假，但这并不意味着技术设备相对较弱、专业知识相对较少的群测群防无法发挥作用。从科学技术本身也至少能找到以下四条解释群测群防重要性的依据：

一、地震信息种类的广泛性、多样性。

什么是地震前兆？用什么仪器设备最容易捕捉到它？全世界科学家都心中无数，都在摸索。现在专业队伍的监测范围毕竟有限，中国目前仅选择了八方面进行监测，根据周总理"广泛实践、多路探索"的要求是远远不够的，群测群防监测的内容比专业队伍高数十倍之多，大大弥补了专业队伍的不足，对探索自然界是否存在能够更灵敏反映地震信息的监测内容起了侦测、普查作用。

二、地震信息分布与传播的不均一性。

地震信息的空间分布与传播是不均一的，有些位置显示出比周围地区明显优越的记录信息能力，有时竟然高几十倍之多，从此地捕捉到的地震信息既丰富又清晰，我们把它称为"穴位"或"敏感点"，相反有些地方无论仪器精度怎样高仍然难以捕捉到地震信息，我们把它称为"盲区"。因此，选择理想监测环境、条件比提高仪器精度更重要，这恰恰是群测群防的优势。

我国专业地震前兆监测台站的台距达 100 公里，但这已经算最密了，而上世纪 70 年代京津唐地区的群测群防观察点的密度是专业前兆监测台站的一百倍左右，所有群测群防台站遇到"穴位"的概率比专业台站大得多，这就不难解释为什么有些群测群防的简陋设备能记录到比专业台站更理想的前兆信息。

三、地震震中区临震信息的特异性。

地震研究最困难、最宝贵的资料是取自震中地区的临震信息，全世界科学家用了近百年时间试图捕捉这种信息而一无所获。但中国仅仅唐山一次地震就有 22 个台站捕捉到震中十度区内地震发生前后完整的全过程信息，例如唐山岳 42 井、山西水 2 井、唐山开滦矿涌水量记录等都是世界地震科研的至宝。从中可以了解到震中区在临震前以爆发形式出现难以置信的巨大前兆信息,但这种巨大异常主要出现在地震断层面上,并向两侧呈指数衰减。这就不难解释唐山地震临震前岳42井记录到地下水位突升8米、汶川地震临震前北川中学在物理课上观察到地磁罗盘指针转动的巨大异常了。这些都是群测群防的贡献,单纯依靠专业台站捕捉到这种信息的可能性很小。

四、地震研究探索的创新性要求。

与专业队伍相比,群众队伍更具有创新思维与创新能力,他们受条条框框的影响少,更具有敢想、敢闯、敢为的战斗作风。几十年来,中国地震的许多创新发现,如地震前兆信息的爆发性特征、地震前兆信息的空间分布不均匀特征、"穴位"或"敏感点"思想、异常的二倍法思想等都来源于群测群防。

记者: 如何理解联合国副秘书长在总结青龙奇迹时,面对各国首脑表扬中国政府?

汪成民: 地震预测的最终目的是让防震减灾取得实效。这不是单纯依靠科学家能做到的,预报、预防需要政府来组织操作,群众来实施执行。因此,无论科学发展到什么程度,要取得防震减灾实效永远需要政府、专家、群众的密切合作。

正确的临震预报是取得实效的基础,而群测群防工作的好坏是取得实效的关键,因为群测群防是临震预报的信息提供者,又是防震减灾对策的实施者。因此中国政府制定的两条腿走路的地震工作方针对世界具有重要指导意义。

记者: 为什么当前群测群防很难成气候?

汪成民: 由于地震部门引进西方落后的地震工作理念,撤销了群测群防管理机构,削弱、取消对群测群防的组织管理,让这项重要工作走向了自生自灭。摒弃两条腿走路工作方针就是放弃中国特色,自废功力,导致地震预测水平急剧滑坡。今天残存的群测群防工作无论数量、质量还是规模、水平都难以与当年相比。尽管这样，当年周总理的方针、政策深入人心，在老百姓中有很深的底蕴。不论地震局是何种态度，群众仍然自发地兢兢业业地坚持开展此项工作，但缺乏与专业队伍密切配合，缺少强有力的统一组织与领导，虽然也取得不少可喜成绩，但都是单打独斗，势单力薄，终究难以形成气候。

记者：当前推动群测群防的最大阻力是什么？

汪成民：除了组织管理、经费保障外，最大的阻力来自思想理念。尽管周总理另辟蹊径铺就了中国特色的防震减灾之路，取得了巨大成功，但对这一路线方针仍然存在意见上的分歧。总理在时，推动群测群防是一种国家行为，即使有不同意见也是零星的、隐形的，不会干扰大方向。后来总理走了，地震预报事业受到西方理念冲击，否定群测群防逐步成为官方的主流思想，后来甚至公开出文件否定、扼杀群测群防工作。

为了抵制贬低群测群防作用的错误，群众中反弹出一股拼命夸大群测群防作用的宣传，把它描述成无所不能的灵丹妙药。有些宣传是违反事实、违反科学的，甚至是具有唯心色彩的。例如一本流传很广的有关唐山地震的书，违反真实，人为拔高群测群防作用，似乎只要依靠几个群测点，唐山地震就能手到擒来。这些人忘记了周总理提倡的"专群结合"中的专是主体、是主力军，群是辅助的民兵。贬低、抹杀群测群防作用固然错误，夸大、神化群测群防作用同样有害。

地震的群测群防队伍是个为国为民有担当的优秀集体，是个有创新思维、雄心壮志的团队，为了防震减灾的共同目的自发地集中在一起。但组织管理群测群防是一项十分困难的工作，他们使用的方法和手段五花八门，人员水平参差不齐，由一批思维敏捷、想象力丰富，敢于挑战传统、权威的土专家组成。群众运动没有坚强领导，放任自流就会出现鱼龙混杂、泥沙俱下的局面。

地震预测是一项世界难题，需要大无畏精神，有些人是由于无私才无畏，有些人是由于无知才无畏，也有少数人是由于贪婪而无畏，他们把地震预测视为追逐名利的平台,企图用一次预测达到飞黄腾达的目的。少数人的恶劣作风导致本来力量就单薄的队伍陷入各立山头、相互拆台、夸大成绩等种种混乱局面。有些媒体的报导、报告文学描写对这种不良倾向起到了推波助澜的作用,使这支优秀队伍进一步削弱、异化,他们把"专群结合"改变为"专群对抗",宣传由群测群防来取代地震机构,企图依靠一些简陋的土仪器解决地震预测难题,用过分夸大群测群防作用来恶意贬低专业队伍的主力军作用,这对我国地震事业同样是非常有害的。

问题6　中国地震预报之路如何走?

记者: 全国人大代表朱列玉关于撤销地震局的建议引起大家热议,你的看法如何?

汪成民: 我的意见很明确,地震局不能撤销,但需要大刀阔斧地进行改革。理由有三点:

第一,成立地震局是当年周恩来总理高瞻远瞩的英明决策。

1966年邢台地震后周总理邀请了各方面专家召开过五次以上大小不同的调研会,其中我参加了两次。

会上专家们畅所欲言、争论激烈,权衡了开展地震预测各方面的利和弊,我认为到现在为止还没有任何人对这个问题考虑得如此深入、全面。当许多专家信心不足,认为开展地震预测条件不具备,需要等待科技水平上个台阶再考虑此问题时,周总理仍然明确表态欣赏以李四光为代表的几位专家的意见。李老提出,现在人们对地震并非一无所知,对地震前兆已有一定了解,与其消极等待不如主动出击,在实践中不断检验,不断提高。

周总理说:"李老独排众议,认为地震是有前兆的,是可以预测、预防的。"

通过三年深入调查研究,最终周总理毅然决定成立中央地震工作小组(中国地震局前身),开展地震预测工作,从科学院、地质部等单位抽调专家来承担,由李四光任组长。

今天有人提议撤销地震局，让专家们重新回归中科院研究所，这完全是恢复半世纪前的老路子。我希望提这些意见的人先去认真了解一下，当年周总理下决心要把专家们从中科院等研究单位抽出来成立世界上第一个政府地震机构的意图是什么，采取这一重大战略决策的理由与依据是什么。

希望提这些意见的人再去认真了解一下，成立地震局以后的一二十年内中国地震事业如何飞速发展，从一穷二白到世界领先水平。地震局罕见地成为国家通报表扬的先进部委，被联合国树为全世界学习的样板。

第二，中国无须与国外落后的理念去接轨。

撤销地震局的理由之一，是先进的西方国家都没有政府级的地震机构，说明地震预测是个单纯科研课题，无须政府将其作为任务操作。

地震能不能预测的争论一直存在。一方面大家都承认地震预测是世界难题，另一方面全国人民要面对年年闹地震、经常要死人的残酷现实。在这种处境下周总理不允许科学家回避地震预测而把自己关在象牙塔中慢条斯理地搞研究。刘西尧传达总理指示精神时问我们："难道在癌症研究还没有过关以前医院就能拒绝癌症患者来院求医吗？只有通过大量临床实践才能逐步积累经验，最终攻克难关。"

周总理要求科学家们"抓住现场不放""像蜜蜂一样去采集群众的智慧的花粉"，提出地震工作者必须"坚定地震能预测的信心""要在我们这一代解决这个问题""力争（在地震预测技术方面）在三五年内放异彩、放原子弹""暂时达不到科学的精确的预测，我不苛求你们，要力争在大震前打个招呼"。结果不到五年时间取得海城、松潘等地震预测、预报、预防的成功，取得唐山地震中的"青龙奇迹"，轰动了全世界科技界，被称为灾害史上划时代的重大突破。

所以那几年，尼克松访华时向周恩来总理提出美国要向中国学习地震预测的技术、方法。日本政府希望全面引进中国"群测群防"的经验。联合国十年减灾委员会主席几次向李鹏总理、宋健主任提出在中国创办地震预测预防学习班，培训全世界防震减灾技术干部。这些都归功于周恩来总理创造性地建立中国特色地震预测道路,把地震预测从单纯学术性科学研究的课题改变为承担国家重大任务的科学研究业务部门。

第三,群众要求撤销地震局不是对机构本身不满,而是对这个机构某些人的不作为不满。新中国地震工作的奠基者周恩来、李四光、翁文波、胡克实、董铁城等领导先后离去,随着中外交流频繁、大量海归涌入,西方"地震不可预测"的错误观点严重冲击了地震队伍,地震局工作偏离周恩来制定的中国地震工作方针路线越来越远。最近十来年连续漏报了汶川、玉树等几乎所有大地震,群众强烈不满,撤销地震局的呼声一浪高过一浪。

目前,要迅速提高我国地震预测能力的关键主要不是技术问题而是组织管理问题,只要地震部门领导的指导思想回归到正确道路上来,迅速采取改革整顿措施,恢复当年的辉煌是指日可待的事情。

记者: 地震预测的科技水平没有过关是否意味只能坐以待毙?

汪成民: 当一个人患了疑难杂症,当然希望有灵丹妙药,但是没有灵丹妙药时就只能坐着等死吗? 不是这样的。要取得正确预测、预报与预防,办法是多方面的,不能只靠灵丹妙药,一方面我们要努力去研制灵丹妙药,另一方面我们要研究没有灵丹妙药时如何使病人康复。周恩来总理在这方面带领我们做出了出色的成绩,他清醒地认识到当前地震预测没有过关,但他不是消极等待而是采取另辟蹊径的办法,用中医治病的理念采取两条腿走路的中国特色防震减灾方针来解决地震预报问题。

记者: 你认为要采取哪些改革整顿措施,才能使地震事业再度崛起?

汪成民: 我建议首先从以下五方面入手。

第一,地震队伍要真正不忘初心、牢记使命,增强对自己的道路自信、文化自信。

要认清我国地震事业在上世纪六七十年代从一穷二白达到世界领先水平,然后又从当年的辉煌走到现在被群众诟病的原因。这主要是因为地震部门有些领导和地震领域一些专家放弃自己的优秀传统而错误地与西方接轨,对"地震不可预测"论中毒太深。

思想拨乱反正后，建立一支坚决走中国特色地震预测之路能打胜仗的地震队伍是当务之急。就像当年周总理建立地震队伍一样，选拔地震局各级干部、技术骨干时首要挑热爱地震事业，对地震预测充满信心，愿为它献身的优秀人才。凡是不愿意搞地震预测、无能力从事地震预测的领导干部、技术骨干就应该调离关键岗位。

第二，树立以预测为中心的中国地震防震减灾工作方针。

成立地震局就是要搞地震预测，这是当年周总理给地震局下达的"死任务"，理所当然是地震局的主要职责、核心任务，不允许有丝毫犹豫、讨价还价。由于地震预测是个十分艰难的科学攻关任务，一些信心不足的人千方百计试图放弃自己盘子里难啃的硬骨头，眼馋他人盘子里的肥肉而多次打报告、造舆论，要求"肥瘦搭配、利益共沾"。或者干脆仅仅把"地震预测"作为向上要钱的幌子，把真正精力用于他处，地震局若想把地震预测水平搞上去，必须把"挂着羊头卖狗肉"的领导干部、技术骨干调离关键岗位，要像几十年前一样从经费分配、人员选拔、成果评审等各个环节全面贯彻地震预测是地震局中心任务的思想。

第三，充分发动群众继承发扬中国特色的两条腿走路的方针政策。

中国地震事业蓬勃发展的黄金时期是上世纪六十年代中期至八十年代中期。那时中国地震预测走的是与西方完全不同的路子，类似于中西医结合、综合治理的方法，充分依靠群众，调动一切积极因素，广泛实践、多路探索，像作战那样寻找各种蛛丝马迹，追踪围剿捕捉地震，其中核心是两条腿走路问题。

地震预测、预报、预防是否能取得实效，关键是看科学家、群众、政府的有效结合程度，单从地震预测技术而言，临震预测是难度最大的环节，这恰好是现有地震预测技术的软肋，群测群防的长处。因此，周恩来、李四光等都十分重视群众的创造，听说有个叫张铁铮的工人和一个叫袁桂锁的农民预测地震有高招，立即把他们请到中南海，亲自听他们汇报。

对另一条腿——专家的使用也存在严重问题，只重视对西方地震预测理念顶礼膜拜的专家，对熟悉中国自己的经验、坚持走中国特色地震预测之路的专家不予重视，甚至打压贬抑。地震局专家本来不多，有实践经验能预测地震的专家更少。当年，周总理反复强调要坚决反对山头主义、本位主义，最大限度利用各方面人才，多兵种联合作战，在进行重要决策时要听取多方面意见，尤其是反面意见。

第四，大力贯彻落实中央的创新精神。

近几十年国内外科学创新呈日新月异的喷发式发展，许多过去不敢想、不敢做的今天都有可能实现了，地震研究技术跟上潮流、更新换代当然是重要改革内容。

对于地震预测来说最根本的基础是监测，因此建立完善能及时捕捉到可靠前兆信息的高质量地震前兆台网是当务之急。

过去我们一直梦想能快速大范围扫描某些物理量以发现大地震潜在震源，今天可以通过航空航天技术来实现。过去我们一直梦想采用高精度、零漂移，能长期追踪记录、自动报警的仪器设备以捕捉临震信息，现在可以通过微电子、纳米技术来实现。过去我们一直梦想如何全面获取震源区的各种信息动态，现在可以通过地球深部勘探新技术来实现。更为重要的各种信息的记录、传输、集成开展综合分析，现在可以通过先进的通信手段以及大数据技术轻而易举地解决。这些都迅速在地震领域中引进推广，我相信在中国迈向世界创新大国的努力中绝对少不了地震人的奉献。

第五，把地震预测工作纳入法治轨道。

既然地震预测是一项国家指令性重要任务，既然在一切工作到位的情况下我们已经达到了在大地震前"打招呼"的水平，为什么不把地震预测逐步纳入追踪问责的法治轨道？这就可以大大提高地震人的责任心，可以旗帜鲜明地突出地震局的性质、任务，而不与搞科研探索性质混为一谈。

2009 年 4 月 6 日意大利发生 6.3 级地震，事先有个别专家有正确预测，在群众中造成一定影响，但有 7 个较权威的专家通知该地群众"不会有地震，可以在家放心地喝红酒"。结果地震来了，死了 309 人。这 7 位专家被法院判刑 6 年,理由是:虽然地震预报不过关,但是你们用肯定的语言告诉大家不会发生地震,是用非科学态度误导群众,造成过失杀人的重大恶果。

我基本同意此判决,并且建议在中国对地震预测也应该建立科学、严格的问责制度。

当然,问责不是问罪,是要客观、全面,实事求是、毫不掩饰地进行反思,大地震报不出来不外乎以下三个原因:一是信息量不够,事先没能捕捉到地震信息,解决方法是建设有效台网。二是已捕捉到一定的信息,但分析人员水平不够,没能从杂乱无章的资料中得出接近现实的结论,解决方法是总结教训、加强技术人员培训。三是信息捕捉到了,分析结论也比较靠谱了,但领导或因责任心不强,或因面临几种不同预测意见(大多数情况下,科学家意见不可能完全一致)而出现决策失误,解决方法是对事先瞎指挥,事后又推卸责任、毫无担当的人追查责任。

现在,中央对地震局已提出了明确指标,要求"到 2020 年,力争做出有减灾实效的短、临预报"(国发〔2010〕18 号文)。

地震局是一个具有光荣历史的单位,曾为国家作出过重要贡献,曾受中央、国务院通报表扬。我坚信,在习总书记的坚强领导下,在我的有生之年一定能看到一个崭新的中国地震局带领大家再攀世界高峰,作为祖国值得信赖的忠诚卫士兢兢业业地保卫着十四亿同胞的生命、财产安全,为祖国人民的安居乐业站岗放哨,实现周恩来总理"在你们这一代要解决地震预报问题"的遗愿!

问题 7　如何让人相信你开出的药方?

记者:现在社会上自称能预测地震的人很多,每次地震主管部门预测失误一次,社会上都会涌现出一大批事后诸葛亮来,高谈阔论、评头论足,似乎由他来操作,地震预测就万无一失。但若真正让他们预测几次地震就都退缩了!没有听说谁能真正经得起实践检验。久而久之无论政府还是群众都不相信事后诸葛亮了，如何让人们相信你开的药方确实有一定效果？

汪成民：首先要纠正的一点是我从来没有说过我个人有什么灵丹妙药或特异功能，具有比别人更强的预测地震能力。虽然我们团队曾经成功预测过几十次地震，是当代地震科学家中预测能力比较强的一个集体，但这都是群策群力的结果，是学习前人经验的成绩。

地震事件是一个极其复杂的开放巨系统，制约因素（不让它发生）与激发因素（促进它发生）是多色多样、相互交织的。一个人的能力有限、知识面有限，谁说能百分之百报准肯定是在吹牛，若说预测成功率稍高些可能比较可信。我一般认为单打独斗很难获得成功，我开出的药方是从周总理领导下地震工作十几年所取得的几次大地震成功预测的综合分析经验中提炼出来的。

记者：几十年前中国地震事业在周总理领导下发展迅猛，成绩斐然，取得了海城、松潘等地震的预报成功。因此，许多人都想通过总结以往成功经验来推动、改进目前工作。现在仅正式发表的文章、专著已经不少，但结果却是众说纷纭，没有一个权威的版本。你的总结能比其他人的更高明吗？

汪成民：对历史事件的总结基本要求是真实可靠，力戒杜撰。事情已经过去好多年了，主持那一场改革的领导人都已经作古，真正了解内幕、领会精髓的人少之又少。许多试图总结周总理另辟蹊径搞地震科技改革的人都是通过少得可怜的文字资料加上主观臆断进行的，当然众说纷纭、莫衷一是了。对这段历史的回顾，我有三个别人不具有的优势：第一，我是直接参与者。第二，我是亲自操作者。第三，我是唯一的复盘者。因此，我相信能比其他人更真实地反映情况，能更深领会精神实质。

记者：现在请详细谈谈你具备的第一个优势。

汪成民：1966 年在邢台地震现场认识李四光以后，亲自聆听了李四光向周总理提出的"邢台地震以后要注意沧东断裂，尤其是沧县、深县、河间一带"的预测，其结果是成功预测了 1967 年河间 6.3 级地震，吹响了攀登地震预测高峰的进军号。

1967 年李老亲自把我从中科院地质所调到刚刚成立的中央地震工作小组办公室负责地震前兆与地震预测研究以后，我有机会与中国地震工作的决策层密切接触，目击渤海地震后如何作出建立辽宁地震队伍的决定，贯彻、执行"密切注视京津地区地震动向"的过程，落实大力推广群测群防的建设，国务院 69 号文的产生等，这都为后来海城、松潘等十几次地震成功预测打下了基础，这些国家层面的决策都与地震整体趋势的正确判断有关。对于这些决策我是目击者、参与者。有些会议我是发言者，有些文件我是起草者。

记者：好，现在请再谈谈你具备的第二个优势。

汪成民：周总理深知单纯依靠西方的办法短期内很难解决地震预报问题，他决心另辟蹊径摸索中国特色地震预报的道路，正如刘西尧传达周总理指示时所说：我们一旦遇到重大困难时解决问题的办法一贯都是，一是加强党的领导，二是充分依靠群众。我们打算也是如此来解决地震预报难题。一方面强化行政干预，建立国家、省市、县一级的地震部门。另一方面充分发动群众、群策群力，调动一切积极因素，来弥补科学技术的不足。

若把预测地震比作治疗疑难病疾，当西医效果不佳时就采用中西医结合的办法。同样，若地震的确定性前兆找不到，就采取广泛实践、多路探索，收集各种蛛丝马迹、顺藤摸瓜的方式，不放过一个疑点。因此，中国特色的地震预报之路的关键是：专群结合、土洋结合，两条腿走路的方针。而地下水观测是体现这个方针最重要的内容。我恰好是这个研究领域的牵头人。贯彻、执行周总理另辟蹊径的方针、政策、路线及一些技术性实施，我不仅是个目击者、经历者，更是直接的操作者、实践者。我和我的团队经常按照领导指示去独立完成某地区的预测预报任务。李四光、刘西尧、翁文波、董铁城、胡克实经常参加我们的震情研讨会，潜移默化地用总理指示精神点拨我们，直接指导我们对预测的操作。例如邢台地震后我们沿沧东断裂追踪调查宏观异常发现兴济的异常井喷,对应了 1967 年河间 6.3 级地震;渤海地震后追踪调查宏观异常发现辽宁熊岳异常,对应了 1975 年海城 7.3 级地震;发现河北丰南异常,对应了 1976 年唐山 7.8 级地震。利用地震后效异常区对下一次地震可能地点的预测就是在他们直接指导下进行的。无论担任全国地下流体地震前兆研究负责人的时候,还是担任保卫京津小组组长的时候,我都不按照西方地震预测程序操作。一些行之有效的预测思路、预测方法,如地震前兆灵敏点、超远距异常呼应、临震突跳的把握、地震后效的追踪预测、地下流体十大怪预测价值、地震预报智能决策的原则等,凡我常用于地震预测的武器,都是从中国大量群测群防的实践中提炼出来的,没有一个是从西方的机理、模型中产生的。

记者:现在请介绍你具备的第三个优势。

汪成民:第三个优势最重要,要证明一个方案的可行性、优越性,必须通过实践检验,正如任何产品要推广必须经过中间试验一样。我们是唯一将周总理的方法进行复盘,并在地震预测的实践中接受过检验,取得了良好效果的实践者。

许多曾经在李四光、刘西尧、翁文波、董铁城、胡克实领导下为我国攀登世界科技高峰建功立业的老同志,目睹我国地震预测能力由于受"地震不可预测"论调的干扰而水平江河日下,心中都十分着急和无奈。大家心中都明白,问题的症结在于放弃了周总理另辟蹊径的方针、政策、路线,假如有机会再把周总理的办法复盘一次,相信事实胜于雄辩,能对领导、对社会具有强劲的说服力。

因此,翁文波曾不厌其烦地给地震局,给全国政协,甚至全国人大写信,反复建议:"只有恢复周总理时代的广泛实践、多路探索,两条腿走路的方针,才是地震事业重振辉煌的唯一出路。"

但在当时向西方学习,与西方接轨的口号下,大量海归占据地震科研的决策岗位,这批新领导对中国几十年积累的经验基本失去信心与兴趣。

百般无奈下翁老在人生最后岁月不断发布对国内外大地震的预测，试图用成功的实例来感动领导。（见本书第五部分第一章）

我曾经请教翁老，若能将周总理的中国特色两条腿走路的地震预报的那一套办法复盘，报准几次地震，就可以用事实来唤醒群众、感动领导。翁老认为此办法虽好，但操作困难很大，至少需要具备以下三个条件：一、需要搭一个足够大的平台。二、需要一批较可观的科研经费。三、需要组织一批志同道合的优秀专家的团队。

后来经过不断努力，终于找到钱学森，申请到国家863课题，基本能够满足翁老的三个条件。1992年我兴致勃勃地赶赴翁老住宅向他汇报，请他出马担任我们863"中国地震预测智能决策系统"课题的顾问时，正卧病在床的翁老高兴地祝贺我们，但表示自己已年老体弱，无力再挑重担了。两年后这位中国地震预测领域的鼻祖，保持着地震短临预测最高成功率纪录的天才科学家不幸与世长辞。

国家科委863项目是由邓小平亲自推动的国家最高级别的研究课题。地震局上下以能参加863项目为荣，课题级别足够高、平台足够大，可以共享地震局的所有资料，可以名正言顺从地震局系统内外招募专家加盟。更重要的是863项目的成果百分之百可以被地震局认可。

我在申请863项目之前与钱学森有所沟通，向他说明了我的意图就是尽量复盘周总理的地震工作方针、路线，检验它在地震预测研究全盘西化的今天是否还有生命力，能否获得较高的预测成功率。钱老对周总理另辟蹊径搞地震预报的领会很深，他亲自指导我们设计了研究方案，并建议将研究课题定为"中国地震预测智能决策系统"（KCEP-863）。

我们在863课题研究中不追求"确定性前兆"，不强调从地震预测机理、模型入手，而遵循周总理广泛实践、多路探索的指示，收集、分析地震前的各种蛛丝马迹，从地震系统内外招募有地震预测成功实例的专家，开展信息的综合集成，研究智能决策。

这个课题通过五年准备，从1996年开始正式上报预测意见，一式两份。一份递呈国家科委 863 办公室,另一份递呈国家地震局,两边都入档备案,以便相互对比检验。那些年地震局官方正式公布的数据是短临预测平均成功率为 10%—15%。利用这套系统我们第一期 1996—1998 年就取得了短临预测平均成功率达 30% 的好成绩,1998—2001 年进一步提升到 54%,2001—2003 年竟然提升到 66%。

有了国家 863 这个平台,许多有能力、有担当的人云集到我们周围。我们一个小小的团队,竟然能取得比体制内庞大专家团队明显高的短临预测成功率。我们先后对 1996 年 2 月 3 日云南丽江 7.0 级、1998 年 1 月 10 日张北 6.2 级、1999 年 11 月 1 日浑源 5.6 级、2000 年 1 月 15 日云南姚安 6.5 级、2001 年 11 月 14 日昆仑山 8.1 级、2002 年 3 月 31 日台湾 7.5 级、2003 年 2 月 24 日伽师 6.8 级、2003 年 7 月 21 日大姚 6.2 级等八次地震与一些中等地震作出了较正确预测(上述成功预测震例都有主管部门的文字证明),基本上对这段时期的破坏性地震事先都打了招呼。更令我兴奋的是,对北京有感的两次地震,1998 年 1 月 10 日张北 6.2 级与 1999 年 11 月 1 日浑源 5.6 级地震都有成功的短临预测,这一令人瞩目的成绩受到国家地震局、国家科委 863 项目的通报表扬。在 863 项目成立十五周年时,被选为重要成果向党中央、国务院汇报。

这就是我们向国家提出的解决目前我国地震预测水平长期低迷问题的具体方案。我以我国地震工作辉煌年代的目击者、参与者、操作者的身份再次呼吁要尽快全面恢复周总理的中国特色地震预报两条腿走路的方针,这是抢救我国地震事业的唯一药方,上述资料就是提出此建议的依据与底气。

"四件大事"与"99 个足印"

我的人生足迹

我这一辈子为后人做成了四件大事，努力攀登了八次高峰，在这片茫茫大地上留下了九十九个脚印。

第一件大事：1968—1998 年担任中国地震地下水攻关的牵头人期间与蔡祖煌、吴锦秀、贾化周、车用太、郭一新、万迪坤、万登堡、李介成、卓明葆、黄祖澎、孙天林等同志建立了世界上数量最多、地域最广、精度最高、效果最好的中国地震地下流体监测网，取得成功预测四十多次地震的经验。为后人提供大量可贵的科学资料。在地下流体领域中开创了"地下水微动态研究"新学派。

第二件大事：1973—1979 年担任京津保卫组组长期间，负责中国东部地震预测。带领全组同志与辽宁省地震局一起取得海城地震的成功。这是人类历史上首次对破坏性地震实现预测、预报与预防成功并取得实效。

在唐山地震时我们与地方政府及北京市地震局、河北省地震局同志等一起创造了离唐山 110 公里的青龙县在倒房七千余、损坏十八万间的情况下，没有死一个人的"青龙奇迹，受到国内外广泛关注、高度评价。

第三件大事：1989—2003 年担任国家 863 项目"地震预测智能决策系统"课题组长期间，与徐道一、周胜奎、严嶷芬、秦宝燕、刘德富、钱复业、赵玉林、张晓东、杨毅、张闳厚、沈宗丕等同志一起取得了 1996 年 2 月 3 日云南丽江 7.0 级、1998.1.10 河北张北 6.2 级、1999.11.1 浑源 5.6 级、

407

2000.1.15 云南姚安 6.5 级等二十余次地震的预测成功。把我国地震短临预测成功率从 10%—15% 提高到 40%—60%。受国家科委、中国地震局表扬，被国家科委推荐为 863 课题重要成果向中央汇报。

第四件大事： 2004—2016 年担任中国地震预测咨询委员会常务副主任期间，与郭增健、徐道一及全体咨询委员一起，对汶川、玉树等大地震趋势提出比较正确的咨询意见。

尤其在汶川地震非常时期受中央委托，中国地震预测咨询委员会承担了对汶川强余震的监测任务，结果取得三战三捷，无一虚、漏的好成绩，得到中央领导的肯定与表扬。（对 5 月 18 日江油 6.0 级、5 月 25 日青川 6.4 级、8 月 1 日北川 6.1 级等三次强余震的短临预测）

在这片茫茫大地上留下了 99 个脚印：

1. 1935 年 12 月 10 日中午 12 时出生于上海虹口唐山路 29 号。

2. 1939 年 4 岁时上海吴淞口遇险（人生第一劫）。

3. 1940 年 5 岁时浙江丽水碧湖落水（人生第二劫）。

4. 1941 年 6 岁时浙江衢州遭遇鼠疫（人生第三劫）。

5. 1943 年 8 岁时江西银坑堕深渊（人生第四劫）。

6. 1944 年 9 岁时江西朱溪堡患怪病（人生第五劫）。

7. 1948 年 13 岁时湖南衡阳火车轮下逃生（人生第六劫）。

8. 1950 年春 14 岁时，随家迁入北京，百里挑一地考上全国著名的北京男四中，实现了我人生的第一次攀登。

9. 1954 年作为三好学生代表出席世界青年联合会。

10. 1954 年 18 岁时，通过全国海选被推荐赴苏联第聂泊尔彼得洛夫斯克矿业学院地质系学习，实现了我人生的第二次攀登。

11. 1957 年 11 月 17 日全体留学生热烈庆贺毛泽东主席在莫斯科接见留苏学生，学习"希望寄托在你们身上"等重要讲话。

12. 1957 年我作为我校大学生艺术团代表荣获世界青年联欢节基辅赛区舞蹈业余组的银质奖章。

13. 1960 年 7 月 24 岁时学成回国，分配在中科院地质所工作。

14. 1965 年 5 月与陈叔通孙女陈静先结婚。

15. 1966 年 3 月 8 日邢台发生大地震，3 月 9 日赴邢台现场工作。

16. 1966 年 3 月 10 日在邢台白家寨第一次近距离见到周恩来总理。

17. 1966 年 4 月在隆尧山口地应力站第一次与李四光交谈。

18. 1966 年 9 月 19 日根据李四光指示参加中科院组织的井陉、微水邢台地震烈度异常区考察。

19. 1966 年 11 月参加沧东断裂地震烈度异常区考察，发现兴济井喷，1967 年 3 月 27 日在此井附近发生邢台后华北最强的河间 6.3 级地震，首次提出地震后效异常场与后继地震的可能关系。

20. 1967 年 3 月 29 日李先念传达周恩来总理"要密切关注京津地区地震动向"指示。

21. 1967 年 6 月国家科委地震办决定建立京津地区地震地下水观测网，由李四光点名调我到中央地震办工作任建网组组长。

22. 1968 年 10 月提出华北地区地震地下水观测网建设的实施方案。

23. 1969 年 5 月 10 日北京延庆张山营事件，陪同李四光、刘西尧等领导赴现场调研。

24. 1969 年 7 月 18 日发生渤海 7.8 级地震，第一次向周恩来总理面对面汇报。7 月 19 日第二次向周恩来总理汇报。

25. 发现渤海地震的外围有两个烈度异常：辽宁熊岳地区、河北丰南地区。事后这两区先后发生海城、唐山地震，再次证明后效异常区与后继地震的关系。

26. 1970 年 1 月 2 日发生通海 7.8 级地震，第三次向周恩来总理汇报地震情况。

27. 1970 年 1 月 17 日至 2 月 9 日出席第一届全国地震工作会议，宣布撤销中央地震办成立国家地震局。会上李四光为通海地震的失误痛心不已。

28. 1970 年 2 月 6 日、7 日两次被周恩来总理召见汇报工作。

29. 1970 年 5 月 27 日慈母马竞华不幸逝世，享年仅 55 岁，临终前地震局以董铁城为首的党组全体成员来协和医院探望慰问。

30. 1971 年 2 月 7 日向重病的李四光汇报震情，李老再三叮嘱我们，"我最不放心的是京津地区地震形势"，这是李老留给我们的最后叮嘱。

31. 1971 年 4 月 29 日李四光逝世，我作为中央地震办代表参加八宝山遗体告别仪式，周总理在告别仪式后问："搞地震的同志来了没有？李老走了，今后任务就交给你们大家了！"

32. 1971 年 5 月在河北正定召开地震地下水科学讨论会，由我代表建网小组作主题报告，刘西尧、董铁城、侯德封三位领导出席指导，拉开地震地下水攻关的序幕。通过几十年努力作为全国地下水攻关组长与同行一起建成地震地下流体监测网，成功预测了四十余次地震。在地下流体领域中开拓了"地下水微动态研究"新流派，实现了我人生的第三次攀登。

33. 1971 年 8 月 2 日国务院批准成立国家地震局，下设地震分析预报中心，我被任命为利用地下流体研究地震预测课题的负责人。

34. 1972 年 1 月在刘西尧传达周恩来总理"地震工作三、五年放异彩、放原子弹"的指示时，我首次提出长、中、短、临的预报思路，介绍在串发地震时后继地震常发生在上一次地震的区域烈度异常区附近的经验，获得中央领导首肯。

35. 1974 年初 38 岁时，被国家地震局党组任命为"保卫京津小组"组长，负责中国东部地震预测，地域包括首都圈为中心的大华北地区（晋、冀、鲁、豫及部分苏、皖、辽、蒙）的震情监测，在海城地震、唐山地震预测中成绩斐然，实现了我人生的第四次攀登。

36. 1974 年 4 月 22 日在管辖范围内的溧阳发生 5.5 级地震，我第一次以京津保卫组组长身份带队赴现场进行调研。

37. 1974 年 6 月参加华北地震形势研讨会，我与马宗晋、高旭等起草的会议纪要经过地震局、中科院党组修改后被国务院批转为国发［1974］69 号文件。"关于华北及渤海地区地震形势的报告"，这是世界上首次以政府名义发布的地震预报，吹响了中国特色攀登地震预报之路的进军号。此文件为 1975 年海城地震防震减灾的成功，1976 年唐山地震中创造青龙奇迹奠定了基础。

38. 1974 年 4 月国家地震局党组通知我与丁国瑜、马宗晋三人到北京饭店与美国总统科学顾问普雷斯就中美地震科技合作进行谈判。落实尼克松总统提交给中国政府要求从中国引进的科学技术清单中的"地震预报"这一项目的操作方案。

39. 1975 年 2 月 4 日发生海城地震，这是人类第一次对破坏性地震预测、预报、预防成功，引起国际舆论轰动，地震局受到国务院通报表扬，我作为立功者受国家表彰。

40. 1975 年 2 月代表地震局向邓小平汇报震情。随后两年内十几次进中南海向中央领导（邓小平、华国锋、李先念等）汇报震情。

41. 1975 年 5 月胡克实带我去国务院汇报海城地震后京津地区震情，听汇报的有邓小平、李先念、吴德等，我在汇报中明确提出海城地震后下一个可能的发震危险点是唐山、滦县一带。

42. 1975 年 12 月由于我们内部对华北地震形势争论很大，丁国瑜决定在 1976 年全国地震趋势研讨会上改变以往分析预报中心出一名代表作主题报告的惯例，派两人作主题报告，梅世蓉作西部地震形势报告，我作东部地震形势报告。

43. 1976 年周恩来总理、朱德委员长、毛泽东主席先后逝世，1976 年 3 月 8 日吉林遭陨石雨袭击 500 平方公里落下陨石雨约 2700 公斤，在如此高密度陨石坠落中却无一人伤亡，有人怀疑这是大地震前兆信息，我参加了野外调研。

44. 1976 年 3—7 月在刘英勇同意下，我以京津保卫组组长的身份先后在国家科委、建委、经委、地质部、水利部、铁道部、总参、总后、北京军区等十几个中央部委做地震形势报告，明确提出："当前首都圈地震形势严峻，我们最担心的是唐山、滦县一带。"

45. 1976 年 5—7 月保卫京津小组曾三次赴唐山调研震情。发现滦县安各庄水氡、唐山矿涌水量、青龙冷口温泉等一批短临异常。

46. 1976 年 7 月中旬（唐山地震前 20 天）收到北京市地震队两份震情紧急通报，报告中提出"发现建队以来最突出的地震异常""已进入临震状态"。白介夫指示北京队尽快与国家局一起召开联合会商会，研究当前震情。

47. 1976 年 7 月 13 日（唐山地震前 15 天）考虑到地震形势可能进入临震状态，我们经领导同意绕开北京、天津、河北等中间环节，直接向京津唐地区群测点广泛散放"地震短临信息调查表"，这是地震局成立以来空前绝后的第一次采用这种非常措施。

48. 1976 年 7 月 16、18 日（唐山地震前 10 天）我向出席唐山群测群防会议代表通报唐山震情，明确提出"7 月 22 日至 8 月 5 日唐山、滦县一带可能发生 5—6 级地震，下半年有发生更大地震的可能性"。

49. 1976 年 7 月 26 日（唐山地震前 3 天）与北京市地震队联合举行震情会商会，没能取得结论。我冒险在国家地震局局长刘英勇办公室门上贴大字报，紧急呼吁领导要重视首都圈的震情。

50. 1976 年 7 月 28 日发生唐山大地震，死亡 24 万余人。但青龙县地震办王春青将唐山会议我的震情报告及时通报给县委书记冉广岐，冉书记于 7 月 24 日召开县委扩大会议，毅然决定从 26 日起采取防震措施。两天后发生唐山大震，青龙县倒塌房屋七千余间、损坏十八万间，没有死一个人，被联合国称为青龙奇迹。

51. 我于 1976 年 7 月 28 日当天赶赴唐山，任现场指挥部地震分析组长，开始强余震的监测分析。

52. 1976 年 8 月上旬发现丰润杨官林井，它的排气量大小与强余震的发生具有极好的对应关系，是多次成功预测强余震预测的依据。

53. 1976 年 8 月 31 日与杨友宸一起抢救地震资料时在唐山地震现场被活埋（人生第七劫）。

54. 1976 年 10 月 8 日在唐山地震现场调研，忽然听见"打倒江青"的口号，开车的解放军拉开车门试图抓"反革命分子",才知道"四人帮"已经被打倒。

55. 1977年与辽宁、河北等省同志一起总结唐山地震前后中国东部大区域的宏观异常,从中发现唐山地震影响了整个中国东部区域应力场的调整。用后效异常追踪预测法,指出唐山地震后中国东部地区的山东菏泽、江苏扬州、吉林依兰地区要关注,结果唐山地震后果然发生在山东菏泽、江苏溧阳(距扬州一江之隔),这些预测都在地震发生前公布在有关著作上。

56. 1979年4月赴巴黎参加联合国教科文总部召开的第一届国际地震预测科学讨论会。

57. 1979年7月9日江苏溧阳发生6.0级地震,我作为技术负责人带队赴现场考察,此地区的危险性我在唐山地震后就撰写了有关文章指出过。

58. 1979年8月25日内蒙与五原6.0级地震,我作为技术负责人带队赴现场考察。

59. 1979年12月在唐山地震漏报的巨大精神负担及两个孩子先后患重病的双重压力之下家庭矛盾剧升,与陈静先离婚。

60. 1980年召开全国地震地下水(黄山)工作会议,吹响了全国建立地震地下水监测网的进军号。

61. 1981年1月24日四川道孚发生6.9级地震,作为技术负责人带队赴现场考察。在此期间三次赴理塘开展毛垭温泉研究,通过现场实验发现温泉在多次地震前出现巨大前兆异常的机理。

62. 1983年9月26日与工人家庭出身的董玉勤结婚。

63. 1983年11月7日山东菏泽发生5.9级地震,此地区的危险性唐山地震后我们在有关文章中已经指出过。

64. 1984年9月15日加入中国共产党。

65. 1985年4月赴美国纽约州立大学做访问学者。从大量中国地下流体的震例中总结出"地下流体十大怪",获得美国同行好评。

66. 1986年11月在政协礼堂向钱学森请教地震预测问题,钱建议我申请国家863项目走综合预测智能决策的道路。

67. 1989 年 10 月我们的"中国地震预测智能决策系统"的课题申请的被国家 863 项目批准，从此此课题一直持续干了十几年把我国地震短临预测成功率从 10%—15% 提高到 40%—60%。被国家科委推荐为 863 课题重要成果向中央汇报，本人也被评为 863 项目先进个人，实现了我人生的第五次攀登。

68. 1990 年夏返回母校参加毕业 30 周年纪念，被聘为客座教授，随后数年十几次返回第城矿院母校授课。

69. 1991 年 9 月作为中国代表应邀出席维也纳 UN IAEA 总部"放射性、同位素与地震预测科学研讨会"。

70. 1992 年 10 月作为地震局首批因突出贡献荣获政府特殊津贴的科技人员。

71. 1994 年 4 月在全国地震前兆攻关科技研讨会上，我与王长岭提交论文《地下逸出气测量在地震短临预报中的应用》中明确划出下一次大地震将发生的危险区，正确预测了 1996 年 2 月 3 日的丽江 7.0 级地震。

72. 1995 年 6 月联合国派救灾署署长埃伦博士、联合国 DDSMS 官员科尔为首的代表团来中国调查"青龙奇迹"，我被邀请一起参加现场调研。同年慈父仙逝，享年 86 岁。

73. 1996 年 4 月应邀出席联合国成立五十周年科技大会，中国地震事业在世界最高舞台上华丽亮剑，宣传中国特色的防震减灾的成功经验，介绍中国唐山地震时的"青龙奇迹"，联合国树中国青龙为世界防震减灾的典范，实现了我人生的第六次攀登。

74. 1997 年我们通过国家科委 863 项目的智能决策系统成功预测了 1998 年 1 月 10 日张北 6.2 级地震，受到国家科委、国家地震局的表扬。

75. 1997 年 7 月 6 日至 8 月 1 日受俄罗斯科学院邀请参加贝加尔湖科学考察，在游轮上生活半个月，游览了贝加尔湖每个角落。

76. 通过国家科委 863 项目的智能决策系统又成功预测了 1999 年 11 月 1 日浑源 5.6 级地震，国家科委对我们两次无一失误地正确预测首都圈的较大地震非常重视。

77. 2000 年受第三世界科学院的邀请赴意大利访问,并顺访了法、德、捷、匈、俄、乌等国,再次返回母校,会见老同学。

78. 通过国家科委 863 项目的智能决策系统又成功预测了 2000 年 1 月 15 日川滇交界的姚安 6.5 级地震。

79. 2001 年 6 月由于我们将中国地震短临预测成功率从 10% 左右提高到 50%—60%。被国家科委推荐为重点成果,参加 863 项目启动十五周年向中央领导汇报的活动,受到领导肯定与表扬。我个人被评为 863 项目先进个人。

80. 2004 年 2 月 20 日国家地震局决定成立中国地震预测咨询委员会,我被任命为常务副主任,与同行们一起对汶川、玉树等大地震趋势提出比较正确的咨询意见。尤其对汶川强余震预测取得好成绩,实现了我人生的第七次攀登。

81. 2004 年任命我为中国防震减灾百科全书总编委会执行编委,地震地下流体学科分卷的主编。赵玉林告诉我有重大突破,通过分析苏门答腊九级大地震发现 HRT 波。

82. 2005 年 6 月至 2006 年 4 月受黑龙江省地矿局委托到俄罗斯购买我国紧缺的矿产资源,通过我与几个俄罗斯朋友艰苦努力终于以超低价(2.1 亿元人民币)购得位于中、俄、蒙交界的图瓦共和国(唐努乌梁海)一个超大多金属矿 100% 的开采权。

83. 2006 年 8—9 月唐山地震 40 周年,因青龙奇迹真相被媒体及地震局某些人围攻,9 月 16 日突发脑出血住院抢救成功(人生第八劫)。辞去大百科全书地震地下水分卷主编的担子,推荐由车用太接手。

84. 2006 年 12 月最后一次出席全国地震趋势会商会,发表临别赠言:目前地震形势严峻,而地震局的预测水平却江河日下,若不采取紧急措施,唐山悲剧很可能重演。"不幸一年多后预言成真。

85. 2008 年 5 月 12 日发生汶川大地震,地震局毫无所觉,国家遭受空前重大灾难,而我们中国地震预测咨询委员们却提出正确的预测。

86. 2008 年 5 月 14—16 日向中央连续递呈三封信反映汶川地震前有十余位专家提出过正确预测意见。

87. 2008 年 5 月 15 日受中央委托组织咨询委员对汶川大震的强余震进行预测，结果三次预测三次成功，无一虚、漏报，受到中央表扬。

88. 2008 年 5 月 19 日参加香山科学讨论会，与持"地震不可预测"观点的专家、权威进行针锋相对的辩论。

89. 2008 年 6 月 27 日代表咨询委员会与中国战略研究会签署开展地震预测课题研究的合同，中战会郑必坚会长等首长在钓鱼台听取汇报，决定由中战会向中国地震预测咨询委员会提供 350 万元人民币资助有地震预测经验的老专家研究震情。

90. 2009 年 5 月克服重重困难，得到俄罗斯总理办公室允许才从俄罗斯购买水陆两栖全能运输车应用于地震现场救灾抢险。

91. 2010 年 11 月 30 日中组部张全景部长召见详细了解青龙奇迹。

92. 2011 年 2 月中组部张全景部长向我介绍向中央汇报的调研报告内容及中央领导的批示。2011 年 5—6 月中组部张全景部长接受我的推荐赴四川了解李有才、潘正权情况。

93. 2011 年 5 月应乌兹别克科学院邀请出席丝绸之路地震科学研讨会，访问了慕名已久的撒马尔罕、安集延、塔什干等古城。

94. 2013 年 5 月 25 日应邀出席在贵阳召开的第十五届中国科协大会。

95. 2013 年 10 月 21 日出席人民大会堂召开的欧美同学会成立 100 周年纪念大会，习近平作了重要报告。

96. 2014 年 4 月赴四川成都参加汶川地震六周年纪念座谈会，目睹林陵（杨汝岱秘书）、刘兴怀等四川一批老领导对汶川地震失误的声讨。

97. 2017 年 11 月 16 日欧美同学会隆重纪念毛主席接见留苏生 60 周年活动，11 月 26 日应邀在北京饭店向年轻学弟妹们作报告，反响强烈，对此《留学生》杂志进行专题报道。

98. 2018 年 5 月纪念汶川地震十周年，我的回忆录《从唐山到汶川》一书与出版社签署出版合同。本书是对周总理领导走中国特色防震减灾之路，创造中国地震事业辉煌十年的真实记录，及我一生探索防震减灾之路的坎坷经历的全面回顾，实现了我人生的第八次攀登。

99. 2019 年 6 月 29 日成立福星大观遥感减灾研究院。我被委任为学术委员会常务副主任，在赵文津院士领导下对地震预测发起再次进攻。竭尽全力完成周总理"在你们这一代要解决地震预测问题"的宏伟的心愿与殷切的嘱托。